T0278134

La hija ejemplar

Federico Axat

La hija ejemplar

Federico Axat

Ediciones Destino
Colección Áncora y Delfín

Obra editada en colaboración con Editorial Planeta – España

© 2022, Federico Axat
Publicado de acuerdo con Pontas Literary & Film Agency

© 2022, Editorial Planeta S.A. – Barcelona, España

Derechos reservados

© 2023, Editorial Planeta Mexicana, S.A. de C.V.
Bajo el sello editorial DESTINO M.R.
Avenida Presidente Masarik núm. 111,
Piso 2, Polanco V Sección, Miguel Hidalgo
C.P. 11560, Ciudad de México
www.planetadelibros.com.mx

Primera edición impresa en España: noviembre de 2022
ISBN: 978-84-233-6233-2

Primera edición impresa en México: febrero de 2023
ISBN: 978-607-07-9694-4

No se permite la reproducción total o parcial de este libro ni su
incorporación a un sistema informático, ni su transmisión en cualquier
forma o por cualquier medio, sea este electrónico, mecánico, por
fotocopia, por grabación u otros métodos, sin el permiso previo y por
escrito de los titulares del *copyright*.

La infracción de los derechos mencionados puede ser constitutiva de
delito contra la propiedad intelectual (Arts. 229 y siguientes de la Ley
Federal de Derechos de Autor y Arts. 424 y siguientes del Código Penal).

Si necesita fotocopiar o escanear algún fragmento de esta obra diríjase al
CeMPro (Centro Mexicano de Protección y Fomento de los Derechos de
Autor, http://www.cempro.org.mx).

Impreso en los talleres de Litográfica Ingramex, S.A. de C.V.
Centeno núm. 162-1, colonia Granjas Esmeralda, Ciudad de México
Impreso en México –*Printed in México*

Para Sole

Cuando la noche no tiene fin
Y el día está por empezar
Mientras la habitación da vueltas
Necesito tu amor.

Hawkmoon 269,
U2

PRIMERA PARTE

I

En otra vida, Camila Jones había ganado dos premios Emmy por sus investigaciones periodísticas para televisión, y ahora no era capaz de hacer crecer una miserable planta de remolacha.

Se quedó mirando las hojitas vetustas, apenas unos tallos insignificantes de cinco centímetros. Sacó el iPhone del bolsillo del delantal y les tomó una fotografía. «Esto no pinta nada bien», le escribió por WhatsApp a Marshall, que se ocupaba de la jardinería en la isla. El hombre, que era lo más parecido a un amigo que Camila había cosechado durante los últimos dos años, le respondió con un emoji de una cara muerta de risa. «Se lo dije», escribió el hombre después.

Camila permaneció en el terraplén, contemplando primero el océano Atlántico hacia el este y luego los canales y pantanos que separaban aquella porción de tierra con nombre pretencioso del resto de Carolina del Norte. Era cierto que Marshall se lo había advertido: «No importa que traiga la mejor tierra del mundo, señora Jones, aquí el aire del mar se mezcla con el del continente, y eso no es bueno». Marshall se ocupaba de los jardines de las casas de la isla desde hacía más de veinte años, así que sabía de lo que hablaba. Solía referirse con añoranza a esas épocas de prosperidad laboral y juventud, cuando unas treinta familias adineradas se instalaron allí y apostaron a que Queen Island se convertiría en un sitio exclusivo, cosa que jamás sucedió.

La casa que Camila había comprado para transitar su retiro del periodismo era el símbolo de ese pasado prometedor. La casa de cristal, como la llamaban los lugareños, estaba emplazada en el punto más alto de la isla y era una construcción moderna de dos plantas con una vista magnífica. Un verdadero desperdicio para una mujer sola y su perro.

Mientras Camila se lamentaba moviendo la cabeza, Bobby la observaba desde el otro extremo de la plantación. El beagle, que había vivido con pesar perruno la transición entre un lujoso apartamento en Nueva York y... *esto*, tenía como afición fiscalizar cada uno de los fracasos botánicos de Camila. Era un perro viejo —y trasladarse nunca había sido su actividad favorita—, sin embargo, hacía acto de presencia cada vez que había una oportunidad para reforzar la idea de que todo tiempo pasado fue mejor.

Camila acababa de cumplir cincuenta y dos años y a veces también echaba de menos su antigua vida.

—Vamos, Bobby. Quieres comer, ¿no?

Bajaron por el terraplén y bordearon el canal que marcaba el límite de la propiedad en esa zona. Marshall decía que hacía años que no veía caimanes, pero a veces Bobby se quedaba mirando el agua como si percibiera una de esas criaturas merodeando bajo la superficie. Esta vez se limitó a trotar con indiferencia.

Camila subió los escalones del porche trasero sintiéndose optimista. En la isla tenía días buenos y días malos, y este en particular parecía ser uno de los buenos a pesar de su anunciado fracaso con las plantas de remolacha. Se quedó de pie en el centro de la cocina, debatiéndose entre prepararse el desayuno o ir al sótano y cumplir con la parte más dura de su rutina. A veces prefería hacerlo así, y otras se torturaba todo el día sabiendo que tenía que bajar en algún momento.

Nunca, ni siquiera en sus momentos más oscuros, Camila había creído que sería tan difícil. Cuando tomó la decisión de renunciar a su trabajo y largarse de Nueva York, pensó que sería la mejor forma —quizás la única— de dejar atrás una vida de investigaciones ajenas y poner su capacidad al servicio de su propio pasado. Se convenció de que tenía la experiencia y los contactos para convertirse en el centro de su propia investigación, sin pensar en las dificultades que esto supone. Durante años se dijo que la única razón por la que no echaba un vistazo por encima del hombro era por falta de tiempo. Y terminó creyéndolo.

Cuando finalmente se animó, le dijo a Richard Ambrose, su productor de siempre y amigo, que necesitaba tomarse un tiempo lejos de los sets de televisión. Un tiempo indeterminado, aclaró. Richard no se sorprendió, la había cubierto más de una vez durante sus ataques de pánico y las limitaciones que vinieron a consecuencia de ello. Fue él quien le sugirió prestarle su casa en Queen Island para que pudiera estar tranquila y reflexionar, pero, para sorpresa de Richard, Camila insistió en comprársela y dejarlo todo. «Alex se va a la universidad, es el momento perfecto.»

Para Richard fue un alivio desprenderse de la casa, que había construido por un capricho delirante tras convertirse en un productor de éxito. La parte negativa fue la pérdida de su figura más relevante al frente de «El peso de la verdad», uno de los programas de investigación más prestigiosos del país.

Camila se instaló en la casa de cristal y durante los primeros meses se limitó a descansar. Leer, ver películas, aprender a cultivar, incluso se animó a escribir un poco. Se lo merecía. Habían sido años enteros de trabajo prácticamente ininterrumpido. Cuando se dispuso a poner manos a la obra y enfrentarse a sus fantasmas personales, los ataques volvieron, más intensos que nunca. Quizás se había precipitado, pensó. Decidió guardar en el sótano los recortes y las pocas pertenencias que conservaba desde su juventud y las cosas mejoraron un poco.

La misma situación volvió a repetirse otras tres veces, hasta que empezó a convencerse de que, quizás, revolver el pasado no era una buena idea después de todo.

A Alex le dijo que su alejamiento de la televisión tenía que ver con retomar una vieja investigación, pero nunca le aclaró que ella era el centro de esta. Su hijo estudiaba Derecho en la Universidad de Boston y una o dos veces por semana la llamaba por Skype. A veces, al terminar las videollamadas, Camila bajaba la tapa del portátil y se ponía a llorar. No era el hecho de no contarle toda la verdad —¿qué sentido tenía?—, sino el tenerlo lejos y no poder abrazarlo todos los días. Camila estaba orgullosa de ese chico al que había criado con la culpa de no poder pasar mucho tiempo con él. Ahora tenía todo el tiempo del mundo y estaba sola.

Bobby la miraba. Camila se había dejado llevar..., a veces la soledad tiene eso.

¡Oye, me tienes a mí! Y hasta donde recuerdo ibas a darme una ración de Royal Canin.

Camila le sirvió la comida a Bobby y a continuación se dirigió a la puerta del sótano. Es curioso cómo funciona el universo a veces. Cuando se disponía a abrir la puerta, algo le llamó la atención en una de las ventanas. Se volvió justo a tiempo para ver a un hombre cruzando el jardín delantero sosteniendo una pila de carpetas. Tendría unos treinta años y llevaba el cabello un poco largo. Camila no lo reconoció.

Sonó el timbre y Camila sopesó seriamente la idea de no contestar. No le gustaban las visitas, y menos si eran inesperadas.

Abrió la puerta de mala gana. El joven debió de advertirlo de inmediato porque su rostro se transformó y las palabras salieron atropelladamente de su boca.

—Buenos días, señora Jones. Soy Tim Doherty, periodista y director del *Hawkmoon Overfly*, el periódico de...

—Conozco el periódico local.

Una sonrisa nerviosa se dibujó en los labios del joven.

—Necesito hablar con usted acerca de la desaparición de Sophia Holmes. Tengo...

—¿Cómo sabes dónde vivo?

El periodista iba a responder cuando advirtió que una de las tres carpetas estaba a punto de caerse. Se mantuvo en pie solo con la pierna izquierda y se valió del apoyo de la rodilla derecha para acomodar las carpetas en su sitio. La torpe maniobra fue presenciada por Camila con cierta lástima.

—En el periódico tenemos buenas fuentes —respondió Tim—. Sabemos que vive aquí desde el primer día. Nunca hemos publicado nada.

Camila se limitó a asentir.

Tim tomó aire.

—Creo que debería usted implicarse en el caso de Sophia Holmes —dijo Tim con una solemnidad que parecía ensayada. A continuación le dio un golpecito con la barbilla a la carpeta de más arriba—. No existe una investigación más exhaustiva que esta, señora Jones.

Camila miró la carpeta durante un brevísimo instante. Vio el tamaño irregular del contenido e imaginó los recortes de periódico, las hojas con notas, las fotografías y las fotocopias con información relevante. Camila era de la vieja escuela, y una carpeta como aquella despertaba en ella una atracción inmediata. Se preguntó si Doherty lo habría intuido y por eso se había presentado a su puerta con las carpetas; a fin de cuentas, bien podría haberlas dejado en el coche.

—No voy a involucrarme en ninguna investigación —dijo ella finalmente—. Lamento que hayas venido hasta aquí para esto.

Tim suspiró.

—¿Está al tanto del caso?

Lo cierto es que Camila no sabía mucho. Se había mantenido deliberadamente alejada de las noticias del caso Holmes porque era consciente de que tenía los ingredientes necesarios para obsesionarla. Sabía que Sophia había ido al cine con unos amigos y que, justo antes de empezar la película, les había dicho que tenía que hacer algo y jamás regresó. Más tarde había sido vista cerca del puente Catenary y la policía había encontrado trozos de su vestido en el río, con lo cual cobró fuerza la hipótesis del suicidio. Los que conocían a Sophia, una chica de catorce años que parecía tenerlo todo, sostenían que era inconcebible que hubiera tomado semejante determinación.

—Sé lo que sabe todo el mundo... —dijo Camila mientras buscaba el nombre de su interlocutor—. Escucha, Tim, no estoy interesada en el caso; ni en este, ni en ningún otro. Es parte del propósito de haber venido aquí. Lo entiendes, ¿verdad?

—Claro, por supuesto.

—Voy a pedirte amablemente que te marches.

Tim la observó con horror.

—Algo sucedió hace cinco días —dijo con desesperación—. No lo hemos publicado todavía. Caroline Holmes, la madre de Sophia, encontró una nota clavada en la puerta de su casa. Unos vecinos vieron la nota pero nadie llegó a leerla. Poco tiempo después, la mujer cayó de la terraza. Está en coma.

Eso sí parecía un intento de suicidio, pensó Camila.

—No lo sabía. Es una noticia muy triste. —Camila lo observó con severidad.

Tim colocó bien las carpetas, que otra vez estaban a punto de caerse.

—Le pido perdón por haberme presentado de esta forma, señora Jones. ¿Puedo dejarle mi número para que me llame si cambia de opinión?

—No hace falta. Si necesito hablar con usted, sé dónde encontrarlo.

—Que tenga un buen día, señora Jones.

—Igualmente. Cuidado con los escalones.

Camila cerró la puerta. De regreso a la cocina sacó el móvil del bolsillo y realizó una búsqueda rápida de Tim Doherty. Los primeros resultados le confirmaron que aquel hombre era quien decía ser. Un enlace en particular atrajo su atención: «Madre e hija pierden la vida en un extraño accidente». Levantó la mirada y vio a Tim, ya bastante alejado, avanzando como si caminara sobre una cuerda floja. Toda su atención estaba puesta en las tres carpetas, y no en el suelo. Camila supo lo que iba a suceder incluso antes de que el pie derecho de Tim chocara contra una de las boquillas de riego y cayera de bruces en el césped.

2

La razón por la que Camila Jones dejó entrar a Tim Doherty no fue la lástima, a pesar de que fuera eso lo que sintió cuando lo vio levantarse a toda prisa, rojo como un tomate, para recoger las carpetas desparramadas en el césped. Tampoco fue por lo que averiguó de él en internet durante los minutos previos. Seguramente ambas cosas habían influido, pero el motivo fue mucho más sencillo: Camila confiaba en su instinto. Su olfato la había guiado exitosamente a lo largo de su carrera —no así en su vida personal, pero esa era otra cuestión—, y lo que había percibido en aquel joven periodista fue un ofrecimiento sincero. Con «El peso de la verdad» Camila había alcanzado audiencias de más de diez millones de espectadores durante los casos más resonantes. ¿A quién podía ocurrírsele que aceptaría colaborar con un ignoto periódico de tirada local? Era ridículo y fascinante al mismo tiempo.

Apenas entraron, Bobby festejó la llegada de Tim con alegría desbordante; cualquier desconocido servía para recordar sus paseos por el Boston Common con decenas de extraños caminando a su lado.

—¿Estás seguro de que no te has torcido el tobillo?

Tim negaba enérgicamente. No cojeaba al caminar. Al menos no todavía.

—Siéntate. Voy a buscar hielo.

—No hace falta, de verdad. Muchas gracias.

Tim dejó las carpetas sobre la mesa baja, junto a un libro con un marcapáginas que asomaba más o menos por la mitad. Era una novela de Bioy Casares y el título estaba en español: *La invención de Morel*. Se sentó en el sillón y Camila lo hizo en el sofá de enfrente.

—Te imaginarás que si he elegido vivir de esta forma —dijo ella abarcando la habitación con un gesto— es porque valoro mi privacidad.

—Por supuesto.

—Y aun así has decidido venir a verme.

—Realmente creo que debe escucharme.

—Me parece que ya he dejado claro que voy a hacerlo.

Tim se acomodó en su asiento.

—Va a cumplirse un año desde que Sophia Holmes desapareció —dijo Tim—. La policía no ha cerrado el caso porque no hay pruebas suficientes, pero ellos están convencidos de que Sophia murió ahogada en el lago Gordon. Si no han resuelto el caso hasta ahora, no van a hacerlo nunca. Usted lo sabe mejor que nadie.

Camila se encogió de hombros.

—Si tú lo dices.

—Está el caso Holmes —continuó Tim, e hizo un gesto como si sostuviera una bola invisible en su mano izquierda—. Y por el otro lado está usted, señora Jones. —Ahora sostenía otra bola invisible en su mano derecha. Tim sopesó ambas bolas y las acercó a su rostro. Era como si pudiera verlas—. Para mí es bastante simple. No sé por qué ha elegido vivir aquí, pero yo veo un propósito.

Camila asintió con pesar.

—Seguramente conoces las estadísticas de niños que se pierden todos los días —dijo Camila—. Podría haber elegido cualquier punto de este país y hubiese sido lo mismo.

—El caso de Sophia es especial —dijo Tim negando

con la cabeza—. Demasiados interrogantes. Ese chico muerto. Ahora la madre en coma. Alguien ahí afuera sabe algo. Hay que encontrar ese hilo del que tirar para desentrañar el misterio, estoy convencido de ello. Y para que eso suceda, el caso tiene que estar vivo. Si usted se implica en él, será como administrarle un electroshock.

—Eres joven para ser el director de un periódico.

Tim pareció descolocado con el cambio de tema.

—No es un mérito, señora Jones, se lo aseguro. El director anterior se jubiló y fue una situación de esas donde nadie quiere dar un paso al frente.

—Eres modesto.

—Y usted es hábil para cambiar de tema.

Camila sonrió.

—¿Lo soy? Pensé que esto tenía que ver con que colabore con tu periódico.

Tim pareció verdaderamente ofendido por el comentario. Había en sus ojos un dejo de tristeza que por momentos se hacía más evidente. Camila se preguntó si realmente estaba allí o si ella lo estaba infiriendo en función de lo que había averiguado de él.

—No se me ocurriría pensar que usted podría rebajarse a trabajar para el *Overfly*. No soy tan estúpido. He venido porque Sophia la necesita, tanto si está viva como si no. Y nadie sabe más del caso que yo.

Tim se inclinó y apoyó su mano sobre la carpeta como si estuviera a punto de prestar juramento.

Ella se lo quedó mirando entre intrigada y sorprendida. Tim Doherty tenía una gran dosis de ingenuidad, pero al mismo tiempo parecía muy seguro de sí mismo.

—No sé las razones por las que ha decidido dejarlo todo, pero la integridad y el compromiso no se pierden nunca. Al menos es lo que yo creo. Sophia necesita alguien que lleve adelante su causa. ¿Qué está haciendo aquí, señora Jones?

El rostro de Tim delató su osadía. Aun así no se retractó.

Camila se puso de pie. Hubo un instante de expectación, quizás deliberado, durante el cual Tim estuvo convencido de que su visita había llegado a su fin.

—¿Puedo ofrecerte un café? —dijo Camila.

Tim se la quedó mirando.

—Sí, claro —atinó a decir.

Camila fue a la cocina y regresó unos minutos después con una bandeja que apoyó sobre la mesa baja. Tim la observó con interés. Junto al café había un termo, y a su lado un recipiente de madera con forma de pera. Contenía algo muy parecido a estiércol, y una pajilla de metal sobresalía como una antena de unos diez centímetros.

—Se llama *mate*. —Camila había pasado por la misma situación infinidad de veces—. En Argentina casi todo el mundo lo toma, y supongo que sabes que me crie allí. Esta de aquí es la *bombilla*.

La expresión de perplejidad seguía dibujada en el rostro de Tim. Camila movió la bombilla formando suaves círculos y le dio al mate un golpecito sobre la mesa. Tomó el termo y se sirvió un hilo de agua caliente.

—Nunca debe hervir —explicó mientras inundaba la boca del peculiar recipiente.

—¿Qué contiene?

—Yerba mate. Es una planta que crece en Sudamérica. Las hojas se muelen y es esto que ves aquí. Es una bebida amarga.

Camila se llevó la bombilla a la boca y produjo, al sorber, un breve sonido de succión. Luego volvió a llenar el mate de agua y se lo tendió a Tim.

—¿Quieres probar?

A Camila le gustaba ver la expresión de horror cuando ofrecía un mate por primera vez. Antes de que Tim ensayase alguna excusa, explicó que compartir el mate era normal en Argentina, y que incluso en ciertos círculos podía hasta considerarse irrespetuoso rechazarlo. Entendía cuán extraño podía resultar a los ojos de un extranjero.

A Tim la explicación debió de parecerle salida de una cultura alienígena porque no dejó de observarla con recelo, como si creyera que todo aquello era algún tipo de engaño para ponerlo a prueba. Se refugió en su taza de café humeante, que saboreó como la exquisita bebida que era. ¿Quién necesitaba beber hojas molidas con sabor amargo?

—Antes de escucharte, Tim, quiero que sepas que no cambiaré de opinión —dijo Camila—. Voy a decirte lo que pienso, y quizás pueda orientarte en algún sentido, pero eso será todo. ¿Entendido?

Tim estuvo de acuerdo. ¿Qué otra opción tenía?

—Quizás cambie de opinión cuando me escuche.

—Te aseguro que no será así —sentenció Camila—. Y ahora dime qué le sucedió a la madre de esa chica antes de que me arrepienta.

Tim se inclinó y cogió una carpeta. Se dio cuenta de que no era la que necesitaba y pasó a la siguiente. Bobby, que los había estado observando desde lejos, se interesó por la pesquisa y olfateó los dedos del periodista. Camila advirtió que llevaba una gruesa alianza de plata.

—Una vecina fue a su casa y la encontró en el patio, agonizando. Cayó desde la terraza de su habitación.

Tim hizo una pausa y sacó de la carpeta una fotografía de gran tamaño. Camila alcanzó a ver un cuerpo despatarrado en el suelo de cerámica roja.

—Por favor, no necesito ver eso —lo detuvo.

Él guardó la fotografía de inmediato.

—El día del... *accidente*, Caroline no fue a correr como solía hacer, sino que se quedó en casa. Philip Holmes le dijo a la policía que la noche anterior había mantenido una discusión con su esposa, así que quizás eso tuvo algo que ver con el inusual comportamiento de Caroline. Aparentemente, ella estaba hablando con Vince

Naroditsky para pactar una entrevista y Phil no estaba de acuerdo.

La mención de Naroditsky hizo que Camila frunciera los labios. Hacía años que no lo veía —algo bueno para el universo—, pero recordarlo seguía produciéndole ganas de vomitar. Hacía mucho tiempo, en una galaxia muy muy lejana, Vince y ella habían sido amigos. O algo parecido. Resulta difícil desarrollar un vínculo cuando una de las partes tiene el ego del tamaño del peñón de Gibraltar. Camila y Naroditsky eran colegas; nunca coincidieron en la misma cadena pero el mundo es pequeño y empezaron a relacionarse de manera ocasional. Personas como Naroditsky eran las responsables de que ella se hubiese alejado de la profesión.

—Ahí tienes a alguien con ganas de llevar adelante la causa de Sophia —dijo Camila.

Tim comprendió de inmediato la ironía.

—Permítame leerle un extracto de las declaraciones de la secretaria de Naroditsky...

Tim abrió la carpeta y la acercó hacia sí. Pasó las páginas.

—La señorita Karin Moldow declaró, y cito textualmente, que «Caroline Holmes me dijo que tenía pensado decir toda la verdad, incluso aquello que había callado hasta ese momento. También dijo que tenía unas cuantas razones para echarse atrás, pero que no lo haría».

Tim cerró la carpeta.

—Tengo un medio hermano —continuó Tim—. Se llama John y es doce años mayor que yo. Ahora vive en Colorado. Phil Holmes fue su mejor amigo en la escuela. Ahora han perdido el contacto, por la distancia y esas cosas. Conozco a Phil Holmes y he podido hablar con él en varias oportunidades; podría decirse que confía en mí. Phil está convencido de que su esposa no tenía nada nuevo para revelarle a Naroditsky en la entrevista, que lo único que buscaba era mantener el caso vivo de alguna forma.

—¿Y tú le crees?

Tim dudó.

—Le creo en cuanto a que él no sabía lo que su esposa iba a decir. Pero Caroline Holmes es una mujer inteligente y estoy seguro de que algo importante iba a revelar en esa exclusiva. No me parece el tipo de persona capaz de generar semejante expectativa en vano.

—Pues déjame decirte —replicó Camila— que me he topado infinidad de veces con familiares de víctimas que buscan reflotar sus historias a cualquier precio. Se trata, posiblemente, de la parte más dolorosa de este trabajo, al menos para mí.

—¿Es esa la razón por la que se alejó de la profesión? —preguntó Tim.

—No hay una sola razón... Continúa, por favor.

Camila empezó a prepararse otro mate.

—Es imposible saber si Caroline iba a revelar algo en esa entrevista o no —dijo Tim—. La policía tampoco lo sabe. Lo que sí sabemos con certeza es que algo extraño sucedió la mañana que cayó desde la terraza. Caroline encontró esa nota clavada en la puerta de la casa y estaba muy molesta; varios testigos lo confirmaron, inclusive una vecina que la conocía bastante.

—¿Y dices que nadie leyó la nota?

—Exacto. Todos la vieron de lejos. Un detalle importante es que estaba sujeta con un clavo.

Camila meditó las implicaciones de ese detalle. Podía desconocer los acontecimientos recientes del caso, pero sí sabía de su relación con el asesinato a martillazos de Dylan Garrett, un matón escolar con quien Sophia y sus amigos habían tenido problemas en el pasado. Las teorías más disparatadas hablaban de una venganza cuidadosamente planificada por parte de la chica.

—La utilización de un clavo no es casual —dijo Tim.

Camila empezaba a sentir esa pulsión que se manifestaba cuando intentaba encastrar piezas que parecían no tener sentido.

—¿Ese detalle ha sido publicado?

Tim negó con la cabeza.

—Pero pronto se filtrará.

Camila tenía la extraña sensación de haber alcanzado una inesperada familiaridad con Doherty, como si lo conociera de alguna parte.

—¿Tú crees que Sophia puede estar viva? —disparó Camila.

El periodista suspiró.

—Primero le diré lo que no creo. —Hizo una pausa—. No creo que Sophia se haya quitado la vida tirándose del puente Catenary. Pero eso no significa que esté en el grupo de los que creen en teorías vengadoras. Quiero decir, ¿Sophia se marcha de su casa, permanece meses vaya uno a saber dónde y varios meses después asesina a Dylan Garrett de un martillazo? No tiene mucho sentido. —Tim se masajeó el mentón, un gesto que había repetido por lo menos dos veces desde su llegada.

—Coincido en que no tiene pies ni cabeza. Además, tengo entendido que la policía ya tiene al asesino de Garrett.

—Así es. Y posiblemente sea lo único que han hecho bien.

Tim apoyó la mano sobre las carpetas. Como si allí estuvieran todas las respuestas.

—Todo lo que he averiguado está aquí. La nota que recibió Caroline en su casa demuestra que hay algo que no estamos viendo. Caroline iba a ofrecer esa entrevista y aparece la nota, se altera y unas horas después cae desde la terraza de su casa y se salva de milagro. Para la policía ha sido solo un accidente doméstico.

—No te caes de tu propia terraza. O se tiró o la empujaron.

—¿Qué quiere que le diga, señora Jones? La mujer

está viva. La policía no va a esforzarse para dilucidar algo que ella misma podrá revelar cuando despierte.

—¿Cuál es su estado?

—Crítico.

Camila meditó el asunto. Paseó la mirada por el salón y se quedó mirando por uno de los amplios ventanales.

—Permítame que le muestre algo —dijo él.

Camila se alarmó al ver que Tim volvía a abrir la carpeta.

—No se preocupe —la tranquilizó—, no será nada escabroso.

Tim buscó tres fotografías y las colocó sobre la mesa. Eran tres tomas diferentes de un espacioso salón decorado con buen gusto. Camila examinó las fotografías sin saber exactamente qué debía mirar.

—Estas fotografías fueron tomadas en la casa de los Holmes y forman parte de la investigación —dijo Tim—. Créame, nadie les ha prestado atención. La policía se enfocó en el jardín y en la terraza.

Camila volvió a concentrarse en las fotografías. Nada parecía fuera de lugar. Tim señaló un objeto en una pequeña mesa redonda, junto al sofá.

—Un mando a distancia —apuntó Camila.

—Y en el respaldo del sofá hay una manta —dijo Tim—. Caroline tenía la costumbre de prepararse una copa, cubrirse con esa manta y ver Netflix. Eso hizo el día anterior. Vio los dos primeros capítulos de la serie *The Sinner*.

Camila guardó silencio. Entendía perfectamente lo que Tim insinuaba, pero él igualmente lo expresó en voz alta.

—¿Quién empieza a ver una serie de misterio si tiene pensado quitarse la vida al día siguiente?

Guardaron silencio un momento.

—De una forma u otra, la nota alteró los planes de Caroline Holmes —dijo Tim.

—¿Cómo sabes lo que vio Caroline en la televisión el día anterior?

Tim se masajeó el mentón.

—Como le he dicho, tengo una buena relación con Phil Holmes. Le pedí que lo comprobara en el historial de la plataforma. Al principio se negó, pero finalmente lo hizo.

Camila se quedó pensativa.

—Creo que no te equivocas al pensar que hay algo extraño en el caso —dijo Camila finalmente—. Los elementos que apuntan al suicidio son débiles; el vestido bien pudo haber sido lanzado al río por alguien para que la policía lo encontrara. La nota que recibió la madre y lo que sucedió después tiene que estar relacionado de alguna forma. Pero eso tú ya lo sabes. Lo único que puedo decirte es que, si Naroditsky se implica de lleno en el caso, su prioridad no será la verdad.

—Eso me temo —dijo Tim.

El periodista suspiró y guardó silencio un momento.

—Hay una cosa más que quiero que sepa, señora Jones. Y me gustaría que lo considere antes de tomar su decisión...

—Ya he tomado mi decisión.

—Déjeme decírselo de todas maneras. Yo sé que Sophia no se quitó la vida en el puente Catenary. Lo sé porque yo mismo la vi aquel día.

3

Una de las razones por las que a Camila le gustaba visitar a Eduardo Olguín era porque el viejo nunca le preguntaba por su trabajo en la televisión. Hasta donde ella sabía, Ed ni siquiera estaba al corriente de ello. O fingía no estarlo.

Camila no era Jennifer Lopez, podía caminar por la calle sin que la gente se le echara encima. El suyo era un rostro reconocible que despertaba cierto interés, pero nada que no hubiese podido manejar en el pasado. En un buen día, y con la ayuda de unas gafas de sol, podía pasar desapercibida y nadar en el bendito océano del anonimato. A lo sumo, dependiendo de dónde estuviera, era abordada una o dos veces, lo que constituía una dosis de fama que no llegaba a ser opresiva. En general eran encuentros amigables, respondía algunas preguntas —últimamente siempre las mismas— y eso era todo.

«¿Por qué te retiraste? ¿Tienes pareja? ¿Vas a regresar a "El peso de la verdad"?»

Casi no había tenido encuentros hostiles. En una ocasión una mujer se le acercó en un restaurante y le preguntó si era cierto que tenía cáncer. Cuando Camila se negó a responderle, la amabilidad de la mujer desapareció como por arte de magia y le exigió una respuesta bajo el pretexto de que Camila era una persona pública y que los televidentes tenían derecho a saber. La situación derivó en un griterío de acusaciones cruzadas y en el descubrimiento por parte de Camila de que no era buena para manejar invasiones descaradas de su privacidad.

Con Ed no tenía que tomar ninguna precaución. Para él, Camila era una *compatriota* más que visitaba su tienda en busca de yerba para el mate y dulce de leche. Ed vivía en Estados Unidos desde hacía casi cuarenta años; se había escapado de Argentina a los veinticinco y no había vuelto nunca. Tiempos difíciles los de aquella época, le decía a veces a Camila con ojos soñadores y tristes: «Vos eras muy chica pero seguro tus viejos lo vivieron».

Camila había encontrado la tienda Sabores Argentinos gracias a Facebook. Uno de los nietos de Ed se ocupaba del mantenimiento y de publicar la llegada de nuevos productos. Cuando Camila tomó la decisión de irse a vivir a una isla minúscula con su perro, no contempló muchas cosas, y una de ellas fue cómo se abastecería de los productos argentinos que su asistente solía comprarle en una exclusiva tienda de Nueva York. Ed fue su salvador.

Camila disfrutaba conduciendo los treinta kilómetros hasta Leland, un pueblo en el condado de Brunswick, al oeste de Wilmington. Cuando Ed la veía llegar en su Mercedes descapotable se le iluminaban los ojos. Quizás se emocionaba de la misma forma con cada argentino que iba a verlo, aunque a Camila le gustaba pensar que entre ellos había una conexión especial. «Bienvenida a la loma del orto», decía el viejo con los brazos abiertos.

Ed le había insinuado una vez que nunca volvió a Argentina porque no se atrevía, y en eso Camila lo entendía mejor que nadie.

—¡Camila, querida! —le dijo esta vez.

Ed caminaba con una leve cojera, pero de alguna forma saltó de la alegría.

—¿Cómo está mi porteño preferido? —lo saludó ella en un español que había dejado de ser perfecto.

Sharon, la muchacha que ayudaba en la tienda, estaba acostumbrada a esas conversaciones cantarinas de las que entendía apenas un puñado de palabras.

Ed invitó a Camila a la trastienda, como hacía siempre. Allí había una ciudad de cajas acumuladas y una modesta cocina. El viejo puso la pava en el hornillo y preparó el mate. Antes de colocar la yerba, exhibió el paquete con orgullo.

—¿Nueva marca?

—La mejor —dijo él, ahora de espaldas, sacudiendo el paquete con suavidad para que la yerba cayera en la medida justa—. Listo el pollo y pelada la gallina.

A Ed le gustaba hacer alarde de sus modismos.

Mientras el agua se calentaba, se sentó. Estaban en la esquina de una mesa cuadrada atiborrada de cosas.

—Perdoná el desorden —se disculpó Ed—, esto parece un nido de caranchos. Recibimos la mercadería hoy y Sharon estuvo toda la mañana atendiendo clientes y preparando pedidos. Yo ya no puedo hacer las mismas cosas que antes.

—¿Otra vez la espalda?

—Sí. Tengo días buenos y días malos. Hoy es uno de los malos.

Cuando el agua estuvo lista, Ed preparó el primer mate y se lo entregó a Camila. Ella lo dejó reposar un rato mientras hablaban de banalidades, después aspiró por la bombilla. Saboreó el agua, amarga y caliente, y asintió en señal de aprobación. La pava con la que Ed agasajaba a las visitas era chica y servía para ocho mates, así que las conversaciones entre ellos normalmente se extendían alrededor de media hora. El mate era un fabuloso metrónomo.

—¿Puedo preguntarte algo, Ed? —dijo Camila mientras le devolvía el mate.

El tono de seriedad hizo que el hombre elevara una ceja.

—A ver...

—¿Por qué nunca volviste?

—Ah, ¡te viniste recargada! —La pregunta no pareció ofenderlo en absoluto—. Mirá que después te voy a preguntar lo mismo a vos.

Ella sonrió.

—A ver, dejame pensar —reflexionó Ed—, a lo mejor nunca volví para no darme cuenta de que me equivoqué. A veces sueño... con el barrio de Flores, la plaza a una cuadra de mi casa donde jugábamos al fútbol con los pibes, detalles insignificantes, como el silbato del afilador que pasaba todos los domingos o el olor a choripán. Ahí tenés otro ejemplo, nunca volví a probar un choripán... porque no podría ser mejor que en mis recuerdos.

Camila se puso a pensar que ella tampoco había vuelto a probar esos monstruosos embutidos atrapados entre dos panes.

—¿Por qué me preguntás eso? ¿Estás pensando en volver?

Camila hizo una mueca.

—No, para nada. Mi vida está acá. Alex acaba de empezar la universidad.

Ed asintió.

—¿Entonces? —dijo Ed.

—No sé, estaba pensando en eso cuando venía. Si las personas como nosotros, que se ven obligadas a irse de su país, acaso no desarrollan algún mecanismo de autoconvencimiento. Para no sufrir.

Ed se la quedó mirando.

—Nunca me dijiste que te fuiste obligada.

—Bueno, es una forma de decir, y una historia para otro día.

Él asintió.

Camila le entregó el mate y Ed se ocupó de volver a llenarlo.

—Te voy a decir una cosa —dijo Ed mientras inclinaba la pava y un hilo de agua mojaba la yerba—. Cuando me vine estaba leyendo *El corazón de las tinieblas*, de Joseph Conrad. Me vine de raje, con lo puesto. Armé una valija chica, metí un poco de ropa y no sé por qué metí algunos libros, entre ellos el de Conrad. Nunca lo acabé. Lo tengo en la biblioteca, con la punta de una de las hojas dobladas. No sé por qué en esa época no usábamos señalador.

—¿Nunca volviste a leerlo? —dijo Camila maravillada.

—Nunca. No me preguntes por qué. Pensé hacerlo varias veces, pero ahí sigue, en la misma página en la que lo dejé hace casi cincuenta años. Así que a lo mejor tenés razón y el exilio nos deja una cicatriz...

—Que nos impide mirar atrás —completó Camila.

Ed asintió mientras tomaba su último mate.

La conversación se extendió un rato más, pero se ocuparon de que discurriera por carriles más convencionales. Antes de salir de la trastienda, Ed rebuscó entre las cajas y le entregó a Camila un pequeño objeto cuadrado.

—Es un Havanna nuevo. Setenta por ciento cacao, y va de regalo.

A Camila se le iluminó el rostro al ver el alfajor.

—Este debe ser una delicia.

—Lo es. ¿Sabés que ahora allá conseguís estos alfajores en cualquier parte?

—No sabía. Antes te tenías que ir a la costa para traerte una cajita y salían una fortuna.

—¿Viste? El viejo Ed siempre te canta la justa.

Volvieron a la tienda y Sharon le entregó el pedido; suficiente para cuatro o cinco semanas.

Camila se despidió de Ed con un abrazo. El hombre le dijo que la esperaba pronto y se marchó con cierta urgencia. Volvió a cruzar la puerta arrastrando la pierna izquierda. Camila se quedó mirando la puerta cerrada con cierta preocupación.

Sharon la observaba expectante desde el otro lado del mostrador. Camila deslizó su tarjeta de crédito por el lector y, mientras esperaba la confirmación, vio algunos periódicos de la zona. Distraídamente, tomó uno y lo dejó en el mostrador. En la esquina inferior estaba la fotografía de Sophia Holmes, acompañada por el siguiente pie de foto: «Ángel o demonio. ¿Qué supo su madre antes del trágico accidente?».

Camila se quedó mirando la fotografía de Sophia. Al levantar la mirada descubrió que Sharon la observaba con fijeza. Estaba claro que la muchacha sí sabía a quién tenía enfrente.

4

Camila siempre había sido un ave nocturna. Durante la universidad descubrió que su pensamiento se afinaba pasada la medianoche. Algo mágico sucedía en esas horas, con el ulular de los búhos, el aleteo ocasional de algún murciélago y el concierto de grillos. Incluso de pequeña, cuando vivía con su abuela, fingía dormir para levantarse a altas horas de la noche y vagar por la casa. En aquellos tiempos vivía con ellas un gato naranja llamado Coso, que de día era cariñoso y holgazán, y que de noche se transformaba en una criatura taimada que lo único que quería era irse por los techos para pelearse con otros gatos. Volvía de sus contiendas con los bigotes doblados y el pelo apelmazado, y Camila solía esperarlo con la ventana de la habitación abierta. A veces, si hacía calor, Camila se escabullía al jardín trasero y se quedaba en una silla de plástico a esperarlo, linterna en mano y con una o dos galletas. Cuando Coso llegaba, con el andar de un ebrio y los párpados a media asta, ella lo escoltaba hasta su cesta de mimbre y lo observaba hasta que el felino se dormía y soñaba con un nuevo día de batallas en las alturas.

En Queen Island Camila había recuperado sus hábitos nocturnos. Después de años viviendo en un apartamento con vigilancia las veinticuatro horas del día y con sistemas de seguridad de última generación, al principio no supo si podría volver a sentirse segura estando sola. Alex fue uno de los que creyeron que no lo soportaría, y hasta le suplicó que reconsiderara su decisión de aislarse de semejante forma. Camila no culpaba a su hijo por preocuparse; Alex había vivido toda su vida protegido en una mole de hormigón y no concebía que adaptarse a algo diferente fuera posible. Para ella fue como volver a sus raíces.

La noche siguiente a la visita de Tim Doherty, Camila se encontraba en la mesa del porche leyendo el periódico que había comprado en la tienda de Ed. Bobby, que solía acompañarla a regañadientes, levantaba la cabeza cada vez que escuchaba el gemido de un somorgujo y la miraba con una mezcla de hastío y súplica. *¿Teniendo una casa gigantesca y confortable, me explicas cuál es el propósito de estar aquí afuera en medio de una nube de insectos?*

Cuando Camila leía un libro lo hacía con una pequeña lámpara de pilas de esas que se sujetan a la parte superior de las hojas. Para el periódico había encendido la luz del techo y eso había atraído una cantidad importante de insectos. Camila los apartaba sin ser del todo consciente.

Junto al periódico estaba la carpeta que Tim Doherty le había dejado, aunque Camila se había mostrado inflexible en su decisión. El periodista le había pedido —casi suplicado— que le echara un vistazo en cuanto pudiera.

La carpeta estaba abierta por la primera página.

Allí había una breve cronología de lo sucedido en las horas previas a la caída de Caroline Holmes. Estaba escrita con lápiz y sin mayores detalles. Junto a una de las líneas de texto había una anotación: «¿Dónde está la nota que encontró Caroline?».

Empezó a leer los documentos. La nube de insectos era cada vez más densa y los grillos cantaban formando un ruido demencial.

Su muñeca vibró y en el reloj vio el mensaje de Alex: «¿Hablamos?».

Camila sonrió. Había aprendido a no estar siempre encima de su hijo, pero era una conquista relativamente reciente. Cuando él empezó a salir con sus amigos, ella se angustiaba si no tenía noticias y necesitaba llamarlo para cerciorarse de que todo estaba bien. No hay mejor forma de enfrentarse con un adolescente que llamarlo unas cuantas veces al día para preguntarle qué está haciendo. El método resulta infalible. Para Camila llegó a convertirse en una situación angustiante que no podía controlar. Él le decía que era por los horrores que ella veía a diario en sus investigaciones —y quizás tuviera razón—, y que necesitaba confiar en él. Camila confiaba plenamente en Alex, pero, aun así, no podía dejar de pensar en escenarios fatalistas.

Con el tiempo había conseguido dominar esos pensamientos apocalípticos. Ahora celebraba cada vez que él proponía una llamada entre ellos.

Fue al salón y abrió el portátil. Alex la saludó desde su habitación en el campus de la UMass. Llevaba puestas sus gafas de lectura.

—Hola, mamá.

Alex se acercó a la pantalla. Tenía los mismos ojos color almendra que ella, el resto era de su padre. Miró en todas direcciones.

—Aquí lo tienes —dijo Camila adelantándose a la petición de su hijo. Levantó el portátil y lo inclinó hasta que Bobby entró en escena.

—¡Hola, amiguito!

El beagle movió la cola sin demasiado entusiasmo.

—¿Has puesto la alarma, mamá?

—Sí. Estoy encerrada en la casa desde las cuatro de la tarde.

—Muy graciosa. ¿Qué estabas haciendo?

—Leyendo un poco. ¿Tú?

—Tratando de estudiar —dijo él negando con la cabeza—. Cosas aburridas.

Camila asintió. Alex estudiaba Derecho, como había hecho su padre. Estaba en el primer año y las cosas no iban del todo bien.

—No quiero ser una pesada, ya sabes lo que pienso. No busques la respuesta *fuera*.

—Sí, lo estoy pensando, créeme. No lo tengo tan claro todavía. ¿Y tú?

—Yo, ¿qué?

Alex esbozó una sonrisa.

—¿Qué estás haciendo en esa isla, mamá?

Le había formulado la misma pregunta infinidad de veces. Alex bromeaba con que si insistía y la cogía desprevenida, quizás algún día conseguiría que le dijera la verdad. Ella le decía lo mismo de siempre, que se había agotado de la exposición y que mataba buena parte del tiempo investigando casos antiguos no resueltos. Era una verdad a medias.

—Tengo muchas ocupaciones aquí. Mis plantas...

Alex sonrió.

—Eso es gracioso.

—... estoy aprendiendo a cocinar.

—Eso es *muy* gracioso —dijo Alex divertido, y a continuación observó—. Bobby tiene cara de prisionero de guerra.

—Digamos que el pobre no se resigna. —Camila se inclinó y agarró a Bobby, lo sostuvo delante de la cámara para que Alex pudiera verlo otra vez. Efectivamente, tenía la expresión de un prisionero de guerra.

—Ahora es peor —dijo él—. Como si supiera que le espera la inyección letal.

Camila lo dejó de nuevo en el suelo. Al volver su atención a la pantalla se encontró con un Alex diferente.

—A veces mis amigos me preguntan por qué te fuiste y no sé qué responderles. —Alex miró al techo como si buscara ordenar sus pensamientos—. No es que sea importante lo que les digo a mis amigos, ni a nadie, quiero decir, supongo que soy *yo* el que no termino de entenderlo. Te gusta tu trabajo, tienes el reconocimiento...

Camila suspiró.

—Es algo que necesito hacer, Alex. Es a lo que me refería antes cuando te decía que la respuesta está dentro de ti. Quizás los demás no terminen de entenderlo; lo importante es que tú lo tengas claro.

Alex no insistió. Se dijeron con la mirada todo lo que hacía falta. Camila pensó en preguntarle por Cassie, la chica con la que Alex se estaba viendo desde hacía unos meses —y de la que Camila se suponía que no sabía casi nada, salvo por sus extensivas pesquisas clandestinas en Facebook—, pero aquí también valía la premisa de preguntar lo menos posible. Camila se mordió el labio y se dijo que trataría de que él se lo contara la próxima vez.

Hablaron un rato más y se despidieron. Como cada vez que bajaba la tapa del portátil después de hablar con Alex, Camila sintió un vacío desolador. Eran unos instantes horribles en los que imaginaba no tener a su hijo.

Media hora después regresó al porche, ahora con un café caliente y la carpeta de Tim Doherty. Bobby la observó horrorizado y esta vez no la acompañó.

5

Camila llamó a Tim a las nueve de la mañana del día siguiente.

—Tim, soy Camila Jones.

Una pausa.

—¡Señora Jones! Me alegro de oírla.

—He leído buena parte de tu investigación —dijo ella sin preámbulos—. Has hecho un muy buen trabajo. Quizás me precipité al darte una respuesta.

A través de la línea llegó el bullicio de la calle y el ruido de una puerta al cerrarse.

—¿Es un mal momento? —preguntó Camila.

—No, para nada, estoy entrando en este momento a la redacción. Estoy sorprendido.

—Lo entiendo. Ayer te manifesté mi firme decisión de no formar parte de una investigación y hoy te estoy llamando por teléfono para decirte exactamente lo contrario. Créeme, eso es algo que difícilmente va a volver a suceder.

—Me parece fantástico que quiera participar en la investigación.

Camila habló antes de que Tim pudiera añadir algo más.

—Mi forma de trabajar no es negociable, Tim. Voy a involucrarme en el caso, sí, pero primero necesito empaparme de todo. Solo entonces decidiré qué hacer al respecto. Por lo pronto, voy a hablar ahora mismo con mi productor para decirle que estoy interesada en investigar la desaparición de Sophia. Estará encantado, pero no le prometeré nada. Mientras tanto, tú y yo trabajaremos juntos, y eso significa que todo lo que publiques deberemos discutirlo primero. Escucharé tu opinión, porque claramente conoces la investigación y la idiosincrasia de Hawkmoon, pero yo seré quien tenga la última palabra. ¿Tienes algún problema con eso?

No hubo respuesta. Una puerta se abrió y se cerró y a continuación se escuchó el sonido de unas llaves al caer. Camila imaginó a Tim agachándose para recogerlas.

—Creí que podríamos colaborar más... como un equipo —dijo él.

—Seremos un equipo, pero yo tomaré la decisión final en caso de que no lleguemos a un acuerdo, algo que, déjame decirte, sucederá en algún momento.

Incluso a través de la línea Camila pudo percibir el desconcierto del joven.

—Mira, Tim, no es necesario que me des una respuesta ahora mismo. Piénsalo.

—No es eso. ¿Usted cree que su productor estará interesado?

Camila no tenía ninguna duda. Richard se lo había pedido muchas veces.

—Lo único que quiero en este momento es saber si podemos salir con la historia a nivel nacional si es que lo necesitamos.

—Sí, sí, claro.

—Tú y yo podríamos vernos mañana para trazar los pasos que debemos seguir.

Tim se quedó callado.

—¿Sigues ahí?

—Sí, lo siento mucho, pero mañana no es un buen día —dijo Tim en un tono de voz que había perdido parte del entusiasmo inicial—. ¿Pasado mañana, quizás? Podríamos almorzar en Molly's.

—Preferiría que no fuera en un sitio público —dijo Camila—. ¿Puedo ir a la redacción del *Overfly*?

—Por supuesto.

—Perfecto. Te veré allí a las diez.

—Muy bien. —Tim dudó—. ¿Puedo preguntarle algo, señora Jones?

—Adelante.

—¿Qué la ha hecho cambiar de opinión?

Camila no quería empezar una relación profesional con una mentira, no obstante, lo que dijo a continuación fue tan poco preciso que bien podría calificarse como una.

—Encontré algo en el caso que me ha tocado de forma personal.

Tim guardó silencio otra vez. Probablemente pensó en preguntar a qué se refería Camila exactamente, pero no lo hizo.

Cuando cortó la comunicación Camila se quedó mirando por la ventana. Marshall cortaba el césped vestido con su mono azul y un sombrero de paja; el hombre levantó la mano en señal de saludo y Camila se lo devolvió. Su cabeza iba a toda velocidad. No era del todo consciente de lo que acababa de hacer. Hablar con Doherty había puesto en marcha *algo*. Mantuvo presionado el número dos de su móvil y el contacto pregrabado de Richard Ambrose se marcó a toda velocidad.

—¿Camila?

—Hola, Richard.

—¿Hoy es mi cumpleaños?

—Ja, ja. Muy gracioso.

Richard tenía sesenta y seis años. Convivían en él un hombre medido y racional y otro temperamental e impulsivo. El secreto de su éxito era hacerlos compartir el mismo cuerpo. Uno de sus lemas era: «Noventa por ciento cabeza, diez por ciento arrojo y estupidez». Richard sabía navegar en las aguas de un multimedio como nadie, y Camila lo admiraba por eso y por muchas otras cosas. Buena parte de lo que había aprendido se lo debía a él.

—Quiero volver, Richard. ¿Estás familiarizado con el caso de Sophia Holmes?

Richard se quedó en silencio. Algo cambió en ese preciso momento y Camila fue perfectamente capaz de advertirlo incluso a casi mil kilómetros de distancia.

—¿Qué sucede, Richard?

—Lo conozco —se limitó a decir él.

Camila apartó el móvil de la oreja para comprobar que la llamada seguía en curso.

—¿Vas a decirme qué sucede?

Richard resopló.

—Camila, nada me hace más feliz que saber que quieres volver, aunque sea para un especial, diez minutos, lo que sea. Pero hay algo que debes saber.

—Te escucho.

—Antes que nada, te pido discreción. Si se filtra me colgarán de las pelotas. Estamos negociando con Naroditsky para que se una a «El peso de la verdad».

Camila sintió un ligero dolor en el pecho e instintivamente se sentó en la silla que tenía al lado. Tragó una bocanada de aire.

—Camila, ¿estás bien?

No, no estaba bien. Juntó fuerzas y se levantó de la silla. Todavía con el teléfono en la mano, llegó a la puerta de la calle y salió al porche. El dolor en el pecho no disminuía. Camila miró al cielo.

Richard seguía haciéndole la misma pregunta, ahora con mayor insistencia.

—Estoy bien —dijo ella finalmente, apoyada contra una de las columnas de madera.

Marshall había detenido la cortadora de césped y la observaba. Ella le mostró el pulgar.

—¿Seguro que estás bien? Perdona por no habértelo dicho antes. Es algo reciente.

—¿Naroditsky? —dijo Camila sin salir de su asombro.

—Lo siento, Camila. Necesitamos dar un golpe de timón con una figura de primera línea. Sin tu presencia el barco se hunde.

—Eso lo entiendo. Pero... ¿Naroditsky? Tú conoces a Vince mejor que nadie.

—No es solo decisión mía, Camila. Las negociaciones están muy avanzadas, casi cerradas.

—Y déjame adivinar, el caso de Sophia Holmes es uno de los elegidos.

—Más que eso —dijo Richard—. Es el caso estrella. Naroditsky asegura que será lo más impactante que se ha visto en mucho tiempo. Los ejecutivos han comprado la idea.

Camila cerró los ojos mientras negaba con la cabeza.

—¿Sigues ahí, Camila?

—Sí.

—Lo siento mucho. Si me hubieras llamado antes... Quizás podamos buscar la forma de...

—Sabes que eso es imposible, Richard. Vince y yo no podemos estar en la misma cadena. Por Dios, no podemos estar ni siquiera en la misma ciudad.

—Lo siento mucho.

Terminaron la conversación con la promesa de volver a hablar después de unos días y de buscar algún tipo de solución.

Camila entró en la casa con la esperanza de encontrar a Bobby, pero el perro no estaba a la vista. Realmente necesitaba hablar con alguien.

—Lo más impactante que se ha visto en mucho tiempo... —farfulló mientras entraba en la cocina.

Una cosa estaba clara: no condicionaría sus decisiones en función de Vince Naroditsky. No cometería el mismo error dos veces.

Abrió la puerta del sótano con determinación y se quedó parada frente a la boca oscura. Llenó los pulmones de aire y cerró los ojos.

Bajó los primeros peldaños con lentitud, aferrada al pasamano. Conforme fue ganando confianza aceleró el paso hasta detenerse en el descansillo, donde la escalera giraba noventa grados hacia la derecha.

«Hasta aquí todo bien», se felicitó.

En el segundo tramo de la escalera el dolor en el pecho volvió a aparecer. Esta vez no fue una molestia, como durante la conversación con Richard, sino una flecha dolorosa que se le clavó a la altura del esternón. Se dobló por la mitad y ahogó un grito. Para Camila era la antesala de la muerte.

Empezó a contar en voz baja: «Uno, dos, tres...».

6

5 meses y 14 días antes de la desaparición

Sophia discutió con Janice mientras regresaban de la escuela. Todo empezó cuando Janice le pidió que la acompañase al autocine abandonado, donde tenía planeado ver a Dylan Garrett, un chico de tercero de secundaria de quien decía estar enamorada.

Sophia, cuya opinión sobre Garrett ya había quedado clara en un sinfín de ocasiones, volvió a despacharse con lo mismo de siempre: que era un engreído, que de no ser por las conexiones de su padre hubiese sido expulsado de la escuela unas diez veces y que vivía hostigando al resto para llamar la atención. El pobre era un cliché andante. ¡Y además no era guapo!

A Janice nada de eso pareció importarle y le lanzó un ultimátum.

—¿Vas a acompañarme o no?

—¡Claro que no!

Todos en la escuela sabían lo que pasaba en el autocine abandonado. Los chicos mayores se reunían a escuchar música, beber y fumar. Si un chico y una chica querían algo de intimidad, no tenían más que ir con el coche detrás del muro que en otro tiempo había servido como pantalla de proyección. Las autoridades nunca merodeaban por esa parte del bosque.

—Voy a ir de todos modos —la desafió Janice.

Sophia no recordaba haberse sentido tan ofuscada en su vida. Tenían catorce años y Janice nunca había estado con un chico, ni siquiera con uno de su edad. Ahora estaba entrando en una etapa de rebeldía donde quería hacer lo que le daba la gana sin detenerse a analizar si era una estupidez o no. Y encontrarse con Dylan Garrett en el autocine abandonado era la estupidez más grande imaginable. ¿Por qué no podía verlo?

—¿Y qué vas a hacer si Dylan quiere estar contigo en su camioneta?

—No hay que planificarlo todo, Sophia. Quizás acepte, no lo sé.

—¿¡Estás loca, Janice!? No puedes ir. Sabes que tengo razón.

—¡Claro, tú siempre tienes razón!

Se habían detenido en un cruce. Era el punto donde el camino habitual se desviaba hacia el bosque.

—No voy a formar parte de esto —dijo Sophia.

—Perfecto. —Janice dio media vuelta y caminó a toda velocidad.

Sophia estuvo a punto de ir corriendo y agarrarla de los hombros, zarandearla y hacerla entrar en razón. No lo hizo porque en parte sabía que no iba a servir para nada. En ese momento, Janice se volvió, más enojada que antes, y le gritó que estaba cansada de que Sophia se creyera la dueña de la verdad. ¡Y que Dylan sí era guapo!

Eso dolió.

Sophia llegó a su casa todavía enfadada, pero también preocupada. Dejó la mochila en uno de los sillones y fue en busca de su madre. Cuando llegó al estudio y vio el ordenador apagado y la habitación en penumbras, recordó que aquel miércoles en particular Caroline iría a la oficina. Normalmente trabajaba desde casa, pero de vez en cuando se reunía con su equipo de trabajo e iban a almorzar todos juntos.

Recién entonces Sophia fue a su habitación, un muestrario variopinto de sus múltiples intereses. Había una biblioteca con libros de todo tipo —ciencias en su mayoría—, un globo terráqueo, pósteres de Taylor Swift —su ídolo más absoluto junto con Stephen Hawking—, un micrófono profesional con su amplificador, un telescopio y un montón de libretas con notas. Si algo le interesaba, Sophia se lanzaba en pos de ello.

Se tiró de medio lado en la cama y se quedó mirando por la ventana. Su habitación era la única que estaba en la planta baja, y desde ese ángulo podía ver parte de la calle Clayton y las casas vecinas.

La frase de Janice seguía rebotando en su cabeza. Odiaba cuando alguien la acusaba de creerse la dueña de la verdad. Era algo con lo que luchaba desde muy pequeña, cuando sus padres se dieron cuenta de que tenía una inteligencia superior a la media.

A los tres años, Sophia utilizaba el lenguaje casi como un adulto, y a los cuatro leía y razonaba de una forma absolutamente fuera de lo normal. Cuando empezó la escuela, la diferencia con sus compañeros era abismal. A la segunda semana, la señorita Coleman citó a los Holmes, entre consternada y alarmada, pero mayormente alarmada. Los recibió en el aula después de clase. Les dijo que durante la clase del día anterior había estado enseñándoles a los niños los principios básicos de la suma. Sophia, por supuesto, sabía todas las respuestas. Para mantenerla ocupada, le pidió a Sophia que sumara todos los números del uno al cien, asumiendo que eso le llevaría un buen rato y que, de ese modo, podría retomar la clase en paz. Sophia se la quedó mirando y al cabo de cinco segundos le dio la respuesta. «Cinco mil cincuenta», dijo la pequeña con aire triunfal. La propia señorita Coleman aceptó que no sabía el resultado y tuvo que pedirle a Sophia que le explicara cómo había llegado a la solución tan rápido. Caroline, que se había licenciado en

Administración de Empresas y poseía cierta facilidad para los números —aunque nada remotamente parecido a Sophia—, consiguió vislumbrar la razón de aquella aparente velocidad de cálculo. Era imposible que la niña hubiese sumado cien números en cinco segundos, por supuesto, pero, según les había explicado la señorita Coleman con fascinación, «¡Sophia había multiplicado los extremos!». «Los extremos siempre suman 101. Es decir, 1 + 100, 2 + 99, 3 + 98... y así sucesivamente. ¡Todos suman ciento uno! Sophia solo tuvo que multiplicar 101 y 50 para obtener la respuesta.» Y esto último agregaba una nueva revelación: Sophia había aprendido a multiplicar por su cuenta.

Ese día, de regreso a casa, Sophia estuvo en silencio la mayor parte del trayecto. Justo antes de llegar les dijo que había entendido que no estaba bien hacerse la listilla en clase, que todos tenían que aprender, no solo ella. Dijo que no volvería a hacerlo. Y así fue.

Desde entonces, Sophia fue una niña con excelentes calificaciones, pero nunca iba más allá. Aprendió que la exigencia estaba fuera de la escuela, no dentro. Todos los maestros estaban encantados con ella.

Sophia giró sobre la cama. Ahora miraba la pecera donde Tony nadaba de un lado para otro.

—Eres una estúpida —se retó.

El mismo principio había aplicado siempre con sus amigos y seres queridos. A las personas no les gusta que les señalen sus equivocaciones. Más aún, Sophia sabía que no servía absolutamente para nada. La mejor forma de aprender era que nosotros mismos nos diéramos cuenta de las cosas.

Enfrentarse a Janice había sido un error. Tendría que haber intentado razonar con ella.

7

Unas manzanas después, a Janice se le había pasado el enfado y hasta pensó en regresar a buscar a Sophia, pero no lo hizo. Se conocían desde primer grado y discutían a menudo; era parte de su dinámica habitual. Sus mundos eran muy diferentes y, aun así, era su mejor amiga. Sophia decía que la amistad entre ellas era una *singularidad*, algo que Janice nunca había terminado de entender por completo, por lo menos no en los términos en los que su amiga lo planteaba. Cada vez que ella intentaba explicárselo, haciendo enrevesados paralelismos con el universo, Janice fingía dormir y roncar y luego se reían a carcajadas. Se había convertido en una especie de gracia. Lo cierto es que, mientras Sophia analizaba las cosas desde todos los ángulos imaginables, Janice prefería la incertidumbre. A sus catorce años, Janice empezaba a descubrir que a veces era mejor apartarse un poco del camino, como cuando probaba un acorde extraño en alguna de sus canciones y el resultado era inesperadamente bello. Había algo reconfortante en no saberlo todo y dejarse llevar.

Si a Janice le gustaba Dylan Garrett y tenía ganas de verlo, aunque eso significara espiarlo de lejos, ¿por qué no hacerlo? No tenía que ser el amor de su vida. Era un chico que le gustaba —el primer chico que le gustaba, de hecho—, y nada más.

Se internó en el bosque y al cabo de un rato llegó a un área de pícnic desolada. Se sentó en una mesa, se quitó la mochila y sacó del interior su kit de maquillaje y el estuche con los *piercings*. Se los colocó con rapidez: uno en la nariz, otro en la lengua y el tercero en la ceja. Cuando devolvía el estuche a la mochila un ruido a sus espaldas la sobresaltó. Se volvió con el corazón desbocado para descubrir a una pareja de ardillas que había surgido de unos arbustos y la observaban con interés.

Janice soltó el aire sonoramente.

—No tengo nada para comer. Lo siento.

Los animales se miraron con los hocicos olfateando el aire. Janice les explicó que a la escuela no podía asistir con maquillaje, así que no tenía más remedio que utilizar su patio de recreo para maquillarse. Valiéndose de un espejito se pintó los párpados de negro y delineó una gruesa línea debajo de sus ojos. Para sus labios eligió un tono natural no demasiado llamativo.

Las ardillas se fueron en algún momento y Janice se sintió sola y vulnerable; necesitaba ponerse en movimiento cuanto antes. Se puso bien la chaqueta de cuero y se fue a toda velocidad, pero las cadenas que colgaban de su pantalón anunciaban su presencia y se las metió en el bolsillo. No era una buena idea que una chica anduviera sola por el bosque; su decisión de acortar camino por aquella zona poco transitada no había sido la más atinada.

El autocine abandonado estaba ubicado al norte de la ciudad. Janice se asomó desde detrás de un tronco grueso y examinó primero la explanada de hormigón y después la inmensa pantalla, gris y descascarillada. A veces había chicos de su edad, arremetiendo con sus *skates* de un lado para el otro, rebotando en las paredes o haciendo piruetas en las tuberías. Por lo general, los chicos mayores los echaban cuando llegaban con sus coches y su música.

La inconfundible 4Runner de Dylan estaba en el centro del terreno. El propio Dylan estaba apoyado en la parte delantera de la camioneta; bebía cerveza y miraba embelesado la pantalla como si en ella se proyectara una película que solo él podía ver. Estaba alejado del resto y Janice pensó en tomarle una fotografía con el móvil y añadirla a su colección, pero estaba demasiado lejos. Unos metros más alejados estaban Casey Flechner y Steve Camp, dos de los mejores amigos de Dylan. Una especie de rap horrible surgía de alguno de los coches.

La buena noticia era que los chicos estaban solos. No había rastro de Maggie Gill, la cabeza hueca que decía ser la novia de Dylan, ni de Sally O'Donnell o cualquiera de las otras. Acercarse con ellas presentes hubiera resultado imposible, y ahora que Janice tenía el camino libre sintió un miedo paralizante. Había repasado la situación en su cabeza unas mil veces. Lo único que tenía que hacer era acercarse de un modo casual, entablar una conversación con Dylan y quizás pedirle un trago de cerveza. Janice había probado la cerveza; a veces su padre y sus amigos dejaban bebidas a medio terminar y ella era la encargada de limpiar todo el desorden. La había probado una vez, solo por curiosidad, y a pesar de haberla encontrado repugnante, creía ser capaz de tolerar un sorbo.

En sus fantasías siempre encontraba el valor para acercarse. Cualquier frase servía para romper el hielo. Le podría decir, por ejemplo, que su padre tenía una Harley de los años ochenta y que la reparaba él mismo en su taller y Dylan se sentiría impresionado de inmediato. A Dylan le gustaban los coches, incluso quería ser piloto profesional. Además, ¿qué podía salir mal? Si no la tomaba en serio, no tenía más que seguir su camino.

Pero Dylan sí la tomaría en serio. Porque había algo que Janice sospechaba, y era que en el fondo ambos eran iguales: dos rebeldes incomprendidos. Por alguna extraña razón sentía que conocía a Dylan Garrett aunque apenas hubiera cruzado unas cuantas palabras con él.

«¡Acércate ya!»

No podía.

¿Por qué no podía?

Entonces encontró la excusa perfecta para quedarse donde estaba. A lo lejos, en el extremo opuesto del terreno, vio a un grupo de chicos de su edad. Estaban prácticamente escondidos a un lado de la construcción que albergaba el sistema de proyección, seguramente a la espera de que los mayores se marchasen. Janice reconoció de inmediato a uno de los chicos: negro, delgadísimo y alto como el Empire State. Incluso a esa distancia supo que no podía ser otro que Tom. Y si estaba Tom, entonces también debía de estar Bishop, a quien no tardó en divisar, en precario equilibrio sobre su tabla, desproporcionadamente grande. Tom y Bishop eran amigos suyos, y una parte de ella sintió el deseo irrefrenable de ir corriendo para unirse a ellos.

«Solo que has venido a hablar con Dylan de una vez por todas.»

¿Y si Tom o Bishop la veían?

Sabía que seguía buscando excusas. ¿Qué importaba si la veían? Nada en absoluto. Ella era libre de hacer lo que quisiera. Además, sus amigos no iban a quedarse mucho más tiempo. Bishop vivía con su madre y ella era flexible con los horarios, pero los Johnson seguían de cerca los movimientos de Tom, que además era el menor del grupo y todavía tenía doce.

Janice decidió esperar. Una vez que Bishop y Tom se marcharan, ella podría seguir adelante con su plan. Dylan no se iría a ninguna parte, seguía con la mirada perdida en las grietas del muro.

Se sentó en una roca, detrás de un árbol que la mantenía oculta. Se colocó los auriculares y seleccionó una de sus listas de reproducción favoritas, con música de verdad y no ese ruido computarizado carente de armonía que salía de uno de los coches. El rock pegadizo y potente de Aerosmith la reconfortó, la transportó a la seguridad de su habitación, donde había recreado ese momento al detalle y donde tenía el valor suficiente para acercarse a Dylan. Los minutos corrieron, Aerosmith dio paso a Guns N' Roses y ella seguía en el mismo lugar. Ni siquiera se volvió para ver si Bishop y Tom seguían cerca o si se habían marchado. Ya nada importaba, porque en el fondo sabía que no encontraría el valor para salir de detrás de ese árbol y caminar los mil kilómetros que la separaban de la 4Runner.

«No llores, o el maquillaje va a quedar hecho un asco.»

Otra oportunidad desperdiciada.

Si Sophia estuviera con ella las cosas serían bien distintas. Ella elucubraría un plan en dos segundos, sabría exactamente cómo acercarse a los chicos para que resultara creíble. Dylan y los demás nunca se burlarían de Sophia.

Veinte minutos después de haber llegado tenía el culo frío y plano como una tabla. Eran las tres pero parecía mucho más tarde; una capa de nubes negras se había formado en algún momento sin que ella se diera cuenta. Cuando se asomó por un lado del tronco vio que uno de los coches tenía encendidas las luces.

Tom y Bishop se habían marchado, al igual que el resto de los chicos de su edad. Dylan seguía sentado sobre la camioneta, ahora en compañía de Casey. Buscó a Steve Camp con la mirada y no lo encontró. Empezaba a preocuparse cuando una rama se quebró detrás de ella.

—¿Nos estás espiando?

Janice se volvió. Tuvo que levantar la cabeza al máximo para poder mirar a la cara a Steve Camp.

Camp era el mayor de los tres. Llevaba además una chaqueta enorme que lo hacía parecer una tienda de campaña. Tenía el rostro redondo, nariz pequeña y dos ojos negros y juntos como los cañones de una escopeta. Janice apenas lo conocía; sabía que había repetido un año en otra escuela y que lo llamaban el Oso.

—Estaba esperando —dijo Janice. La frase simplemente surgió de su boca, completamente carente de sentido.

—¿Qué dices?

Esta vez a Janice las palabras la abandonaron, quizás para mejor. Las manos le temblaban.

—¿Quién diablos eres? —disparó Camp.

—Ja... Janice. Janice Hobson.

Camp por alguna razón lo encontró gracioso y sonrió.

—¿Entonces vas a decirme por qué nos espiabas, Ja... Janice Hobson?

Camp dio un paso. Medía como trescientos metros e iba a echársele encima. Janice se cubrió instintivamente. Bajó la cabeza.

—Buscaba a Dylan —dijo ella en un tono apenas audible.

—¿A quién?

Janice tembló. Ahora sí que se sentía incapaz de pronunciar una palabra más.

—¿Qué sucede, Oso? —dijo una voz lejana.

«¿Dylan?»

Efectivamente, Dylan Garrett llegó segundos después. Apartó a Camp, o este se movió por su cuenta, y ahora eran dos figuras las que observaban a la chica vestida de negro.

—Dice que ha venido a verte. ¿La conoces?

—¿Cómo voy a saberlo si no puedo verle la cara?

Janice levantó la mirada lentamente y se apartó el cabello del rostro.

Dylan la miraba con curiosidad. ¿Hubo reconocimiento en sus ojos? Janice creyó que sí. Ver que Dylan la reconocía le devolvió algo de valor.

—Hola, Dylan. Soy...

—Ja... Janice —dijo Steve Camp, y empezó a reírse.

—Cállate, Steve.

El grandote obedeció de inmediato.

—¿Dices que has venido a buscarme?

Janice asintió. Se sentía incómoda sentada en aquella roca helada pero no se atrevía a ponerse de pie. Dylan debió de advertirlo porque le pidió a Steve que se marchara.

—Oso, ve con Casey.

—¿Es en serio? —dijo entre divertido e indignado.

—Vete.

Antes de largarse, Steve Camp le lanzó una mirada fulminante a Janice, como si ella, de alguna forma, ejerciera el control de la situación.

Cuando se quedaron solos, Dylan extendió su mano. Janice la aferró y permitió que él la levantara. Era la primera vez que había contacto físico entre ellos. La mano de Dylan estaba templada y Janice hizo que el contacto entre ellos durara lo máximo posible.

—Gracias.

—Te he visto en la escuela —dijo él.

No fue una pregunta. Janice asintió. Decirle que ella también lo había visto a él le pareció una obviedad, por lo que guardó silencio. La razón empezaba a imponerse. Dylan la tranquilizó. Las cosas empezaban a ser como ella siempre las había imaginado. Dylan no era un monstruo, podía hablar con él, claro que sí.

—¿Quieres un trago? —Dylan extendió la botella casi vacía—. No queda mucho, pero tengo más en la camioneta.

Ella aceptó la botella y bebió un trago.

—Me gusta tu *piercing* —dijo él. Se bebió el resto de la botella y la tiró despreocupadamente a un lado.

—Me lo hice hace unos meses. Tengo otro más, en la lengua.

Dylan asintió con la mirada perdida. Luego sacudió la cabeza como si se deshiciera de un mal pensamiento.

—Estás muerta de frío. ¿Cuánto llevas aquí sin moverte?

Ella se encogió de hombros.

—Espérame detrás de la pantalla y yo iré con la camioneta dentro de un momento. La calefacción te hará bien.

Janice dudó.

—¿Puedes ir sola o quieres que te acompañe?

—Puedo ir sola.

—Genial. Espérame allí.

Dylan se marchó y el recuerdo de su presencia no tardó en adquirir cualidades oníricas. ¿De verdad le había agarrado la mano? No solo la había reconocido de la escuela sino que además la había tratado bien, no como el odioso de Steve Camp.

Caminó por el margen del bosque. La capa de nubes era cada vez más espesa y allí, entre los árboles, el bosque había adquirido un aspecto tenebroso. Al rodear la explanada y llegar al otro lado de la pantalla las cosas no mejoraron. Nunca había estado en esa parte del autocine y su estado general era deplorable. El inmenso muro no tenía revoque y los ladrillos lucían un aspecto desigual; había hierros retorcidos que sobresalían como flechas oxidadas, decenas de pintadas de diversas valías artísticas y algunas plantas trepadoras. En la base, el desorden era completo, había dos barriles llenos de basura, botellas y latas aplastadas, una montaña de escombros... Janice arrugó la nariz cuando se acercó al muro. El olor a orina era insoportable. Se alejó unos metros hasta donde había una huella dejada por un coche. Imaginó que Dylan llegaría por allí.

Esperó, con las manos colocadas en las correas de la mochila. No sabía si mirar en dirección al muro, donde sabía que encontraría cosas que no le apetecía ver, como jeringuillas usadas o cosas peores, o en dirección al bosque, que empezaba a resultar verdaderamente amenazante. La sola idea de saber que tenía que regresar sola la deprimió. Una parte de ella deseó salir corriendo y encerrarse en la seguridad de su habitación a tocar el bajo. ¿Qué se suponía que estaba haciendo? Dylan no iría a buscarla. En ese momento estaría con Camp y Flechner, los tres revolcados de la risa burlándose de la niña pintarrajeada que se había creído que tenía alguna oportunidad de ligar con Dylan, uno de los chicos más guapos y populares de la escuela. ¿Por qué se fijaría en alguien como ella? Aunque estaba de pie, se sintió más empequeñecida que cuando estaba acurrucada junto al árbol. Maggie Gill, que estaba obsesionada con Dylan, tenía el cuerpo de una modelo y sus padres le habían regalado una operación de tetas para los quince; aun así, Dylan se negaba a formalizar una relación con ella. Janice era exactamente lo opuesto a Maggie Gill. ¿Solo por eso había imaginado que tenía una oportunidad? ¿Cómo se suponía que iba a conquistarlo? ¿Con una chaqueta negra de Target y un poco de maquillaje barato? Se abrazó el pecho y estuvo a punto de llorar.

Lo hubiera hecho de no ser porque en ese momento los potentes faros de la camioneta surgieron desde un lado del muro.

Janice contuvo la respiración. Quiso sonreír pero no lo consiguió del todo.

El imponente vehículo avanzó con lentitud. Giró y se detuvo de manera que la puerta trasera quedó justo frente a Janice. Los cristales eran negros, así que ella no podía ver el interior. La puerta se abrió mágicamente. En el asiento trasero no había nadie, desde luego, y una agradable nube cálida surgió para abrazarla e invitarla a entrar.

Dylan se bajó de la camioneta y se acercó. El muro silenciaba las voces del otro lado.

—Entra. Vas a congelarte.

Janice lo hizo sin dudarlo. Se deslizó por el asiento y dejó la mochila a sus pies. Rápidamente empezó a sentir como su cuerpo recuperaba la temperatura. Dylan se sentó a su lado y cerró la puerta.

El motor del coche era un suave zumbido tranquilizador.

—Ahora podemos presentarnos formalmente. Dylan Garrett.

Él extendió una mano y ella se la estrechó. Ahora sí consiguió sonreír.

—Janice Hobson.

Dylan se quitó la chaqueta y Janice hizo lo mismo. Ella llevaba puesta una camiseta de los Sex Pistols que había seleccionado especialmente porque le quedaba un poco ajustada. Dylan se la quedó mirando unos segundos.

—¿Los conoces?

Al principio él la miró sin comprender.

—No realmente. ¿Son buenos?

—Lo eran. Mi hermano es mayor que yo y me hizo conocer un montón de música.

Dylan seguía sin apartar la mirada de la camiseta. Había algo demencial en su mirada, un trance distante. Entonces su mano surgió de la nada y se lanzó en pos del pecho derecho de Janice. Al principio ella se asustó. La mano de Dylan se abría y se cerraba.

—¿Es la primera vez que estás con un chico?

—No —mintió ella.

—Tranquila —susurró él.

Dylan se acercó un poco más. Ahora estaba casi en el centro del asiento. Las ventanillas del coche estaban completamente empañadas.

—Me gusta mucho tu maquillaje.

—Gracias.

Janice no conseguía relajarse. Cerró los ojos y se obligó a controlar la respiración. La emoción de estar con Dylan —¡finalmente!— la embargaba. Era un sueño hecho realidad.

—Mira...

Janice abrió los ojos.

8

Tom conocía el vecindario porque su familia había vivido en la calle Avery. Cada vez que iba a buscar a Bishop le gustaba quedarse un rato frente a su antigua casita y ver qué cosas habían cambiado. Todo en general lucía peor. Las plantas de su madre, por ejemplo, que ella siempre había cuidado con tanto esmero, se habían convertido en la versión botánica de *The Walking Dead*. Las paredes estaban despintadas, las ventanas desencajadas, en el jardín había una motocicleta prehistórica despanzurrada. Cada vez que la veía, Tom se preguntaba si el padre de Janice sería capaz de arreglarla, aunque parecía haber cruzado la barrera de la recuperación.

Se sentía conectado a esa casa y no soportaba verla languidecer. Si bien ahora vivían en un vecindario acomodado, en una casa mucho más espaciosa y bonita, en su mente seguía siendo el chico negro destinado a vivir en la parte pobre de la ciudad. Bishop le decía que algún día sería el próximo LeBron James y que viviría en una mansión, pero una parte de él siempre pertenecería a la calle Avery.

Tom sonrió. A lo mejor era simplemente que extrañaba tener cerca a su mejor amigo, colarse por la ventana de su casa para ver vídeos en YouTube o jugar a algún videojuego.

Llegó a casa de Bishop a las nueve, mucho más temprano de lo que habían acordado. Los motivos lo avergonzaban profundamente y no quería pensar demasiado en ellos.

Esperó frente a la puerta de la calle y solo cuando escuchó ruidos se decidió a entrar. Nunca había tocado el timbre y no iba a empezar a hacerlo ahora. Apenas entró se tropezó con tres muñecas que estaban tomando el té y estuvo a punto de caer. Podía ser el futuro LeBron James, pero había crecido más de una cabeza durante el último año y estaba en proceso de acostumbrarse a sus nuevas dimensiones.

La voz amortiguada de la madre de su amigo le llegó desde la cocina. Tom se alegró de que Lena todavía estuviera en casa y no pudo evitar esbozar una sonrisa. En ese momento Lena le decía algo a Tilly, la hermana menor de Bishop, y cruzaba el salón a toda velocidad enarbolando un secador de pelo. Cuando percibió la presencia de Tom se detuvo en seco.

—¡Oh, Tom, casi me matas del susto!

Lena sacó la lengua e hizo una mueca. Enseguida se relajó y empezó a reírse. Tom amaba a su propia madre, por supuesto, pero Lena era la madre más *cool* que uno podía pedir. Ella se acercó, esquivando más juguetes de Tilly y dos cajas de adornos de Navidad, y le dio un sonoro beso en la mejilla.

—El árbol se prepara tarde en esta casa —dijo sacudiendo la cabeza y volviéndose para ordenar un poco—, ya lo sabes, Tom, madre soltera, bla, bla, bla...

Tom se la quedó mirando. Ella se volvió, como si hubiese recordado algo, y le apuntó con el secador de pelo.

—¡Tom! Eres mi salvador, ven conmigo.

Tom la siguió con el andar de un zombi. Aquella casa era incluso más pequeña que la que había pertenecido a su familia, y además estaba atestada de objetos.

En la cocina estaba Tilly, subida a una silla para poder alcanzar la encimera. La pequeña tenía cinco años y en ese momento manipulaba una caja de cereales Trix.

—Matilda, mira lo que has hecho.

—Una montaña.

—Sí, una montaña. —Lena barrió los cereales con la mano y los devolvió a la caja.

Tilly no paraba de reírse.

—¿Has desayunado, Tom?

—No.

—Genial... Prepárale el desayuno a Tilly. Cereales y huevos revueltos. Nada de chocolate. Tú come lo que quieras. ¿Puedes hacerlo?

—Claro.

—Genial. Tu amigo acaba de despertarse y está bañándose, así que no te preocupes. ¡Eres un ángel!

Otro sonoro beso en la mejilla. Tom le hubiese preparado el desayuno a todo el vecindario si Lena se lo hubiese pedido.

Lena se acercó a Tilly, le acomodó el vestido y le limpió la nariz con una servilleta de papel. Tom aprovechó para observar a la madre de su amigo con un poco más de atención. Llevaba un pantalón negro holgado, diferente de los vaqueros que solía utilizar, y una camisa que a Tom le pareció un poco más elegante que las demás. A veces Lena trabajaba los sábados, pero esta vez parecía estar preparándose para ir a otra parte.

Lena salió de la cocina y regresó a los dos segundos. Había olvidado el secador de pelo. Lo agarró e hizo una mueca poniendo los ojos en blanco y mordiéndose el labio inferior.

—¡Gracias, Tom! —gritó desde el pasillo.

Tom se quedó mirando en dirección al salón durante

al menos veinte segundos. La propia Tilly también se quedó mirando hacia allí sin comprender.

—¿Vas a prepararme el desayuno o qué?

Él despertó de la ensoñación.

—Sí, claro.

—Podemos hacer una montaña de colores.

—Nada de montañas de colores.

Tom colaboraba a diario en las tareas de la casa, de modo que podía preparar un buen desayuno sin problemas. A su padre las cosas le iban más que bien últimamente; sin embargo, para ellos el valor del trabajo era sagrado, y eso les inculcaban a sus hijos. Menos de quince minutos después había preparado huevos revueltos, *waffles* con mermelada de arándanos y zumo de naranja. Tilly se quedó mirándolo entre divertida y perpleja.

Cuando Lena regresó, ahora con su bolso colgado del hombro en vez de con el secador de pelo, su expresión de asombro bien valió el esfuerzo. Observó todo el despliegue de la mesa como si se tratara del trabajo de unos duendes laboriosos. Lena se había maquillado y arreglado el cabello, Tom nunca la había visto así antes. La de la madre de Bishop era una belleza natural que no necesitaba de artificios, pero esta vez su aspecto era deslumbrante, incluso para un chico que estaba a punto de cumplir los trece años. O quizás precisamente por eso.

Lena lo felicitó efusivamente y le dijo que estaría ocupada durante la mañana. Le dijo además que Bishop —claro que ella no se refirió a su hijo por su apellido— tenía instrucciones precisas respecto a qué hacer con Tilly, que, por favor, se lo recordara. Volvió a darle las gracias por el desayuno y se despidió. Llegó el beso sonoro número tres. ¡Dios, iba a ser el mejor día de su vida!

Cuando Lena se marchó, Tom apenas probó su parte del desayuno y fue a buscar a Bishop a su habitación. Su amigo estaba sentado en el borde de la cama, envuelto en una toalla, el cabello mojado y los ojos achinados. Bishop era de despertar lento. El baño no era suficiente para activarlo y a veces ni siquiera la caminata hasta la escuela conseguía hacerlo. Los sábados era todavía peor.

Tom se quedó quieto frente a Bishop, que finalmente levantó la cabeza. Se saludaron chocando el puño.

—Tu madre me ha dicho que tenemos que llevar a Tilly a alguna parte.

Bishop asintió con pesadez e intentó hablar en medio de un bostezo.

—Oooennnnn...

La señora Bowen, adivinó Tom.

Durante la siguiente media hora se repitió el ritual de siempre: Tom intentó varias veces entablar una conversación y Bishop le respondió con monosílabos mientras llevaba adelante un lento y trabajoso operativo para vestirse. Como de pasada, y quizás aprovechando un poco la desatención de su amigo, Tom le preguntó por Lena, quien había salido de la casa muy arreglada y con cierta prisa. ¿Tenía un novio misterioso? Bishop, completamente desnudo, se limitó a fruncir el ceño mientras examinaba un calzoncillo como Hamlet a la calavera. Tras concluir que el calzoncillo debía ir en el cesto de la ropa para lavar y no en su cuerpo, se encogió de hombros y no dijo nada acerca de los planes de su madre, si es que acaso los conocía. Ciertamente, hablar de ella no era el mejor tema para doblegar su mutismo matutino. Bishop amaba a su madre, pero casi no hablaba de su trabajo o de su vida privada. Lena era la encargada del Squeezer, un club nocturno de las afueras de Wilmington, donde había empezado como bailarina unos meses después del nacimiento de su primer hijo. Si bien ella le había explicado todo acerca de su trabajo, incluso el hecho de que algunas chicas del Squeezer hacían otras cosas además de bailar, no dejaba de generar en Bishop cierta incomodidad.

Bishop empezó a ponerse una camiseta y su cabeza se le quedó atascada en la manga derecha. Una pelota blanca se sacudió en todas direcciones, hasta que finalmente la cabeza se liberó y emergió un Bishop sonriente y triunfal.

—¡Hola, Tom!

Tom rio. Bishop era su amigo, pero también su máximo ídolo. Era un año mayor y le había enseñado todo lo que sabía.

Durante la siguiente media hora, ya con Bishop al cien por cien, se ocuparon de llevar a Tilly a casa de la señora Bowen, una vecina jubilada que adoraba a la pequeña como a su propia nieta. Regresaron en relativo silencio.

Fue Tom quien finalmente hizo la pregunta que ambos habían eludido durante los últimos dos días.

—¿Vamos a decirle a Sophia lo de Janice?

Bishop había agarrado una rama y daba suaves golpecitos en la acera a medida que avanzaban.

—No lo sé. Si Janice no se lo ha dicho...

—No se lo ha dicho porque se siente avergonzada. No es justo que se lo ocultemos a Sophia. Mejor que decida ella.

Bishop golpeó la rama contra el tronco de un árbol.

—Está bien, tú ganas —dijo Bishop—. Hablemos con Supercerebro.

—Llámala así cuando vayamos a su casa y te meterá esa rama por el culo.

—Quizás me guste.

Los dos empezaron a reírse a carcajadas.

9

Nikki adoraba visitar a Sophia. Y no era únicamente por la amistad que las unía, que era profunda y duraría muchísimos años —o así al menos lo sentía Nikki en su corazón—, sino además por todo lo que significaba entrar en el engranaje de la familia Holmes. A veces dejaba a Sophia en su habitación con cualquier excusa y vagaba por la imponente casa, inspeccionando las habitaciones como una espía, imaginando que un día ella viviría en un lugar así. Incluso iba un poco más allá y jugaba a que, en realidad, estaba en su propia casa. Y si durante esos paseos furtivos se encontraba con Phil Holmes —aunque él casi nunca estaba en casa—, entonces fantaseaba con que era su hija, le decía que el traje le quedaba muy elegante o que le gustaba su perfume o algo por el estilo.

Y además estaba el olor, distintivo y sofisticado, que lo impregnaba todo. No era una fragancia artificial, un aromatizador ambiental o un producto de limpieza, tampoco una planta. Eran ellos, los Holmes. Nikki sabía que todos tenemos un olor característico —era la razón por la que los perros podían seguir el rastro de las personas—, pero nunca se había topado con uno tan particular y hermoso. Uno que asociaría para siempre con el éxito, incluso meses después, cuando la familia Holmes cayera en desgracia y ni los perros entrenados pudieran seguir el rastro de Sophia tras su desaparición.

Aquella tarde, Caroline y Phil no estaban en casa. Eso significaba que Sophia y Nikki podían hacer lo que quisiesen. Podían escuchar música a todo volumen, por ejemplo, o cantar a viva voz, bailando de una habitación a otra. A veces Sophia insistía en practicar los ejercicios de canto que les enseñaba la señora Wilson y Nikki fingía dormirse o se disparaba en la cabeza con una pistola imaginaria.

Sin embargo, ese día Sophia no estaba de humor para cantar.

—¡Lo sabía! —decía Sophia con esa mirada suspicaz que indicaba que su cerebro iba a mil por hora—. Janice no estaba enferma.

—Léeme el mensaje de nuevo —le pidió Nikki.

Sophia lo recitó de memoria, palabra por palabra.

—«Tom y yo vamos a ir a tu casa ahora mismo. Es por Janice. Sabemos por qué no ha ido a la escuela. No está enferma. Es otra cosa.»

—Hombres... —dijo Nikki—, siempre diciendo lo mínimo posible. Parece uno de esos telégrafos de antes.

—Telegrama —la corrigió Sophia de inmediato.

Nikki la miró con ojos de asesina en serie.

—Perdón. Estoy preocupada.

—¿No te han respondido?

Sophia consultó su móvil —era la única del grupo que tenía uno decente— y negó con la cabeza.

—Ya deben de estar en...

El timbre de la casa interrumpió a Nikki. Las dos saltaron de la cama y llegaron a la puerta de la calle en tiempo récord. Sophia tecleó unos números en el panel de la alarma.

—¿Recuerdas el código? —preguntó Nikki.

—Muy graciosa.

Al abrir la puerta se encontraron con Bishop, que llevaba su abrigo verde de camuflaje, un gorro de lana y una rama en la mano. Tom estaba detrás con expresión acongojada.

Bishop tiró la rama a un lado y entró sin esperar invitación. En Hawkmoon nunca nevaba, pero había algunos días en que se te congelaban las orejas, y ese era uno de aquellos días. Se saludaron. Tom permaneció de pie en el umbral. Siendo el último en integrarse en el grupo, todavía no había desarrollado con las chicas la misma confianza que Bishop. A veces no podía creer que lo hubiesen aceptado.

—Vamos, Tom —le dijo Sophia—. Vas a congelarte.

Sophia se estiró y lo tomó de las manos para que entrara. Tom se dejó arrastrar, como si flotara en una nube.

Dejaron los abrigos en el perchero y los cuatro se dirigieron a la cocina, liderados por Sophia. Nikki caminaba justo detrás, como segunda al mando.

—Caroline y Phil no están —anunció Nikki volviéndose ligeramente sin dejar de avanzar.

Los dos chicos asintieron, sin saber muy bien por qué les era suministrada esa información. Tom se relajó un poco. A veces tenía la sensación de que al señor Holmes le incomodaba su presencia.

Ocuparon la mesa cuadrada, uno en cada lado.

—¿Qué sucede con Janice? —preguntó Sophia sin rodeos—. Hace dos días que no va a clase y desde ayer no responde mis mensajes.

Bishop y Tom se miraron.

—¡Bishop! —lo apuró Sophia.

Él asintió e hizo un gesto pacificador.

—¿No habéis escuchado nada en la escuela?

—¡No! —respondieron Sophia y Nikki al unísono.

—Está bien, está bien. Lo que sabemos es que el miércoles por la tarde, *aparentemente*, Janice estuvo con Dylan Garrett.

—¿Qué significa *estuvo*? —disparó Sophia.

Bishop le sostuvo la mirada como si buscara transmitirle la respuesta telepáticamente.

—¡Eso es ridículo! —dijo Nikki—. Dylan es de tercero, y además es un idiota.

—Janice está fascinada con ese chico —dijo Bishop.

—¡Basta! —dijo Sophia. No sería ni la primera vez ni la última que en la escuela corrían rumores infundados. Y algunos chicos y chicas parecían ser blancos perfectos, Janice entre ellos—. Tom, dime *exactamente* qué has escuchado en la escuela.

Tom tragó con dificultad. Miró a Bishop en busca de aprobación. Bishop asintió.

—Nosotros los vimos —dijo Tom con seriedad.

Sophia los estudió en silencio durante diez segundos. Dios sabe todo lo que se le pasó por la cabeza en ese momento.

—Si esta es una de tus bromas incomprensibles, Bishop... —le advirtió ella con un dedo acusador.

—No es una broma —intervino Tom.

—¿Qué visteis? —preguntó Nikki en un tono apenas audible.

Bishop retomó la palabra.

—El miércoles, Tom y yo estábamos en el autocine. No en el aparcamiento, porque allí estaban Garrett, Flechner, Camp y todo el planeta de los simios. Nos alejamos lo suficiente para esperar a que se largaran. Entonces alguien señaló hacia los árboles y vimos a Dylan con una chica. Nadie la reconoció salvo nosotros dos.

—Era Janice —dijo Tom—. Llevaba su mochila, su chaqueta, las cadenas, todo.

—Janice se fue sola hacia la parte de atrás de la pantalla —continuó Bishop—. La perdimos de vista. Dylan regresó a su camioneta y fue en esa dirección.

Sophia y Nikki escuchaban el relato como dos estatuas.

Bishop se quedó callado.

—¡¿Y...?! —se impacientó Nikki.

Bishop se encogió de hombros.

—No es la primera vez que Dylan se encuentra con una chica en el autocine. De hecho, debe de ser la vez número mil.

—Espera un momento... —lo interrumpió Sophia—. ¡¿No fuisteis a ver qué rayos sucedía allí atrás?!

—Sophia, por favor —se defendió Bishop—, ya sabes que Janice está cegada con Garrett. Vosotras pensáis que es un idiota, nosotros pensamos que es un idiota, pero ella piensa que es un dios del Olimpo. Es evidente que fue a buscarlo... Además, nadie la obligó a irse a la parte de atrás. Tom está de testigo.

Tom no dijo nada.

Sophia saltó de la banqueta.

—¡No puedo creerlo, Bishop! —dijo dando vueltas por la cocina—. ¡Tú mismo lo has dicho! Garrett es un idiota. Si Janice no puede verlo, ¿no se os ocurrió ir a ver si estaba bien?

—Espera, Sophia —intervino Nikki—, Bishop tiene algo de razón. A fin de cuentas, ella fue hasta allí por su propia voluntad.

—¡No tiene razón! —dijo Sophia, todavía de pie—. No importa si ella fue voluntariamente o no. Él se aprovechó de la situación.

Bishop abrió la boca para decir algo pero se arrepintió. Tom lo miraba de soslayo. La idea de que Janice pudiera haber pasado un mal momento en la camioneta lo había atormentado durante las últimas horas.

—Eso no lo pensamos... —dijo Bishop en voz baja.

—Lo más importante ahora —dijo Sophia— es averiguar qué rayos sucedió en esa camioneta. ¿Qué escuchasteis en la escuela?

Tras un intercambio de miradas con Tom, Bishop ensayó una respuesta:

—Peter Camp, el hermano menor de Steve, iba diciendo por ahí que Dylan y Janice *lo hicieron* en su coche.

Se produjo un silencio pesado. El sexo no era un tema de conversación entre ellos. Tom ni siquiera había besado a una chica, así que su experiencia provenía exclusivamente de fantasías que tenían lugar en su cabeza. Bishop aseguraba haber besado a dos chicas en su vida, pero nunca había revelado sus nombres ni demasiados detalles, así que la información era, cuando menos, dudosa. Nikki era una idealista que solo estaba interesada en chicos inalcanzables, actores famosos, cantantes, cosas así. Sophia le había dado un único beso a Jeremy Olsen en una fiesta de la escuela, pero según ella misma no había habido más que un tibio contacto sin lengua.

La iniciación sexual estaba más allá de lo imaginable para cualquiera de los cuatro.

—¿Crees que es cierto, Tom? —preguntó Sophia—. Tú conoces a Peter.

—Peter es un poco exagerado a veces —reflexionó Tom—. Quizás escuchó que su hermano hablaba con sus amigos y lo amplificó.

—Si ese capullo le ha hecho algo... —Sophia volvió a sentarse en la banqueta.

—Lo siento —dijo Bishop—. Tienes razón, debimos haber ido a ver si todo estaba bien.

—Han pasado dos días —dijo Sophia ignorándolo por completo. Cuando su cerebro se ponía en marcha era una locomotora—. Tenemos que ir a buscar a Janice inmediatamente.

—Si se lo decimos a su hermano —dijo Tom—, le arrancará la cabeza a Garrett y la pondrá en un palo como en *El señor de las moscas*.

10

5 meses y 10 días antes de la desaparición
11.10 horas

Los cinco habían formado un grupo de rock al que, a falta de un nombre definitivo, se referían simplemente como *la banda*. Bishop quería llamarla Los Esotéricos, pero el resto coincidía en que Los Esotéricos era un nombre de mierda, así que de momento la cuestión seguía abierta. Janice, que en materia musical siempre era considerada la voz de la experiencia —y quizás la única con verdadera vocación—, era de la idea de que el nombre llegaría más adelante, cuando sus estilos se consolidaran. Era su forma diplomática de decir que sus compañeros de banda tenían todavía mucho que aprender; Sophia y Nikki, por ejemplo, tenían que dejar de escuchar por un segundo a Taylor Swift, Katy Perry y Ed Sheeran para enfocarse en las grandes bandas legendarias de los sesenta y setenta.

Janice había adquirido un vasto conocimiento musical gracias a la impresionante colección de vinilos de Harlan, su padre. Para ella, la música era una parte sustancial de su vida desde que tenía uso de razón. Harlan era un músico excepcional, multiinstrumentista, que se ganaba la vida tocando en un sinfín de bandas, algunas con nombres tan malos como Los Esotéricos. A veces lo hacía solo por el viático y se pasaba meses fuera de casa, entre caravanas, autobuses y escenarios de mala muerte. Él mismo reconocía que si se hubiera esforzado lo suficiente quizás hubiera llegado lejos. Ahora era demasiado tarde y debía contentarse con sobrevivir. Como aliciente, había criado prácticamente solo a sus dos hijos y estaba orgulloso de ellos; tanto Keith como Janice resultaron ser versiones mejoradas de sí mismo —mucho mejores, en realidad.

Keith Hobson tocaba la guitarra y ambicionaba una carrera como músico profesional, pero al mismo tiempo tenía los pies sobre la tierra y trabajaba en una estación de servicio para solventar sus gastos y colaborar con la precaria economía familiar. Janice, por su parte... bueno, ella era la debilidad absoluta de Harlan. Si Harlan Hobson conseguía no caer en un abismo de excesos y dejadez, si se las arreglaba para conseguir a duras penas aferrarse a la siguiente liana antes de caer, era por Janice. Porque amaba profundamente a su hija y porque ella lo necesitaba.

Janice sabía un poco de cada instrumento, pero sentía predilección por el bajo. Fue una cuestión de tiempo hasta que ella, Nikki y Sophia empezaran a hablar de música en la escuela. Janice era una especie de niña de otro tiempo que escuchaba a The Who, Sex Pistols, The Clash y un sinfín de bandas prehistóricas que nadie de su edad conocía. Gracias a ella Nikki, poseedora de una voz prodigiosa, se dio cuenta de que había algo más allá de imitar a Christina Aguilera.

Un día Janice le dijo a Nikki que la acompañara a su casa, que iba a mostrarle algo que le cambiaría la vida para siempre. La llevó al cuarto de su casa que funcionaba como sala de ensayo y le hizo escuchar un disco maltrecho de la colección de su padre: «Pearl», de Janis Joplin. «Mi nombre es en honor a ella», repetía Janice cada vez que podía. *Cry Baby* dejó a Nikki extasiada, nunca había escuchado una voz tan desgarradoramente potente. «No todo es llegar a la nota perfecta», le dijo Janice ese día como quien revela un secreto bien guardado.

Janice y Nikki tenían personalidades similares, y a veces chocaban. Sophia era la amalgama perfecta: conciliadora y líder, capaz de enfrentarse a cada una de ellas y hacerlas entrar en razón. Las tres funcionaban como los átomos de una molécula en equilibrio. La música había sido siempre un punto de encuentro donde cada una tenía un rol bien diferenciado. Al principio, Sophia se ocupaba únicamente de la segunda voz, hasta que se dio cuenta de que además podía componer. Había aprendido a leer música y a los doce compuso la primera canción de la banda.

A veces, Keith o el propio Harlan se prestaban a ensayar con ellas, pero la necesidad de incluir a otros miembros en la banda se hizo imperiosa. A Janice le hubiera entusiasmado formar una banda de chicas, como The Runaways, pero fue imposible; no encontraron a nadie en la escuela salvo chicas mayores, que se negaron rotundamente a tomarlas en serio. Janice estaba indignada, pero al cabo de varios meses se convenció de que había que expandir la búsqueda a los chicos, algo con lo que Nikki y Sophia estuvieron inmediatamente de acuerdo.

Fue así como se incorporó Bishop, un compañero de clase con el que prácticamente no tenían relación, pero que sabía tocar la guitarra. Bishop era el raro, el hijo de la exbailarina del Squeezer, el que no tenía amigos salvo por ese chico alto y escuálido. Un día Janice vio una pegatina de los Foo Fighters en la taquilla de Bishop y no pudo contenerse y se acercó a hablar con él. Mantuvieron una conversación sumamente interesante que derivó en el hecho de que Bishop tenía una Stratocaster que le había regalado un pariente lejano. Una reliquia. Tras una deliberación, la banda sin nombre decidió hacerle una prueba. Bishop, que se había formado viendo vídeos en You-

Tube, las dejó impresionadas. Fue contratado de inmediato. Con Bishop en la guitarra, Janice en el bajo y Nikki y Sophia en voces, la banda estaba casi lista. Necesitaban un baterista.

Bishop tuvo la idea de pedirle a su amigo Tom que lo intentara. Tom era un deportista dotado; el básquet era su deporte favorito, pero también nadaba y jugaba al béisbol, y todo lo hacía con una naturalidad asombrosa. La batería era una cuestión de coordinación, le aseguró Bishop, al igual que los dribleos, los quiebres de cadera o los lanzamientos de tiro libre. Tom no estaba convencido y temía hacer el ridículo. Bishop se lo imploró. Hacía varios meses que Bishop formaba parte de Los Esotéricos —hubo una época en que se empecinaba en usar ese nombre cuando las chicas no lo escuchaban— y su vida social había cambiado drásticamente. De buenas a primeras era amigo de Sophia Holmes y de Nikki Campbell y eso había traído un cambio radical en su vida. Ya no era invisible. A veces las chicas hablaban con él en el pasillo de la escuela, bromeaban sobre alguna cosa y todos lo observaban. Varios chicos que antes lo único que hacían era darle un empellón al pasar ahora querían ser amigos suyos. Bishop le aseguró a Tom que las chicas eran geniales, incluso Janice, una vez que llegabas a conocerla.

Tom finalmente aceptó. Durante una semana estuvo practicando en su casa con dos cucharones y unas almohadas, todo bajo la atenta supervisión de Bishop. Su amigo le dijo que necesitaban por lo menos dos canciones, y Tom eligió *Starlight*, de Muse, porque era la banda favorita de uno de sus primos y porque en YouTube encontró un montón de vídeos donde explicaban cómo tocarla. Bishop le propuso que la otra fuera *Walk This Way*, de Aerosmith, y que él podría tocar el riff en la guitarra.

Tom no había estado nunca tan nervioso como cuando fue a casa de Janice a conocer a la banda. Las chicas lo recibieron con amabilidad pero también bajo una atmósfera de solemnidad que lo desconcertó un poco. La cuestión iba en serio. Se sentía confiado en cuanto a recordar las secuencias de las dos canciones que había ensayado, pero una cosa era golpear almohadas en su habitación y otra bien distinta tocar una batería de verdad.

En la parte de atrás de la casa había una habitación apartada que funcionaba como sala de ensayos. Además de los instrumentos y amplificadores, había un sofá destartalado, algunas sillas diferentes entre sí y una mesa baja. Sobre la mesa había media docena de latas de cerveza que Janice se apresuró a tirar en una bolsa mientras maldecía por lo bajo. Ninguno dijo nada al respecto.

En un rincón estaba la batería. Apenas la vio, Tom creyó que se cagaría encima. Era tan grande como una ciudad futurista.

«Siéntate con decisión», lo había instruido Bishop. Y eso intentó Tom, que al acercarse casi se cae encima de los platillos por esquivar un vaso de vidrio que había junto al taburete. Consiguió recuperar el equilibrio justo a tiempo, pero no mencionó el vaso, que de todas formas nadie había visto. A Janice se la veía particularmente molesta con el desorden.

El resto del plan de Bishop consistía en darles algo de charla a las chicas mientras Tom se acostumbraba a la batería. Le dijo que diera algunos golpes mientras ellos hablaban, que los músicos normalmente hacían ese tipo de cosas. Bishop había llevado su propia guitarra, y mientras la afinaba y la conectaba al amplificador ganarían todavía más tiempo. Cuando Tom cogió los palillos, otra oleada de pánico lo invadió. ¿Qué se suponía que hacía? Estaba a punto de hacer una prueba de batería ¡sin haber tocado una puta batería en toda su vida! Se había dejado convencer por los argumentos de Bishop: su coordinación excepcional, su destreza fuera de serie, su dominio del espacio, bla, bla, bla.

Lo que sucedió a continuación fue una secuencia surrealista. De repente, Bishop les dijo que hacía unos días había visto una película de terror buenísima de unos insectos gigantes que invadían Nueva York. Las chicas lo observaron como si hubiese perdido el juicio mientras él se despachaba con un relato pormenorizado de los primeros minutos de *Invasión Manhattan*. Paralelamente, preparaba la guitarra con una lentitud exasperante. En medio del soporífero monólogo, Tom probó por primera vez el bombo, se acomodó en el taburete y pisó el pedal con fuerza. El impacto fue tan desmedido que todos se sobresaltaron, incluido Bishop, que lo miró horrorizado.

Tras un segundo de incertidumbre, Bishop retomó el relato como si nada, explicando cómo una langosta del tamaño de un autobús le arrancaba la cabeza de un mordisco a un hombre gordo.

Janice lo detuvo con un ademán. La paciencia no era su fuerte y ese día tenía menos que de costumbre. Se dirigió a Tom y lo señaló con un dedo delgado y largo.

—Tú no has tocado la batería en tu vida, ¿verdad?

—¡Claro que sabe tocar la batería! —se escandalizó Bishop.

—Nunca he tocado —reconoció Tom de inmediato.

Bishop lo miró con la boca abierta.

—Eso no es cierto —insistió Bishop—. Sí que sabe... Solo que es modesto.

—Acaba de decir él mismo que no sabe —le dijo Sophia.

Bishop abrió la boca para decir algo pero se arrepintió.

—¿Crees que puedes aprender rápido? —preguntó Nikki.

Tom todavía estaba rojo de la vergüenza. La pregunta le dio ánimo.

—Creo que sí. He estado practicando golpes en mi casa.

—Mi hermano puede enseñarte lo básico —dijo Janice—. ¿Crees que podrías pagarle unas clases?

Tom asintió enfáticamente.

—¿Qué decís, chicas?

—Necesitamos un baterista —sentenció Sophia.

—Yo digo que lo intentemos —estuvo de acuerdo Nikki.

Y así fue como Tom pasó a ser un miembro oficial de la banda.

En cuanto llegaron a casa de los Hobson supieron que algo no iba bien. En el primer piso, la ventana de la habitación de Janice estaba cerrada, algo que ninguno de ellos recordaba haber visto nunca. No se molestaron en tocar el timbre y fueron directamente a la parte de atrás. El coche de Harlan, que solía estar estacionado frente al garaje, pues dentro nunca había espacio a causa de sus motocicletas, no estaba por ninguna parte. Tom se asomó por uno de los ventanucos del portón mientras el resto esperaba su veredicto.

—No hay nadie —confirmó Tom.

Junto al garaje estaba la sala de ensayo. Debieron valerse de la llave, escondida debajo de una maceta, para poder entrar.

Fue Nikki la que primero se dio cuenta de que el bajo de Janice no estaba en su sitio. Los cuatro se quedaron mirando el soporte en el que solía dejarlo, junto a las guitarras de su hermano mayor.

—Allí está el amplificador —apuntó Tom señalando en dirección al Marshall de Janice.

La ventana cerrada. El bajo ausente. Aquello no pintaba nada bien.

—¿Sabéis si su padre está de gira? —preguntó Sophia.

Todos se miraron.

—¿Se iría de gira una semana antes de Navidad? —preguntó Tom.

—No veo mucho espíritu navideño en esta casa —dijo Bishop.

Entraron en la casa por la puerta de atrás. El silencio era completo.

—¡Janice! —gritó Bishop—. ¡Somos nosotros!

En la cocina había platos sucios y un ligero olor a rancio.

—¿No deberíamos... llamar a alguien? —preguntó Tom.

—¿A quién? —Nikki lo miró como si aquella fuera la idea más tonta del mundo. En cierto sentido, lo era, porque siempre entraban a casa de Janice sin anunciarse.

—No sé... —se defendió Tom—. Está claro que Janice no está.

—No hay nadie en casa —dijo Sophia. Iba delante de todos como un guerrero berserker.

Una vez en el salón, encontraron restos de la cena del día anterior. Sobre la mesa había dos cajas de comida china y dos latas de cerveza. Bishop volvió a gritar el nombre de su amiga, aunque a estas alturas los cuatro sabían que no obtendrían respuesta. Tras una pequeña deliberación decidieron subir a las habitaciones. Si bien entraban y salían de esa casa como si fuera propia, lo que iban a hacer a continuación parecía un poco excesivo, y Tom fue el primero en manifestar su preocupación.

—Quizás Bishop y yo podemos quedarnos aquí, por si llega el señor Hobson.

—No es necesario —dijo Sophia sin volverse, mientras subía la escalera—. Subiremos todos.

Nikki la seguía con decisión. Bishop y Tom se miraron y finalmente las siguieron.

Fueron directamente a la habitación de Janice. Al encender la luz comprobaron varias cosas al mismo tiempo. La primera fue que, efectivamente, el bajo no estaba a la vista, lo cual era un indicio firme de que Janice se había ido a alguna parte y no tenía pensado regresar pronto. La segunda, que se había marchado con cierta premura. La cama estaba deshecha, había ropa entre las sábanas e incluso desparramada en el suelo. Bishop y Tom, que nunca habían estado en la habitación de Janice, se sentaron en la cama, lejos del sujetador que había sobre la almohada, y observaron cómo las chicas registraban impunemente el armario de Janice.

—La mochila no está —decía Sophia, arrodillada en la parte baja del armario. Apartaba zapatillas, cajas y bolsas vacías.

—Falta ropa —decía Nikki, abriendo y cerrando cajones.

—Voy a mirar si está su maquillaje —anunció Sophia. Salió de la habitación y fue hasta el baño. Regresó menos de un minuto después. Su maquillaje no estaba, y eso era un indicio todavía más fuerte de que Janice se había ido. Últimamente, el delineador negro en los ojos se había vuelto una obsesión para ella.

Tom y Bishop se concentraron en los pósteres en las paredes, todos de bandas de rock pasadas de moda. No tenían nada que hacer allí, y hubiese sido preferible esperar abajo, como había sugerido Tom. Era la primera vez que veían a Sophia inquieta, casi fuera de control.

—¿Podemos calmarnos un poco? —dijo Bishop.

Las chicas detuvieron la exploración y lo miraron con expresión indignada.

—Pensemos un poco...

Y justo cuando Bishop terminó la frase, escucharon ruidos en la planta baja. Los ojos de Tom se convirtieron en dos pelotas de ping-pong.

La puerta de la calle se cerró violentamente. Después, el ruido de algo que se caía al suelo. ¿Voces? Parecían voces. Sophia salió disparada hacia la puerta pero Bishop la retuvo del brazo. Le hizo un gesto con la otra mano para que aguardara un momento. Nikki se había quedado petrificada junto a la puerta.

No escucharon nada durante unos segundos y eso les dio algo de valor. Salieron al pasillo, todos salvo Tom, que seguía sentado en el mismo lugar. Sophia, Nikki y Bishop permanecieron en el umbral, con la mirada puesta en el final de la escalera, a la espera de que los ruidos se repitieran. Al cabo de unos segundos escucharon una especie de tintineo —podía ser la vajilla— y el arrastrar de unas sillas. Nikki se asustó tanto que se escondió detrás de Bishop.

Pasos en la escalera. No el andar firme de alguien, sino el repiqueteo desigual de una persona con andar errante. O varias personas. Más voces y... ¿risas?

Una sombra monstruosa surgió detrás del hueco de la escalera. La ventana del rellano recortó aquella deformidad oscura, que se estiró hasta el techo y luego empezó a contraerse, todo mientras los pasos seguían amplificándose. El responsable —¿o era más de uno?— ya debía de estar en el descansillo; un brazo raquítico apareció de detrás de la pared. Tatuado. Sophia fue la primera en reconocerlo y dio un paso al frente.

—Soy Sophia Holmes —dijo justo en el momento en que la esquelética figura de Keith Hobson apareció en el pasillo.

El susto que se llevó el hermano de Janice fue tan grande que retrocedió de golpe y estuvo a punto de caerse. Si no lo hizo fue porque dos brazos femeninos hicieron todo lo posible para detenerlo, y porque él pesaba poco más de sesenta kilos a pesar de su casi metro ochenta.

—¡Me cago en todo! —graznó Keith llevándose una mano al pecho. Llevaba una camiseta que se agitaba como una bandera al ritmo de su respiración.

La chica que estaba detrás era Debbie, su novia.

—¿Qué hacéis aquí? —dijo con los brazos abiertos.

Keith Hobson tenía veintiséis tatuajes en el cuerpo, la mayoría en el brazo, los hombros y el cuello. Uno por cada año de vida, bromeaba a veces. La banda sentía un profundo respeto y cariño por él.

—Estamos buscando a Janice —dijo Sophia.

Keith los examinó a los tres —Tom todavía no había salido de la habitación—, pero algo debió de ver en Bishop porque se lo quedó mirando a él.

—¿Qué está sucediendo, Bishop?

Debbie también los estudiaba. Tenía veintidós años, rostro angelical, cabello largo negro.

—Ha pasado... algo —dijo Bishop. Al mismo tiempo recibió un codazo de Nikki y la mirada fulminante de Sophia. Se calló.

Justo en ese momento, Tom salió de la habitación con el andar de un niño castigado.

—Basta —dijo Keith perplejo—. ¿Hay alguien más en mi casa? Vamos abajo y me explicáis qué rayos está ocurriendo.

Sophia no se movió.

—¿Dónde está Janice?

—Janice está en casa de la tía Patricia, en Jacksonville. Se fue ayer a pasar la Navidad con ella. ¿Satisfecha? Y ahora todos abajo ya mismo.

Keith dio media vuelta y bajó las escaleras seguido por Debbie.

Cuando se alejaron lo suficiente, Nikki y Sophia se miraron. Las dos pensaban lo mismo, pero Nikki fue la que lo dijo en voz alta:

—Janice odia pasar las Navidades en casa de su tía Patricia.

Keith los esperaba en el sillón que había frente al sofá, que los cuatro fueron ocupando uno a uno, los chicos en los extremos y las chicas en el centro. Debbie permaneció alejada, dejando claro que aquel no era un asunto que le interesara particularmente.

—Janice no nos ha dicho que iría a casa de su tía —lo desafió Sophia.

—Lo decidió en el último momento, yo mismo la llevé.

No había hostilidad por ninguna de las dos partes. Los chicos estaban preocupados y Keith empezaba a estar preocupado también.

—¿Por qué? ¿No se sentía bien?

Keith estudió a Sophia.

—No. A decir verdad, no estaba bien —reconoció Keith—. Pensé que habría discutido con alguno de vosotros. ¿Eso es lo que ha sucedido?

Nikki negó con la cabeza.

—¿Entonces qué?

—No lo sabemos —dijo Sophia con decisión—. Hace días que no hablamos con ella. Ninguno de nosotros. Nos ha llamado la atención, así que decidimos venir.

—La ventana de su habitación está cerrada —dijo Nikki.

—¿Qué está sucediendo? —se impacientó Keith.

Bishop bajó la mirada. Tom parecía a punto de llorar. Nikki abrió la boca para decir algo pero Sophia la detuvo con un delicado gesto de su mano; la apoyó sobre su brazo suavemente. *Déjame a mí.*

—Janice ha estado tonteando con un chico —dijo Sophia—. Nos enteramos en la escuela. Ella no nos lo dijo.

Keith escuchaba. Sophia se imaginó frente a un volcán. Lo que dijera a continuación podía devenir en una erupción violenta o en un flujo controlado de lava que les diera tiempo para refugiarse.

—¿Quién?

Si Keith se enteraba de que se trataba de un chico de tercero, la conversación se acabaría en ese instante. Saldría disparado y lo molería a golpes sin mediar una sola palabra.

—¿Quién? —repitió Keith.

—No es importante —dijo Sophia—. Un compañero de la escuela. El tema es que quizás...

Nikki completó la frase:

—Quizás para ella fue más importante que para él.

Keith asentía.

—Ese chico... ¿la trató mal?

—No lo sabemos —dijo Sophia.

—Si le hubiese hecho algo —dijo Bishop—, me hubiese ocupado de él personalmente.

Nikki estuvo a punto de lanzar una carcajada pero se contuvo.

Keith se levantó.

—Lo más probable es que no sea nada —dijo Sophia—. Nosotros hablaremos con ella cuando regrese.

—De ninguna manera —dijo Keith—. Voy a ir ahora mismo a hablar con ella.

—¿Ahora? —Sophia y Nikki se pusieron de pie al mismo tiempo.

—Tenemos que regresar a la estación de servicio —dijo Debbie desde el otro lado de la habitación.

—A la mierda la estación de servicio. Dile a Billy que mi hermana ha sufrido una emergencia. Te llevaré de paso.

Debbie se acercó visiblemente contrariada.

—¿No estás exagerando, Keith? ¿Por qué no la llamas por teléfono?

—Media hora en coche no me va a impedir averiguar si mi hermana está triste por culpa de un capullo.

Unos meses después, ese capullo aparecería a orillas del lago Gordon muerto de un martillazo en la cabeza.

I I

4 meses antes de la desaparición

La banda se rompió el día que Keith fue a buscar a Janice a Jacksonville. Ella lo negó absolutamente todo y acusó a sus propios amigos de mentirosos y de dejarse llevar por rumores estúpidos. Keith optó por creerla.

Tras las vacaciones de invierno, Janice evitó todo tipo de contacto con sus examigos y empezó a juntarse con un grupo de chicas rebeldes dos años mayores. Nikki tuvo la desgracia de encontrarse con ellas una tarde, fumando y riéndose de alguna estupidez, y estalló de furia.

Fue una discusión desagradable. Nikki y Janice se dijeron todo tipo de cosas, algunas que sí creían, y otras que provenían de ese agujero negro de inventiva hiriente que habita en lo más profundo de cada uno de nosotros. Janice le dijo a Nikki que era una marioneta de Sophia, que no podía hacer nada por iniciativa propia, ni pensar nada por sí misma. Ella le respondió que al menos no era una zorra que se revolcaba con cualquiera, y le aclaró que ahí tenía un ejemplo de algo que acababa de pensar por sí misma.

Sophia y Bishop, que habían creído que el tiempo haría entrar en razón a Janice, se quedaron boquiabiertos cuando supieron lo del enfrentamiento. Ahora Nikki estaba igual o más enfadada que ella. Fueron necesarias horas y horas para hacerla entrar en razón y que entendiera que Janice se sentía traicionada y que su deber como amigos era contenerla cuando ella se lo permitiera. Ninguno de ellos sabía exactamente lo que Garrett le había hecho ese día ni cómo le había afectado.

Dylan Garrett, por su parte, no parecía darse por aludido. Sophia, en una ocasión, lo miró de forma desafiante y él tuvo la desfachatez de hacerle un comentario fuera de lugar. Seguía comportándose de la misma forma de siempre, llamando la atención y desfilando por los pasillos de la escuela como el dueño del universo.

Fue Sophia la que finalmente consiguió hablar con Janice de manera sensata. Se encontraron a la salida de la escuela y fueron juntas hasta su casa, como tantas otras veces. Le prometió que no hablarían de nada que ella no quisiera y lo cumplió.

Sophia le confesó que las cosas en casa, entre sus padres, no estaban bien. La Navidad no había sido lo mismo de siempre.

—No es que se pasen todo el tiempo discutiendo —explicó Sophia—, es justamente todo lo contrario. Cada cual hace su vida. Interactúan lo mínimo posible y fingen que todo va bien cuando yo estoy cerca.

La revelación sorprendió a Janice. Para alguien que no había conocido a su madre y cuyo padre estaba la mitad del tiempo ausente y a duras penas conseguía mantener el hogar a flote, los Holmes eran el paradigma de la familia perfecta. A veces Janice tenía la sensación de que Sophia exageraba sus problemas hogareños.

Caminaban en ese momento por la calle Clayton, una de las más bellas de Hawkmoon. Casas de película, con jardines siempre listos para participar en un concurso de belleza. Sophia pertenecía a ese mundo idílico, con su abrigo de lana italiana y sus insignificantes problemas domésticos. Janice nunca lo había visto tan claro como en ese momento, incapaz de sentir el más mínimo atisbo de empatía. Ella, que tenía que levantar a diario las latas de cerveza que su padre dejaba tiradas o que fingía que no le gustaba celebrar su cumpleaños porque en su familia nunca había dinero para festejos.

—¿Qué te han regalado para Navidad, Sophia? —preguntó Janice de repente.

—Varias cosas. Mis padres son tan previsibles en ese sentido... Unos libros, un microscopio electrónico, dos vestidos, un camisón y unos auriculares inalámbricos. Es como si se hubiesen esmerado en competir por el mejor regalo.

—A mí me dieron una plancha —la interrumpió Janice—. Me la regaló mi tía.

Sophia se sonrojó. Lo único que había querido era enfatizar el comportamiento de sus padres, no hacer alarde de sus regalos.

—¿Una plancha?

—Una puta plancha de mierda —dijo Janice—. Y no una puta plancha de mierda cualquiera, sino una que ni siquiera era para mí. Me enteré de casualidad de que mi tía la había comprado unos días antes. Fui a su casa sin avisarla, así que supongo que echó mano de lo que pudo... «Seguro que la necesitas para tus vestidos», me dijo. No me pongo un vestido desde que tenía cuatro años.

En otro contexto se hubiesen reído a carcajadas. En la situación actual, Sophia no pudo más que decir que lo sentía. Janice se encogió de hombros y buscó en su mochila un maltrecho paquete de cigarrillos. Encendió uno y le dio una calada corta.

—Perdona. Sé que los últimos días han sido duros —dijo Sophia—. ¿Al menos la plancha es de esas que tiran vapor?

Fue la primera vez que Janice ensayó una sonrisa.

—Ni puta idea.

La temperatura había bajado bastante, por lo que fue

un alivio llegar al hogar con calefacción de los Holmes. Dejaron los abrigos en el recibidor y fueron a la cocina a prepararse algo caliente. Allí se encontraron con Phil Holmes, que hablaba por teléfono en un rincón. Era extraño que el padre de Sophia estuviera en casa a esas horas y pareció contrariado al verlas. Las saludó con la mano en alto, esbozando una sonrisa efímera, y se alejó en búsqueda de más privacidad. Sophia alcanzó a escuchar parte del diálogo de su padre hasta que su voz se convirtió en un susurro ininteligible a medida que Phil se adentraba en el salón.

Cuando las chicas fueron a la habitación de Sophia, Phil todavía hablaba por teléfono.

Janice pasó un rato mirando el devenir errante de Tony nadando plácidamente en la pecera. Sophia comprendió que su amiga necesitaba un momento de reflexión y aprovechó para ordenar su escritorio. Allí estaba su flamante microscopio.

—¿Por qué se lo habéis dicho a Keith? —dijo Janice sin quitar los ojos de la pecera.

—¿Estás segura de que quieres que hablemos de eso?

Janice asintió, aún sin mirarla.

—Fue en un momento de confusión —dijo Sophia—. Fuimos a buscarte a tu casa y al ver la ventana cerrada nos preocupamos. Keith apareció inesperadamente y empezó a hacernos preguntas y... una cosa llevó a la otra.

—¿Fue Nikki? —disparó Janice.

Se volvió, sus ojos inundados de incomprensión. Era evidente que la pregunta se le había quedado atragantada durante días.

—Fuimos todos.

—Vamos, Sophia, no me vengas con esa idiotez de «fuimos todos». No soy el director Lenderman. Nikki ha hecho todo lo posible para alejarme de ti. Eres muy inteligente para algunas cosas, pero para otras...

Sophia no supo qué responder. En el fondo sabía que

había algo de cierto en las palabras de Janice. Asimismo, en todos los grupos de amigos había preferencias, y que Nikki sintiera una conexión más cercana con Sophia no significaba que quisiera alejar a Janice.

—Ponte en nuestro lugar —dijo Sophia con tranquilidad—. En la escuela se decían todo tipo de cosas. Podía haberte pasado algo grave en esa camioneta...

Aunque no fue una pregunta, Sophia dejó la frase en suspenso y le suplicó a Janice con la mirada para que, de una vez por todas, fuera sincera con ella.

Janice le sostuvo la mirada. Durante un breve instante pareció que algo en ella se quebraba. Pero Janice era una chica fuerte.

—Lo que pasó con Dylan ese día... —dijo en tono desafiante— no fue la primera vez que sucedió.

Sophia no pudo darse cuenta de si aquello era verdad o una provocación.

—Janice, por favor...

—No —la interrumpió Janice—. Estoy cansada de vuestros sermones. Siempre diciendo qué está bien y qué está mal. Juzgando a los demás.

Se dirigió a la puerta con tranquilidad. La abrió y se volvió una última vez.

—Dile a Nikki que si se acerca otra vez a provocarme, le romperé la cara.

Y se marchó.

12

3 meses y 3 días antes de la desaparición

La ruptura de la banda fue especialmente traumática para Bishop. Tener amigas era de las mejores cosas que le habían pasado en la vida, y no solo por el reconocimiento social, sino también porque realmente creía haber forjado con ellas una amistad sincera.

Y ahora con Janice ni siquiera hablaba. Las pocas veces que había intentado acercarse, ella había fingido no verlo y se había alejado. Con Sophia y Nikki —con los ensayos suspendidos— cada vez era más difícil compartir momentos, y cuando eso sucedía, la pelea con Janice flotaba entre ellos como una nube de incomodidad, incluso si no hablaban explícitamente de ella. Sophia, que era la única que había podido mantener una conversación civilizada con Janice, aseguraba que, por el momento, no había vuelta atrás. Nikki, por su parte, no daba el brazo a torcer y culpaba a Janice de todo.

Tom también llevaba adelante un duelo silencioso. Fue una cuestión de tiempo hasta que él y Bishop decidieran hacer algo al respecto. Tomaron la decisión una mañana gris, en el patio de la escuela. Más tarde la iniciativa sería calificada por Sophia como demasiado arriesgada, y por Nikki como la idea más estúpida de la historia universal. Dejarlas fuera había sido un error, porque ellas hubiesen aportado la sensatez necesaria para echarse atrás, por supuesto.

El plan magistral consistía en darle a Garrett su merecido. Cómo eso conseguiría que Janice se reconciliase con ellos no estaba del todo claro, pero bueno.

Después de evaluar algunas alternativas, llegaron a la conclusión de que la mejor forma sería involucrar a Keith. Por supuesto, deberían ser muy cuidadosos con lo que le dijeran. Si él sospechaba, siquiera por un segundo, que Dylan Garrett se había propasado con su hermana menor, las cosas podrían salirse fuera de control en un segundo. Le dirían que Janice y Garrett se habían besado y que luego él la había ignorado y dicho algunas cosas a sus espaldas. Eso bastaría para que Keith tomara cartas en el asunto.

Fueron a buscar a Keith a la estación de servicio el último sábado de febrero, es decir, dos meses después de haber mantenido con él la conversación en su casa, y le dijeron que necesitaban hablar de Janice. Keith le pidió a su compañero que lo cubriera en los surtidores y se los llevó a la parte de atrás. Se sentaron en unos bancos sucios rodeados de césped alto, cerca de los baños. Keith les dijo que estaba al tanto de que algo no iba bien entre todos ellos. No los había vuelto a ver en la sala de ensayos y Janice estaba montando una banda de chicas. Aquello fue una puñalada para Bishop y para Tom, que optaron por fingir que ya lo sabían. Los tres coincidieron en que Janice estaba diferente y Keith no dejaba de preguntarse si tendría que ver con ese chico misterioso del que su hermana estaba enamorada.

Ahí fue cuando le soltaron la historia que tenían preparada. Bishop la interpretó tal y como la habían ensayado. Los ojos de Keith se transformaron al escuchar el nombre de Dylan Garrett. No porque lo conociera, o eso creyeron ellos en ese momento, sino porque finalmente tenía un nombre en el que podía enfocarse. Les aseguró que no tenían de qué preocuparse, que hicieran como si no hubieran hablado con él y les dio las gracias por haber hecho lo correcto.

Bishop y Tom regresaron ese día a sus casas con el pecho hinchado y la sonrisa triunfal de quien cree que ha cambiado la historia para mejor. Garrett tendría su merecido y nadie se burlaría más de Janice. Pronto todo sería como antes.

13

3 meses y 2 días antes de la desaparición

Nada sería como antes.

Los Garrett eran una familia reconocida que vivía en el corazón de un barrio acomodado, así que Keith fue hasta allí, estacionó a dos manzanas de distancia y permaneció allí fumando y escuchando música. Sabía que la espera podía ser larga, pero no le importó, del mismo modo que no le importó ser visto.

Garrett salió en su 4Runner a las once de la mañana pero no estaba solo; otro chico iba en el asiento del acompañante. Keith los siguió de cerca buscando llamar la atención, algo que no sucedió de inmediato. Cuando llegaron a una calle poco transitada, Keith empezó a hacerle señas con las luces y Garrett finalmente se detuvo. Dylan y el otro chico se bajaron al mismo tiempo, amenazantes, quizás fingiendo estar más enfadados de lo que en realidad estaban. Keith, que no conocía a Steve Camp ni siquiera de vista, se sorprendió ante el tamaño de aquel chico de diecisiete años. Garrett empezó a increparlo y a insultarlo.

Cuando finalmente Keith se bajó del coche, Garrett y Camp se miraron con desconcierto. Tenían delante a un hombre cinco o seis años mayor que ellos, que si bien no era tan corpulento como Camp, sí era fibroso y de aspecto intimidante.

Keith se quitó las gafas de espejo y se las colocó en el escote de la sudadera.

—Soy el hermano de Janice Hobson.

Keith esperó algún tipo de reconocimiento por parte de Garrett, pero no lo hubo.

—¿Quién? —Garrett parecía verdaderamente extrañado.

Camp estaba apenas un paso detrás de él; un guardaespaldas con acné.

Keith habló señalando al grandote con la barbilla:

—Quizás Hulk la conozca.

Garrett se mostró todavía más desconcertado. Camp se inclinó y le dijo algo al oído que lo hizo sonreír.

—Ah, sí —dijo Dylan en tono desafiante—. Casi me había olvidado de ella.

La sonrisa de Keith se borró instantáneamente. Lanzó un puñetazo rápido como un latigazo en dirección al rostro de aquel capullo engreído. Luego se le echó encima y le asestó una sucesión de golpes en el estómago y la cara, tan rápidos que Garrett no llegó ni a darse cuenta de lo que estaba pasando.

Cuando Camp intervino ya era demasiado tarde; su amigo estaba en el suelo, dolorido y aterrorizado. Camp golpeó a Keith por detrás y este inmediatamente se volvió y se enfrentó a él. El grandote lanzó al aire media docena de golpes descoordinados que, lejos de manifestar una intención clara de pelear, le dieron a Keith un poco de risa.

Keith se volvió para mirar a Garrett, que seguía en el suelo con la cara ensangrentada.

—Te acercas a mi hermana otra vez —dijo apuntándole con el dedo— y te mato.

14

3 meses antes de la desaparición

Dylan le sacó provecho a la paliza. Se paseó por los pasillos de la escuela con el andar gallardo de siempre, luciendo su ojo morado como una heroica herida de guerra. Él y Steve se encargaron de propagar la versión oficial, según la cual se habían visto inmersos en una pelea contra tres chicos de Virginia a raíz de una discusión de tránsito. Los otros se habían llevado la peor parte, desde luego.

Janice sospechó la verdad. Advirtió un cambio de actitud en su hermano Keith, que de buenas a primeras reflotó, con algunas preguntas enigmáticas, el asunto del misterioso chico de la escuela que le gustaba. Ella mantuvo su posición de siempre, que no había ningún chico, y que esos eran chismes que sus examigos se habían encargado de difundir. Keith no le creyó una sola palabra.

Lo siguiente que hizo Janice fue enfrentarse a Sophia y a Nikki, quienes negaron cualquier tipo de participación. Las interceptó en el gimnasio de la escuela, y a pesar de los intentos de Sophia para llevar la conversación por la vía civilizada, Nikki y Janice volvieron a discutir y a decirse cosas hirientes. Una profesora se vio obligada a intervenir y a enviarlas a las tres a detención.

Permanecieron una hora en la biblioteca sin hablarse.

Janice mantuvo la mirada fija en la pared, a veces con los ojos cerrados, tamborileando sobre la mesa. Su aspecto había empeorado notoriamente durante los últimos dos meses; estaba más delgada, tenía la piel reseca y los ojos cansados. Sophia se preguntó si el tabaco podía ser el responsable de semejante cambio en tan poco tiempo, pero no parecía posible. Quizás se trataba de un conjunto de factores: mala alimentación, estrés. Sophia estaba preocupada y no conseguía que Nikki pudiera ver más allá de su propio enfado.

Bishop y Tom se enteraron del incidente de las chicas en el gimnasio. No estuvieron presentes pero recibieron media docena de relatos de testigos presenciales. Cuando la propia Sophia les dio su versión, ninguno de los dos se atrevió a confesar que habían sido ellos los verdaderos responsables.

Bishop y Tom hicieron el pacto de jamás volver a hablar del asunto. El plan había resultado un fracaso absoluto.

15

La primavera había empezado y sin embargo los días seguían siendo fríos y lluviosos. Al despertar cada mañana y mirar por la ventana, Sophia no podía dejar de pensar que había algo significativo en ese clima gris, porque así se sentía ella desde el distanciamiento de Janice. A veces corría las cortinas de su habitación con la esperanza de encontrarse con un día soleado, como si eso pudiera arreglarlo todo.

Lo cierto es que Sophia no tenía muchas esperanzas de que las cosas se arreglaran a corto plazo. Eso no significaba que fuera a quedarse de brazos cruzados, por supuesto. Decidió hacer algunas averiguaciones por su cuenta e intentó hablar con los chicos que solían ir al autocine a andar en *skate*. No consiguió nada relevante hasta que habló con Ben Gill, el hermano menor de Maggie, la autoproclamada novia de Dylan.

Sophia y Ben compartían varias clases y tenían una buena relación, no eran amigos pero sí hablaban de vez en cuando. Además participaban en un proyecto de ciencias naturales acerca del cambio climático. Ben y Sophia se reunieron en un aula vacía a la hora del recreo. En el rostro de él apareció una emoción inocultable cuando Sophia le pidió hablar *a solas* de algo importante.

—Necesito saber qué sucedió entre Dylan y Janice en el autocine. Sé que estabas allí ese día porque Bishop me lo dijo.

Ben se puso blanco. Recordaba perfectamente ese día, precisamente porque su hermana le había dado instrucciones precisas para que espiara a Dylan. Como Dylan era guapo y su familia tenía mucho dinero, todas las chicas querían estar con él y se acercaban con cualquier excusa. Si Ben veía a alguna robanovios, debía decírselo a Maggie de inmediato.

—No sé, Sophia...

—No me hagas perder el tiempo, Ben. Necesito saberlo.

Él asintió.

—No sé demasiado. Janice se quedó a un lado, casi nadie la vio al principio, pero yo sí. Creo que Bishop y ese amigo suyo alto también la vieron, pero no estoy seguro. Janice habló con Steve Camp y después con Dylan. Ahora todo el mundo anda diciendo que estuvieron juntos.

Sophia se lo quedó mirando. Tenían la misma edad, pero Ben seguía teniendo el aspecto de un niño pequeño de voz suave y cantarina.

—¿Se lo dijiste a tu hermana?

Ben negó con la cabeza enfáticamente.

—Nunca le digo nada. De todas formas, Maggie se enteró. Alguien se lo dijo.

—¿No es la primera vez que sucede?

—Siempre es igual —dijo él con resignación—. La chica viene sola o con amigas, pero casi siempre sola. Están un rato en el estacionamiento y después se van a la parte de atrás en la camioneta.

Sophia estaba sentada en la tabla de uno de los pupitres, balanceando las piernas hacia delante y hacia atrás. Ben de vez en cuando las miraba.

—¿Quiénes son las otras chicas?

Él apartó la vista. Se concentró en las láminas que decoraban las paredes.

—No soy un bocazas.

—Lo sé. Pero quizás sea importante.

Otra vez las piernas se movían. Ben tragó saliva.

—Además de Janice, solo reconocí a una. Se llama Tamara. No la conozco mucho, solo la he visto algunas veces en Molly's. Maggie trabaja allí de camarera durante el verano y Tamara es la hija de una de las empleadas.

Sophia conocía perfectamente a todo el personal de Molly's, el restaurante de los Campbell, la familia de Nikki. Había ido infinidad de veces desde que era pequeña. Tamara debía de ser la hija de alguno de los empleados nuevos porque nunca había oído hablar de ella. Hizo una nota mental para preguntárselo a Nikki en cuanto la viera.

—¿Nadie más?

Ben negó con la cabeza.

—Chicas de los últimos años, supongo —dijo encogiéndose de hombros.

La puerta del aula se abrió de golpe. Los dos se sobresaltaron, pero Ben mucho más.

—¡Ahí estás! —dijo Maggie. Al ver que su hermano no estaba solo su expresión pasó del enfado al desconcierto en apenas un segundo.

Sophia esbozó una amplia sonrisa y saludó con la mano.

—Ben... —dijo Maggie en un tono de voz completamente diferente—, puedo esperarte un rato más.

Él le dijo que no hacía falta. Agarró la mochila y el abrigo y se despidió de Sophia. Caminó hasta la puerta de salida con cierto abatimiento. Maggie seguía en el umbral con la expresión consternada de quien ha visto cómo un objeto preciado se cae al suelo y se rompe en mil pedazos.

Sophia se quedó sola un rato. Pensaba en Dylan Garrett, en Janice, en Tamara y en las otras chicas que no conocía. Durante el relato de Ben había tenido la sensación de que aquellos encuentros en la 4Runner no eran casuales —como ella había asumido desde el principio—, sino planificados.

Sophia pensó en el día que Janice le había pedido que la acompañara a ver a Dylan. Ella nunca le dijo que Dylan la esperaba. Fue algo totalmente espontáneo, o así lo creyó Sophia en ese momento. Si en lugar de enfadarse la hubiera acompañado, muy distintas serían las circunstancias actuales, se lamentó.

Sophia se bajó del pupitre de un salto y salió del aula.

El pasillo estaba desierto. El silencio la inquietó y apresuró el paso hacia su taquilla. Necesitaba recoger algunas cosas y su idea era marcharse cuanto antes.

Al llegar vio algo que sobresalía del resquicio de la puerta; no demasiado, apenas un par de centímetros. Era un trozo de papel doblado sobre sí mismo varias veces y encajado a presión. Lo agarró de un extremo y tiró lentamente hasta sacarlo por completo. Miró en todas direcciones y no vio a nadie. Desdobló la nota. La caligrafía era torpe pero clara:

LO QUE SUCEDIÓ EN LA CAMIONETA NO ES LO QUE PIENSAS. ES MUCHO MÁS COMPLEJO. MANTENTE AL MARGEN.

16

2 meses y 12 días antes de la desaparición

Claramente, el autor de la nota no conocía bien a Sophia. Porque si la hubiera conocido mínimamente sabría que ella *jamás* se quedaría de brazos cruzados, y menos ante un mensaje críptico y sutilmente amenazante como aquel.

Caminó hasta su casa sin dejar de repasar aquel mensaje en su cabeza, descomponiendo cada palabra y explorando todas las posibilidades que se le ocurrieron, algunas absolutamente inverosímiles.

LO QUE SUCEDIÓ EN LA CAMIONETA
NO ES LO QUE PIENSAS.

El autor estaba al tanto de lo sucedido en la camioneta, esa era la conclusión trivial. Para Sophia, no obstante, lo más inquietante era algo que se desprendía indirectamente, y era el hecho de conocer lo que ella pensaba. Esto era desconcertante —casi insultante—, pues ni la propia Sophia había dedicado demasiado tiempo a reflexionar respecto a los detalles del encuentro entre Janice y Dylan. ¿Se habían besado? ¿Habían ido más allá? ¿Fue consentido?

ES MUCHO MÁS COMPLEJO.

¿Sophia estaba siendo previsible? ¿Obvia? Para alguien como ella, semejante aseveración era toda una provocación.

MANTENTE AL MARGEN.

Si algo tuvo claro durante el regreso a casa fue que iba a averiguar quién estaba detrás de la nota. No veía la hora de ir a su habitación y repasar las personas con las que había hablado durante los últimos días. Alguien se había puesto nervioso con sus preguntas.

Sin embargo, su plan se frustró apenas llegó. Su madre estaba sentada en el sillón e irguió el cuello al verla. Vestía ropa de estar por casa y llevaba el cabello recogido en un moño, por lo que estaba claro que no había ido a la oficina. El cuadro terminó de desconcertarla cuando vio a su padre, apoyado contra la chimenea y con una taza de café en las manos.

La forma en que ambos sonrieron al verla fue cómica.

—Hola, cielo —dijo Phil—. Estábamos esperándote.

Sophia se quitó el abrigo. Acto seguido dejó la mochila en el suelo y fue al sillón que había frente al de Caroline. Se sentó y apoyó los brazos en los lados. Sus padres se miraron como dos actores que se han quedado en blanco en el escenario.

—¿Vais a separaros?

La respuesta vino al unísono. «¿Qué? Claro que no.» Risas nerviosas. Más miradas.

—Sería triste —dijo Sophia—, pero lo entendería.

—Tu madre y yo no vamos a separarnos —dijo Phil. Se acercó y se sentó junto a Caroline, como si aquello probara que todavía la seguía amando.

—¿Entonces?

—Papá va a mudarse a la habitación del fondo del pasillo —dijo Caroline.

Sophia los miró a cada uno alternativamente.

—Mamá y yo vamos a dormir en cuartos separados —explicó Phil—. Mis ronquidos son molestos, y esta casa es tan grande que...

—No tengo ocho años, papá. Roncas como un gorila, eso es verdad, pero mamá ya está acostumbrada. ¿No sería más sensato separarse? Es decir, no es que vuestra situación económica os obligue a compartir gastos.

Phil se quedó callado.

—Jovencita listilla —dijo Caroline—, gracias por preocuparte por nuestra situación económica. Esto no es un tema de dinero. Tu padre y yo estamos atravesando algunos problemas, son cosas que a veces suceden en las parejas cuando llevan mucho tiempo juntas.

—¿Y dormir en cuartos separados va a solucionarlos?

—No lo sabemos —dijo Caroline—. Es posible. Lo que tu padre y yo sentimos en este momento es que los dos necesitamos un poco de distancia. Es la decisión que hemos tomado y es lo que queríamos decirte.

—Sophia, no es que no nos interese tu opinión —intervino Phil—. Tu madre y yo lo hemos hablado y creemos que es lo mejor, que queremos probar esta solución. Eres la primera que lo sabe.

Sophia se encogió de hombros.

—No seas injusta —dijo Caroline—. No te estamos pidiendo que estés de acuerdo, simplemente que lo sepas. Mañana vendrán a instalar un mueble y después los de la mudanza.

Sophia desvió la mirada. Recitó mentalmente los números primos hasta el 47 intentando serenarse.

—No estoy siendo injusta —dijo Sophia—. Es que me parece una estupidez.

—Sophia...

—Perdón, pero es lo que siento, mamá. ¿Qué diferencia hay entre que papá duerma en una habitación o en la otra? Por algo la gente normal no hace estas cosas, o convive o no lo hace.

Caroline se puso de pie.

—Suficiente.

Phil agarró el brazo de Caroline con suavidad y le pidió que volviera a sentarse. Ella no lo hizo.

—Esto no es un debate.

—Quizás... —empezó Phil. Pero se detuvo.

—¿Quizás qué? —lo instó Caroline fulminando a su marido con la mirada.

Súbitamente, la charla se había convertido en una discusión entre ellos dos. Sophia se quedó callada. Sabía que sus padres tenían problemas. De hecho, estaba casi segura de cuáles eran esos problemas. Le dolía ver cómo se distanciaban cada día un poco más, cómo dejaban de hablarse y cómo las muestras de afecto se volvían cada vez más y más esporádicas...

Alejarse dentro de la misma casa, uno en cada extremo. ¿Esa era la brillante solución?

—Siempre pasa lo mismo —los interrumpió Sophia—. No entiendo para qué me decís estas cosas si mi opinión no cuenta. Tengo catorce años, no cinco, vivo en esta casa y puedo tener un punto de vista que sirva, ¿o no?

Caroline suspiró. Volvió a sentarse, se inclinó hacia delante y apoyó ambas manos en las rodillas de su hija.

—Sophia, no quise decir que tu opinión no cuente. Es posible que tengas razón y que dormir en cuartos separados sea una tontería. Pero tu padre y yo hemos hablado y llegado a esa conclusión porque creemos que es lo mejor en este momento.

Sophia tenía la mirada puesta en Caroline, pero durante un instante la desvió hacia Phil, y su rostro no decía lo mismo.

—Muchas veces —continuó Caroline— tienes que seguir tu intuición, aunque creas que puedas estar equivocada. Si es el caso, y te equivocas, al menos lo habrás intentado... a tu manera. ¿Estás de acuerdo en que no siempre se trata de lo que es *objetivamente* mejor, sino de tu propia subjetividad?

Sophia no respondió. No por lo sofisticado del concepto que su madre había intentado explicarle —había mantenido conversaciones elevadas con su madre muchas veces—, sino porque su mente exploraba las consecuencias de seguir diciendo lo que pensaba. Volvió a intercambiar miradas veloces con su padre y creyó ver, durante un brevísimo instante, un destello de comprensión, pero desapareció inmediatamente, así que lo más probable era que nunca hubiera existido realmente.

—Vamos a intentarlo así —dijo Phil—. Tu madre y yo no pensamos dormir en habitaciones diferentes de por vida.

Sophia asintió.

—Lo entiendo. Es algo así como el último recurso.

—Algo así —dijeron sus padres al unísono.

17

2 meses y 11 días antes de la desaparición

Sophia se despertó más temprano que de costumbre y cumplió con la rutina matutina en tiempo récord. Se preparó el desayuno —huevos revueltos y tostadas— y comió a toda velocidad antes de que Caroline bajara. Ambas tenían la costumbre de desayunar juntas y lamentó no hacerlo esta vez; le dejó una nota en la nevera con una mentira inofensiva para explicar su partida anticipada.

Caminó con paso apresurado las once manzanas que la separaban de la escuela. Llegó a las siete y cuarto, es decir, más de una hora antes de lo normal. En el estacionamiento comprobó que el Caprice rojo de la señora Morgan no estaba en su lugar, y eso la alegró. Dorothy Morgan era la directora administrativa, y si algo la caracterizaba era su puntualidad, así que Sophia no se sorprendió cuando, exactamente a las siete y treinta, su inmenso coche apareció por un lateral del edificio.

Sophia, que se había ubicado estratégicamente cerca del sitio reservado para Dorothy, la saludó con la mano mientras ella estacionaba. La mujer se bajó y fue directamente hacia donde se encontraba Sophia. Su cabello rizado estaba más voluminoso que nunca y su boca tan roja como su coche.

—Sophia, ¿ha sucedido algo? —La señora Morgan miró en todas direcciones, luego se centró en Sophia.

—Iba a encontrarme con Nikki Campbell, pero se ha quedado dormida. —Levantó el móvil como prueba de lo que acababa de decir.

La señora Morgan arrugó el ceño y negó en señal de desaprobación.

Sophia se encogió de hombros.

—Ven, vamos adentro. Vas a congelarte.

Caminaron hasta una puerta lateral para uso exclusivo del personal de la escuela. La señora Morgan deslizó su tarjeta por el lector y ambas caminaron por un pasillo estrecho hasta un área común donde había varios escritorios. En uno de los laterales había una serie de oficinas. La de la esquina pertenecía a la señora Morgan.

Sophia había estado muchas veces allí. La señora Morgan había sido la responsable de seguir su caso cuando en los primeros grados quedó claro que su inteligencia estaba por encima de la de sus compañeros. Con el tiempo forjaron una relación de cariño y confianza.

Una parte de Sophia no se sentía del todo cómoda con lo que iba a hacer.

La otra insistía en que sería algo absolutamente inofensivo.

La señora Morgan dejó sus cosas en la oficina y salió para preparar café. Se encontró a Sophia mirando por la ventana con expresión ausente.

—¿Quieres ir a la biblioteca hasta que sea la hora?

Sophia lo pensó.

—Es una muy buena idea.

La biblioteca a la que la señora Morgan hacía referencia no era la principal, sino una más pequeña donde se conservaban ejemplares antiguos y algunas colecciones de cierto valor. Sophia conocía el camino porque había estado allí varias veces.

Solo que en vez de entrar a la biblioteca siguió de

largo hasta el final del pasillo. Antes de abrir la puerta se volvió por última vez para comprobar que la señora Morgan no la había seguido, y solo entonces abrió la puerta.

Fue recibida por el zumbido característico de los servidores. En una de las paredes había una serie de monitores pequeños con las imágenes de las cámaras de seguridad. En el centro había una pantalla más grande que las otras.

No era la primera vez que Sophia se sentaba frente al panel de control. Presionó varias veces uno de los botones. La imagen del monitor principal cambió.

El funcionamiento era bastante intuitivo.

Apretó el botón para cambiar la cámara en el monitor principal hasta que apareció el pasillo central. Su taquilla era perfectamente visible. Hizo retroceder la imagen a toda velocidad. El pasillo se oscureció de repente y, al cabo de un rato, recuperó la luminosidad. Después de cinco minutos Sophia había llegado al momento exacto en que ella descubría la nota incrustada en la taquilla. Detuvo la imagen justo en el momento en que agarraba el trozo de papel y miraba en todas direcciones para ver si estaba siendo observada.

Retrocedió una hora a 20x. Los alumnos vinieron y se fueron como superhéroes con el poder de la velocidad.

Detuvo la imagen. La nota no estaba.

Avanzó media hora. La nota apareció como por arte de magia.

Sophia dejó que la imagen corriera a velocidad normal. Alumnos iban y venían, algunos se detenían en sus taquillas, otros seguían de largo. Reconoció a muchos de ellos. Bishop apareció en un momento y se quedó al lado de la puerta del aula, como si esperara a alguien. Se quedó ahí un rato, no más de dos o tres minutos, y se fue.

El movimiento en el pasillo continuaba y todavía no había rastros de la nota. Si los cálculos de Sophia cran correctos, en menos de dos minutos el responsable aparecería en la imagen que tenía delante. Podría haber avanzado a doble velocidad pero prefirió seguir viendo la imagen a velocidad normal.

El aula 5 estaba justo en esa zona y un grupo numeroso salió en tropel en ese preciso momento. Sophia pensó que no sería capaz de ver quién dejaba la nota con semejante confusión. Dos chicos grandes se quedaron hablando muy cerca de la cámara, interrumpiendo la visión de la taquilla. Sophia se llevó las manos a la cabeza.

—Moveos...

Los chicos no solo no se movieron, sino que uno más se sumó al grupo y empezaron a empujarse amigablemente y a reírse. Ahora eran tres. Una cortina humana que...

Entonces una mano apareció detrás del chico de la derecha. Apenas una forma blanca intentando colocar la nota en el resquicio de la puerta de la taquilla. Sophia no podía ver a quién pertenecía, ni siquiera fue capaz de adivinar si era la mano de un adulto o de un chico. Chico o chica. Quizás después podría pausar la imagen y analizarla con detenimiento, pero por ahora seguía la escena con atención. Si los chicos se movían un poco, solo un poco.

—¡Mierda! —masculló.

Los chicos empezaron a moverse. La mano desapareció. Era cuestión de segundos para...

La puerta de la salita se abrió y Sophia estuvo a punto de gritar.

—¿Sophia? Pensé que irías a la biblioteca —dijo la señora Morgan asomándose por el marco de la puerta. Había desaprobación en su voz, sin ninguna duda.

Sophia forzó una sonrisa.

—Sí, señora Morgan. Vi la puerta abierta y me llamó la atención.

La imagen seguía avanzando. Los chicos se habían dispersado y una silueta caminaba justo detrás. Sophia seguía la acción mirando de soslayo, con la atención puesta en Dorothy Morgan.

La mujer no se movió. No le dijo a Sophia que tenía que salir de la salita pero a ella le quedó claro de todos modos.

Sophia se levantó de la silla. Sin disimulo se dispuso a pulsar el botón para volver a la imagen en vivo. Antes de hacerlo alcanzó a identificar la silueta que se alejaba de su taquilla.

Lo que vio carecía de sentido.

18

Las oficinas del *Hawkmoon Overfly* eran un animal en vías de extinción obligado a replegarse de su hábitat natural. Originalmente habían ocupado la totalidad del edificio, en la esquina de Main y Bernard, frente al parque del ayuntamiento, dos plantas de ladrillo visto que en sus épocas de esplendor habían albergado oficinas para más de sesenta empleados y un archivo que era el orgullo de la región. Durante los años noventa, todavía con el *Overfly* en buena forma, los dueños sucumbieron ante la tentación de vender la planta baja del edificio. Walgreens y una tienda de alfombras se quedaron con la emblemática esquina.

No fue un problema para el *Overfly*, que por aquel entonces había empezado una lenta y casi imperceptible reducción de la plantilla estable. Se digitalizó el archivo, se hicieron algunas reformas para reducir el tamaño de los despachos —solo un poco— y el mundo siguió girando.

Con la llegada del nuevo milenio las cosas fueron empeorando. Tim acababa de empezar a trabajar como redactor júnior y le tocó ver cómo la situación empeoraba día tras día. El *Hawkmoon Overfly*, como tantos otros periódicos medianos, era como un boxeador que intenta levantarse y apenas lo hace recibe otro golpe fulminante. ¿Hasta cuándo podrían sobrevivir? Las ventas caían año tras año, los patrocinadores buscaban otras formas de darse a conocer, y la lectura digital era una promesa esperanzadora que nunca terminaba de materializarse. La familia Romani, dueña del periódico desde su fundación, siguió buscando formas de mantener el barco a flote. La firma de abogados Bentley and Little, una de las más poderosas e influyentes de la ciudad, se instaló en la segunda planta, primero ocupando el cincuenta por ciento de la superficie, y finalmente el setenta y cinco por ciento.

Tim no era demasiado optimista en cuanto al futuro; de todas las calamidades de las últimas décadas había una que no había sido capaz de prever y que se había instalado demasiado cerca como un enemigo sigiloso. En su despacho Tim tenía un cuadro que había pertenecido a Frank, su antiguo jefe y amigo, que decía: LA VERDAD ES VALIOSA, POR ESO AQUÍ LA DOSIFICAMOS. A Frank la frase le había hecho tanta gracia que la compartía con los demás como si fuera una creación propia. Tim la dejaba allí porque le traía gratos recuerdos de Frank y de otros tiempos en los que la verdad tenía sentido, hasta el punto de poder bromear al respecto. Hoy, la verdad era un ser decrépito abandonado en un asilo de ancianos que a nadie le importaba una mierda. Ese, para Tim, había sido el golpe definitivo: la degradación de la verdad.

Tim entró a su despacho con el café en la mano. Echó un vistazo general y negó con la cabeza, no del todo satisfecho con lo que veía. Había dedicado casi una hora a ordenar las estanterías y el escritorio, y aun así no había conseguido desterrar el estado de abandono y decrepitud. Hacía años que no se invertía en mobiliario y lo único que se permitían en el *Overfly* era una mano de pintura de vez en cuando.

Dejó la taza sobre el escritorio y se sentó con pesadez. La silla chilló. Como un niño que se empecina en hacer lo que no debe, se movió hacia arriba y hacia abajo rebotando al compás de una sinfonía quejumbrosa. Suspiró y bebió un sorbo de café caliente, y durante un brevísimo instante se sintió mejor. Se quedó mirando la fotografía de Ingrid y Brenda, tomada por él mismo hacía exactamente cinco años y un día. Había pensado en guardarla, pero al final había decidido dejarla.

Exactamente trece minutos después, la puerta del despacho se abrió y Marsha Haenwick se asomó con expresión desorbitada. Marsha trabajaba en el *Overfly* desde mucho antes que Tim, escribía todo tipo de artículos —salvo sobre hechos violentos, decía que ya no estaba para eso— y lo hacía con eficiencia y velocidad asombrosas. Estaba en edad de jubilarse y hacía cinco años que anunciaba que ese sería el último. El periódico era su vida. Con Tim tenían una relación de profundo respeto profesional y cariño casi maternal.

—¡Camila Jones está aquí! —dijo Marsha azorada, como si acabara de mantener un encuentro en la tercera fase. Y a continuación vocalizó en silencio—: No... puedo... creerlo.

—Te dije que vendría —respondió él con naturalidad mientras se levantaba.

Ella lo seguía observando desde el umbral, negando con la cabeza sin poder dar crédito.

—Dile que venga, por favor.

Camila llegó al despacho un minuto después. Cuando Tim la vio entrar entendió un poco más a Marsha. Camila se había retirado en la cresta de la ola, y verla allí, en un recóndito y agonizante periodicucho de ciudad, no dejaba de ser desconcertante.

—Muy interesante —dijo Camila señalando la frase en la pared.

Tim se encogió de hombros.

—Herencia de mi antiguo jefe. Antes era graciosa. —Tim se quedó mirando la frase—. Quizás debería quitarla. Siéntese, por favor.

Ella lo hizo sin dejar de examinar el despacho.

—¿Quiere café? Lamento no poder ofrecerle mate.

Ella sonrió.

—Café está bien. Gracias.

Cuando Tim regresó con una taza de café para Camila, la encontró mirando la fotografía de su familia.

—Supe lo de tu familia después de hablar por teléfono contigo —se disculpó ella—. De haberlo sabido, no hubiera sugerido que nos reuniéramos ayer. Lo siento.

—No se preocupe. No tenía manera de saber que era el aniversario del accidente.

28 de marzo de 2014, una fecha que Tim no olvidaría nunca. Ingrid conducía por un camino de montaña cuando perdió el control y el coche cayó por un acantilado, se incendió y tanto ella como Brenda, que viajaba en el asiento del acompañante, perdieron la vida. Estaban a más de cien kilómetros de casa y Tim no tenía ni idea de hacia dónde se dirigían.

—Cuando ocurrió el accidente yo estaba sentado aquí mismo —dijo Tim—. Cada aniversario voy al cementerio y me quedo unas horas rememorando anécdotas, en parte para no olvidar ningún detalle. Es el único día del año que me permito hablarles. Hablarles como si estuvieran vivas, quiero decir. Sé que suena extraño...

—Para nada. Nadie tiene la fórmula para sobrellevar el dolor.

Él asintió.

Al otro lado del despacho había más movimiento que de costumbre. Seguramente Marsha habría hecho correr la voz de que Camila Jones estaba en el edificio, y el escaso personal había decidido ir a comprobarlo. Tim se acercó a la puerta y la cerró. Cuando se volvió, sintió una inesperada inyección de valor.

—¿Ahora sí va a decírmelo, señora Jones? ¿Va a decirme por qué decidió aceptar mi ofrecimiento?

Ella lo estudió.

—Vince Naroditsky está investigando el caso de Sophia. Va a ocupar mi lugar en «El peso de la verdad».

—Oh, no lo sabía. Quiero decir, sí sabía que Naroditsky estaba investigando, pero pensé que era un caso más para él. No estaba al tanto de su incorporación a «El peso de la verdad».

—Nadie lo sabe. Y digamos que Vince Naroditsky no es la persona que más aprecio en la Tierra. Apelo a tu discreción.

—Por supuesto.

Camila no estaba lista para revelar sus verdaderas razones. Por otro lado, sí era cierto que la participación de Naroditsky le había dado un empujoncito en la dirección correcta, así que no había faltado a la verdad.

—Tim, en mi casa me dijiste que sabías que Sophia no se había arrojado del puente porque tú la viste aquel día. En tus notas no he visto nada respecto a ese encuentro.

Tim suspiró. Meditó durante varios segundos antes de hablar.

—Dos jóvenes clavadistas vieron a Sophia desde lo alto del puente. Uno de ellos, Anthony Charms, llevaba un casco con cámara GoPro. En las imágenes previas a uno de sus saltos se alcanzaba a ver, durante un instante, a una niña con un vestido de color claro, que bien podía ser celeste, como el que llevaba Sophia ese día. Phil Holmes la identificó positivamente, y algunos de sus amigos también. Caroline, por el contrario, dijo que no podía asegurar que aquella chica fuera su hija.

Tim movió su portátil y dejó libre la superficie del escritorio. Agarró un lapicero, una grapadora y unos post-its y los colocó en línea de forma equidistante.

—Si este lapicero es el centro comercial donde Sophia se reunió con sus amigos, entonces la grapadora es el puente Catenary.

Tim deslizó el dedo desde la grapadora hasta los post-its.

—Yo vi a Sophia ese día, aquí. Es decir, unos trescientos metros más allá del puente. Es posible que Sophia se haya detenido a observar a los clavadistas, pero yo sé con certeza que siguió caminando.

—¿Hablaste con ella?

—No. La vi desde el coche. Yo vivo muy cerca de allí.

Camila se quedó pensando.

—¿El comisario Holt lo sabe?

—Sí.

—Y aun así la policía sostiene la hipótesis del suicidio —observó Camila—. Interesante.

De su bolsa sacó una libreta. Pasó algunas páginas.

—Háblame del matrimonio Holmes —dijo Camila—. En tus artículos no te has metido casi nada en la intimidad de ese hogar.

¿Era un cumplido o lo estaba cuestionando?

—Phil y Caroline se conocieron a los quince años —dijo Tim—. Al poco tiempo se hicieron novios. Los íntimos no dudan en catalogar la historia de amor de los Holmes como un encuentro de dos almas gemelas.

—Sin embargo, durante el último año tuvieron una crisis.

—Así es. Tomaron la decisión de dormir en cuartos separados. Hasta donde sé, no llegaron más allá de eso. Supongo que estaban intentando mantener el matrimonio a flote.

—Encontré algunos artículos online que hablan de un romance de Phil con una tal Tina Curtis, una muchacha varios años menor que él. Pero tú no has incluido nada al respecto.

Tim se acomodó en la silla, visiblemente incómodo.

—El romance existió —dijo Tim—. Lo tengo confirmado. Pero entonces no creí que fuera relevante. Tampoco lo creo ahora. Nuestra profesión se ha convertido en practicar arqueología en el pasado de las personas y publicarlo todo. Absolutamente todo. Y yo estoy cansado de eso, francamente. El romance de Phil fue utilizado exclusivamente para crear una sombra de duda sobre él.

—¿Y tú no tienes dudas?

—No en cuanto a que pueda estar relacionado de alguna forma con la desaparición de su hija. Phil adora a esa chica. Y sus coartadas son sólidas como el acero. Además, como le he dicho, lo conozco un poco. Y mi hermano lo conoce mucho.

—¿Y si la crisis de pareja hizo que Sophia se fuera de casa? ¿No sería suficiente para convertir el romance en un hecho relevante?

Tim se masajeó el mentón. Apareció en sus ojos esa tristeza insondable que afloraba de vez en cuando.

—Le diré lo que pienso. Si Sophia efectivamente se marchó de casa, fue por algo más que una crisis matrimonial, con o sin romance de Phil. He escuchado cosas asombrosas de esa chica, como que tiene una madurez impropia para su edad. Estoy seguro de que podría manejar un divorcio; no me sorprendería que incluso hubiera pensado que era la salida más razonable. De manera que la respuesta es no, no creo que la aventura de Phil sea relevante.

—Quizás convenga investigarlo un poco más —concluyó Camila.

Y Tim supo que aquello no era una sugerencia.

—Quizás.

—No lo tomes como algo personal.

—Por supuesto que no. Pero yo sé con certeza que Phil ha hecho todo lo posible para encontrar a su hija.

A continuación empezó a buscar algo en el ordenador. Y sin apartar la mirada de la pantalla agregó:

—También sé con certeza que ha mentido.

19

Tim giró el portátil para que Camila pudiera ver la pantalla. Había una fotografía de un hombre saliendo de un coche. Estaba tomada desde el otro lado de la calle, posiblemente desde algún vehículo. El coche era un sedán oscuro y el hombre llevaba gafas, un tupido bigote en forma de herradura —posiblemente falso— y una gorra. Podía ser cualquier persona. Camila miró a Tim con expresión expectante.

—Uno de mis chicos siguió a Phil después de la desaparición de Sophia —dijo Tim señalando hacia la redacción—. La policía descartó demasiado rápido que pudiera estar implicado, de modo que me interesaba saber si había algo sospechoso. Se encontró con este hombre en un restaurante de mala muerte en Jacksonville. Fue un encuentro breve y el hombre se marchó en tren. Imposible seguirlo.

Tim volvió a girar el portátil y empezó a buscar algo más.

—Me olvidé del asunto —dijo Tim mientras movía el ratón— hasta que la semana pasada una noticia me llamó la atención... Aquí está.

Lo que Camila vio a continuación en la pantalla fue un artículo del *Minnesota Daily* en cuya fotografía aparecía un hombre esposado escoltado por la policía. El hombre tendría unos cincuenta años, de abundante cabellera negra y un envidiable tupé. Llevaba un bigote en forma de herradura.

—«Gregg Stayner, detenido por homicidio» —leyó Camila—. Su nombre me suena de alguna parte, pero no consigo saber de dónde.

—Hace siete años secuestraron a su hija de ocho años. La buscaron durante una semana hasta que la encontraron descuartizada en un descampado. Nunca detuvieron a nadie, el caso quedó en nada.

—¿A quién ha matado?

—A Arliss Tarbuck, un hombre acusado de violar a una chica de diecisiete años, también en Minnesota. Tarbuck fue condenado en primera instancia pero apeló y su abogado consiguió cuestionar la cadena de custodia de la prueba y quedó libre. Fue un escándalo, por lo menos a nivel local; hubo marchas y demás. Esto fue hace dos años. Tarbuck se fue a la Costa Oeste. Gregg Stayner lo buscó, lo encontró, y lo mató en una habitación de hotel. Un desliz al hacer una compra con tarjeta de crédito permitió su captura.

—A falta del asesino de su hija, se ocupó de vengar la muerte de otra niña.

—Exacto.

—Y ahora sabemos que Stayner se reunió con Phil Holmes poco después de la desaparición de Sophia.

—Así es. Lo que yo pienso es que de alguna forma Stayner se puso en contacto con él y le contó su historia. Phil, quizás asumiendo que el hombre podía tener algún tipo de experiencia en casos similares, accedió a reunirse con él.

—En una situación así te aferras a cualquier cosa —estuvo de acuerdo Camila—. ¿Y tú crees que Stayner pudo haber asesinado a Dylan Garrett a instancias de Phil Holmes?

—No creo que Phil hubiese accedido a algo así. Si Dylan estaba relacionado de alguna forma con la desaparición de Sophia, su muerte hubiera echado por tierra cualquier posibilidad de saberlo.

Camila meditó unos segundos la cuestión.

—O lo hizo por su cuenta y riesgo o intentaba averiguar si sabía algo y se le fue de las manos.

Tim también había pensado en eso, pero lo cierto es que el cuerpo de Garrett no mostraba signos de tortura, solo un certero golpe de martillo en la nuca. Lo más probable era que ni siquiera lo hubiese visto venir.

—Hay algo más —dijo Tim—. Phil está en negociaciones para vender su empresa de logística. Por lo que me ha dicho mi fuente, está bastante interesado en hacerlo rápido.

Camila sabía que Holmes se había volcado en el trabajo de modo compulsivo para sobrellevar la ausencia de su hija. Ahora que su esposa estaba en coma, el mecanismo parecía ser radicalmente diferente. No parecía tener demasiado sentido.

—Phil Holmes esconde algo —reflexionó Camila.

Tim asintió en silencio.

En ese momento escucharon dos suaves golpecitos en la puerta. La silueta de Marsha era inconfundible tras el cristal translúcido. Tim, que no recordaba a Marsha golpeando la puerta una sola vez desde que él era director, le dijo que pasara. La mujer asomó la cabeza, se disculpó por la intromisión y, con suma seriedad, le preguntó a Tim si necesitaba algo, otro café o cualquier otra cosa. Antes de retirarse, desvió la mirada hacia Camila curvando ligeramente hacia arriba las comisuras de la boca. Él le dijo que no necesitaba nada, pero que, de todos modos, se lo agradecía. Ella asintió y se quedó unos instantes en silencio. Luego se marchó.

Camila estaba pensativa.

—¿En qué piensa?

—Me gustaría hablar con Holmes lo antes posible.

—Phil no volverá a hablar con nadie de la prensa. Cuando se le mete algo en la cabeza...

—Va a hablar conmigo —lo interrumpió Camila—. Te lo aseguro.

Tim se la quedó mirando.

—Podemos intentarlo, supongo.

Camila buscó algo en su libreta.

—Repasemos lo que sucedió el día que Caroline Holmes recibió la nota.

—Por supuesto.

—La mujer se levantó más tarde que de costumbre y alrededor de las once de la mañana descubrió la nota clavada en la puerta de la calle. Ninguno de los vecinos llegó a leerla. Caroline estaba muy alterada, presumiblemente a raíz de lo que decía la nota, y fue la vecina de al lado, Marlene Johnson, la que la asistió y la tranquilizó hasta que Caroline entró en su casa por la parte de atrás.

—Exacto. Al parecer la puerta de adelante se había cerrado y ella no llevaba las llaves.

—Una hora y cuarenta minutos más tarde, Marlene le envió un mensaje a Caroline en el que le preguntaba si se encontraba bien. Veinte minutos después, tras no obtener respuesta, decide ir a echar un vistazo a la casa y descubre el cuerpo en el jardín. Esto fue a las 13.02, porque inmediatamente llamó al 911. Phil Holmes llegó del trabajo justo cuando Marlene terminaba la llamada. ¿Era habitual que Phil regresara del trabajo al mediodía?

—Para nada. Dijo que quería estar con su esposa a raíz de una discusión que habían tenido el día anterior. La policía llegó antes que la ambulancia.

—¿El clavo seguía clavado en la puerta cuando llegó la policía?

Tim se sorprendió con la pregunta.

—Sí.

—¿A qué altura?

Tim sonrió. Aquella era una excelente pregunta.

—Un metro cincuenta.

Camila apuntó la información en su libreta. Un metro cincuenta no era una altura compatible con un adulto.

—¿Qué hay de la nota?

—Phil le aseguró a la policía que no había encontrado ninguna nota, así que lo más lógico es suponer que Caroline la quemó, la tiró o la escondió en alguna parte.

—Definitivamente, quiero hablar con Holmes cuanto antes.

20

Camila necesitaba ir al sitio exacto donde había sido asesinado Dylan Garrett. Asimismo, según le reveló a un
desconcertado Tim, quería visitar la habitación de Sophia, que a fin de cuentas era donde la chica había pasado más tiempo. Tim pensó que esto último era una broma, pero al ver que la expresión de su colega no
cambiaba comprendió que hablaba en serio. Ningún
periodista había entrado a la habitación de Sophia, y en
consecuencia ninguna fotografía había sido publicada.
Tim no creía que la popularidad de Camila fuera suficiente para doblegar las convicciones de Phil Holmes en
este sentido, pero prefirió no decir nada al respecto.

Apenas salieron de las oficinas del *Overfly*, Camila
anunció que irían en su coche. Unos metros más adelante los esperaba el Mercedes convertible clase C, que en la
calle McGuiness pasaba tan desapercibido como una nave
espacial. Todavía no habían llegado al vehículo cuando
la capota empezó a abrirse activada por el mando a distancia. Era una tarde gris de finales de marzo con una
temperatura de menos de quince grados, por lo que Tim
creyó que Camila había retirado la capota por error.
Cuando ella entró en el coche, la capota seguía abierta.

Tim se quedó parado junto al coche, visiblemente
contrariado.

—Vamos, Tim, has visto mi casa, vivo prácticamente

en una caja transparente. Seguramente puedes explicar esto. —Camila señaló hacia el techo ausente con un dedo en alto.

Él se subió en silencio. El Mercedes se puso en marcha. En el siguiente cruce Camila se volvió hacia él.

—¿De verdad no lo sabías? Hasta Wikipedia dice que padezco claustrofobia.

—No sabía si era algo del pasado.

—No lo es. Sí es cierto que he mejorado desde que estoy en Queen Island. Convivo con este trastorno desde hace más de veinticinco años, así que no sé si es que lo estoy superando poco a poco o he hecho las paces con él.

Camila sonrió. El coche se puso en marcha de nuevo.

—Tengo mis momentos —explicó Camila, ahora con seriedad. Circulaban por la calle Main hacia el norte y el viento hacía que la sensación térmica fuera dos o tres grados más baja—. Lo siento, pero los coches cerrados son innegociables para mí.

—¿Y los aviones?

—La última vez que me subí a uno fue hace más de diez años. Un vuelo a Los Ángeles, borracha como una cuba.

Tim sonrió algo incómodo. Fingió examinar el impresionante tablero de mandos del Mercedes, aunque él estaba tan cerca de ser un fanático de los coches como Camila de los ascensores. Para Tim Doherty, un coche era solo un medio de transporte, además del lecho de muerte de su esposa y de su hija.

Unos minutos después llegaron a un mirador muy cerca del puente Catenary. Había un área de recreo con unas mesas de madera en muy mal estado, un baño público y unas hamacas que milagrosamente seguían en pie. Mientras la capota del Mercedes se cerraba, contemplaron un momento el lago Gordon, visible entre los árboles que crecían en la pendiente. La decisión de detenerse allí y caminar hasta el sitio donde había sido hallado Garrett fue de Tim. Camila nunca había visitado el puente Catenary ni conocía las historias de suicidios que existían en torno a él. Tim había escrito una vez un artículo al respecto, algo así como los mitos y verdades del puente, ya caído en desgracia, y lo cierto es que la mayor parte de las historias que circulaban en la ciudad pertenecía a los primeros.

Bajaron por la pendiente hasta llegar al río Douglas, en aquella zona ancho y con poco caudal. Las rocas sobresalían como grandes dientes gastados. Sobre sus cabezas, a casi cincuenta metros, quedó la estructura de hierro del puente.

Con el canturreo del agua entre las rocas, Camila se adentró unos metros en el cauce y miró hacia arriba. Imaginó a Sophia en lo alto de aquel puente, una figura diminuta recortada contra el cielo gris. La idea resultaba inverosímil.

Camila se volvió. Tim negaba con la cabeza.

—No tiene sentido, ¿verdad?

—Ninguno en absoluto.

—Me alegra que estemos en la misma página. —Camila regresó a la orilla comprobando cada roca antes de pisar.

Media hora después estaban en el sitio exacto donde Dylan Garrett había recibido el martillazo en la cabeza.

No había nada particular en aquella parte del lago Gordon, salvo que era la menos concurrida. De hecho, la vegetación era densa y llegaba casi hasta la orilla. Quizás ese fuera el motivo por el cual Dylan había elegido sistemáticamente ese lugar para pescar. Casi todos los domingos iba con su camioneta y sus utensilios de pesca y se pasaba dos o tres horas allí, siempre solo, y casi siempre sin pescar nada. A Camila le resultaba fascinante esa faceta de aquel joven extrovertido y prepotente. Los Dylan Garrett del mundo necesitan estar todo el tiempo rodeados de personas que los reafirmen; no toleran estar solos. Y, sin embargo, Garrett elegía pasar horas en soledad, alejado de todo. Camila se preguntó qué pensaría durante esas horas eternas. O qué estaría pensando en el momento en que el agresor se acercó por la espalda y le asestó aquel golpe fulminante con el martillo.

La muerte de Garrett era el eslabón de una larga cadena que se había originado no muy lejos de allí, en el viejo autocine, cuando el chico de diecisiete años tuvo sexo con Janice Hobson, por entonces de catorce.

Casi ocho meses después de ese encuentro, a Dylan Garrett lo asesinaron por la espalda. La policía detuvo a Keith Hobson, hermano mayor de Janice, y lo acusó de asesinato. El comisario de Hawkmoon dijo que había sido un caso relativamente sencillo y que no tenía dudas de que Hobson sería condenado por el homicidio de Garrett. Hobson había atacado a Garrett en el pasado, propinándole varios puñetazos en la vía pública y amenazándolo con la frase: «Te acercas a mi hermana otra vez y te mato», esta última confirmada por dos testigos.

Un hombre llamado David Frye, dueño de un estudio de grabación, aseguró que Hobson le dijo que volvería a verse cara a cara con Garrett y que las cosas irían un poco más lejos que la última vez. Frye declaró que Hobson estaba borracho, pero no lo suficiente como para no saber lo que decía.

Un buen abogado podría haber demostrado que todo lo anterior no probaba absolutamente nada. Sin ninguna evidencia física que ligara a Hobson con la escena del crimen no habría condena. Pero eso cambió cuando la policía revisó la casa de Hobson y encontró una chaqueta escondida con restos de sangre. La sangre pertenecía a Dylan Garrett.

Prácticamente nadie dudó de la culpabilidad de Keith Hobson. Algunos hasta reivindicaron su espíritu justiciero. Bastaba ver alguna de las fotografías publicadas: tatuajes de calaveras, el cabello desalineado, la mirada amenazante. El culpable perfecto.

—¿Crees que Hobson lo mató?

—Francamente, no lo sé. Si fue así, Hobson tenía que saber que irían a buscarlo. ¿Decir que estuvo solo en su casa y no tener una coartada? Es una locura. Solo alguien muy torpe haría algo así.

Camila se volvió.

—¿Y la chaqueta con sangre?

Tim se encogió de hombros.

—Él sostiene que es de la pelea con Garrett, varios meses antes, y que nunca volvió a usarla.

—Bastante llamativo... —Camila se detuvo en medio de la frase. Sus ojos se apartaron hacia la derecha.

Tim se volvió en esa dirección.

En el sendero había un muchacho observándolos. Era corpulento y llevaba al hombro una bolsa de deporte. Tim lo reconoció de inmediato, aunque nunca había hablado con él personalmente. Hizo un esfuerzo y recordó su nombre.

—Tú eres Steve, ¿verdad? Eras el mejor amigo de Dylan.

Steve Camp no respondió. Los miraba a ambos alternativamente, como si buscara encontrarle el sentido a lo que veía.

—Usted es la mujer de la televisión —dijo al cabo de un momento.

Camila advirtió el desconcierto del muchacho y dio unos pasos en dirección a él. No creía en las casualidades y no iba a dejar que se marchase sin que le dijera qué hacía allí, en el sitio donde su amigo había sido asesinado ocho meses atrás.

—Soy Camila Jones. Y él es Tim Doherty, el director del *Hawkmoon Overfly*. Los dos somos periodistas.

Aquello no pareció cambiar demasiado las cosas. Steve seguía mirándolos como a dos extraterrestres.

—Estoy interesada en saber qué sucedió con Dylan —dijo Camila. Se acercó un poco más—. ¿Puedo preguntarte qué haces aquí, Steve?

Más miradas de incredulidad.

—¿Y ustedes?

—Investigando la muerte de Dylan. También la desaparición de Sophia Holmes.

Allí estaba otra vez ese brillo revelador en los ojos del muchacho. Steve Camp sería un pésimo jugador de póker.

—Vivo allí arriba —dijo Steve señalando hacia el oeste—. Paso por aquí todos los días. —Pronunció la frase con un marcado resentimiento—. Cuando mataron a Dylan, todo el mundo estaba pendiente... Ahora es como si no hubiese existido.

Tim, en silencio, recuperaba los fragmentos que recordaba de Steve Camp. No era demasiado. Steve era el típico adlátere, relegado a un segundo plano pero agradecido de ello, porque ser el amigo de Dylan Garrett era lo que lo había definido en la escuela. Con la muerte de su amigo, su existencia había dejado de tener sentido en términos escolares. Probablemente también fuera de la escuela.

—Así que pasas por aquí para recordarlo —dijo Camila con admiración.

—Algo así.

Camila se volvió y contempló el lago. Steve miró a Tim en busca de alguna explicación. Al cabo de unos segundos negó con la cabeza y empezó a caminar por el sendero.

—Steve... —Camila se volvió—. ¿Tú crees que Sophia tuvo que ver con la muerte de Dylan?

La pregunta hizo que Steve se detuviera en seco. La bolsa se le resbaló del hombro y fingió que la dejaba en el suelo.

—Ya se lo he dicho todo al comisario Holt.

—¿Qué es lo que le has dicho?

Steve negó con la cabeza.

—Olvídelo... —Steve recogió la bolsa y empezó a caminar otra vez.

—¿Te refieres a la conversación en el gimnasio? —soltó Tim.

Steve volvió a detenerse. Giró la cabeza en dirección a Tim. Lentamente. De un modo casi robótico.

—La conversación entre Dylan y Sophia que escuchaste en el gimnasio de la escuela —agregó Tim—. Es eso, ¿verdad?

Steve asintió de un modo imperceptible.

Camila miró a Tim. No sabía a qué discusión se refería su colega y no iba a preguntárselo en ese momento. Con un leve asentimiento le indicó que siguiera adelante.

—El comisario Holt me habló de esa discusión, Steve. No fue mucho lo que pudiste decirle.

—¡Llegué al final! No sé de qué hablaban. Dylan estaba furioso con ella.

—¿Y no sabes la razón?

—No. Supongo que tiene que ver con lo que pasó con Hobson.

—¿Keith Hobson?

—No. Con Janice, su hermana. Sophia y ella eran amigas, así que supongo que hablaban de todo lo que pasó con ella. Dylan estaba muy raro. Estaba siempre nervioso y ya no quería hacer las cosas de antes, no sé.

Camila intervino:

—¿Y crees que fue Sophia quien puso nervioso a Dylan?

—¡Claro! Quiso echarlo de la escuela, ¿o no? Eso era solo parte del plan. Esa chica es muy inteligente.

Es.

—Quería vengarse —continuó Steve—. Todo es culpa suya. Y ahora está en algún sitio burlándose de todos nosotros.

Aquella historia de venganzas adolescentes tenía el encanto necesario para correr por los pasillos de la escuela. Camila no le encontraba el más mínimo sentido.

—Steve, déjame ver si te sigo —dijo Camila—. Tú no crees que Keith Hobson asesinó a Dylan como represalia por lo que le hizo a su hermana, pero sí estás dispuesto a aceptar que lo hizo Sophia por los mismos motivos. ¿Es así?

Steve se la quedó mirando. El muchacho no tenía muchas luces y Camila sintió pena por él. A fin de cuentas, ese chico había perdido a su amigo.

—Lo asesinó por la espalda, con un martillo —dijo Steve—. Cuando Keith Hobson tuvo que vérselas con Dylan, lo golpeó con los puños. Lo sé porque yo estaba ahí.

«No está mal para alguien con pocas luces.»

—Cualquiera pudo haber atacado a Dylan por la espalda. Tú has dicho que vives cerca de aquí...

Las fosas nasales de Steve se ensancharon. Parecía un toro listo para arremeter.

—Fue Sophia —sentenció Steve—. Ella lo planeó todo. Lo que pasó con el vídeo. La expulsión de Dylan. Todo. Fue ella.

Steve recogió su bolsa irritado.

21

2 meses y 2 días antes de la desaparición

Bishop estaba en su habitación tocando la guitarra cuando recibió un mensaje de WhatsApp de un número desconocido.

Desde que la banda se había desintegrado casi no tocaba la guitarra, pero esa mañana, por alguna extraña razón, había sentido la necesidad de hacerlo. Cuando la pantalla del móvil se encendió, asumió que sería Tom con algún plan. El mensaje anónimo lo descolocó y su primera reacción fue desestimarlo, pero la única línea de texto hizo que se quedara de piedra: «Vídeo de Janice Hobson». A continuación apareció una imagen, difusa al principio, hasta que se terminó de descargar. El proceso tardó una eternidad; o quizás fueron milésimas de segundo y su percepción del tiempo se había alterado.

Bishop contuvo la respiración. En la imagen aparecía Janice con el torso desnudo. El vídeo tenía una duración de treinta segundos.

Bishop dejó la guitarra a un lado y se quedó mirando el móvil como hipnotizado. Sabía que iba a ver el vídeo, porque no había forma de resistirse a una cosa así. Además, Janice era amiga suya y tenía que ver si el vídeo era real; si esas imágenes se correspondían con lo que él creía.

Pulsó el *play*. Como ya imaginaba, había sido filmado en la parte trasera de la camioneta de Dylan Garrett. Janice estaba arrodillada y con el torso desnudo. Se llevaba las manos a los pechos y sonreía a la cámara. La voz inconfundible de Garrett le decía que así le gustaba. Janice se contoneaba ligeramente, abría la boca y se acercaba a la cámara. El vídeo se interrumpía apenas unos segundos después de que Janice introdujera en su boca un pene monstruosamente desproporcionado por el ángulo de la toma.

Bishop no pudo reaccionar. Se quedó mirando la pantalla como si hubiese algo más que ver. No recordaba haberse sentido así jamás.

No era la primera escena de sexo oral que veía en su vida, desde luego. Pero se trataba de Janice. Y si bien durante aquellos segundos Janice no parecía obligada a hacer lo que estaba haciendo, Bishop no sabía qué había sucedido después. Lo cierto es que aquel episodio había terminado con Janice alejándose de sus amigos y comportándose de forma totalmente extraña. Claramente, le había afectado.

Cuando consiguió recuperarse y pensar con algo de claridad, le escribió un mensaje a Tom: «VEN A CASA AHORA MISMO. CÓDIGO ROJO».

Tom llegó quince minutos después, volando en su bicicleta. *Código rojo* era algo con lo que bromeaban a veces, una señal de alerta máxima que jamás utilizaban. Tom entró sin tocar el timbre y fue directamente al cuarto de Bishop.

—¿Qué pasa? —Tom supo de inmediato que su amigo no le estaba gastando una broma.

—He recibido un mensaje anónimo con un vídeo de Janice y Dylan. Una parte, al menos.

Tom se quedó en silencio. A continuación se sentó muy lentamente en la cama y miró el móvil que Bishop tenía entre sus manos.

—Lo siento, Tom, pero no voy a mostrártelo.

Tom asintió, avergonzado de su primer impulso.

—Sí, claro. ¿Es muy grave?

Bishop asintió.

—No sé por qué me lo han enviado a mí. Si alguien más lo ha recibido, mañana será un escándalo en la escuela.

—¿Qué hacemos?

—No lo sé. —Bishop saltó de la cama—. No podemos cometer otra vez la estupidez de decírselo a Keith. Esta vez sí lo matará.

—¿Se lo decimos a las chicas?

—Puede ser.

Bishop salió de la habitación y Tom lo siguió.

—Espera. —Bishop se volvió—. No sé si es una buena idea que ellas lo sepan. Quiero decir, cuanta menos gente se entere mejor, ¿no?

Tom no sabía qué pensar. Cada cosa que decía Bishop tenía sentido, aunque se contradijese una y otra vez.

—Quizás haya sido el propio Garrett quien me lo ha enviado —reflexionó Bishop, más para sí mismo que para Tom. Miraba el salón con incredulidad, como si los muebles atiborrados de objetos escondieran la respuesta a su pregunta.

—En venganza por la paliza de Keith —dijo Tom.

—Exacto. Han filtrado el vídeo para humillar a Janice.

Bishop iba a decir algo más cuando la voz de su madre llegó desde el umbral de la puerta de la cocina.

—¿Qué vídeo, hijo?

Bishop casi grita del susto. Tom abrió tanto los ojos que iban a salírsele de las órbitas.

—Nada, mamá. Cosas nuestras.

Lena tenía una expresión que Bishop conocía a la perfección: no había margen para negociaciones ni rodeos. Tom nunca en la vida la había visto tan seria.

—Dame el móvil.

—¡¿Qué?! —graznó Bishop indignado—. No voy a darte el móvil.

—No me hagas perder el tiempo. O me lo das a mí o se lo tendrás que entregar al comisario Holt. Ese chico, Garrett, es del último curso, ¿verdad? Lo que ha hecho es un delito.

Y en ese instante ambos comprendieron que Lena había escuchado casi toda la conversación.

—Dame el móvil, por favor —dijo Lena con voz pausada pero firme.

Bishop sabía que su madre hablaba en serio. En materia de abusos hacia las mujeres siempre hablaba en serio.

Bishop se lo entregó.

—¿Lo vas a llevar a la policía?

—Primero voy a hablar con el padre de Janice.

—¡No! —dijeron Tom y Bishop al unísono.

—No es una buena idea, mamá. Si Janice se entera se va a querer morir. Y su padre y su hermano... Bueno..., no creo que reaccionen bien.

Lena asintió.

—Id a la habitación y no habléis de esto con nadie. Haré algunas llamadas para asesorarme un poco.

—Mamá...

—Por favor, hijo. Este es un tema muy serio. No estoy segura, pero Garrett va a ser tratado como un adulto si fue él quien divulgó el vídeo. No importa si Janice sabía que estaba siendo grabada o no.

Bishop asintió. En el fondo se sentía aliviado por no tener que lidiar con esa situación. Había visto el vídeo una sola vez y la imagen de Janice en la parte de atrás de la camioneta seguía reproduciéndose en su cabeza. Deseó con todas sus fuerzas que Dylan Garrett tuviera su merecido. No solo era el responsable directo de haber hecho que Janice se alejase de la banda, sino que estaba a punto de arruinarle la vida con ese vídeo. Él lo había grabado, así que directa o indirectamente era el responsable.

Se quedaron en la habitación tejiendo teorías y razones sobre la misteriosa distribución del vídeo. Desde el salón les llegaba la voz amortiguada de Lena mientras hablaba por teléfono. Unos veinte o treinta minutos después, un coche se estacionó frente a la casa. Bishop y Tom lo reconocieron de inmediato, incluso antes de que Caroline Holmes se bajara y recorriera el trayecto hasta la casa a paso rápido.

Unos minutos después las dos mujeres les pidieron un detalle pormenorizado de todo el incidente, desde el encuentro entre Janice y Dylan hasta la aparición del vídeo minutos atrás.

22

2 meses y 1 día antes de la desaparición
8.15 horas

No dijeron una sola palabra durante el trayecto a la escuela. Sophia se dio cuenta de que algo perturbaba a su madre pero no le preguntó al respecto; si tenía que ver con la convivencia con su padre y la reciente —y polémica— decisión de dormir en cuartos separados, prefería mantenerse al margen. Además, Sophia tenía sus propios problemas. Al despedirse, Caroline le dijo que pasaría a recogerla a la salida. Decididamente, algo no iba bien.

Viéndolo en retrospectiva, quizás había indicios suficientes para darse cuenta de que aquel no sería un día como cualquier otro. Ronald Grunfeld, el policía asignado a la escuela secundaria Hawkmoon, no estaba solo ese día, como era habitual, sino con un compañero con el que caminaba por los senderos del jardín. Había grupos de alumnos apostados en sitios poco comunes y profesores que llegaban con cierto apuro aunque faltaba más de media hora para la entrada.

Sophia se dirigía hacia un lado del edificio con la intención de rodearlo cuando de un grupo de alumnos surgió un brazo que la agarró y tiró de ella. Cuando se volvió se encontró a Nikki con los ojos desorbitados.

—¿Qué pasa? —preguntó Sophia mientras era arrastrada por su amiga.

Nikki la fulminaba con la mirada.

—¡¿No miras el móvil?!

Se detuvieron en el estacionamiento, alejadas del resto de los alumnos.

—No he tenido tiempo —se excusó Sophia.

Nikki la miraba como si acabara de escuchar la estupidez más grande del mundo.

—¿Qué? —dijo Sophia a la defensiva—. He venido con mi madre en el coche. ¿Vas a decirme qué te sucede?

—¿No lo sabes?

—¿Que si sé qué, Nikki? Ya ves que no sé de qué me hablas.

Nikki asintió con una seriedad que preocupó a Sophia más que toda la maniobra de llevarla casi a rastras a un sitio apartado.

—Hay un vídeo de Janice y Dylan en la camioneta. Yo no lo he visto, pero el hermano de Sally O'Donnell, Murray, dice que sí.

Sophia se quedó muda.

—Muy desagradable —dijo Nikki, y dejó que sus ojos dijeran el resto.

—No puedo creerlo.

—Bishop también ha recibido el vídeo. Le envié el mismo mensaje que a ti y me dijo que ya lo sabía. Su madre lo descubrió y le prohibió que dijera nada. Lena habló con tu madre y juntas se están ocupando.

—¿Mi madre? No me ha dicho nada.

Pero tenía sentido. Ahora que Sophia lo pensaba, Caroline se había marchado el día anterior sin dar explicaciones, y hoy había insistido en llevarla a la escuela y pasar a recogerla luego.

En ese preciso momento vio cómo la camioneta de Dylan avanzaba por el otro extremo del estacionamiento. Cogió a Nikki por los hombros.

—Tengo que hacer algo ahora mismo —le dijo con urgencia—. ¿Sabes algo más de ese vídeo?

—¿Tienes que irte ahora? —se indignó Nikki—. ¿Qué puede ser más importante que esto?

Sophia ya se alejaba. Se volvió una sola vez para comprobar que Nikki no la seguía. Llegó justo en el momento en que Dylan hacía las últimas maniobras para estacionar su monstruosa camioneta.

Dylan se bajó y se arregló el cuello de la chaqueta en el espejo retrovisor. Fue entonces cuando vio a Sophia y dio un respingo.

—Hola, Dylan.

—¿Quién eres? —respondió él de mala manera.

Sophia sonrió.

—Sabes perfectamente quién soy, porque hace cuatro días me dejaste una nota en la taquilla.

Hubo un brevísimo instante de duda en el rostro de Dylan. Al final, se metió la mano en el bolsillo y sacó el mando del vehículo. La camioneta emitió un sonido.

—No sé de qué me hablas —dijo Dylan justo antes de volverse y caminar en dirección a la escuela con las manos en los bolsillos.

Sophia lo siguió.

—«Lo que sucedió en la camioneta no es lo que piensas. —Sophia recitaba el contenido de la nota de memoria—. Es mucho más complejo. Mantente al margen.»

Dylan no se detenía.

—Te vi en las cámaras de la escuela —lanzó Sophia.

Una leve vacilación.

Sophia apuró el paso y empezó a caminar a la par de Dylan.

—Déjame en paz —dijo él sin detenerse.

Estaban a mitad de camino entre el edificio principal y el estacionamiento.

—¿Qué sentido tiene negarlo? —dijo Sophia   . Te vi en las cámaras cuando me dejabas esa nota. Y el vídeo ya se lo has enviado a un montón de gente, así que es hora de que hablemos.

Dylan se detuvo en seco.

—¿Qué dices, idiota?

Sophia miró instintivamente a su alrededor.

—¿Por qué no vamos a un sitio más apartado donde podamos hablar? Aquí estamos llamando la atención.

En efecto, un grupo de chicos miraban en dirección a ellos y hacían comentarios entre sí. Dylan estaba acostumbrado a no pasar desapercibido, pero incluso él debió de advertir que había algo inusual en el modo en que los observaban. Había en sus rostros un cierto grado de conmoción.

Dylan estaba indeciso.

—Vamos al gimnasio —dijo Sophia.

—Espero que no sea cierto... —Dylan dejó la frase en suspenso.

Ahora era Sophia la que caminaba delante.

—¿Qué esperas que no sea cierto? ¿Que te he visto dejando la nota?

—No me refiero a la puta nota —espetó él—. Ahora veo que fue una estupidez dejarla. Me refiero a lo del vídeo.

Sophia no pudo dilucidar si Dylan realmente estaba sorprendido por la aparición del vídeo o estaba fingiendo.

—¿Dices que no has sido tú?

—Basta. Hablemos en otra parte.

Rodearon el edificio principal. El gimnasio era otro edificio un poco más pequeño situado a unos treinta metros.

—Vamos por la parte de atrás —dijo Dylan—, no quiero tener que dar explicaciones a nadie.

Ninguno de ellos advirtió que Steve Camp los estaba observando desde el lado opuesto al edificio principal.

Entraron en el campo de básquet por una de las puertas laterales. No había nadie, desde luego, y la única fuente de luz eran las claraboyas del techo, que no servían de mucho en aquel día nublado.

Se quedaron debajo de las gradas, a pocos metros de la puerta. Sophia se consideraba una chica valiente, pero estar a solas con Dylan Garrett empezaba a tener visos de estupidez.

—¿Qué es eso de que un montón de gente ha visto el vídeo?

Sophia iba tomando nota mental de cada palabra. Dylan acababa de dar por sentado que el vídeo existía. Aunque Nikki se lo había asegurado, Sophia no salía de su asombro.

—¿Tú no lo has enviado? —volvió a preguntar ella.

—¡Por supuesto que no!

—Pero sí que lo grabaste.

—¿Y eso qué tiene que ver? Mira, hace unos días me robaron el móvil, así que si alguien envió ese vídeo, ha sido ese puto ladrón de teléfonos.

—Qué casualidad.

—Sí, mucha casualidad, la verdad. Y me importa una mierda.

—Janice es mi amiga. Y es ella la que aparece en el vídeo.

Dylan se encogió de hombros.

—Tu amiga es una puta que aceptó hacer el vídeo y mamarme la polla con esa boca pequeña que tiene, así que no es mi problema.

Sophia respiró profundamente dos veces.

—¿Por qué me dejaste la nota en la taquilla?

Dylan se la quedó mirando un buen rato con los ojos semicerrados.

—Dicen que eres muy lista —dijo él—. Y seguro que tú te lo crees, porque revisaste las putas cámaras de la escuela. Supongo que en el fondo sabía que no iba a funcionar.

—No te sigo.

—¿Lo ves? No eres tan lista. —Dylan se sentó en uno de los caños que sostenían las gradas—. Siéntate.

Sophia negó con la cabeza y se quedó donde estaba, a tres metros de Dylan y a dos de la puerta de salida.

—Estabas haciendo demasiadas preguntas —dijo Dylan—. De tu amiguita, y de las demás también. *¿Capisci?*

—No te creo.

—Me tiene sin cuidado.

—¿Y dices que no tienes nada que ver con el envío del vídeo?

—Ya te lo dije. Me han robado el móvil.

Dylan sacó del bolsillo una cajetilla de cigarrillos y un Zippo.

—¡¿Estás loco?!

Una llama azulada surgió del mechero y Dylan la acercó al cigarrillo que colgaba de su boca. Entornó los ojos y dio una profunda calada.

—Relájate, chica lista. Estamos solos.

Sophia lo observaba con expresión horrorizada.

—Y ahora quiero que hagas dos cosas por mí —dijo Dylan envuelto en una nube gris—. La primera, lárgate si no quieres que te haga lo mismo que a tu amiga. Y la segunda, no vuelvas a meterte donde no te llaman.

Sophia dio media vuelta y se fue.

23

2 meses y 1 día antes de la desaparición
8.20 horas

Janice no tenía forma de saber que aquel sería uno de los peores días de su vida. Fue caminando a la escuela como de costumbre, pero ese lunes en particular lo hizo sola. Molly, que solía unirse a ella a mitad del trayecto, le hizo un gesto desde la ventana de su habitación para que continuara sin ella. Molly era una de sus nuevas amigas, y en su casa tenía todo tipo de problemas; a veces se quedaba despierta toda la noche fumando y viendo televisión y nadie le decía nada. A Janice no le importó demasiado seguir sola; con Molly las caminatas se estaban volviendo un poco incómodas. La realidad era que Janice echaba de menos a sus amigos de siempre, incluso a Nikki, aunque no estuviera dispuesta a reconocerlo.

Las cosas en su propia casa tampoco estaban bien. Su padre se había ido de gira con una banda desconocida de los noventa, y lo peor de todo era que ni siquiera tocaba con ellos, sino que se encargaba de los instrumentos. Harlan era un hombre optimista y había aceptado el trabajo sin demasiadas quejas; antes de despedirse le había dicho a Janice que el negocio de la música era a veces muy injusto. Así pues, hacía tres semanas que Janice estaba sola con Keith, aunque con el trabajo en la estación de servicio y las salidas con su novia tampoco a su hermano lo veía demasiado.

Dos manzanas antes de llegar a la escuela, unos chicos la miraron con curiosidad desde la acera opuesta. Eran cinco en total. El único al que Janice reconoció fue a Austin Preston, un chico de su misma edad, verborrágico y con una creatividad asombrosa al servicio del mal. Fue el primer indicio de que algo no marchaba bien. Lamentablemente, ser observada por hombres —y no necesariamente alumnos de la escuela secundaria— era algo que le sucedía con bastante frecuencia. Lejos de amedrentarse, Janice solía sostenerles la mirada sin dejarse intimidar. Era una cuestión de principios más que de valentía; casi siempre temblaba de miedo o estaba al borde del llanto.

Esta vez se limitó a seguir caminando a la misma velocidad, con la mirada al frente y el mentón erguido. Con el rabillo del ojo podía ver a los cinco simios saltando y haciendo muecas, riendo a carcajadas y hablando entre ellos. No podía entender qué decían exactamente hasta que una frase le llegó con total claridad.

—¿Así es como te gusta? —dijo uno de ellos con voz aflautada y burlona.

Y entonces los pies de Janice se convirtieron en dos bloques de plomo.

Las risas se desataron en una cascada sin fin.

Janice se volvió ligeramente, con el rostro lívido, y vio cómo al otro lado de la calle Austin se pavoneaba con las manos en los pechos, marchando como un soldado con la cabeza girando hacia uno y otro lado. El resto danzaba alrededor, copiando sus movimientos cuando el ataque de risa se lo permitía.

Al menos se marcharon rápido. Janice siguió escuchándolos durante un rato, clavada en el mismo sitio. Sin moverse. En lo único en lo que Janice pensaba era en aquella frase que no se atrevía ni siquiera a repetir en su cabeza.

Dylan le había asegurado que el vídeo sería solo para él. Le había jurado por su hermano menor —que era lo que más amaba en el mundo— que nunca se lo mostraría a nadie.

Claro que Dylan también le había dicho que ella le gustaba mucho, y, sin embargo, durante los días siguientes la había ignorado por completo.

Las últimas semanas desfilaron en su cabeza a la velocidad de la luz. Ahora todo tenía sentido.

Después del encuentro en la 4Runner, Dylan no había sido el mismo. Se había mostrado distante con ella, llegándole a decir que lo ocurrido había sido un momento de calentura y nada más, que él tenía novia y no quería que volviera a molestarlo. Del vídeo no dijeron nada, y durante un tiempo le había aterrado la posibilidad de que alguien más pudiera verlo. Pero Dylan había mantenido su promesa. Quizás lo que aseguró sentir por su hermano menor fuera lo único verdadero que le dijo ese día en el autocine.

Janice empezó a creer que todo saldría bien y que nadie vería ese vídeo nunca. Pero entonces los estúpidos de sus examigos habían metido las narices y le habían contado todo a Keith. ¡Idiotas! Janice empezó a pensar que Dylan querría vengarse de aquella paliza, y el vídeo sería la forma perfecta.

Durante días Janice no durmió. Soñaba con la camioneta de Dylan. Despertaba gritando, y lo peor de todo era que los fragmentos de aquellas pesadillas no diferían en casi nada de lo que ella y Dylan habían hecho ese día. La única diferencia era que en los cristales de la 4Runner había un sinfín de rostros observándola. Su padre, su hermano, sus amigos, la tía Patricia, incluso su madre, a quien solo había visto en fotografías, también estaba allí.

Pasaron más de tres meses y Janice volvió a pensar que el vídeo era una cosa del pasado.

Hasta aquel día.

Llegó a la escuela por inercia. Intentó convencerse de que aquella frase y las burlas nada tenían que ver con el vídeo, que formaban parte de una estrambótica casualidad. Pero era imposible de aceptar. Las miradas se hicieron evidentes a medida que se acercaba al edificio. Algunos la observaron de forma descarada y otros fueron más sutiles; eran grupos de chicos y chicas de otros cursos y también algunos de sus compañeros. Ya no había forma de echarse atrás. O sí la había, y era salir corriendo para no regresar nunca.

El oficial Grunfeld la vio llegar y dio aviso al director Lenderman, tal como le habían ordenado. Menos de un minuto después, el propio Lenderman salía del edificio escoltado por Dorothy Morgan, la directora de administración, y Dina Whitmore, la consejera académica. Los tres se desplazaron por los jardines apresurando el paso hasta interceptar a Janice. Lenderman, que hacía de la elegancia un culto, tenía el nudo de la corbata torcido y el cabello canoso más desordenado de lo habitual. Aquella había sido una mañana ajetreada para el director de la escuela secundaria Hawkmoon. Los rostros de las dos mujeres lo confirmaban.

El director le pidió que lo acompañara a la dirección. Dijo que no tenía de qué preocuparse, que simplemente necesitaban hablar con ella. Janice no preguntó nada más. En ese momento, absolutamente todos los alumnos tenían los ojos puestos en ellos. Si necesitaba comprobar que sus temores respecto al vídeo eran ciertos, ese recibimiento terminó de confirmárselo.

Fueron directamente al despacho de Lenderman. Janice no lo conocía, pero era tan solemne como lo había imaginado. Madera por todas partes, estanterías con libros antiguos, fotografías en blanco y negro. La señora Morgan fue la única que no entró con ellos. Dina Whitmore, con quien Janice prácticamente no había hablado nunca, la acompañó hasta un sillón de terciopelo verde y se sentó a su lado. Lenderman ocupó su escritorio presidencial.

—Janice —dijo el director con voz afable—, hemos llamado a tu casa para hablar con tu padre pero no hemos tenido suerte.

—Está de gira.

Lenderman no pareció comprender.

—Es músico —dijo Janice—. Ahora creo que está en Colorado.

—¿Hay alguna forma de localizarlo?

—Claro, en su móvil.

Lenderman se removió incómodo en su silla.

Dina habló por primera vez:

—¿Quién se ha quedado a cuidarte, querida?

—Mi hermano Keith. Hoy trabajaba en el turno de madrugada en la estación de servicio.

—Va a ser necesario que hablemos con tu padre —dijo Lenderman—, y también con tu hermano.

—¿Qué sucede?

Lenderman y Dina se miraron.

—Tienen que decírmelo —dijo Janice con calma.

El mundo de Janice estaba a punto de desmoronarse.

24

En el despacho del director Lenderman el aire podía cortarse con un cuchillo.

Frank y Dylan Garrett ocupaban dos sillas de un lado del escritorio. Frank vestía un caro traje gris y parecía que se hubiera echado encima un frasco de perfume. El abogado no dejaba de sonreír con suficiencia, ligeramente reclinado en su asiento y cruzando las piernas. A su lado, Dylan exhibía por momentos la arrogancia de su padre, pero en general parecía indiferente.

La imagen de Adam Lenderman era penosa, atrincherado detrás del escritorio como un animal acorralado. Un mechón de cabello blanco le caía sobre la frente, y trataba de mantenerlo en su lugar con manotazos rápidos.

Dina Whitmore, la consejera académica, ocupaba uno de los sillones del despacho mientras lamentaba no disponer del don de la invisibilidad.

—Puedo regresar más tarde —había dicho Whitmore en cuanto advirtió el tono de la conversación. Lenderman la observó con ojos implorantes y le pidió que por favor se quedara. Dina volvió a sentarse, resignada y furiosa. Ella no tenía por qué soportar la prepotencia de Garrett.

—Frank —dijo Lenderman—, quiero que entiendas la difícil situación que se nos presenta.

Dina suspiró. Que Lenderman siguiera refiriéndose a Garrett por su nombre de pila era desesperante. Los dos hombres habían sido compañeros en la escuela, pero hasta donde sabía no eran amigos. ¿Qué necesidad de mostrarse conciliador? Era patético.

—Para mí la *situación* está bastante clara —lo desafió Frank.

—Quiero que entiendas mi posición. Se espera de nosotros que tomemos medidas ejemplificadoras, no que hagamos la vista gorda.

—¿Y mi hijo va a pagar por lo que se espera de vosotros? —Frank miró a Lenderman y a Whitmore alternativamente—. ¡Es ridículo! Mi hijo no ha hecho nada malo.

—Caballeros, como consejera académica creo que sería conveniente que no discutiéramos estos temas en presencia de Dylan. Puede esperar afuera y entrar en caso de que lo necesitemos.

—Mi hijo se queda aquí —dijo rápidamente Frank—. Diga lo que tenga que decir, señora Whitmore.

Dina pareció debatir internamente.

—Señor Garrett —dijo Dina finalmente—. Su hijo tiene responsabilidad. Él fue el que grabó ese vídeo y...

—Los dos —la interrumpió Frank—. Los dos grabaron ese vídeo. Dylan y esa chica. Formaba parte de la intimidad de dos jóvenes que decidieron pasarlo bien y grabarse *de común acuerdo*. Ya les hemos explicado que a Dylan le robaron el móvil, tal como consta en la denuncia correspondiente. Mi oficina se encargará de hacerles llegar una copia, pero supongo que confían en que lo que les estoy diciendo es cierto.

—Esa no es la cuestión —dijo Lenderman sin un ápice de convicción.

—Claro que lo es. —Frank se irguió en su asiento y señaló a Lenderman—. Aquí no hay absolutamente ningún delito. Mi hijo conservó ese vídeo en su móvil durante semanas y no lo distribuyó; esa es prueba más que suficiente de sus intenciones. El robo del móvil es el lamentable hecho que ha causado todo esto. Mi hijo no es responsable.

—Quizás podamos llegar a algún tipo de acuerdo —dijo Lenderman—. Dylan podría habernos alertado en el momento en que le robaron el móvil.

Frank Garrett rio. Dina miró subrepticiamente al techo del despacho.

—Mira, Lenderman, no voy a tolerar que mi hijo sea castigado por algo que no le corresponde. Dylan no recibirá ningún tipo de sanción por esto. ¿Entendido?

—Nuestros abogados...

—Los abogados de la escuela pueden hablar conmigo en cualquier momento, y os aseguro que volverán aquí con el rabo entre las piernas para decir exactamente lo mismo que yo estoy diciendo ahora. Os estoy ahorrando sus honorarios.

Frank se puso serio.

—Este es el único acuerdo al que llegaremos. Ninguna sanción.

A esas alturas, Dylan parecía no escuchar la conversación. Miraba por la ventana, absorto en las copas de unos árboles.

Frank, por el contrario, estaba concentrado al cien por cien, preparado para dar la estocada final en alguno de sus casos.

—Y una cosa más —dijo el abogado—. Quiero que la escuela envíe un correo electrónico a todos los padres explicando la situación y que mi hijo ha sido una víctima en todo esto, al igual que esa chica.

Dina Whitmore no pudo soportarlo más.

—No es la primera vez que sucede —dijo la mujer

levantando el tono de voz. No llegó a ser un grito, pero fue suficiente para que Dylan rompiera el hechizo que lo tenía atrapado y la mirara con interés.

—¿¡Qué!? —estalló Frank.

—Dina, por favor —intervino Lenderman.

Dina ignoró al director. Había llegado el momento de que alguien le dijera a Garrett algunas verdades a la cara.

—No es la primera vez que Dylan lo hace. Él y otros se reúnen en el autocine abandonado y se graban. Los alumnos me lo han dicho decenas de veces.

—¡Cuidado, señora Whitmore! —dijo Frank—. Está hablando de la vida privada de mi hijo, un menor de edad, y lo que hace fuera de la escuela no es de su incumbencia. Se está acercando a una línea peligrosa.

—Es la verdad —dijo Dina—. Los comparten dentro de la escuela. Era cuestión de tiempo que uno de esos vídeos se viralizara.

—¡Dina! —dijo Lenderman.

Frank Garrett miraba a la consejera académica como un velocirraptor a punto de lanzarse sobre su presa.

—¿Tiene pruebas de lo que está diciendo, señora Whitmore?

—Como le he dicho, varios alumnos me lo han dicho.

—Vuelvo a hacerle la misma pregunta —insistió Frank—. ¿Tiene pruebas? Porque los chicos dicen muchas cosas. Cosas que escuchan por ahí y que repiten como loros.

Lenderman le suplicaba con la mirada a Dina, que optó por quedarse callada.

Frank Garrett esbozó una sonrisa.

—Mejor así —dijo el abogado—. Me alegro de que estemos todos en la misma página. Vamos, hijo.

Frank se levantó, se colocó bien la chaqueta y caminó en silencio hasta la puerta del despacho. Dylan lo siguió.

Antes de salir, Frank cogió a su hijo del cuello de forma afectuosa.

—Te dije que todo saldría bien —le susurró al oído—. Estoy orgulloso de ti.

Frank no se molestó en cerrar la puerta del despacho.

Dina echaba espuma por la boca. No podía creer lo que acababa de suceder.

Lenderman rodeó su escritorio y se acercó a ella.

—A veces no queda más remedio que ceder —dijo el director.

Dina lo fulminó con la mirada.

—¿Para qué me ha citado en su despacho, director Lenderman? Me ha desautorizado delante de ese individuo.

—Te he citado porque necesito que alguien sea testigo de esta situación y de por qué no puedo tomar las medidas que quisiera. Y no te he desautorizado, Dina, sino todo lo contrario. No quiero exponerte a una pelea en la que tienes todas las de perder.

—No puedo creer que estemos atados de pies y manos —dijo Dina sacudiendo la cabeza.

El director Lenderman asintió con pesar.

25

Una buena entrevista es como robar un banco: entras, te llevas algo que no te pertenece y te marchas a toda velocidad.

Para conseguirlo, tienes que conocer al entrevistado, de la misma forma que un ladrón estudia los planos del banco para concebir el plan perfecto.

Un antiguo jefe de Camila decía que si eras capaz de describir la esencia de tu entrevistado en una frase, entonces estabas listo para el robo del siglo. Esa verdad reveladora es como una etiqueta que todos tenemos en alguna parte, y el verdadero talento de un buen periodista está en saber encontrarla a tiempo.

En el caso de Adam Lenderman, director de la escuela Hawkmoon, esa etiqueta rezaba: «La escuela secundaria Hawkmoon es mi vida».

Lenderman estaba casado desde hacía treinta y cinco años con Angela, tenía dos hijos y tres nietos. Un par de artículos y algunas entrevistas en YouTube fueron suficientes para que Camila creyera conocer a aquel hombre a la perfección.

—Perdón por venir sin anunciarme —volvió a disculparse Camila cuando se sentó frente al escritorio de Lenderman.

El director rodeó el escritorio con suma lentitud. Era enorme, así que aprovechó esos segundos para sopesar la situación. Aceptó las disculpas con un gesto de resignación. Ambos sabían que aquella visita inesperada tenía como único propósito aprovechar el factor sorpresa.

Lenderman se sentó en su silla. Colocó ambos antebrazos sobre el escritorio y tiró de los extremos de las mangas de su chaqueta gris. Cuando los puños de la camisa quedaron ocultos, entrelazó los dedos como un predicador.

—Creía que estaba retirada, señora Jones...

—No crea todo lo que dice la prensa —dijo Camila con una sonrisa.

Dos tímidos golpecitos en la puerta interrumpieron el duelo de miradas.

—Adelante, Dina. Acompáñanos, por favor. La señora Jones ha venido a hacernos algunas preguntas acerca de Sophia Holmes.

Lenderman se encargó de presentar a la consejera académica, que se sentó en uno de los sillones con expresión indescifrable.

—En realidad... —dijo Camila mientras sacaba la libreta del bolso—, primero me gustaría hablar de Janice Hobson.

La expresión del director cambió. Arrugó la frente como si hubiera escuchado una frase en un idioma desconocido.

Camila le explicó lo obvio:

—Janice Hobson. Dylan Garrett. El vídeo que circuló entre los alumnos de su escuela...

—Sé perfectamente quién es Janice Hobson. Solo pensé que usted quería hablar de la muerte de Sophia...

Lenderman enrojeció. Dina Whitmore se llevó una mano a la boca.

—La desaparición de Sophia Holmes —se corrigió Lenderman.

—No se preocupe —dijo Camila—. Sé que mucha gente piensa que Sophia está muerta. Y posiblemente lo esté. Dylan Garrett, en cambio, sabemos positivamente que fue asesinado. Él y Janice Hobson participaron en ese vídeo, y ella era una de las mejores amigas de Sophia. Cualquiera diría que ese vídeo es el inicio de esta historia, ¿no cree?

—Es la primera vez que escucho algo así. Sinceramente, no veo la conexión, y me atrevería a decir que la policía tampoco. Mire, señora Jones, la escuela Hawkmoon colaboró activamente en la búsqueda de Sophia. Organizamos batidas con padres y alumnos de los cursos superiores, también llevamos adelante entrevistas exhaustivas con amigos y conocidos. No teníamos por qué hacerlo, pero nos pareció lo correcto. En esta escuela somos una gran familia. Créame cuando le digo que la desaparición de esa chica me afectó como si hubiese sido una de mis nietas.

Lenderman apartó la vista y se quedó mirando un portarretratos que tenía en el escritorio. Allí estaban el propio Lenderman y su esposa rodeados de un niño y dos niñas sonrientes.

—¿Qué quiere saber de Janice Hobson? —dijo Lenderman con un dejo de resignación.

—Señor Lenderman —intervino Dina por primera vez—. ¿No cree que sería conveniente que el asesor legal de la escuela estuviera presente?

En ese momento las manos de Lenderman vagaron por el escritorio nerviosas, se aferraron al borde y luego se deslizaron por la superficie.

—No será necesario —dijo Camila—. Lo único que pretendo es saber qué papel asumió esta institución frente a un problema tan grave como la filtración de un vídeo en el que participaban dos menores de edad. Nadie puede explicarlo mejor que usted.

Dina empezó a decir algo, pero Lenderman la detuvo con un ademán.

—La escuela obró de manera impecable —se defendió Lenderman.

—Usted fue el primero que habló con Janice del vídeo, ¿verdad?

El hombre asintió con pesar.

—Así es. Janice estaba sentada donde está usted ahora. Dina y yo hablamos con ella apenas llegó a la escuela. El vídeo empezó a circular el fin de semana, y un grupo de padres se puso en contacto conmigo a primera hora del lunes. No pudimos comunicarnos con la familia, así que decidimos esperar a que Janice llegara.

—En ese grupo de padres estaba Caroline Holmes, ¿verdad?

Lenderman asintió en silencio. Otra vinculación entre las dos historias.

—¿Cómo se lo tomó Janice?

Dina Whitmore se masajeaba la cabeza. Camila se preguntó cuánto tiempo más esperaría la mujer para volver a insistir en la presencia de un abogado. No tenía mucho margen, y decidió ir directamente al grano.

—¿Por qué no expulsaron a Dylan Garrett?

Lenderman se mostró sorprendido, aunque era una pregunta razonablemente obvia. Sus brazos movedizos se replegaron y desaparecieron debajo del escritorio.

—Dylan Garrett no tuvo nada que ver con la difusión del vídeo. Le robaron el móvil. Consta en la denuncia que hizo unos días antes. Garrett fue también una víctima.

Dina Whitmore dejó caer los hombros y contuvo la respiración.

—Director Lenderman... —empezó la mujer.

—No, Dina, déjame decirle a la señora Jones lo que pienso, porque no me gusta que me acusen de obrar de mala fe.

Camila se alegró. Había conseguido que el director se saliera del discurso políticamente correcto.

—Ese vídeo fue grabado de común acuerdo entre los dos menores —dijo Lenderman—. Casi cuatro meses después, alguien robó el móvil y distribuyó el vídeo.

—Janice tiene catorce años. ¿Usted ha visto el vídeo?

—Jesús... —dijo Dina en un tono apenas audible.

Lenderman se puso de pie. Se acercó a la ventana y permaneció allí, con la mirada perdida, de espaldas a las dos mujeres, que intercambiaron miradas hostiles. Camila tenía más que claro que, si hubiera sido por la consejera académica, la entrevista hubiese terminado hacía rato.

—Contactamos con la familia de Janice —dijo Lenderman—, primero con su hermano y después con su padre, que estaba de gira con su banda y prácticamente ilocalizable. Nos ocupamos de que Janice recibiera el apoyo adecuado. Dina la acompañó en todo momento. Organizamos reuniones con los alumnos, les explicamos una y otra vez lo que tenían que hacer si recibían el vídeo. Me ocupé personalmente de supervisar todas las acciones de la escuela.

Lenderman se volvió. Miró a Camila y agregó:

—Así que la respuesta a su pregunta es sí. Vi el vídeo una sola vez, porque tenía que saber a qué nos enfrentábamos.

—¿Y a qué se enfrentaban exactamente?

Lenderman tragó saliva.

—Un momento íntimo entre dos adolescentes que nunca debió salir a la luz.

—¿Conserva una copia del vídeo?

—¡Por supuesto que no!

Camila tomó las últimas notas en su libreta y la cerró.

—¿Qué va a hacer con todo esto? —preguntó Dina mientras se ponía de pie.

Camila permaneció sentada.

—Todo depende de lo que encuentre —respondió.

La respuesta no dejó satisfecho a ninguno de sus dos interlocutores, pero el deseo de dar por terminada la entrevista pudo más que la curiosidad.

—Ha sido un placer recibirla, señora Jones —dijo Lenderman con la solemnidad del principio—. Espero haber sido útil.

Camila no había averiguado nada nuevo en términos de información, pero su objetivo había sido conocer a Lenderman de primera mano y lo había conseguido.

Algo en el director no encajaba.

Camila les agradeció a ambos su tiempo y se despidió. Whitmore se ofreció a acompañarla pero ella le dijo que no hacía falta.

—Seguramente volvamos a vernos —dijo antes de cerrar la puerta del despacho.

Camila salió del edificio y caminó ensimismada hacia el estacionamiento. En su cabeza repasaba la conversación con el director, buscando qué era exactamente lo que no le terminaba de cuadrar. Quizás no fuera algo que había dicho, sino su actitud en general. Camila sacó del bolso la llave del coche y la capota empezó a replegarse.

Cuando se disponía a abrir la puerta escuchó un llanto a sus espaldas y un chistado para llamarle la atención. Se volvió, y entre los arbustos vio oculta a una mujer.

—Necesito hablar con usted —dijo la mujer con voz temblorosa. Dio un paso y quedó parcialmente a la vista. Se quitó las gafas y miró a Camila con ojos suplicantes e hinchados.

—¿Quién es usted?

—Dorothy Morgan. Soy la directora administrativa de la escuela.

Camila asintió.

—La escucho.

—No aquí.

—¿De qué se trata?

—Sophia Holmes y Dylan Garrett —dijo la señora Morgan, y pareció a punto de quebrarse—. Todo lo que le diga... es confidencial, ¿verdad?

—Por supuesto.

—¿Podemos vernos más tarde en el parque Morleigh? A las cinco. Hay un área recreativa cerca de la fuente.

—Dígame al menos de qué se trata.

—No puedo. No aquí en la escuela.

La mujer retrocedió hasta que las ramas la envolvieron y desapareció.

26

En el centro del parque Morleigh había una fuente inmensa. Había varias personas sentadas alrededor, algunas en grupos y otras leyendo o descansando con el murmullo tranquilizador del agua. Camila pasó junto a un grupo de niños que observaba extasiado un velero a escala que recorría la superficie. Se detuvo un momento a seguir el devenir errático e hipnótico de la embarcación. Un hombre de cabello encanecido y gafas de espejo era el responsable de manejar el velero.

Camila no tuvo dificultades en encontrar el área recreativa; tampoco en divisar a Dorothy Morgan, sentada en la única mesa ocupada. La directora administrativa llevaba puesta la misma ropa que por la mañana.

Dorothy se quitó las gafas oscuras. De no ser por unas casi imperceptibles arrugas en el rabillo del ojo, su cabellera en forma de esfera y su silueta esbelta la hacían parecer por lo menos veinte años más joven. Camila estimó que la mujer que tenía enfrente había superado los cincuenta.

—¿Tiene hijos, señora Jones? —la sorprendió la mujer.

—Sí, uno. Está en la universidad.

Dorothy asintió con cierto pesar. Cada tanto miraba en dirección a la fuente, donde la algarabía era cada vez mayor.

—Mi marido y yo no hemos tenido hijos. Fue una decisión. O, por lo menos, lo fue al principio.

Camila no tenía idea de cómo eso podía estar relacionado con Sophia y Dylan, pero también sabía que hay ciertas personas a las que necesitas dejar hablar, y eso hizo.

—Yo estaba a punto de cumplir los cuarenta cuando empecé a sentir el deseo de ser madre. Fue una de las cosas más inexplicables que me han sucedido. Amo a los niños, he trabajado en escuelas toda mi vida y tengo cuatro sobrinos que adoro, pero cuando de tener hijos propios se trataba, pensaba que no era para mí.

Fue la primera vez que Dorothy sonrió. Una sonrisa amplia y blanca.

—Estaba tan acostumbrada a explicar las razones por las que no quería ser madre que se había convertido en una especie de mensaje grabado en mi cabeza que repetía una y otra vez. Se lo decía a todo el mundo, no me daba pudor. Y terminé aceptándolo como una verdad eterna, de esas que no cuestionas nunca porque te han educado de cierta forma. Entonces, un día... Dios, es tan tonto... Estaba en casa y escuché el llanto de un bebé. Yo estaba sola en ese momento, así que casi me muero del susto. Recorrí las habitaciones y, desde luego, no había nadie, mucho menos un bebé llorando. Me convencí de que el llanto provenía de la calle. Pero desde ese día...

Dorothy dejó la frase a medio terminar.

—Volviste a escuchar el llanto del bebé —dijo Camila.

Los ojos de Dorothy se humedecieron. Miró al cielo y consiguió contener el llanto.

—Al principio era esporádico y en situaciones confusas. Pero con el tiempo se convirtió en algo insoportable. Estaba en el trabajo, en el cine, en cualquier parte, y escuchaba el llanto a todo volumen. Finalmente, tuve que enfrentarlo; fui a terapia, pedí una excedencia... y las cosas empezaron a mejorar poco a poco. Esto fue hace siete años.

—¿Se lo dijiste a tu marido?

—Sí, y fue un gran apoyo. Sé que estaba aterrado, pero lo hizo lo mejor que pudo para ocultarlo. No debe ser sencillo que tu pareja te diga que escucha bebés que no existen.

—¿Lo intentasteis?

Dorothy volvió a sonreír, ahora con melancolía.

—Hubiera sido un bonito final para la historia, ¿verdad? Lo intentamos, pero no tuvimos suerte. Quizás dejamos pasar demasiado tiempo. No lo sé. Nunca lo sabremos.

—Lo siento.

Dorothy se encogió de hombros.

—Probablemente se preguntará por qué le cuento todo esto. Supongo que desarrollé un cariño especial por algunos alumnos, Sophia entre ellos. No me malinterprete, señora Jones, nunca he confundido mi rol dentro de la escuela o fuera de ella. Sophia es una chica especial, una mente maravillosa y un espíritu libre, todo un desafío para una institución como la nuestra. Tengo formación pedagógica y me ofrecí para seguir su caso. Es lo que las escuelas hacen cuando tienen niños con capacidades excepcionales.

Camila consultó imperceptiblemente el móvil. Llevaban casi media hora hablando. El dueño del velero se había marchado y el grupo de niños se había dispersado. Salvo por el canto de los pájaros, el parque Morleigh estaba en relativo silencio.

—¿Qué puedes decirme de Sophia y Dylan Garrett?

Dorothy se movió hasta encontrar una posición más confortable. Su incomodidad iba más allá de los bancos de hormigón.

—Unos dos meses antes de la desaparición, Sophia llegó a la escuela más temprano que de costumbre. Me dijo que iba a reunirse con una amiga que no había llegado. Hacía mucho frío y la invité a entrar a la escuela. Estuvo dando vueltas por la administración y me dijo que iría a una biblioteca pequeña que tenemos allí. Al cabo de un rato descubrí que estaba revisando las cámaras de seguridad. No era la primera vez que lo hacía; Sophia era una chica curiosa y la tecnología la atraía. Sin embargo, esta vez la situación me resultó sospechosa.

—¿Pudiste ver en algún registro qué fue lo que revisó exactamente?

—Algo así. En la salita hay una cámara de seguridad que permite ver la consola, así que pude revisar la grabación en cuanto Sophia se marchó.

—¿Qué encontraste?

—A Sophia le habían dejado una nota en la taquilla —explicó Dorothy—. Lo que ella quería averiguar era quién se la había dejado.

—Dylan Garrett.

Dorothy asintió. Camila reconoció de inmediato la importancia que podía suponer esta revelación, y se preguntó vagamente si el comisario Holt estaría al tanto de ese vínculo entre Sophia y Dylan.

—Esa misma semana, Sophia vino a verme a la oficina —dijo Dorothy—. La escuela estaba bastante conmocionada. Todo el mundo hablaba del vídeo. Janice Hobson dejó de asistir a la escuela, al igual que Dylan Garrett.

—Hoy hablé precisamente sobre eso con el director Lenderman —dijo Camila—. Resulta inaudito que la escuela no tomara medidas con Garrett.

Dorothy no hizo nada por ocultar su indignación.

—¿Qué quiere que le diga? Hombres.

Camila guardó silencio.

—Seguramente estoy hablando más de la cuenta… pero me da igual. A Lenderman lo único que le importa es la reputación de la escuela; Frank Garrett es un abogado respetado e influyente en Hawkmoon, y en cuanto al comisario Holt... estaba en plena campaña para ser reelegido. Como ve, a nadie le venía bien un escándalo.

—Y, sin embargo, eso es exactamente lo que obtuvieron —la desafió Camila.

—Exactamente. —Por un momento, hubo cierto triunfalismo en la mirada de Dorothy. Pero desapareció al cabo de un segundo—. Y ahora Dylan está muerto... y probablemente Sophia también.

—Entonces... tú ayudaste a Sophia.

—Por supuesto que lo hice. Cuando fue a la oficina y me dijo lo que había planeado, la felicité. Mi único reproche es que, quizás, de alguna forma, eso hizo que las cosas terminasen como han terminado. No me pregunte una razón porque no la tengo, pero es lo que pienso.

Dorothy se quebró. Aquella era, finalmente, la espina que llevaba clavada y que no había podido quitarse durante todo ese tiempo.

—¿Soy la primera persona que lo sabe?

La mujer se secaba las lágrimas con el dedo a medida que caían.

—Más o menos —dijo entre sollozos—. Cuando Sophia se perdió le dije al comisario lo de la nota en la taquilla. Pensé que quizás Dylan la había amenazado o algo por el estilo.

—¿Y el comisario qué hizo?

—No lo sé, supongo que lo habrá tenido en cuenta. Después encontraron el vestido en el río y empezaron a decir que era un suicidio.

Durante los últimos minutos, Camila había percibido cierta vacilación en Dorothy. Ahora había dejado de hablar y miraba a un lado. Seguía sin poder contener las lágrimas.

—Hay algo más —dijo en un tono apenas audible—. Algo que no le he dicho a nadie.

Las dos mujeres se miraron.

—Después de que Sophia desapareciera, fui a casa de la familia Garrett —dijo Dorothy—. Todo el asunto de la nota en la taquilla me inquietaba. No es que creyera que Dylan tuviera algo que ver...

Sus ojos decían lo contrario.

—Dylan no estaba en casa —prosiguió la mujer—. Su hermano menor me dijo que seguramente estaría en el lago y fui a buscarlo.

—¿Cuándo fue eso exactamente?

—Veintiuno de julio. Diez días antes de que lo asesinaran en ese mismo lugar.

Camila asintió.

—¿Pudiste hablar con él?

Dorothy negó con la cabeza.

—No, porque estaba acompañado por un hombre. Los vi a los dos de espaldas, sentados en la orilla de cara al lago, y la verdad es que me sentí aliviada de no tener que lidiar con esa situación en aquel momento. Me fui y dejé pasar los días. Desde que me enteré de la noticia no puedo dejar de pensar en que quizás ese hombre... —Dorothy se llevó la mano a la boca.

—Podría ser el asesino.

—Antes de que me lo pregunte, le aseguro que no podría identificar al hombre ni aunque lo tuviera enfrente. Lo vi desde lejos y estaba de espaldas; podía ser cualquier persona.

—¿Podría haber sido su padre?

Dorothy sonrió.

—No, Frank Garrett no, precisamente —dijo—. Frank Garrett es completamente calvo, y este hombre llevaba el pelo un poco largo.

El corazón de Camila se paralizó ante la certeza de quién era ese hombre. Cabello largo... No podía ser una coincidencia.

Se quedaron un rato en silencio mientras Dorothy se recuperaba del llanto. Finalmente la mujer consultó su reloj.

—Lo siento, señora Jones, pero debo irme.

—Caminemos juntas hasta el coche.

Caminaron en silencio. Camila utilizó esos segundos para repasar la historia en su cabeza y ver si había pasado algo por alto.

—¿Qué decía la nota de la taquilla? —preguntó de repente.

—Sophia no quiso decírmelo. Me prometió que volveríamos a hablar del tema, pero eso nunca ocurrió.

Dorothy se despidió y se alejó.

Camila se quedó un rato más en el parque, caminando sin rumbo.

Tim era el hombre que había estado con Dylan aquel día. Estaba convencida.

¿Por qué Tim le había ocultado que se había encontrado con él diez días antes de que lo mataran?

27

1 mes y 28 días antes de la desaparición

Harlan Hobson no había visto el vídeo de Dylan y su hija, por supuesto, pero eso no significaba que no quisiera agarrar a Garrett del cuello y rompérselo como si fuera una rama seca.

—Voy a volver —le dijo a Keith esa noche.

Estaban en la parte de atrás de la estación de servicio. Además de tierra con olor a aceite, matojos de hierba amarilla y barriles oxidados, no había mucho más. De un árbol retorcido pendía una bombilla de poca potencia que apenas alcanzaba a dibujar las siluetas de padre e hijo.

—¿Volver a dónde? —preguntó Keith contrariado.

—De gira.

Keith se quedó sin palabras. Su padre se presenta en medio de la noche, le dice que prefiere hablar con él en un sitio reservado, ¿y eso es todo lo que tiene que decirle?, ¿que va a volver a marcharse de gira con una banda intrascendente?

—Es una broma, ¿verdad?

—No.

Keith negó con la cabeza. Dio media vuelta para marcharse.

—Espera, Keith, por favor.

Keith se volvió. Harlan lo miraba con ojos implorantes, y también algo más. Algo que Keith no pudo identificar.

—Lo que vengo a pedirte es que en mi ausencia no cometas ninguna estupidez.

—No puedo creerlo, papá. Pensé que lo que venías a decirme era cómo íbamos a cargarnos a ese hijo de puta. Ahora resulta que le robaron el teléfono y que él no tuvo nada que ver con que el vídeo se viralizara. Ni siquiera lo expulsan de la escuela. ¡Se está burlando de nosotros! Tú vete de gira a escuchar a esos fracasados tocando baladas de tres acordes, pero yo voy a darle su merecido a ese niñato.

Harlan sonrió. Se acercó a su hijo y le colocó una mano en el hombro.

—Sentémonos un momento.

Keith dudó, y finalmente lo siguió hasta un murete de ladrillos. Desde allí podían ver parte de la carretera. Un camión que avanzaba despacio hizo que no reanudaran la conversación de inmediato. Keith se lo quedó mirando hasta comprobar que el descomunal vehículo seguía de largo.

—Lo que menos necesita Janice en este momento es otro escándalo —dijo Harlan con calma—, y menos aún a un padre o un hermano desquiciado rematando de un disparo a ese imbécil.

—¿Realmente crees eso? ¿Crees que Janice se sentirá orgullosa de nosotros si tú te vas de gira y yo sigo aquí vendiendo combustible como si nada hubiese pasado?

—Desgraciadamente, ni tú ni yo sabemos exactamente cómo se siente.

Keith levantó la vista y se quedó mirando al cielo negro.

Lo que Harlan acababa de decirle era cierto. Ninguno de ellos había podido hablar con Janice de un modo sincero. Janice se había replegado en sí misma y lo único

que les había dicho era que necesitaba alejarse de Hawkmoon y pasar unos días con la tía Patricia. La realidad era
que ninguno de los dos sabía cómo abordar la situación.

—Escucha, hijo, estoy orgulloso de que quieras poner
a ese desgraciado en su sitio. Yo en tu lugar querría hacer
lo mismo. Pero Janice nos necesita. No ahora, pero pronto querrá volver. Y tenemos que estar ahí para ella.

—¿Y Garrett va a andar por la vida feliz y contento?
No me parece justo. —Keith miró a Harlan con suma
seriedad—. No es la primera vez que lo hace, ¿sabes? He
estado preguntando. Al hijo de puta le gusta llevar a chi-
quillas a su camioneta.

Harlan tragó saliva.

—Iría de buena gana ahora mismo y lo mataría a golpes, y no lo digo en sentido figurado. Después me entre-
garía a la policía con una sonrisa. Si le hubiera hecho a
Janice algo... —Harlan buscó la palabra correcta. Descartó varias opciones hasta que escogió una— *irreversible*,
nada me detendría. Nada.

—Me cuesta aceptar lo que dices.

—¿Por qué crees que me largo? Porque es la forma
más segura de no cagarla. Si estoy lejos con esos músicos
de mierda, quizás consiga convencerme día tras día de lo
que te estoy diciendo.

Keith negó con la cabeza.

—Papá, no podemos quedarnos de brazos cruzados.

—Voy a explicarle a Janice que me marcharé para
darle aire. Si me necesita tomaré el primer vuelo o con-
duciré toda la noche y estaré a su lado. Quiero darle ese
aire. Además, convengamos que mi hermana sabrá manejar la situación con ella mucho mejor que nosotros. Me
siento un padre de mierda cuando lo digo, pero es así.
Janice ha hablado cosas con Patricia que yo jamás he podido siquiera plantear. Contigo ha sido más o menos
igual.

Keith esbozó una sonrisa torcida. Era cierto, la diferencia de edad con Janice era tan grande que en cierto sentido él siempre se había comportado como un segundo padre. Uno un poco mejor que el oficial, pero solo un poco.

—¿Entonces no vamos a hacer nada?

—Yo no he dicho eso.

Keith se lo quedó mirando.

—*Por el momento* no vamos a hacer nada —dijo Harlan con suma seriedad—. Y cada vez que una idea estúpida se te cruce por la cabeza, piensa en Janice y en lo que sufrirá si le hacemos algo a Garrett. La historia volverá a estar en boca de todos; justamente lo opuesto a lo que Janice necesita.

Hubo entre ellos una mirada de reconocimiento.

—Cada vez que pienso que media escuela vio ese vídeo... —dijo Keith—. Siento una furia incontrolable.

Un camión llegó en ese momento y maniobró para entrar en la estación de servicio.

—Ve —dijo Harlan—. Creo que hemos dicho todo lo que teníamos que decir.

Y entonces Harlan hizo algo que no había hecho nunca en su vida. Le tendió la mano a su hijo para que se la estrechara. Keith se la quedó mirando un segundo, más por la sorpresa que por otra cosa, y finalmente se la estrechó.

—Nada de estupideces.

—Entendido.

Keith se marchó y Harlan se quedó un rato mirando las estrellas.

28

1 mes y 27 días antes de la desaparición

Nikki y Sophia estaban en el almacén de Molly's. En las paredes había tres estanterías atiborradas de latas de conserva y también una nevera industrial; el espacio para moverse era tan reducido que las chicas habían dispuesto unas cajas de cartón en el centro y estaban sentadas, cada una con su móvil.

Cuando la puerta se abrió, las dos levantaron la mirada esperanzadas.

La decepción fue evidente al advertir que no era quien esperaban.

—¡Mamá! —ladró Nikki—. Te dije que necesitábamos privacidad.

Wendy, de pie en el umbral, miraba en todas direcciones mientras se limpiaba las manos en el delantal gastado. El nombre del restaurante estampado en la tela era apenas visible.

—No he querido interrumpiros —se disculpó—. Sophia, querida, tu madre acaba de llamarme.

Sophia bufó.

—¿Qué quería?

—Oh, solo saber que estabas aquí... —Wendy les dio la espalda mientras cogía algo de la estantería. Pareció dudar—. Todas estamos preocupadas.

Se marchó sin esperar una respuesta. Sophia y Nikki se miraron. Si bien entendían la gravedad del asunto, lo cierto es que sus padres se habían puesto realmente pesados con todo el tema del vídeo. Y en la escuela las cosas eran incluso peores; hacía una semana que pasaban más horas en el salón de actos recibiendo charlas y recomendaciones que en las aulas.

—¿Han hablado contigo? —preguntó Sophia.

—Sí, ayer. Los dos.

—¡¿Los dos?! —Sophia abrió los ojos como platos. La sola idea de imaginar al señor Campbell hablando con Nikki de un tema tan delicado le pareció surrealista.

Joseph Campbell jamás había hablado con su hija sobre nada relacionado con la sexualidad. Una vez Sophia estaba de visita en casa de Nikki y vio cómo el rostro de Joseph se transformaba cuando vio un paquete de compresas que Wendy había dejado sobre la mesa junto a otros artículos de la compra. Rojo como un tomate, miró en todas direcciones como si sobre la mesa hubiese descubierto un consolador de un metro de largo.

—Mi madre lo obligó, por supuesto —explicó Nikki—. No dijo casi nada. Dejó que mi madre hablara y apenas pudo se fue a ver la televisión.

Sophia también había hablado mucho con su madre. Las suyas, sin embargo, habían sido conversaciones profundas y enriquecedoras.

Nikki cambió de tema.

—¿Vas a contarme el plan de una maldita vez?

—Prefiero esperar a...

La puerta volvió a abrirse.

Esta vez eran Bishop y Tom. Bishop barrió el almacén con la mirada.

—Cuando tu madre nos dijo que estabais aquí pensé que era una broma. La próxima vez podemos reunirnos en un armario o en una nuez.

Bishop se rio de su propia gracia mientras Tom, que estaba justo detrás, levantó una mano en señal de saludo.

—Ponte cómodo —lo invitó Nikki.

Había otra caja, que Tom se ocupó de acercar un poco. Bishop la miró con desconfianza.

—Tiene latas de guisantes —dijo Nikki en tono burlón—. Resistirá perfectamente a los dos.

Tom se sentó de inmediato ocupando su mitad de la caja. Sus extremidades estaban dobladas como las de una langosta pero aun así no se quejó.

—¿Por qué nosotros tenemos que compartir? —se indignó Bishop.

—Por llegar tarde —replicó Sophia.

Bishop se sentó. Lo cierto es que estaba feliz de volver a ver a sus amigas.

Habían elegido reunirse en Molly's porque sabían que Wendy estaría trabajando y nadie los molestaría. Sophia les había dicho que tenía que decirles algo importante y que sería mejor que ninguno de sus padres estuviera merodeando. En circunstancias normales se hubiesen reunido en casa de Janice, pero, evidentemente, aquellas no eran circunstancias normales.

—¿Vas a decírnoslo de una vez? —se impacientó Nikki.

Sophia tenía la mochila entre las piernas. Se inclinó, abrió el cierre y sacó una carpeta delgada.

—Vamos a hacer que Dylan pague por lo que le hizo a Janice —dijo con suma seriedad.

Los otros tres se miraron. Era tal la solemnidad del momento que Bishop se atrevió a preguntar:

—¿Vamos a matarlo?

Sophia lo miró horrorizada.

—¡Por supuesto que no!

Bishop se encogió de hombros.

—Vamos a hacer que todos sepan lo que hizo —continuó Sophia— y que no vuelva a poner un pie en la escuela.

Bishop y Tom se manifestaron de acuerdo de inmediato. Nikki, que todavía seguía enfadada con Janice —aunque menos de lo que decía—, se mostró más cauta.

—Dispara, Holmes —dijo Bishop.

Sophia apoyó la mano en la carpeta.

—No voy a deciros cómo conseguí esta información, pero son las direcciones de correo electrónico y los móviles de todos los padres de la escuela. El lunes, vamos a convocarlos a una marcha contra Garrett en la puerta de la escuela. Durante el fin de semana, cada padre va a recibir un correo con la verdad, no la versión del director Lenderman.

La escuela Hawkmoon había notificado oficialmente que un vídeo grabado en la intimidad entre dos alumnos había sido robado y distribuido de forma anónima. La escuela estaba tomando medidas para alertar a todos los estudiantes en cuanto a cómo proceder si recibían el vídeo y, al mismo tiempo, expertos estaban impartiendo charlas de forma diaria respecto a cómo comportarse en la intimidad de manera responsable.

Patético.

—Esto es lo que va a decir el correo —dijo Sophia—: «Hay un violador en la escuela Hawkmoon. Nuestros hijos no están seguros mientras no se tomen medidas contra Dylan Garrett».

—¡Me encanta! —dijo Bishop golpeándose la palma con el puño.

Tom y Nikki guardaban silencio, aunque por razones bien diferentes. Tom estaba aterrado.

—Nadie sabrá que hemos sido nosotros, Tom —lo tranquilizó Sophia—. Lo haremos de forma anónima. Y rápida. Eso es lo más importante. Por eso tiene que ser el lunes. Dentro de dos días tenemos que ponerlo en marcha. Es la única forma de coger a Lenderman desprevenido y que no pueda hacer nada.

—Podríamos convocar a algunos medios —sugirió Bishop, cada vez más entusiasmado.

—Por supuesto —estuvo de acuerdo Sophia—. Los medios locales, como el *Overfly*, van a estar ahí si les enviamos el mensaje adecuado. De todas formas, habrá decenas de vídeos subidos a redes sociales. No van a poder mantenerlo oculto.

Nikki habló por primera vez.

—Pero Garrett no violó a Janice... ¿o sí?

Era la primera vez que la veían así. No era solo preocupación. Estaba lívida.

—Claro que sí —dijo Sophia—. Y no es la primera vez que lo hace.

La respuesta dejó a Nikki muda.

—Esto es lo que haremos —dijo Sophia—. Nikki, tú y yo vamos a encargarnos de enviar los correos a todos los padres. Tendremos que crear algunas casillas falsas pero no será problema. También haremos convocatorias por redes sociales.

Nikki asentía.

—Entre los alumnos va a ser sencillo que la noticia corra rápido.

—Lenderman no va a tener tiempo de reaccionar —dijo Bishop—. ¿Y nosotros qué hacemos?

—Algo muy importante. Una imprenta está trabajando contrarreloj para imprimir panfletos y carteles de protesta. Los tendrán listos a última hora de mañana. Hay que llevarlos a la escuela.

Los rostros de los chicos se transformaron.

—Espera un momento —dijo Bishop—. Antes de nada, ¿quién va a pagar todo eso?

—Mi madre —dijo Sophia sin miramientos.

—¿Tu madre conoce el plan? —Tom no podía dar crédito. Imaginaba que si sus padres se enteraban de que estaba envuelto en algo así dejarían de confiar en él para siempre.

—Tuve que decírselo. Los de la imprenta son amigos suyos y le garantizaron absoluta privacidad, además de trabajar durante todo el fin de semana.

—¿Cómo vamos a llevar esos carteles? —preguntó Tom—. Vamos a tardar una eternidad en bicicleta, y además es muy peligroso. ¿Qué pasaría si nos ven con uno de esos carteles? Sabrán que...

—Tranquilo, Tom. —Sophia apoyó una mano sobre la rodilla de su amigo, cuyo contacto lo paralizó de inmediato—. Solo tenéis que pedírselo a la persona correcta. Keith Hobson va a ayudarnos.

29

1 mes y 25 días antes de la desaparición

Las cosas marchaban a pedir de boca hasta que voló la primera piedra.

El proyectil le abrió un tajo en la cara a una muchacha de tercero llamada Keisha Wilson, una herida menor pero con mucha sangre. A partir de ese momento todo se descontroló.

Exactamente una hora antes, Nikki y Sophia celebraban el éxito de la convocatoria en el anonimato de la multitud. Los gritos no cesaban: «¡Violadores fuera de la secundaria Hawkmoon!».

—No puedo creer que hayamos hecho esto —decía Nikki.

Sophia estimaba que se habían congregado unas doscientas cincuenta personas frente a las escalinatas entre alumnos y padres. El protagonismo de algunos convocados era tal que Sophia terminó de convencerse de que no habría forma de que los relacionaran con la protesta. La voz cantante la llevaba una mujer llamada Meredith Flynn, miembro de la Asociación de Mujeres Cristianas, que además había llevado su propio megáfono. Ella, como el resto, había recibido un correo detallando la manera de actuar de Dylan Garrett y cómo la escuela Hawkmoon y el director Lenderman no habían tomado ninguna acción contra el joven. Flynn, parada a un lado de las escaleras, gritaba a viva voz que no podían aceptar que las autoridades miraran hacia otro lado y exigía explicaciones. Los carteles se agitaban cada vez con más vehemencia.

Bishop y Tom estaban relativamente alejados. Quizás era una medida excesiva, pero los cuatro habían acordado no mostrarse juntos. Sabían que, desde las ventanas de la escuela, la multitud era observada por las autoridades, que todavía no se habían atrevido a dar la cara. Siendo los mejores amigos de Janice, la atención estaría puesta en ellos. No participar en la protesta hubiese sido sospechoso, de manera que el plan era actuar con la mayor normalidad posible.

Una sorpresa fue descubrir la cantidad de detractores que tenía Dylan Garrett en la escuela. Alumnos de todos los cursos agitaban pancartas y participaban a viva voz de las consignas que lanzaba Flynn.

Al principio, el oficial Grunfeld era el único policía. Apostado a una distancia prudente, era evidente que había pedido refuerzos que todavía no habían llegado. Cuando, finalmente, un coche patrulla apareció en el camino de entrada y se detuvo, dos oficiales se bajaron y se unieron a su compañero. Nadie les prestó demasiada atención, salvo quizás Sophia y Nikki, que estaban cerca de los tres hombres y pendientes de sus movimientos. Con asombro, observaron cómo ni siquiera se acercaron a los manifestantes; o esperaban instrucciones o estas eran precisamente no hacer nada por el momento.

—¡Garrett violador! ¡Lenderman cómplice! —lanzó alguien.

Se escucharon aullidos eufóricos, y la consigna fue repetida varias veces con efusividad.

Sophia no perdía de vista a los policías, y mientras tanto buscaba con la vista a alguno de los amigos de Dylan. No había rastro de Casey o Steve, ni tampoco de Maggie Gill o Sally O'Donnell.

Alguien habló a su lado.

—Eres Sophia Holmes, ¿verdad?

La que tenía delante era una chica un año mayor a la que apenas conocía de vista.

—Sí —respondió Sophia.

—Mi nombre es Allison y mi padre es periodista. Trabaja para el Canal 10.

Dijo esto último bajando ligeramente la vista. Sophia asintió.

—Le gustaría hablar contigo —dijo Allison—. Tú eres la mejor amiga de Janice Hobson, ¿verdad?

La cabeza de Sophia iba a mil por hora.

En ese preciso momento, la furgoneta del Canal 10 llegó a la escuela y armó un pequeño revuelo. Las pancartas se agitaron con más fuerza y los gritos se multiplicaron.

—¡Es importante que se sepa la verdad! —decía Flynn.

—¿Y bien? —preguntó Allison.

Sophia era consciente de que hablar con el periodista iba en contra de la idea de mantenerse fuera del alcance del radar. Por otro lado, era lo que todo el mundo esperaría de ella.

—Llévame con tu padre —dijo Sophia.

Ambas dieron un rodeo para llegar a la furgoneta. Un hombre delgado de rostro triangular y gafas redondas salía del vehículo y se ponía bien la chaqueta. Un camarógrafo con una cámara gigantesca montada al hombro lo esperaba afuera.

Todo sucedió muy rápido. El padre de Allison se llamaba Peter Knepper. Knepper le dijo a Sophia que saldrían en vivo dentro de unos minutos —si ella estaba de acuerdo, por supuesto—, pero que primero él hablaría con los del estudio.

Knepper no había terminado su explicación cuando una chica rodeó la furgoneta a toda velocidad y empezó a hacerle señas. Hablaba por teléfono y miraba a Knepper con impaciencia.

—Salimos dentro de treinta segundos.

El cámara se preparó. Knepper hizo lo propio, se acomodó el nudo de la corbata y levantó el micrófono a la altura de la boca justo en el momento en que la mano del cámara le indicaba que estaba saliendo al aire.

—Buenos días, Lisa, Robert. Estoy en este momento en la puerta de la escuela secundaria Hawkmoon. Como verán, un grupo de ciudadanos, entre ellos padres y alumnos de la propia escuela, se han congregado para exigir que se tomen medidas frente a un supuesto caso de violación por parte de un alumno del instituto.

Knepper se quedó callado unos segundos y asentía en momentos específicos.

—Así es, Lisa —siguió Knepper—. El alumno acusado de violación es menor de edad, y por razones obvias no daremos su nombre. La gente se ha autoconvocado mediante una cadena de e-mails y a través de las redes sociales para exigir que las autoridades hagan algo.

Mientras Knepper decía esto, varios de los presentes se habían acercado y formaban un semicírculo detrás del periodista. En dos de las pancartas se leía ¡GARRETT VIOLADOR!

Knepper siguió un rato más describiendo lo que sucedía. Era la primera vez en su vida que Sophia veía a un periodista trabajando en vivo y se maravilló con la velocidad con la que el hombre se había adaptado a la situación. ¡Apenas había llegado y parecía haber estado ahí horas!

—Tengo aquí a mi lado a la mejor amiga de una de las víctimas. Su nombre es Sophia. Buenos días, Sophia. ¿Cómo te sientes con todo esto?

—Sorprendida por la presencia de tanta gente —dijo Sophia—. Cuando recibí el e-mail, desde luego pensé que debía participar. Mi amiga ha sufrido mucho con todo esto y la escuela tiene que darnos una respuesta.

—¿Qué crees que deberían hacer las autoridades?

—Que lo expulsen. Es lo mínimo que se puede pedir, ¿no?

Knepper asentía con seriedad.

—¿Cómo está tu amiga?

—No lo sé. —Sophia hizo una pausa. No fue premeditada, necesitó hacerla realmente—. Desde el... incidente se distanció de mí y del resto de sus amigos.

—¿Quieres decirle algo?

—Sí, que la queremos y que la extrañamos.

Knepper le dio las gracias a Sophia y se quedó mirando a la cámara en silencio. El manejo del *timing* televisivo fue perfecto. Aguardó un momento, asintió un par de veces y solo entonces volvió a hablar.

—Seguiremos aquí, en la escuela Hawkmoon, a la espera de la aparición de las autoridades. La multitud confía en que eso suceda de un momento a otro.

El cámara dejó de apuntar a Knepper. El hombre bajó el micrófono.

—Lo has hecho muy bien, Sophia.

—Gracias.

Nikki se acercó a Sophia y esta pudo advertir que su amiga había estado llorando. Las dos se quedaron cerca y vieron cómo Knepper saludaba a otro hombre que acababa de bajarse de un coche hecho un estropicio, casi seguro un colega, a juzgar por el grabador diminuto que llevaba en la mano.

Unos minutos después se armó un revuelo y los dos periodistas se pusieron inmediatamente alerta. Los que estaban más alejados se acercaron a las escalinatas, donde se encontraba Flynn con su megáfono, y donde acababa de surgir la figura de Adam Lenderman. El director parecía abrumado por la situación.

Knepper salió disparado a toda velocidad seguido por su cámara y el otro periodista.

Por un momento el griterío fue ensordecedor.

Cuando los ánimos se calmaron un poco, Lenderman empezó a hablar. Casi nadie pudo escuchar nada, mucho menos Sophia y Nikki, que seguían en el extremo más alejado. De todas formas, el director parecía más atento a la cámara que a la concurrencia.

—La escuela... medidas... definitivo...

Y entonces la piedra llegó desde muy lejos. Unos pocos la vieron surcar el cielo, y el consenso más o menos general sería que había sido lanzada desde el estacionamiento.

Keisha Wilson se desplomó; un chorro de sangre le salió por la nariz y espantó a los que estaban cerca de ella, muchos de los cuales no sabían lo que acababa de pasar. Hubo gritos. Buena parte de los presentes asumió que había un tirador —aunque no habían escuchado ningún disparo—, y empezaron a correr en todas direcciones. Lenderman volvió a entrar a la escuela y Flynn se refugió en alguna parte sin dejar de hablar por el megáfono.

La policía intervino y consiguió llegar hasta Keisha Wilson. La recostaron en el suelo a la espera de la ambulancia.

El cámara del Canal 10 fue extremadamente rápido para poder captar el instante posterior a que la chica fuera alcanzada por la piedra. Las imágenes, de las que se harían eco las principales emisoras de la zona al día siguiente, mostraban al solemne director Lenderman balbuceando unas palabras en la puerta de la escuela, y luego un griterío, un giro vertiginoso de la cámara, todo fuera de foco y, por último, a Keisha Wilson tambaleándose y gritando con la cara roja.

30

Camila entró a la redacción del *Overfly* sin anunciarse. Tres rostros se volvieron a mirarla, entre ellos el de la mujer que había visto la vez anterior. Fue directamente a la oficina de Tim y no se molestó en llamar.

El ruido de la puerta sobresaltó al periodista, que estuvo a punto de derramar el café. En cuanto advirtió que se trataba de Camila, se levantó de la silla y se apartó del escritorio, como un niño que intenta tomar distancia de una travesura. Camila estaba demasiado furiosa como para verle el lado cómico a semejante reacción.

—¡Camila, qué sorpresa! —Tim rodeó el escritorio como si esa hubiese sido su intención al levantarse—. Siéntate, por favor.

Camila lo miró con recelo mientras ocupaba la silla frente al escritorio. La relación de confianza que se había generado entre ellos durante el último tiempo pareció desvanecerse.

—¿Has visto a Lenderman? —dijo Tim.

—Sí.

Camila lo estudiaba.

—¿Ha sucedido algo en la escuela?

—A decir verdad, sí.

Tim se preocupó. El trato de Camila hacia él nunca había sido tan frío. Ni siquiera durante el primer encuentro.

—Lenderman fue absolutamente previsible —dijo Camila—. Lo interesante sucedió después. La directora administrativa, Dorothy Morgan, me interceptó en el estacionamiento. No quería hablar conmigo en la escuela, así que nos encontramos más tarde en el parque Morleigh. Vengo de allí.

—No la recuerdo. —Tim meditó un segundo—. He ido a la secundaria Hawkmoon varias veces y, además de Lenderman, solo he hablado con Dina Whitmore. ¿Morgan? Sinceramente, no la recuerdo.

Camila se detuvo en la frase enmarcada que había detrás de Tim: La verdad es valiosa, por eso aquí la dosificamos.

—Hay una conexión entre Dylan Garrett y Sophia —dijo Camila.

Tim enarcó las cejas.

—¿Además de la organización de la manifestación?

—Antes de eso.

Tim la miró en silencio. Se masajeó el mentón.

—¿Antes? —preguntó por fin.

—Dylan Garrett le dejó a Sophia una nota anónima en su taquilla. Ella lo averiguó. Unos días después, a Garrett le roban el móvil y el vídeo sale a la luz.

Tim agitó las manos en el aire, contrariado.

—Espera un segundo... ¿Cómo sabe la tal Morgan todo esto? ¿Y qué decía la nota?

—Sophia vio las cámaras de seguridad de la escuela, al igual que Dorothy Morgan. —Camila se inclinó y apoyó un dedo sobre el escritorio—. Esa es la conexión entre Dylan y Sophia; algo sucedió entre ambos. Morgan no sabe qué decía la nota. ¿Tú lo sabes, Tim?

—¡¿Yo?! ¿Por qué habría de saberlo?

—Tras la desaparición de Sophia —dijo Camila—, Morgan decidió ir a casa de Dylan Garrett para hablar con él. Fue unos diez días antes de que lo mataran.

La frase inquietó a Tim, sin lugar a dudas. El periodista se llevó la mano a la boca.

—¿Pudo hablar con él? —preguntó.

Camila hizo una pausa.

—Dylan no estaba en casa. Su hermano le dijo a Dorothy Morgan que podía encontrarlo en el lago Gordon. La mujer fue hacia allí y vio a Dylan sentado junto a un hombre. Decidió marcharse.

Camila lo miró de manera desafiante.

Tim se quedó callado. Con la mano izquierda se masajeó el mentón.

—Ese hombre eras tú, Tim —dijo ella al fin.

Tim seguía sin reaccionar. Al cabo de un momento cerró los ojos y con los dedos pulgar e índice se apretó suavemente el puente de la nariz.

Camila lo fulminaba con la mirada.

—¿La mujer me reconoció?

—¿Es eso lo que te preocupa? La respuesta es no.

Tim asintió. Se levantó y se acercó a la ventana. Se quedó mirando afuera.

—Iba a decírtelo, Camila, de verdad. Era parte del plan. Nunca imaginé que ibas a aceptar tan rápido y a implicarte de semejante manera en la investigación.

Tim se volvió.

—Nadie sabe que vi a Dylan ese día —dijo Tim—. O por lo menos eso creía hasta hoy.

—¿Ni siquiera la policía?

Tim negó con la cabeza.

—¿Por qué no?

—Tú misma acabas de decirlo. Diez días después, alguien lo mató en ese mismo lugar. Si ese encuentro salía a la luz, me convertiría automáticamente en sospechoso. Después detuvieron a Hobson y ya no tenía sentido.

—Pero lo que te dijo Dylan ese día hizo que empezaras a investigar en profundidad, ¿verdad?

—Así es.

—¿Qué fue lo que te dijo?

31

1 mes y 25 días después de la desaparición

Dylan estaba sentado a orillas del lago Gordon con la mirada perdida. Esa mañana no pescaba, y nunca más volvería a hacerlo.

Tim dio un rodeo para acercarse sin asustarlo. Cuando estaba a unos cinco metros, Dylan movió lentamente la cabeza para mirarlo.

—Mi nombre es Tim Doherty. Soy el director del *Hawkmoon Overfly*. ¿Puedo hablar contigo un momento, Dylan?

—No.

Tim ya se estaba sentando en la tierra. Dylan lo miró con cierta curiosidad y luego volvió a fijar la vista en el horizonte, donde la silueta del puente Catenary era apenas visible entre la niebla.

—Estoy investigando la desaparición de Sophia Holmes. He escrito varios artículos para el periódico.

—¿Y?

—Quisiera hablar contigo sobre ella.

—No tengo nada para decirle. Lárguese.

—Si me permites...

—No le permito una mierda. Si no se larga inmediatamente, mañana va a tener noticias de mi padre.

Tim no se levantó. Esperó unos segundos antes de volver a hablar, ahora desde un ángulo distinto.

—Mi padre era aficionado a la pesca. Intentó inculcarme su pasión, me compró el equipo completo y todo, pero no lo consiguió. Yo prefería hacer otras cosas. Él iba a la desembocadura del río Douglas y se pasaba horas pescando; yo a veces lo seguía en bicicleta y lo espiaba; no sé bien por qué lo hacía. Mi padre era un buen padre y lo admiraba. Cuando yo tenía unos once años, su negocio empezó a ir mal; acumuló deudas, juicios, una verdadera calamidad. La cuestión es que nadie lo supo, no le dijo nada ni a mi madre ni a sus amigos. A nadie. La familia seguía adelante con el ritmo de vida de siempre y un día la burbuja explotó y todo salió a la luz. Fue una tragedia para todos y mi madre no pudo superar la traición. ¿Pero sabes qué?

Dylan no respondió. Por lo menos lo escuchaba.

—Yo podría haberme dado cuenta de lo que estaba sucediendo —dijo Tim—. Porque durante los meses previos, cada vez que iba a verlo sin que él lo supiera, mi padre ya no pescaba. Simplemente se quedaba en la orilla, mirando el río.

Dylan lo desafió con la mirada.

—Bonita historia.

—Suelo caminar por la colina con mi perro. Te he visto pescando muchas veces. Siempre me han despertado curiosidad las personas que eligen la pesca como pasatiempo, como te imaginarás. Pero desde hace semanas ya no lo haces, te quedas simplemente aquí sentado, como hacía mi padre. Y no voy a cometer el mismo error dos veces.

Dylan emitió una sonrisa cansina. Buscó un cigarrillo y lo encendió en un parsimonioso ritual.

—Estoy harto de los adultos que creen que lo saben todo —dijo Dylan echando el humo hacia un lado.

—Yo no creo saberlo todo. Lo que sí sé es que hay

algo que te perturba y que no te deja en paz. Y sé además que tiene que ver con lo que le ha sucedido a Sophia.

—No voy a decirle nada.

—Soy periodista, Dylan, puedes hablarme *off the record*. No puedo publicar nada que tú no quieras. De la misma forma, puedo decir lo que haga falta y nadie me puede obligar a revelar la fuente.

La frase funcionó. Tim no tuvo dudas. Dylan estaba asimilando cada palabra, sopesando la idea de poder sacarse el peso de aquello que lo atormentaba.

—Supongamos que tengo algo que decir... ¿Por qué debería confiar en usted?

—¿En quién si no? —contraatacó Tim con rapidez—. Vivo en esta ciudad, aquí cerca, no me iré a ninguna parte. Si sabes algo y por alguna razón no quieres que tu nombre salga malparado, tienes que hablar con un periodista o un abogado. Y mi recomendación es que nunca confíes en un abogado.

Dylan volvió a sonreír.

—Mi padre es el mejor abogado de esta puta ciudad. ¿Por qué tendría que hablar con un periodista?

—Porque quizás prefieras que tu familia no se entere —dijo Tim—. Y si hablas con cualquier otro abogado, ya sabes..., podría llegar a oídos de tu padre.

Dylan apagó el cigarrillo en una roca.

—Mira, Dylan, seré franco contigo. Somos un periódico pequeño pero en Hawkmoon todo el mundo nos lee. Como te he dicho, hemos publicado varios artículos acerca de Sophia y en ninguno de esos artículos se ha mencionado tu nombre. La gente habla y especula, pero nosotros trabajamos con hechos, no con especulaciones. Ahora bien, veamos cuáles son los hechos que conocemos. Tú grabaste ese vídeo con Janice Hobson; era algo privado entre tú y ella, pero te roban el móvil y el vídeo llega a todo el mundo. Una verdadera tragedia. La escuela no hace nada al respecto. Sophia Holmes, indignada con lo que le sucedió a su amiga, organiza una manifestación y expone lo sucedido en la televisión. Tú no vuelves a la escuela y te recluyes en tu casa. Ahora Sophia ha desaparecido.

—Saltó de ese puente —dijo Dylan desafiante.

Tim lo ignoró.

—¿Cuánto tiempo crees que podré esperar hasta escribir acerca de una conexión que es obvia? Entre tú y ella, quiero decir. Solo falta que consiga las pruebas necesarias.

Dylan se encogió de hombros.

—Dylan, no es necesario que me lo digas ahora. Sé que ocultas algo respecto a Sophia Holmes. Y lo voy a averiguar.

—¿Y cómo lo sabe? Ah, sí, claro, porque ya no me da la gana pescar.

Tim lo observó con seriedad.

—No puedo decirte cómo lo sé —sentenció—. Tengo el deber de no exponer a mis fuentes.

Dylan se quedó sin respuesta. Su expresión cambió por completo.

—No publique nada —dijo mascullando ira—. Va a arruinarlo todo.

—¿Qué es lo que voy a arruinar?

Dylan negó con la cabeza.

—Ahora no puedo. Hablemos la semana que viene.

Tim asintió.

—Pero necesito que me des algo para saber que no esperaré en vano. Así es como funcionan las cosas.

—No confío en usted.

—Tienes que confiar en alguien. Como yo lo veo, no tienes muchas opciones. Si alguien ha intentado perjudicarte o...

—Basta. —Dylan se agarró la cabeza y clavó la mirada en la tierra—. Estoy harto de todo esto.

—Lo que me digas es *off the record*. Lo sabes.

Dylan lo meditó largamente. Levantó la cabeza y escrutó la superficie del lago.

—Deme una o dos semanas y me pondré en contacto con usted —dijo sin mirarlo—. Es cierto que Sophia y yo teníamos asuntos pendientes...

Tim sintió una inyección de adrenalina. Sus sospechas acababan de ser confirmadas.

—Primero necesito resolver algunas cuestiones —insistió Dylan.

—¿Crees que Sophia está viva?

—Lo único que sé es que el día que desapareció no iba a tirarse de ese puente.

Dylan se inclinó hacia un lado y apoyó la palma de la mano en la tierra. Al principio Tim no entendió el gesto.

—Iba a encontrarse conmigo justamente aquí, en este mismo lugar. —Dylan negó con la cabeza—. Pero no vino.

—¿Para qué ibas a verte con ella?

Dylan le hizo un gesto con la mano. No estaba dispuesto a seguir hablando.

—Quería algo y ahí lo tiene —dijo Dylan con sequedad—. Ahora no le va a quedar más remedio que esperar para saber el resto.

Diez días más tarde, Dylan Garrett fue asesinado por la espalda. Tim soñaría una y otra vez con el gesto del muchacho apoyando la mano en la tierra. «Justamente aquí, en este mismo lugar...»

32

Camila regresó a Queen Island con muchos interrogantes y apenas un puñado de certezas.

Mientras conducía hacia la casa de cristal, no pudo contenerse y cogió el móvil y mantuvo presionado el número tres hasta que se activó la marcación automática.

Annie Delacroix, quien fuera su asistente en Nueva York, atendió de inmediato. Ambas habían quedado en buenos términos una vez terminada la relación laboral y hablaban regularmente en tono amistoso, por lo que no hubo sorpresa en la voz de la muchacha.

Se pusieron al día brevemente hasta que Camila adoptó el tono profesional que Annie ya conocía.

—Necesito que averigües algo, Annie.

Silencio.

—Annie, ¿estás ahí?

—Aquí estoy. —Estaba claro que Annie no se atrevía a preguntar si esa petición significaba que su antigua jefa estaba trabajando otra vez o si era algo circunstancial—. Dime qué necesitas.

—Dos cosas. La primera puede que te lleve un par de días. Necesito que consigas todo lo que puedas acerca de Conrad Holt, el jefe de policía de Hawkmoon. No te cargues con esto tú sola, pídele a Moore que te eche una mano, pero no le digas que es para mí. No hasta que yo te lo diga.

—Entendido. ¿Para cuándo lo necesitas?

—¿Tú qué crees?

Las dos rieron. Camila aparcó el coche y se bajó con el móvil apretado entre la mejilla y el hombro. Con la mano libre accionó el mando a distancia del portón.

—¿Qué es ese zumbido?

—El portón. Estoy entrando en casa.

—¿Qué otra cosa necesitas?

—La otra cosa es sencilla, no te llevará más que unos minutos. Necesito que averigües el teléfono de alguien. Ahora mismo te envío un texto con el nombre.

—Perfecto. ¿Algo más?

—Por ahora no.

—Camila...

—No lo preguntes. Hablemos luego.

—Copiado —dijo Annie.

Camila no estaba lista para decirle a Annie que había regresado al ruedo, pero así era. Desde que investigaba el caso de Sophia Holmes se sentía diferente, como si ciertas zonas de su cerebro se hubieran reactivado de repente.

Decidió prepararse un baño de inmersión. Tenía muchas cosas en qué pensar, empezando por Tim y su encuentro con Garrett. Entendía las razones por las que el periodista no se lo había dicho, pero aun así seguía sintiéndose molesta.

Mientras la bañera se llenaba, vertió sales y encendió tres velas aromáticas. Se dirigió a la cocina y se sirvió una copa de vino. Se quitó la ropa y se sumergió en el agua caliente.

El móvil estaba en una esquina de la bañera y lo cogió para poner música relajante.

Justo en ese momento el artefacto sonó y lo soltó del susto. Lo rescató del agua y vio en la pantalla que se trataba de Richard Ambrose. ¿Qué podía querer su exjefe a aquellas horas? ¿Era posible que Annie hubiera hablado con él?

Deslizó la pantalla para contestar la llamada.

—Hola, Richard.

—¿Estás en tu casa?

—Sí, a punto de darme un baño.

—Perdóname, pero esto no puede esperar —dijo Richard con voz sepulcral—. Te pedí que lo dejaras estar, Camila.

No hizo falta que le explicara a qué se refería.

—Ya no eres mi jefe, Richard. ¿A qué viene todo esto?

—Vince me llamó hace un rato. Está furioso. Te lo pedí encarecidamente, Camila. Es *su* caso. Lleva meses preparándolo, será su desembarco en la cadena. Entiendo que vosotros dos tengáis un asunto pendiente, pero debería primar la cortesía profesional.

—*Naroditsky* y *cortesía profesional* en la misma frase es francamente gracioso.

A Camila no se le ocurría nada más eficaz para arruinar su baño de inmersión que hablar de Vince Naroditsky.

—Me dijo que has estado hablando con el director de la escuela.

—No voy a dar explicaciones de lo que hago o dejo de hacer.

—Por favor, Camila, somos amigos. No me metas en este lío. Podemos planificar tu regreso, encontrarte un nuevo lugar, pero aléjate de ese caso. Deja que Naroditsky se luzca con lo que tiene.

—¿Él te ha dicho que tiene algo?

—Eso dice.

—Si es así, bien por él. En lo que a mí respecta, me tiene sin cuidado Naroditsky.

—Eso lo sé. Pero espero que pienses en este viejo que está a punto de retirarse. No me provoques tú el último dolor de cabeza.

—No juegues esa carta conmigo, Richard.

—Acabo de hacerlo. Te quiero mucho.

Camila cortó. Cerró los ojos y se sumergió unos centímetros hasta que el agua le cubrió la barbilla. Las burbujas nacían y morían susurrándole secretos al oído.

No se quedó dormida, pero poco faltó. El agua estaba tibia. Terminó la copa de vino y se colocó la bata. Móvil en mano, fue a su habitación para vestirse.

Tenía una llamada perdida y un mensaje de Annie:

YA ESTOY TRABAJANDO EN CONRAD HOLT. DENTRO DE UN PAR DE DÍAS LO TENDRÉ LISTO. MIENTRAS TANTO AQUÍ TIENES EL NÚMERO DE MÓVIL QUE ME PEDISTE.

A continuación estaba el número de móvil que conectaba a Sophia Holmes con un pasado que Camila hubiera preferido olvidar.

33

Todavía no había oscurecido cuando Bobby empezó a ladrar.

Bobby nunca ladraba.

Camila estaba inmersa en la parte final de *La invención de Morel*, tendida en el sillón del salón. Levantó la mirada del libro y esperó. El ladrido de Bobby volvió a repetirse y a continuación sonó el timbre de la casa, un segundo más prolongado de lo que cualquiera consideraría de buena educación.

A regañadientes, se levantó. Se dirigió a la puerta de la calle con la convicción de que se encontraría a Tim, que volvería a decirle cuánto sentía no haberle dicho antes lo de su encuentro con Dylan Garrett. Cuando miró a través de uno de los paneles de cristal, no obstante, vio un coche de la policía y, por un segundo, su corazón dejó de latir.

Dos hombres esperaban de pie y Camila no tuvo problema para reconocer al comisario Holt.

Abrió la puerta.

—Buenas tardes, señora Jones —saludó el comisario Holt quitándose el sombrero.

Holt era un individuo de esos a los que es difícil calcularle la edad. En forma, rostro bronceado, cabello pulcramente cortado, podía estar a punto de cumplir los cuarenta o haberlos sobrepasado hacía bastante tiempo.

Camila lamentó no saber prácticamente nada del sujeto que tenía delante.

El otro hombre era más alto y vestía un caro traje gris. Se quitó las gafas de espejo cuando Camila se fijó en él.

—Soy Conrad Holt y él es Frank Garrett. ¿Podemos pasar un momento?

Camila los estudió. No hubo siquiera un atisbo de amabilidad en su rostro.

—¿De qué se trata?

Holt sonrió algo incómodo.

—Señora Jones, perdón por habernos presentado de este modo. Quise avisarle, pero no tenía forma de comunicarme con usted.

Camila asintió.

—¿Ha sucedido algo?

Holt volvió a colocarse el sombrero.

—Verá...

—Señora Jones —intervino Garrett—, venir a verla ha sido idea mía, así que creo que me corresponde a mí explicárselo. Conrad ha tenido la deferencia de acompañarme para..., bueno, que mi visita no sea malinterpretada.

—No lo entiendo.

—Sé que está investigando la desaparición de Sophia Holmes —dijo Frank Garrett—, y que la muerte de mi hijo Dylan forma parte de esa investigación.

Camila lo estudió. Por un instante pensó en preguntarle cómo lo sabía, pero conocía la respuesta. Si el director Lenderman había hablado con Naroditsky, bien podía haber hecho lo mismo con Garrett o con el comisario.

—Pensé que este era un asunto de la policía —dijo Camila devolviendo su atención a Holt—. ¿Han venido a mi casa para hacerme preguntas sobre mi trabajo?

—En este caso particular —dijo Frank Garrett—, su trabajo tiene que ver directamente con la muerte de mi hijo. Creo que es necesario que hablemos.

—Me temo que no. Y menos de esta forma.

Holt colocó la mano sobre el brazo de Garrett. Garrett se la apartó. La compostura que había conseguido mantener durante los primeros minutos se desvanecía con rapidez.

—¿Entonces confirma que ha estado haciendo preguntas sobre la muerte de Dylan? Pensaba que se había retirado.

—Basta —intervino Holt con calma—. Le pido por favor que me espere un momento, señora Jones.

Holt agarró a Frank Garrett de los hombros y lo alejó. Le habló al oído mientras lo llevaba hasta el coche patrulla. Esperó a que ocupara el asiento del acompañante y entonces regresó caminando despacio.

Volvió a quitarse el sombrero. Esta vez se detuvo más cerca de Camila, y ella pudo ver unas sutiles arrugas en su frente.

—Lo siento —dijo el comisario—. Temía que algo así pudiera suceder.

—¿Entonces para qué lo ha traído?

—Frank Garrett es un buen amigo que ha sufrido mucho. Iba a venir de todos modos. Insistí en acompañarlo y evitarles a ambos un momento desagradable.

—No tengo nada que decir, comisario Holt.

—Póngase en el lugar de Frank un momento. Usted tiene un hijo más o menos de la edad de Dylan, ¿verdad?

Camila no respondió. La existencia de Alex era un hecho fácilmente comprobable mediante una búsqueda en internet; sin embargo, no le gustó en absoluto que Holt lo mencionara.

—Yo también tengo un hijo —dijo Holt—. Se llama Connor y el año que viene irá a la universidad. Dylan se quedó sin ese sueño porque un malnacido le arrebató la vida. —Holt hizo una pausa y miró en dirección al coche patrulla. Frank Garrett estaba quieto, con la mirada perdida—. Ese hombre no tiene consuelo.

Camila no compró tanta solemnidad. La actuación de aquellos dos era digna de un Oscar.

—Comisario Holt, este numerito lo he visto varias veces. Lo que no me hace gracia es que suceda en el jardín de mi casa.

Holt se puso el sombrero por segunda vez. Se acomodó el ala.

—Por favor, deje el asunto en paz —dijo en tono afable—. Le doy mi palabra de que tenemos al hombre correcto. Keith Hobson asesinó a Dylan por la espalda de la forma más cobarde y vil que se pueda imaginar. Las pruebas que tenemos son contundentes y van a encerrarlo de por vida.

—¿Cuál es el problema entonces si yo, o cualquier otro periodista, decidimos escribir al respecto?

—Como le he dicho, Frank Garrett es amigo mío desde hace mucho tiempo. No voy a negarlo, es un abogado arrogante y altanero que se lleva el mundo por delante. Cuando discutes con él, siempre tiene la razón. Es duro como una roca. Nunca lo había visto flaquear ante nada, salvo con la muerte de Dylan. Ni él ni su esposa soportan cada vez que abren el periódico y sigue habiendo dudas sobre lo que le sucedió a su hijo. Lo único que quieren es que todo termine.

—¿No es eso lo que queremos todos?

—Puede venir a verme a la comisaría cuando guste. Hemos buscado a Sophia incansablemente, y lo seguimos haciendo, aunque tenemos pruebas de que saltó del puente Catenary.

—Pruebas no concluyentes.

—Puede ser —reconoció Holt—. Por eso la desaparición de Sophia es una investigación en curso. De lo que puede estar segura es de que la muerte de Dylan no tiene nada que ver con eso.

—Si usted lo dice.

Holt había definido a Frank Garrett como un abogado arrogante, y seguramente era cierto. Lo que también era cierto era que el propio comisario tenía su propia cuota de arrogancia. En su caso era peor, porque se escondía detrás de un velo de moderación y espíritu conciliador.

Camila sabía que no había nada más efectivo contra un arrogante que poner en duda sus palabras y dejarlo hablar.

—Mire, señora Jones, no debería decirle esto, pero si va a hacer que deje de mirar en la dirección incorrecta, entonces creo que vale la pena que lo sepa. Todavía no es firme, pero el abogado de Hobson y la oficina del fiscal están trabajando en un acuerdo en este momento. Hobson va a declararse culpable del asesinato de Dylan Garrett.

En el rostro de Holt apareció una sonrisa de suficiencia.

Camila lo observó en silencio.

—Usted es una celebridad y no voy a decirle cómo hacer su trabajo —agregó Holt—, pero esta es mi jurisdicción, esta es mi gente —con la cabeza señaló sutilmente en dirección a Frank Garrett—, y tengo el deber de protegerlos. Mi consejo es que no pierda el tiempo con el caso de Dylan.

Su sonrisa había desaparecido.

—¿Es todo, comisario?

—Sí. Gracias por su tiempo.

Cuando el motor del coche era apenas un ruido distante, Camila seguía de pie en el umbral pensando en lo que acababa de suceder.

Acababa de ser sutilmente amenazada.

34

Tras la llegada a la casa de cristal, Camila creyó que su tiempo libre le permitiría ocuparse ella misma de la limpieza, pero resultó que la puta casa tenía más cristales que la pirámide del Louvre.

Así llegó Rose. No fue sencillo encontrar a alguien que quisiera ir a la isla en su propio coche y tuviera el vigor necesario para semejante tarea, por lo que Camila la cuidaba como oro. Rose era eficiente en las tareas del hogar y también un espíritu curioso. Desde el principio le resultó llamativo que la puerta del sótano permaneciera cerrada, y lo mismo le ocurrió cuando Camila le pidió expresamente que no entrara a una de las habitaciones de la segunda planta. Cuando Rose tuvo oportunidad, eso fue exactamente lo que hizo: abrió la puerta de la habitación, se asomó un instante y vio las fotografías y los recortes de periódico.

Ese mismo día, Rose le dijo a su hermana Angela que Camila Jones iba a regresar pronto a la televisión con una investigación muy importante.

Al día siguiente, Angela, que se estaba viendo a escondidas con un universitario al que quería impresionar, le confió la noticia entre copa y copa. Esa misma noche, el universitario se lo dijo a su compañero de cuarto, un estudiante de periodismo y pasante en *The Charlotte Observer*. El estudiante de periodismo no tuvo reparos en hablar con su editor a primera hora del día siguiente.

Camila recibió un aluvión de mensajes de manera prácticamente simultánea. Estaba en el jardín de casa y tuvo que silenciar el móvil para no volverse loca con cada notificación de WhatsApp. Lo cierto es que la filtración no la sorprendió demasiado; Richard estaba al tanto, y era cuestión de tiempo que alguien en la cadena hablara con la persona equivocada. En ningún momento pensó que el foco de la noticia estaba en su propia casa.

El único mensaje que respondió inmediatamente fue el de Alex. A su hijo le dijo que era cierto que estaba trabajando en el caso de Sophia Holmes, pero que no era verdad que tuviese planeado regresar a la televisión, al menos no de momento.

Otro mensaje que atrajo su atención fue el de Annie. Su exasistente le había enviado por correo electrónico el informe del comisario Holt; «bastante revelador», según sus propias palabras.

Entró a la casa y dejó el móvil en la cocina. Se dirigió al despacho de la segunda planta e imprimió los documentos y recortes que Annie le había enviado, los ordenó de forma cronológica y empezó a leerlos.

La historia de cómo Conrad Holt había llegado a ser comisario era espeluznante.

Más de una década atrás, Conrad Holt era un policía experimentado con una conducta intachable y grandes aspiraciones. De hecho, podría haberse convertido en el comisario más joven del condado de no haber sido por otro policía, también excepcional, pero con unos años más de experiencia, llamado Bill Mercer. Bill y Conrad eran amigos y el destino quiso que compitieran por el cargo. Sin embargo, Bill recibió el apoyo del fiscal de distrito y eso fue determinante.

Nadie se sorprendió realmente con la decisión. Bill Mercer, además de tener más experiencia, era carismático y había ganado cierta popularidad a raíz del rescate heroico de una niña en medio de un incendio. Bastaba verlo con su uniforme para saber que estaba hecho a la medida del cargo.

Fue así como el sueño de Holt de convertirse en comisario dejó de tener sentido. Una cosa era esperar a que el viejo Levinson se jubilara para tener una oportunidad, y otra muy distinta sería esperar eternamente a la sombra de Bill. Sencillamente, no pudo soportarlo. Fue cuestión de meses que la relación entre ambos se resquebrajara. Varios policías fueron testigos de sus constantes discusiones. Conrad seguía viendo a Bill como a un compañero y cuestionaba sus decisiones abiertamente. Algunos allegados aseguraron que su carácter había cambiado. En casa, su mujer y sus dos hijos también advirtieron el cambio. El hombre se había apagado junto con su sueño.

Pero entonces, apenas un año después de la oportunidad perdida, una tragedia hizo que las cosas cambiaran.

Bill y Conrad iban camino de la oficina del fiscal de distrito cuando escucharon por la radio policial el aviso de una confusa situación en un concesionario de coches. La operadora se refirió al incidente como una *posible* toma de rehenes. Ellos estaban a unos minutos de distancia, así que fueron los primeros en llegar. El concesionario estaba ubicado en una zona despoblada en las afueras de la ciudad.

El guardia de seguridad, un hombre sudoroso y educado de apellido Norris, los puso al corriente de lo que sabía: el negocio no funcionaba desde hacía unos meses, el dueño había muerto y los hijos todavía no sabían bien qué hacer con él. Como no podían darse el lujo de pagar un guardia que vigilara las veinticuatro horas del día habían contratado a Norris a tiempo parcial.

Ese día, Norris se disponía a hacer la ronda habitual cuando descubrió un coche estacionado frente a la entrada. El candado del portón de acceso estaba roto. Norris cruzó el terreno ocultándose lo mejor que pudo y, cuando llegó a la nave, de una planta, creyó escuchar las voces de un hombre y una mujer. No pudo entender nada de lo que decían hasta que el hombre levantó la voz y le dijo a la mujer que iba a matarla si no se callaba. Norris decidió que era demasiado arriesgado seguir y llamó a la policía.

Tras el relato del guardia, Bill y Conrad se miraron. Aunque habían tenido la precaución de llegar sin la sirena, era muy posible que el hombre ya los hubiera visto. Le preguntaron a Norris si había una salida trasera y él respondió que creía que no. Tras un breve intercambio, el comisario explicó la situación por radio y pidió refuerzos, luego le dijo a Conrad que iban a entrar en ese preciso momento. La mujer podía estar en peligro.

Bill y Conrad llegaron hasta la puerta principal y comprobaron que también ese candado estaba roto. Se asomaron hacia el interior y esperaron a que sus ojos se acostumbraran a la falta de luz. El silencio era completo.

Desenfundaron sus armas y entraron por direcciones opuestas. En el local de exposición había algunas tarimas para coches y unos muebles arrumbados, pero no mucho más. Conrad fue hacia la derecha, donde estaban las oficinas, y Bill hacia la izquierda, donde había un pasillo oscuro.

Cuando Conrad terminó de registrar las oficinas y comprobó que allí no había nadie, regresó en busca del comisario, que para entonces ya se había perdido en el pasillo. Se internó en esa dirección y fue entonces cuando escuchó el primer disparo. A continuación llegaron los gritos desesperados de la mujer: unos chillidos de horror que no cesaban. Bill se identificó como policía y durante unos segundos hubo silencio. Conrad seguía los sucesos desde el pasillo.

Entonces la mujer empezó a pedir ayuda con desesperación y sonó el segundo disparo. Fulminante. La mujer paró de gritar de un modo tan repentino que no dejaba margen a la especulación: o había sido herida de gravedad o estaba muerta.

Conrad Holt corrió por el pasillo y llegó a lo que parecía el saloncito de una casa pequeña. Se sintió desconcertado. Norris no les había dicho nada acerca de una vivienda en la parte de atrás. Se preguntó vagamente si el hombre y la mujer estarían viviendo allí de forma clandestina.

Lo que sucedió a continuación sería objeto de varios artículos periodísticos.

La mujer, cuyo nombre era Francine Riley, había muerto de un disparo en el pecho a manos de Reginald Cooper, un hombre con antecedentes de violencia que la llevó al concesionario presumiblemente contra su voluntad. Se desató un feroz tiroteo que duró poco más de un minuto. Cooper dejó de disparar y fue de una habitación a otra para desconcertar a los policías. Bill y Conrad se separaron con intención de rodearlo.

Cooper intentó salir por una ventana, pero derribó una lámpara y eso lo delató. Bill y Conrad, que estaban uno en un extremo y el otro en el centro de la habitación, se volvieron hacia el foco del ruido y al ver una silueta dispararon. Una bala le arrancó la mitad de la cara a Cooper, que emitió un agónico quejido y disparó casi por instinto antes de desplomarse.

No fue el único alcanzado por un disparo. Cuando Conrad Holt encendió la luz, vio al comisario tendido en el suelo. Una de las balas de Cooper le había dado en la espalda.

Bill Mercer fue hospitalizado. Las crónicas del día después aseguraban que la vida del flamante comisario estaba fuera de peligro. Resaltaban su audacia y valentía y todo era optimismo. Al día siguiente el pronóstico cambió. Mercer había sufrido daños severos en la médula espinal. Los médicos lo operaron esa misma tarde. La intervención duró tres horas y el resultado fue el que muchos temían: Bill Mercer no podría volver a caminar.

Camila dejó de leer, conmocionada por aquel incidente que había sucedido casi una década atrás. Su trabajo la había llevado a verse involucrada muchas veces en historias donde la fatalidad se colaba en una fracción de segundo y lo cambiaba todo, y en cada una de ellas había sentido la misma sensación de fragilidad y fortuna.

Bill Mercer dejó su cargo. Conrad Holt ocupó su lugar.

Unos pocos días después del incidente, Mercer acusó a Holt de haber sido imprudente la fatídica tarde en el concesionario, e incluso de ser el responsable de haberle disparado, algo de lo que más tarde se desdijo.

En declaraciones posteriores, Mercer reconoció que haber perdido la capacidad de caminar había sido devastador para él y que eso lo había llevado a decir cosas que no eran ciertas. La única verdad era que aquel día un hombre que podría haber causado daño durante mucho tiempo había sido abatido, y Mercer se sentía orgulloso de eso. Aprendió a ver la vida de otra forma y aseguró que no echaba de menos su trabajo.

El último artículo que Camila leyó al respecto era del *Overfly* y estaba firmado por Tim Doherty.

BILL MERCER GANA DEMANDA MILLONARIA

El artículo estaba fechado dos años después del incidente y repasaba de forma breve las circunstancias que habían dejado al excomisario Mercer parapléjico y sin su trabajo. A continuación, explicaba que la lesión sufrida por Mercer podría haberse evitado mediante el uso de un modelo particular de chalecos antibalas de doble protección que el departamento de policía no había adquirido por falta de presupuesto, a pesar de las recomendaciones del FBI y de varios organismos. No había trascendido el monto exacto de la compensación económica que recibiría Mercer, pero estaba a la altura de las expectativas, según había asegurado su abogado, Frank Garrett.

Camila levantó la vista. La inesperada mención de Garrett encendió una alarma en su cabeza.

35

—Estoy yendo a casa de Bill Mercer —anunció Camila hablando por el manos libres.

—¿Quién? —Tim tardó unos instantes en ubicar el nombre en su cabeza—. ¿El excomisario? No lo entiendo.

Camila fue al grano.

—¿Sabías que Frank Garrett fue el abogado de Mercer cuando dejó de ser comisario?

Camila avanzaba prácticamente sola por la carretera 140. Durante unos segundos el único sonido audible fue el del motor del coche.

—Todo eso sucedió hace una eternidad, Camila. Frank Garrett se ha ocupado de prácticamente todos los casos de mayor repercusión en Hawkmoon. Respondiendo a tu pregunta, sí lo sabía. Creo que Mercer se llevó tres millones, o cinco... En cualquier caso, una montaña de dinero.

—Hubo algunas declaraciones contradictorias por parte de Mercer.

—¿Qué tiene que ver todo esto con Sophia Holmes?

Camila se había formulado esa misma pregunta en su cabeza una y otra vez.

—Garrett y Holt tienen un vínculo especial. —Camila hizo una pausa para elegir mejor las palabras—: Es decir..., sé que son amigos, pero el modo en que vinieron a mi casa... Había algo más, como si se estuvieran protegiendo el uno al otro.

—¿Y Mercer?

—No lo sé. Llámalo una corazonada. Pero me dio la sensación de que la complicidad entre esos dos no se gestó de la noche a la mañana.

—¿Dónde está Mercer? Le perdí el rastro hace tiempo.

—Fayetteville.

—Camila, ¡son más de cien kilómetros!

—Te llamo cuando regrese.

Camila sabía que quizás estaba persiguiendo un espejismo. No obstante, necesitaba entender qué tipo de vínculo tenían Holt y Garrett, y el tiroteo tenía todas las características de ser un punto vital de la relación. Mercer se había llevado una montaña de dinero, pero también había perdido su trabajo. Quizás tenía ganas de hablar después de tanto tiempo.

La casa de Mercer estaba en el número 171 de la calle Ellerslie, en las afueras de un vecindario acomodado de Fayetteville. Hasta donde Camila sabía, el excomisario no estaba casado ni tenía hijos, idea que contrastaba rotundamente con el tamaño de aquella casa. Mientras se acercaba caminando contó diecinueve ventanas, incluidas las del garaje adosado, que parecía tener una capacidad para cinco o seis coches.

Una mujer de unos sesenta y cinco años abrió la puerta y se quedó mirando a Camila con una media sonrisa de desconfianza; era evidente que Camila le resultaba familiar e intentaba ubicar su rostro de alguna parte. La mujer, que parecía un poco mayor para ser la pareja de Mercer y demasiado joven para ser su madre —aunque podría haber sido ambas cosas—, se acercó bastante a Camila y, levantando excesivamente el tono de voz, preguntó:

—¿¡En qué puedo ayudarla!?

—Mi nombre es Camila Jones. Soy periodista y quisiera hablar con el señor Mercer. Vive aquí, ¿verdad?

—¿Periodista?

—Sí, Camila Jones. ¿Podría hablar con el señor Mercer?

—Espere aquí, por favor.

La puerta se cerró y Camila esperó durante una eternidad. Estaba a punto de volver a tocar el timbre cuando la mujer regresó y la hizo pasar a un vestíbulo que nada tenía que envidiarle al de la casa de cristal.

—Acompáñeme, por favor.

El salón era inmenso, decorado con buen gusto pero impersonal. Camila buscó detalles que pudieran revelarle más información del excomisario pero no encontró nada. Cuando pasaron junto a la cocina, la mujer se asomó un momento y le dijo a alguien que el señor Mercer tomaría su té más tarde que de costumbre.

Salieron a una galería donde había plantas y unas cuantas jaulas con pájaros de colores. Más allá, un extenso jardín con una glorieta en el centro y un sendero de cemento. A Camila le costaba imaginar a un policía retirado viviendo en aquella casa majestuosa, y el hecho iba más allá de que pudiera costearse ese tipo de vida o no.

—El señor la espera en el taller. —La mujer señalaba una construcción de dos plantas en el otro extremo del sendero.

Camila caminó en esa dirección. Imaginó que Mercer habría dedicado sus años de retiro a la pintura o alguna otra disciplina artística.

Apenas franqueó la puerta se encontró con algo completamente diferente a un *atelier*. Había algunas máquinas y bancos de herramientas pequeñas. La habitación era grande y estaba repleta de objetos. En el centro había una mesa de unos tres metros de largo por dos de ancho en la que Mercer había montado una ciudad en miniatura. Camila se acercó sin poder evitarlo y, al ver el espejo de agua en un extremo y el diminuto puente Catenary, comprendió que lo que estaba viendo no era otra cosa que un modelo a escala de Hawkmoon.

—Me temo que su casa no está en esta parte de la ciudad, señora Jones.

Camila levantó la cabeza y buscó a Mercer, que se asomó detrás de una mesa de trabajo en el extremo opuesto.

—Oh, no sabía que estaba aquí —se disculpó Camila.

El rostro de Mercer, que sonreía y la observaba desde unas gafas redondas de aumento, flotó hacia atrás y luego hacia la derecha hasta que el hombre consiguió maniobrar su silla de ruedas. Con alguna dificultad esquivó las cajas que había en el suelo y llegó hasta Camila.

—Bill Mercer —dijo extendiendo la mano.

Ella se la estrechó.

—¿Le gusta? —Mercer se quitó las gafas y las guardó en el bolsillo de su camisa—. Es solo una parte. El resto está guardado.

—¿Guardado?

—Claro, para que no se estropee. Cuando termine voy a donarla a alguna institución, tal vez a la biblioteca municipal o el ayuntamiento.

—Es impresionante. —Camila devolvió su atención a la ciudad en miniatura. Buscó el parque del ayuntamiento y observó el edificio de ladrillo del *Overfly*. Había estado allí el día anterior y todo era tal cual lo recordaba.

—Intento que cada pieza se parezca lo más posible a la original.

Camila lo miró, ahora con una mezcla de curiosidad y extrañeza. Pensaba en el tiempo que le debía de llevar confeccionar cada uno de aquellos modelos a escala. Lo que tenía delante era el trabajo de años, si es que acaso alcanzaba una vida para llevar adelante esa tarea. Por un momento Camila se olvidó del motivo que la había llevado a Fayetteville y quiso saber todo de aquel hombre y su delirante proyecto de reproducir en una maqueta su ciudad natal.

—¿Lo hace usted solo?

—Sí —dijo Mercer con orgullo—. Mi idea no es hacer la ciudad completa, pero sí una buena parte. Venga conmigo, por favor.

Con movimientos rápidos de sus brazos, Mercer hizo que su silla girara sobre su eje. Se acercó a la mesa donde había estado trabajando.

Sobre la mesa había una casa de dos plantas de estilo colonial. Estaba a medio pintar y junto a ella había diminutos pinceles y tarritos de pintura.

—Hago una por día. A veces dos. ¿Sabe cuántas construcciones hay en Hawkmoon?

Camila no tenía la menor idea, por supuesto.

—Más de cinco mil —dijo Mercer, y lanzó una risita—. Suficiente para mantenerme ocupado una buena temporada, que es precisamente lo que necesito. —A continuación levantó la vista y, visiblemente entusiasmado, agregó—: Hace cinco o seis años me hicieron un reportaje en el *Star-News*, pero ahora mi trabajo está mucho más avanzado.

—Señor Mercer —dijo Camila en tono de disculpa—, no me cabe duda de que su trabajo merece darse a conocer, pero no he venido por eso. Para serle sincera, no lo sabía hasta que usted me lo ha dicho.

El rostro de Mercer pasó del entusiasmo al desconsuelo en una fracción de segundo.

—Ya veo. ¿Cuál es el motivo de su visita entonces?

Lo dijo en un tono apagado, y además con la certeza de saber lo que vendría a continuación.

—Quiero hablar con usted del tiroteo en el concesionario.

Mercer hizo una mueca. Hizo avanzar la silla de ruedas en dirección a la salida, ahora sin el vigor de antes. Se volvió.

—Ya dije todo lo que tenía que decir al respecto —dijo con calma—. De verdad, todo está en los periódicos de esa época. Absolutamente todo.

—Si me da unos minutos puedo explicárselo.

—Señora Jones, me halaga que haya venido a mi casa, y le pido disculpas si por un momento se me ha pasado por la cabeza que usted podía estar interesada en el hobby de un viejo retirado...

—Oh, no es eso... —empezó Camila.

Mercer la interrumpió.

—No tiene que darme explicaciones, lo entiendo. Pero, créame, lo que ocurrió ese día fue una fatalidad y no hay nada más que yo pueda decir al respecto.

Mercer estaba al lado de la puerta. Camila no se había movido.

—He venido a su casa —dijo Camila— porque estoy investigando la desaparición de una chica en Hawkmoon, y hay dos personas relevantes para mi investigación: Conrad Holt y Frank Garrett. La razón por la que me interesa el tiroteo es porque ambos fueron protagonistas del hecho, uno en el lugar y otro como su abogado. Lo que sospecho es que el vínculo entre ellos debió de afianzarse en aquel entonces y quiero conocer su naturaleza.

Mercer escuchó todo sin moverse. Su rostro era indescifrable. Al cabo de un rato miró hacia el techo y pareció que allí encontró la respuesta que buscaba.

—Vamos a un sitio donde usted esté más cómoda —anunció.

Cinco minutos después estaban en uno de los salones de la casa, alejados del ama de llaves y del resto del personal. Camila se sentó en un sillón de terciopelo.

—¿Quién es esa chica que ha desaparecido?

—Sophia Holmes. Quizás haya oído hablar del caso.

Mercer pareció sorprendido.

—Salvo por esa maqueta que acaba de ver, no estoy conectado con lo que sucede en Hawkmoon. Es una de las razones por las que me mudé. Sin embargo, sí oí algo sobre el caso de esa chica. Pensaba que el caso estaba cerrado.

—Holt cree que fue un suicidio. El padre también, según tengo entendido. La madre es la única que se oponía a esa idea. Hace unos días sufrió un accidente en su casa. Está en coma.

Mercer asintió con pesar.

—¿Y cómo se relaciona Frank Garrett con todo esto?

—Dos meses después de la desaparición de Sophia Holmes, el hijo de Frank Garrett, Dylan, fue asesinado brutalmente. Dylan y Sophia iban a la misma escuela y hubo entre ellos ciertas asperezas a raíz de un vídeo sexual que Dylan grabó con la mejor amiga de Sophia. El vídeo se filtró y fue un escándalo que terminó en una manifestación y el pedido de expulsión de Dylan.

—No sabía nada de todo eso —confesó Mercer—. Creo que vi a Dylan una vez, cuando Frank se encargaba de mi caso, así que debía de ser un crío de seis o siete años. Con Frank no hablo desde hace mucho tiempo; no llegamos a hacernos amigos, pero mantuvimos un vínculo que siguió unos años después.

—Por eso me interesa hablar con usted. Como excomisario puede aportar una mirada interesante, y además conoce al comisario Holt y a Frank Garrett.

Mercer suspiró.

—Señora Jones, fui comisario durante poco tiempo. La labor policial, sin embargo, sí la conozco; mi abuelo y mi padre eran policías, así que podría decirse que lo llevo en la sangre. ¿Usted cree que esa chica en realidad no se suicidó y que tuvo que ver con el asesinato del hijo de Frank?

—No estoy del todo segura. ¿Puedo confiar en usted?

—Por supuesto.

—La razón por la que estoy aquí es porque creo que Holt y Garrett no están siendo del todo sinceros. Ambos tienen un interés desmedido por cerrar los casos lo más rápido posible.

—¿Y no es eso algo razonable?

—No si se deja de lado la verdad —sentenció Camila.

Mercer se la quedó mirando.

—¿Qué piensa de ellos? —lo instó Camila—. ¿Qué piensa *realmente* de ellos, señor Mercer?

—Uno es un buen policía. El otro un abogado brillante.

—¿Cómo es que Garrett terminó siendo su abogado? ¿Holt tuvo algo que ver?

—Sí. Conrad me lo recomendó. Siempre han sido grandes amigos. —Mercer pareció elegir sus palabras con cuidado—. Voy a serle totalmente franco... Hubo una época, después de lo que me pasó, en que odié profundamente a Conrad. Incluso dije algunas estupideces fruto de esa ira desmedida. Hoy puedo ver las cosas con claridad, y creo que está usted apuntando en la dirección equivocada, señora Jones.

Camila creyó ver algo en los ojos de Mercer. ¿Un atisbo de duda? Se puso de pie.

—Señor Mercer, voy a ser totalmente franca con usted. Creo que Frank Garrett fue el artífice de un pacto de no agresión entre Conrad Holt y usted, y que gracias a eso unificaron sus versiones y consiguieron un veredicto favorable en su demanda contra el Estado. Todos contentos. Sinceramente, no me interesa demasiado. Hace más de diez años que usted tiene que valerse de esa silla de ruedas para moverse y además perdió su trabajo, así que, en lo que a mí respecta, el dinero se lo tiene bien ganado. Cada centavo.

Mercer la miraba con cierta resignación. Camila continuó:

—Pero también creo que todo tiene un límite; hay un joven asesinado y una chica desaparecida. Si me lo pregunta, es un límite bastante claro para hablar. Diez años es mucho tiempo. Usted ya no les debe nada, ni a Frank Garrett ni a Conrad Holt.

Por primera vez, Bill Mercer pareció dudar.

36

El ama de llaves dejó dos tazas de café sobre la mesa. Mercer se lo agradeció elevando el tono de voz y la mujer asintió y se marchó en silencio.

—Si no le importa que se lo pregunte, señora Jones —empezó Mercer—, ¿está usted planeando volver a la actividad? Tenía entendido que estaba retirada.

Camila había oído esa misma pregunta tantas veces que su reacción se producía casi en piloto automático. Una vez superada la fase inicial de irritabilidad, había aprendido que lo mejor era sonreír y dar una respuesta breve.

—Ya sabe cómo somos los seres humanos, nos cuesta abandonar nuestra esencia. El caso ha despertado mi curiosidad. No hay más que eso.

Mercer se mostró absolutamente de acuerdo.

—Dígamelo a mí. Todavía no salgo del asombro de que haya venido a mi casa, y aquí estoy, haciéndole preguntas yo a usted.

—No tengo mucho que decirle. Llevo apenas unos días investigando.

—Con el debido respeto, ha venido hasta aquí desde Hawkmoon..., seguro que se ha topado con algo que vale la pena. Pero no se preocupe, no voy a preguntarle de qué se trata. De todas formas, comprenderá mi desconcierto. ¿Por qué cree que Conrad y Garrett están relacionados con el caso de Sophia?

Mercer podía llevar años inactivo como policía, pero no iba a dar nada sin recibir algo a cambio.

—Llámelo una corazonada.

Mercer se rio con verdadero regocijo. A continuación se inclinó, cogió la taza de café y bebió un sorbo. Al terminar se quedó con la taza entre las manos.

—Bueno, si ha venido a verme es porque cree dos cosas. La primera es que tengo algo que decirle. Y la segunda, que no levantaré el teléfono apenas se vaya para poner al corriente a Conrad o a Garrett. Y si está en lo cierto en esto, quizás también lo esté en el resto.

El excomisario la observó en silencio. Sus miradas dijeron lo que ninguno de los dos quería expresar en palabras.

—De alguna forma supieron que yo estaba interesada en el caso —dijo Camila— y vinieron a mi casa. Holt me aseguró que no tenía la más mínima duda de que Keith Hobson, el hermano de la niña que aparecía en el vídeo, era el asesino de Dylan Garrett. Me recomendó que no perdiera el tiempo en intentar demostrar lo contrario.

—¿Y usted percibió cierta... intimidación?

—Parecían dos enviados de Tony Soprano.

Mercer sonrió.

—Ya veo. Mire, conociendo a Conrad, es posible que lo que dice sea cierto y que ir a su casa haya sido una torpeza por su parte. Dicho esto, creo que debe seguir su instinto.

—Me alegra que coincidamos en eso —dijo Camila—. ¿Cómo es su relación con ellos en la actualidad?

—Buena, supongo. No hablo con ninguno de los dos desde hace tiempo, pero al final quedamos en buenos términos. Le diré algo: cuando Frank Garrett pasó a ser mi abogado, no tenía la más mínima esperanza de ganar. Sabía de su reputación imbatible, por supuesto, y sin embargo algo no me cuadraba. Como le he dicho antes, yo estaba enfadado con el mundo entero, con Conrad, con Garrett, con todos. Al principio creí que el optimismo de Garrett era una forma de hacerme perder el tiempo, y que Conrad y él se habían confabulado en mi contra.

—Para que usted no se opusiera a su candidatura como comisario.

—Exacto. Garrett me lo pidió expresamente, que ayudara a Conrad con la designación, y mientras tanto mi caso avanzaba a paso de tortuga. Me dijo que nos serviría tener un aliado en el departamento, así que hablé con el jefe de policía y con todos mis contactos.

—Fue entonces cuando creyó que lo habían engañado.

—Mis pensamientos eran oscuros por aquel entonces —dijo Mercer con cierto pesar—. Había pasado casi un año desde el tiroteo y yo estaba en mi casa deprimido y convencido de que Garrett estaba jugando conmigo.

—¿No tenía pareja? ¿Familiares cercanos?

—Nunca he tenido demasiada suerte, en ninguno de los dos sentidos. Tengo un medio hermano que solo me llama cuando necesita dinero. La cuestión es que me encontré de buenas a primeras con mucho tiempo libre y me dediqué a investigar a Garrett, quería tener algo en su contra para presionarlo si mi caso se estancaba. Tenía amigos leales en el departamento de policía que me ayudaron a seguirlo y a..., bueno, a hacer algunas otras cosas para no perderle la pista.

—Entiendo perfectamente.

—La realidad es que nunca necesité nada de eso. Todo lo que me dijo Garrett respecto al juicio terminó cumpliéndose. Yo estaba un poco ansioso y estas cosas llevan tiempo.

Mercer hizo un ademán al aire para demostrar lo que acababa de decir.

—Pero en sus seguimientos sí encontró algo sobre Garrett —dijo Camila sin desviarse de su objetivo—. Sobre Garrett y también sobre Conrad Holt.

Mercer sonrió.

—Me pone en una situación difícil, señora Jones. Conrad sigue siendo el comisario de mi ciudad y un miembro del cuerpo al cual representé durante mucho tiempo. Frank Garrett, por su parte, cumplió con su trabajo con suficiencia e hizo que el Estado me pagase lo que me correspondía. Usted es una mujer inteligente y entenderá perfectamente la situación.

Camila la entendía. Bebió el último sorbo de su café.

—He venido a verlo, señor Mercer, porque necesitaba saber si valía la pena profundizar mi investigación en determinada dirección, y ya tengo mi respuesta.

Mercer asintió y Camila se puso de pie.

—La tiene —dijo Mercer con solemnidad. A continuación presionó un botón situado en el apoyabrazos de la silla. Lo hizo sin disimulo alguno—. Edna la acompañará hasta la salida. Voy a tomarme unos minutos para terminar mi café antes de volver al trabajo.

—Muchas gracias por su tiempo, señor Mercer.

Camila no esperaba que Mercer le dijera nada más.

—Me ha dicho que el padre de Sophia cree que su hija está muerta, ¿verdad?

—Así es. No he hablado con él, pero es lo que tengo entendido.

Mercer asintió con la cabeza.

—Supongo que sabrá que Conrad, Garrett y Philip Holmes son amigos desde la infancia, ¿no?

El tono de voz de Mercer reveló que aquel no era un comentario hecho de pasada, sino una pieza de información vital que quería que Camila conociera.

37

5 días antes de la desaparición

En casa de Sophia las cosas no iban demasiado bien. Desde que sus padres habían empezado con la dinámica de dormir en cuartos separados, había entre ellos un trato excesivamente cordial que, de algún modo, era peor que cuando se evitaban o discutían por tonterías. Por lo menos aquello era genuino. Ahora se pasaban todo el tiempo queriendo demostrar que su decisión daba buenos resultados, y las consecuencias eran unos diálogos artificiales y forzados que parecían salidos de una de esas revistas con consejos de pareja. «Cinco frases infalibles para salvar tu relación.»

Adicionalmente, la banda estaba desencontrada desde la partida de Janice. La organización de la manifestación había sido un acercamiento circunstancial y ahora las cosas habían vuelto a su cauce natural: ella y Nikki por un lado, Bishop y Tom por otro.

Era injusto. Sophia se obsesionó con hacerle pagar a Dylan Garrett por el daño que les había causado. La manifestación había supuesto un paso en la dirección correcta, porque si bien la escuela Hawkmoon mantuvo su postura de no expulsar a Dylan, la exposición pública hizo que por iniciativa propia dejara de asistir. Aun así, no era suficiente.

Y cuando a Sophia se le metía algo en la cabeza, sus pensamientos se volvían incontrolables. Además, había algo que la inquietaba, que no cuadraba en absoluto con el Dylan que ella conocía.

LO QUE SUCEDIÓ EN LA CAMIONETA NO ES LO QUE PIENSAS. ES MUCHO MÁS COMPLEJO. MANTENTE AL MARGEN.

La nota en la taquilla era una pieza que no encajaba.

LO QUE SUCEDIÓ EN LA CAMIONETA NO ES LO QUE PIENSAS.

Sophia había buscado múltiples excusas para no ver el vídeo de Janice, pero tenía que hacerlo si pretendía buscar una respuesta a la nota de Dylan. Obtenerlo fue sencillo. Esperó a que su madre dejara el móvil sobre la mesa y lo cogió, antes de que se bloqueara, sin que ella se diera cuenta. Lo encontró en el historial con Lena y se lo reenvió a sí misma.

Fue a su habitación y se quedó sentada en la cama un momento con el móvil en el regazo. Lo que estaba a punto de hacer iba a angustiarla, no tenía la más mínima duda, y las posibilidades de encontrar en el vídeo un detalle revelador eran inverosímiles. Cientos de personas lo habían visto, incluida la policía.

Sin pensarlo demasiado abrió la conversación con su madre y se quedó observando aquel diminuto cuadrado. La imagen congelada mostraba el techo de la camioneta de Dylan. El vídeo duraba trece minutos y siete segundos.

Pulsó la pantalla y la imagen giró vertiginosamente. Pasó del techo de la camioneta a Janice, de rodillas en la parte de atrás. Los asientos estaban abatidos en horizontal, así que había bastante espacio. Lentamente, Janice empezó a quitarse la camiseta.

Durante la primera reproducción, Sophia no pudo

dejar de pensar en el daño que aquel vídeo le había causado a su amiga. Verla expuesta, visiblemente nerviosa, entregándose a Dylan para que media escuela y todo el departamento de policía la viera —Sophia no tenía dudas de esto— le revolvió el estómago.

Janice se quitaba la ropa lentamente. Después de quitarse cada prenda hacía una pausa, como si una parte de ella esperara que Dylan le dijera que no era necesario que siguiera. «Todo», le decía él con voz grave. Y Janice seguía, cubriéndose los pechos al principio, la entrepierna después, hasta que se quedaba completamente desnuda, todavía arrodillada. Y entonces, el resto de las peticiones: «Abre las piernas, enséñame cómo...».

Cuando terminó el vídeo, Sophia lloraba. Pensaba en Janice mostrándose fuerte como una roca pero muerta de miedo por dentro. Pasaría mucho tiempo hasta que olvidara esa mirada. Porque Sophia sintió que la mirada era para ella por no haberla convencido de no ir a ver a Dylan ese día.

«Es culpa tuya.»

Juntó valor y se obligó a verlo de nuevo.

Y otra vez.

Lo primero que advirtió fue que Dylan estaba forzando la voz para hacerla sonar más grave de lo que en realidad era. Puede que lo hiciera por si el vídeo se filtraba sin su consentimiento o quizás porque sabía que el objetivo era compartirlo.

El otro detalle que le resultó llamativo tenía que ver con el encuadre de los primeros minutos. Janice no estaba en el centro de la escena, sino volcada hacia el lado derecho. Eso hacía que buena parte del interior de la camioneta quedara a la vista.

Tres minutos después de haberse iniciado el vídeo, la cámara se movía para que Janice quedara en el centro.

Sophia retrocedió el vídeo y buscó el momento exacto en que se producía el cambio de encuadre. Reprodujo varias veces esos segundos y advirtió que, justo antes del cambio, la cámara giraba sobre su eje y apuntaba durante un instante hacia arriba.

«¿Por qué?»

«Lo que sucedió en la *camioneta* no es lo que piensas.»

Lo primero que Sophia pensó fue que había alguien más dentro del vehículo. Revisó el vídeo una vez más y no vio ningún indicio de que pudiera haber una tercera persona. Ni una sombra ni un reflejo en las ventanillas, nada.

Fue entonces cuando reparó en algo que había creído ver al inicio del vídeo. Reprodujo el comienzo nuevamente, esta vez a cámara lenta. Efectivamente, cuando la imagen pasaba del techo hacia Janice, barría casi todo el interior de la 4Runner de Garrett.

Sophia detuvo la imagen. Faltaba un poco. Avanzó fotograma a fotograma hasta que el lado derecho del interior de la camioneta quedó a la vista.

Contuvo la respiración. Allí estaba lo que buscaba. No era una persona, sino algo mucho más lógico: la mochila de Janice. Sophia la reconoció de inmediato porque tenía varios pines, la mayoría eran de sus bandas favoritas.

¿Por qué Dylan se había esmerado tanto para que la mochila no quedara a la vista?

Y no solo eso. Cuando Dylan corrigió el encuadre, la mochila ya no estaba en el mismo lugar. Era evidente que la había movido él mismo con la mano libre.

¿Por qué?

Tenía que ser algo que había en la mochila, y Sophia la conocía de memoria. Janice siempre encontraba una excusa para presumir de sus pines. Meditó un segundo y llegó a la conclusión de que el interés de Dylan en hacer desaparecer la mochila de escena no tenía que ver con los pines de grupos de música de Janice, sino con uno que tenía el escudo de Hawkmoon: la silueta de un pino y la luna asomando detrás.

Tenía que ser eso. Por primera vez, Sophia empezó a ver las cosas desde una óptica diferente.

38

2 días antes de la desaparición

Tres días después, Sophia llamó a Dylan a su casa. Atendió su hermano y ella se identificó como Sally.

Menos de un minuto después la voz de Dylan llegó desde el otro lado de la línea.

—¿Por qué me llamas a la línea fi...?

—No soy Sally. Soy Sophia Holmes. No cuelgues. Sé quién filtró el vídeo.

Silencio.

Sophia casi no usaba el teléfono fijo, pero sí sabía qué sonido se producía cuando la comunicación se interrumpía. Dylan seguía al otro lado.

—¿Quién? —preguntó al cabo de unos segundos con voz gutural.

—Tú.

—Eso es una est...

—Y también sé por qué lo hiciste.

—No me interesa...

—Cállate y escúchame —dijo Sophia con calma—. Nunca voy a perdonarte el daño que le has causado a Janice. Nunca. Mereces no volver a la escuela y cosas mucho peores. Voy a encargarme de que pagues por exponerla de esa forma ante todos y por utilizarla para salvar tu propio pellejo.

—Vete a la mierda, Holmes. Te estás echando un farol. No sabes nada.

Y entonces Sophia empezó a hablar.

39

Algo se rompió entre Bishop y Tom después de la manifestación en la escuela. La manifestación en sí no tuvo nada que ver, pero Bishop señaló como punto de inflexión ese hito particular. No hubo una discusión ni nada por el estilo, simplemente se agudizó algo que ya venía sucediendo desde hacía un tiempo. Tom estaba obsesionado con el básquet y quería entrenar todo lo que podía. Era realmente bueno y, además de las horas con el equipo de la escuela, había unos chicos mayores que le permitían jugar con ellos. Todo estaba dado para que Tom se convirtiera en un gran jugador; para él, montar en *skate* o tocar la batería eran actividades que le quitaban tiempo para lanzar tiros libres o triples hasta que los brazos le dolieran.

Bishop lo entendía; su amigo era un deportista nato y él prefería tocar la guitarra o jugar a cualquier videojuego antes que andar persiguiendo una pelota. Aun así, siempre pensó que podrían seguir encontrando momentos de conexión; no pretendía pasar todo el tiempo con él, pero sí de vez en cuando.

Eso cambió después de la manifestación. Antes, Tom

era el que tomaba la iniciativa para verse, le enviaba mensajes a Bishop o, simplemente, se presentaba en su casa sin avisar. Tom sentía devoción por su amigo, cada cosa que decía Bishop a él le parecía una genialidad y la repetía como palabra sagrada.

Sin embargo, poco a poco las visitas de Tom fueron espaciándose. También disminuyeron sus mensajes. Un día, tras un breve debate interno, Bishop le escribió para que viniera a su casa a jugar al Fortnite. Tom aceptó y llegó a la casa media hora después vestido con su ropa de deporte. Le dijo que más tarde tenía un compromiso con los amigos de su nuevo vecindario, pero que podía quedarse un par de horas. Incluso durante ese tiempo fue evidente que Tom tenía la cabeza en otra parte. Fue la primera vez que las cosas entre ellos no fluyeron de forma natural. Cuando Tom se despidió, Bishop se dio cuenta de que algo había cambiado definitivamente: Tom quería irse de su casa. El mismo chico que antes pasaba horas en aquella casa, casi como un integrante más de la familia, que se lamentaba cada vez que tenía que alejarse de su amigo inseparable, esta vez había ido a verlo *por compromiso*.

Bishop no había imaginado cuánto iba a echar de menos a Tom.

Mientras se debatía entre volver a llamarlo —algo que en el fondo sabía que no haría— o no, reflexionó acerca de la dura verdad que latía detrás de la ausencia de su amigo. Bishop siempre se había sentido admirado por Tom, había sido un modelo que seguir y un referente, y una parte de él había dado por hecho que siempre sería así.

Bishop se sentía más solo que nunca.

Había pasado casi un mes y medio desde la manifestación y él y Tom se habían visto solo dos veces. Lo extrañaba más de lo que estaba dispuesto a admitir, pero no iba a volver a llamarlo. No era una cuestión de orgullo, sino de no forzar a Tom a hacer algo que no quisiese. Si a Tom le apetecía verlo, sabía dónde encontrarlo.

A las cinco de la tarde, decidió que lo mejor sería hacer algo si no quería obsesionarse pensando en cómo sería su vida sin Tom y sin las chicas. La idea de buscar nuevos amigos se le antojaba casi ridícula. En primer lugar, los amigos no se buscaban como si fueran ofertas de Navidad, sino que llegaban de manera inesperada. Y en segundo lugar, jamás encontraría amigos como Janice, Nikki, Sophia y Tom. Esto último era lo más desmoralizante de todo.

Salió de su casa en bicicleta sin rumbo definido, o eso creyó. Media hora después, se detuvo frente a la casa de los Hobson. No sabía bien por qué lo había hecho; quizás la fuerza de la costumbre. Bishop no tenía nada que hacer allí más que añorar un pasado que ya no volvería: el de tocar música con sus amigos.

No se sorprendió al escuchar los acordes de una guitarra distorsionada. Hasta donde sabía, Keith era el único de los Hobson que se encontraba en la casa en aquellos días. Por simple curiosidad, se bajó de la bicicleta y siguió la melodía hasta la sala de ensayo.

La sorpresa llegó cuando a la guitarra se sumó el galope frenético del bajo de Janice. Tum, tum, tum, tum.

Bishop se detuvo en seco. No necesitaba asomarse por la ventana para saber que aquel no solo era el instrumento de su amiga. Era Janice.

Efectivamente, cuando finalmente se asomó, vio a los hermanos enfrascados en una compleja melodía. Bishop no podría haber precisado cuánto tiempo después, Janice levantó la cabeza y lo vio. El bajo enmudeció de repente. Tum.

Keith, que había estado ensimismado en el desplazamiento de sus propios dedos, miró a Janice y comprendió lo que había sucedido. Miró hacia la ventana y le hizo señas a Bishop para que pasara.

Bishop entró en la sala de ensayo como tantas otras veces, pero, por alguna razón, esta vez se sintió un extraño.

—Hola, Bishop —dijo Keith poniéndose de pie. Dejó la guitarra en el soporte y, al pasar junto a él, chocaron los puños—. Tengo que irme a la estación de servicio. Me alegro de que hayas venido. Seguramente tendréis mucho de que hablar.

Bishop leyó entre líneas el mensaje. «Cuida a Janice mientras voy a trabajar.»

—Hola, Bishop —dijo Janice con una sonrisa tibia. Estaba más delgada. Y cansada. Esto último fue lo que más le impresionó.

Había transcurrido apenas un mes y medio desde la última vez que se habían visto y el aspecto de Janice parecía haberse deteriorado considerablemente.

Bishop se sentó en el sillón frente a su amiga. Janice dudó un momento y, finalmente, dejó el bajo a un lado.

—¿Keith te ha pedido que vinieras?

—No, no —se apresuró a responder él—. No sé por qué he venido. He salido de mi casa y he llegado hasta aquí. Te lo juro.

Janice asintió, no del todo convencida, pero dispuesta a dejarlo pasar.

—He venido solo a pasar el fin de semana —dijo Janice—, a buscar ropa y esas cosas. El lunes vuelvo a casa de mi tía.

—¿Piensas volver pronto? Definitivamente, quiero decir.

Janice suspiró. Se sentó contra el brazo del sillón y estiró las piernas. Su falda se levantó y dejó ver sus medias agujereadas.

—No creo que vuelva. Lo mejor es que termine la escuela en Jacksonville y me largue a alguna parte.

—Pero...

Janice lo detuvo con un gesto.

—No pierdas el tiempo, Bishop. Ya lo he pensado. No estaba en mis planes quedarme toda mi vida en Hawkmoon, así que esto quizás sea lo que necesito. Mi padre se quedó aquí y no pudo cumplir su sueño; mi hermano Keith... Bueno, él cree que todavía tiene tiempo, pero yo creo que no.

—Tú eres mejor que ellos.

—Sería estúpido repetir la misma historia. Tengo que irme lo antes posible. A Los Ángeles, a Londres, no sé, a cualquier parte donde se respire música. ¿Lo ves? Quizás fuera esto lo que necesitaba. Una señal.

—Janice, estás loca —dijo Bishop—, puedes irte cuando quieras. Está muy bien que lo tengas claro. Pero no tienes que irte a vivir a casa de tu tía. ¡No tienes amigos en Jacksonville! ¡No tienes nada!

Janice se inclinó hacia delante y cogió un paquete arrugado de cigarrillos. Sacó un último superviviente del paquete y lo estiró con los dedos. Lo encendió y dio una calada corta.

—Así son las cosas, Bishop. Lo tengo decidido. Y estoy feliz. Voy a triunfar en el mundo de la música.

—¿Y la banda?

Janice se encogió de hombros.

—Bishop, seamos realistas. Tú y yo somos los únicos que estamos comprometidos con la banda. Dentro de unos años, Sophia será física nuclear, campeona de ajedrez o presidenta del universo; Nikki se casará con un abogado y tendrá cinco hijos...

Bishop sonrió.

—Quizás sea contable —dijo Bishop—, pero coincido con lo de los cinco hijos.

—Exacto. Y en cuanto a Tom... por algo tú estás aquí hoy, ¿verdad?

Bishop se puso serio y asintió con suavidad. Era verdad, Tom ya tenía claro que su pasión era el básquet. Su amiga tenía razón en que la banda no tenía futuro.

Janice jugó con el humo que salía de su boca.

—Tú tendrías que hacer lo mismo —dijo en tono soñador—. Irte de Hawkmoon.

Bishop no supo qué responder. ¿Le estaba proponiendo irse con ella? La confianza que sentía con Janice se esfumó por un segundo y fue reemplazada por la incomodidad que sentía él ante cualquier situación remotamente personal con una chica.

Janice apagó el cigarrillo. Volvió a sentarse contra el respaldo.

—Bishop, no soy una desagradecida. Ha sido genial lo que habéis hecho en la escuela.

Bishop asintió restándole importancia.

—Además —continuó Janice—, no me apetece vivir los próximos tres años sabiendo que todos a mi alrededor han visto ese vídeo de mierda. En la escuela, aquí, en el vecindario... No me interesa, sinceramente.

—Es injusto. Dylan está en su casa y tú tienes que irte.

Janice lo desafió con la mirada.

—Yo sabía que me estaba filmando. Dylan me lo preguntó y acepté.

—¿Y por eso es culpa tuya que lo haya visto todo el mundo?

—En parte sí.

Bishop negó con la cabeza.

—No estoy de acuerdo. Era algo privado, ¿o acaso te dijo que tenía previsto compartirlo? Yo no me trago ni por un segundo que le robaran el móvil.

Ahora fue Janice la que se encogió de hombros.

—¿Tú lo has visto?

Bishop se puso rojo al instante.

—Solo el comienzo —dijo a la defensiva—, hasta que supe de qué se trataba.

—¿Salgo bien? Yo no lo he visto.

Bishop estalló en una carcajada.

—¡No puedo creer que me preguntes eso!

Janice se sumó a la risa.

—¿Por qué no? Te gustan las chicas..., puedes opinar.

Bishop se puso de pie y rodeó el sillón. De pronto era el Bishop de siempre, feliz con Janice, mofándose el uno del otro como en los viejos tiempos.

—Me niego a opinar.

—Oh, ya veo —dijo Janice bajando el pulgar.

—Yo no he dicho eso.

—¿Entonces?

—¡No lo sé! —se indignó él.

Janice lo miró con suspicacia.

—Está bien, está bien —dijo Bishop finalmente—. Salías bien. ¿Contenta? De hecho, salías muy bien. Puedes dormir tranquila.

Janice rio.

—Gracias.

Bishop negaba con la cabeza, todavía sonriendo. Al cabo de un instante, su sonrisa desapareció.

—¿Qué sucede? —preguntó Janice—. Solo estaba bromeando.

—Lo sé. Es justamente eso, Janice. No podemos perder esto. Tú, yo, el resto. Somos amigos. Entiendo que en algún momento cada uno seguirá su camino, no vamos a seguir siendo amigos hasta que seamos ancianos. ¿Pero ahora? ¿Por qué? ¿Por qué a Dylan Garrett se le ocurrió grabar ese vídeo? No es justo.

Bishop estaba ahora de espaldas a Janice. Quizás a punto de llorar.

Durante un buen rato ninguno de los dos dijo nada.

—Es cierto que no es justo —dijo Janice.

—¡Hagamos algo! —dijo Bishop volviéndose—. Mañana. Los cinco.

—¿Mañana?

—Sí, mañana. Has dicho que te vas el lunes, ¿no? Vamos al Saxxon, comemos algo, quizás podamos ver una película. Nos merecemos una despedida, no puedes negarte.

El entusiasmo de Bishop era tan grande que Janice temió que si se negaba le rompería el corazón.

—No creo que a Nikki le guste demasiado la idea —dijo Janice—. Digamos que nuestra relación no está en su mejor momento.

—Yo me ocupo de Nikki. Yo me ocupo de todo. Tú solo di que estás de acuerdo.

Janice asintió. Bishop sacó el móvil y sus dedos se movieron a toda velocidad.

40

1 día antes de la desaparición
12.00 horas

Un reencuentro de la banda no iba a torcer el rumbo natural de las cosas. Janice no iba a quedarse en Hawkmoon ni Tom se olvidaría mágicamente del básquet para pasar más tiempo con él. Bishop estaba resignado a aceptarlo. Lo único que pretendía era un último encuentro con todos ellos.

Para que eso sucediera, Bishop sabía que tenía que contar con el beneplácito de Sophia. Si ella estaba de acuerdo —y Bishop creía que estaría encantada—, entonces Nikki y Tom estarían a bordo en un abrir y cerrar de ojos. Nikki hacía cualquier cosa que Sophia le dijera. Y Tom, bueno... Tom sentía por Sophia la debilidad propia del amor inalcanzable.

Mientras regresaba a su casa, Bishop recibió el mensaje de Sophia.

LO SIENTO MUCHO.
MAÑANA ES IMPOSIBLE :(

Bishop se quedó de piedra. Le respondió al instante que tenía que ser el domingo porque Janice regresaría el lunes a Jacksonville.

Diez minutos después, ella aún no había leído el mensaje, y Bishop decidió ir a su casa.

Llegó, tocó el timbre y esperó casi cinco minutos. O quizás fueron dos. Al cabo de ese tiempo fue al garaje y comprobó que ninguno de los dos coches de los Holmes estaba allí. No iba a marcharse hasta hablar con Sophia, así que se quedó sentado en la acera a esperarla.

Una media hora más tarde, su amiga le gritó desde una de las ventanas de la segunda planta.

—¡¿Qué rayos haces ahí sentado?!

Bishop se levantó.

—Estaba esperándote.

Sophia negó con la cabeza.

—Ven. Mis padres regresarán de un momento a otro y yo tengo que terminar unas cosas.

Bishop dejó su bicicleta junto al portal y entró al salón.

—Cuánto misterio —dijo Bishop mirando en todas direcciones, como si esperara descubrir algo revelador—. ¿Por qué no contestas al timbre?

—Bishop, no quiero ser grosera. Tengo cosas que hacer.

—¿Con un chico?

Sophia lo fulminó con la mirada.

—Claro que no.

—Lo único que necesito es que me asegures que mañana podemos ir al Saxxon con la banda.

—¿Para eso has venido? —Sophia puso los ojos en blanco—. Ven, siéntate un momento.

Los dos fueron hasta los sillones del salón.

—Necesito decirte algo —dijo ella con seriedad—. Prométeme que no dirás nada a nadie hasta que yo te diga que puedes hacerlo.

—¿Qué pasa?

—Es sobre el vídeo de Janice y Dylan. Él fue quien lo divulgó.

—Eso lo sabe todo el mundo.

—Lo *supone* todo el mundo —dijo Sophia—. Yo lo sé. Y también creo saber la razón.

—¿Porque es idiota?

—No solo eso. Hay otra razón. Y es lo que necesito confirmar mañana.

—¿A qué otra razón te refieres, Sophia? No entiendo nada.

—Si estoy en lo cierto, las cosas son mucho más complejas de lo que creíamos. Pero prefiero no decírtelo hasta que sepa un poco más. Es un asunto delicado.

Bishop se levantó de un salto.

—Mierda, Sophia, tengo un millón de preguntas. Creí que todo este asunto se había terminado con la manifestación. Acabo de estar con Janice y hasta ella parece haberse olvidado del puto vídeo. Dime de qué se trata.

—Prometo hablar contigo el lunes o el martes, como mucho.

Bishop volvió a sentarse. Se cubrió el rostro con las manos. Respiró hondo.

—Sophia... —dijo en tono suplicante—. Janice se irá a Jacksonville. Cada uno seguirá con su vida. Mañana puede ser la última salida todos juntos. No me digas que vas a abandonarnos para hundir a Dylan Garrett todavía más. No vale la pena.

Sophia se puso de pie y se acercó hasta donde estaba su amigo. Se sentó a su lado y lo rodeó con el brazo. Bishop se quedó muy quieto.

—Entiendo perfectamente cómo te sientes —dijo Sophia—, y creo que sí podré ir al Saxxon con vosotros mañana.

El rostro de Bishop se iluminó.

—¡Excelente!

—Podemos pasear, comer algo en el centro comercial, pero cuando sea el momento de la película, me marcharé con alguna excusa.

La sonrisa de Bishop se borró.

—Será solo durante la película —continuó Sophia—. Necesito contar con esas dos horas.

—¿Qué harás?

—No puedo decírtelo todavía.

Bishop se la quedó mirando. Intentó buscar la respuesta en sus ojos, cada día más grandes y bellos; por lo menos una señal de que estaba siendo sincera con él.

Optó por creerle. Y fue el peor error que cometió en su vida.

41

HBL, la empresa de logística que Phil Holmes había fundado hacía más de una década, estaba emplazada en las afueras de la ciudad, en un espacio inmenso que albergaba un depósito y un edificio de oficinas de tres plantas.

Phil estaba sentado en la cabecera de la mesa de la sala de reuniones. El hombre que estaba a su lado se llamaba Albert Spencer y tenía más o menos la misma edad que él, es decir, unos cuarenta y cinco años. Spencer era uno de los dueños del bufete que se encargaría de la operación de venta de HBL. La muchacha que lo acompañaba se llamaba Katherine, y se limitó a sacar documentos de unas carpetas cuando su jefe se lo pedía.

Phil escuchó los tecnicismos legales y las recomendaciones de Spencer con todo el interés que pudo. A veces dejaba de prestarle atención y pensaba en Caroline, inconsciente en una cama de hospital, pero que podría recuperarse de un momento a otro, y en Sophia, a la que posiblemente no volvería a ver nunca. Su mente se perdía hasta que la boca de Spencer, que no había dejado de moverse en todo momento, volvía a emitir sonidos que él entendía. De vez en cuando el abogado le preguntaba si estaba siendo suficientemente claro y Phil le respondía que sí, que por supuesto.

Spencer estaba en medio de una explicación pormenorizada de los puntos del acuerdo de cesión de acciones cuando escucharon voces fuera de la sala.

Los tres se volvieron al mismo tiempo. Spencer miró a Phil a la espera de una reacción. Lo que sucedía al otro lado no llegaba a ser una discusión acalorada, pero las partes habían alzado el tono de voz más de lo razonable.

Phil reconoció a Louise —su secretaria—, pero no al resto. Había al menos dos personas más.

La puerta se abrió de golpe y entraron un hombre y una mujer. Louise entró un instante después pidiendo disculpas.

—Lo siento, señor Holmes, les he dicho que esperen en la recepción pero han insistido.

Phil reconoció a Tim de inmediato. Abrió la boca para decirle algo, pero entonces su cerebro identificó a Camila Jones y se quedó perplejo.

—Mi nombre es Camila Jones, señor Holmes, y es necesario que hablemos.

Phil los seguía mirando como a dos extraterrestres.

—Serán solo unos minutos —insistió Camila.

Phil negó con la cabeza.

—¿Acerca de... ?

—La desaparición de su hija y el accidente de su esposa —dijo Camila con firmeza—. Estamos llevando adelante una investigación y nos parece importante contar con su colaboración.

Tim tenía la mirada clavada en el suelo. Le había dicho a Camila que presentarse sin avisar sería un error, y que si existía una posibilidad de volver a contar con la colaboración de Phil, no sería de esa forma. Odiaba tener razón, pero sabía que Phil Holmes no accedería a hablar con ellos en esas condiciones. A pesar de su intento por mostrarse sereno, cualquiera que lo conociera mínimamente sabía que estaba furioso.

—Señora Jones —dijo Phil de forma pausada—, no voy a llegar al extremo de culparlos de todo esto, pero mi esposa estaba obsesionada con devolver el caso a la opinión pública y dar esa exclusiva. Ahora está en coma. Así que ¿saben qué? En parte sí los culpo. Me dice que está llevando adelante una investigación... En lo que a mí respecta, los únicos que están investigando realmente el caso son la policía y el FBI, no ustedes.

Albert Spencer y Katherine estaban quietos como estatuas.

Ahora Phil se dirigió a Tim.

—Hablé contigo porque te tengo aprecio y porque quería que quedara claro que esto se acaba aquí. No voy a volver a hablar con la prensa. Punto final.

—Deme cinco minutos a solas y cambiará de opinión —dijo Camila.

Phil abrió la boca para decir algo.

—Solo cinco minutos a solas —repitió Camila—. Después será libre de hacer lo que quiera.

Phil suspiró. Les pidió a sus abogados que lo dejaran solo. Spencer se puso de pie, se inclinó sobre la mesa y le dijo en voz baja que quizás sería conveniente que él estuviera presente. Phil negó con la cabeza.

Tim no sabía qué hacer, aquello se salía del guion previsto. Camila le pidió que, por favor, esperara con el resto.

Fuera de la sala había una pequeña recepción. Estaba claro que Louise no sabía bien cómo proceder, de modo que se marchó a su puesto de trabajo sin decir nada. Spencer y Katherine permanecieron de pie. Aunque Tim no tenía ni idea de lo que se proponía Camila, les dijo a los abogados que aquello podía demorar más de cinco minutos y se sentó en uno de los confortables sillones. A continuación intentó entablar una conversación con ellos, preguntándoles si estaban allí para encargarse de la venta de las acciones de Phil Holmes, a lo que Spencer le respondió como un autómata que no podía discutir asuntos de sus clientes con terceros, menos con periodistas.

Cinco minutos después la puerta seguía cerrada.

Cuando finalmente se abrió, Tim calculó que habían

transcurrido unos diez minutos, la versión de Phil que los observaba desde el umbral era completamente diferente a la que habían visto antes.

—Albert —le dijo Phil al abogado—, voy a pedirte que regreses mañana. Puedes dejarle a Louise los documentos y los revisaré en cuanto pueda.

El abogado dudó.

—¿Estás seguro?

—Sí.

En cuanto los abogados se marcharon, Phil volvió a mirar a Tim.

—Vamos —le dijo—. Terminemos con esto de una vez por todas.

Tim entró a la sala.

Phil Holmes era la sombra del hombre entusiasta y enérgico que había sido. Tim, que lo conocía desde hacía años —aunque no pudiera considerarse su amigo—, podía ver cómo se había ido apagando durante los últimos meses.

—Este es el trato —dijo Phil—, y es todo lo que voy a ofreceros, Tim. Sinceramente, no puedo más. Caroline está en coma y los médicos no saben en qué condiciones despertará. Además, es muy posible que jamás vuelva a ver a mi hija. Voy a responder a todas sus preguntas, señora Jones, pero será la última vez.

Tim ocupó una de las sillas en silencio mientras se preguntaba qué le habría dicho Camila para generar semejante cambio de actitud. Phil había pasado de negarse terminantemente a hablar con ellos a responder voluntariamente *a todas sus* preguntas.

—Lo siento —dijo Camila—, pero no puedo asegurarle que esta sea nuestra última conversación.

Phil se masajeó la cara con las dos manos.

—Da igual. Empecemos de una vez.

—¿Va a vender la empresa? —disparó Camila a quemarropa.

Phil asintió sin vacilar.

—Mis abogados están en eso.

—¿Por qué ahora?

Phil suspiró.

—Cuando desapareció Sophia, me enfoqué en el trabajo. Al cabo de un mes ya estaba de vuelta en la empresa. La gente se preguntaba cómo era capaz. Algunos incluso me lo preguntaban directamente. Había contratado a dos investigadores privados y dedicaba una o dos horas al día a revisar los avances con ellos, aquí mismo, en esta mesa. También tenía reuniones frecuentes con la policía...

—¿Con el comisario Holt?

—Sí, con él y su equipo.

—Ustedes dos se conocían previamente, ¿verdad?

Phil arrugó la nariz durante un brevísimo instante. Inspiró y se tomó unos segundos mientras elegía sus palabras.

—Conrad y yo somos amigos. Fuimos a la escuela juntos.

—Frank Garrett también forma parte de ese grupo.

—Sí.

—Continúe, por favor —lo instó Camila—. Nos estaba hablando de las razones por las que ha decidido vender la empresa *ahora*.

—Volví al trabajo porque solventar una investigación privada consume muchísimo dinero. Uno de los investigadores tenía un equipo de varias personas que se centraba en las llamadas anónimas, más de veinte por día durante los primeros meses. Entré en una irrealidad. Algo insostenible. El accidente de Caroline me ha hecho ver que debo parar.

Phil se tapó el rostro con las manos.

Camila y Tim esperaron a que el hombre se recompusiera. La sala de reuniones estaba en el tercer piso, y desde allí era posible ver el estacionamiento y el bosque.

A lo lejos se divisaba el puente Catenary, y Tim se preguntó cómo haría Phil para soportar verlo cada día.

El cielo iba poblándose lentamente de nubes negras.

—No puedo seguir al frente de esta empresa —dijo Phil—. Por eso la vendo. Algo que debí haber hecho hace tiempo.

—¿Y los investigadores privados? —quiso saber Camila.

—Solo uno de ellos sigue activo —dijo Phil—. Casi no hay avances últimamente. Aunque la policía sigue investigando, cree que mi hija cayó del puente Catenary.

Cayó.

—¿Se refiere a su amigo, el comisario Holt?

Él asintió.

—Señor Holmes, da la sensación de que ha perdido las esperanzas de recuperar a su hija.

Hasta Tim se vio desconcertado por la crudeza de la pregunta. Ella se disculpó:

—Perdone mi franqueza, pero necesito saber qué piensa al respecto.

—Han pasado más de diez meses. Al principio la hipótesis de la policía me parecía descabellada, pero tengo que reconocer que las pruebas existen. Estoy haciéndome a la idea de que quizás eso fue lo que sucedió.

Se quedó pensativo. Su vista vagaba por la habitación. Estaba claro que se había sumergido en algún tipo de debate interno. Finalmente, Phil cogió su móvil y buscó una fotografía.

—El día del accidente de Caroline —dijo Phil—, ella encontró una nota clavada en la puerta de la calle. Esta es la nota.

Phil le mostró el móvil.

El corazón de Camila dio un vuelco. Ella y Tim se miraron extrañados sin comprender. En la fotografía había una única línea impresa.

—¿Qué significa?

—Tony es el pez payaso de Sophia. Hace varios años había un castillo dentro de la pecera, pero hace tiempo que no está ahí.

Camila asentía en silencio.

—Quizás el castillo esté guardado en alguna parte —dijo Tim.

—Si es así, yo no lo sé. Busqué debajo de la pecera pero, desde luego, no encontré nada.

—¿Quizás no hace referencia al pez? —especuló Tim.

—Francamente, no me interesa —dijo Phil—. He recibido decenas de pistas indescifrables. Decenas de imbéciles jugando al zodiaco sin importarles el dolor ajeno. Si alguien tiene un dato concreto, que lo diga. Esto es una pérdida de tiempo.

Guardó el móvil.

—¿La nota está en poder de la policía? —inquirió Camila.

—Por supuesto.

Detrás de él, el cielo era ahora un turbulento manto gris oscuro.

—Señor Holmes, conoce a su esposa desde los quince años; probablemente la conozca mejor que nadie, ¿cree que ha sido capaz de tirarse de la terraza?

Tim no dejaba de sorprenderse ante la frontalidad de Camila.

—Me temo que no puedo decir que no —dijo Phil con un nudo en la garganta—. Ella ha sufrido mucho con todo esto.

Camila asintió. A continuación miró a Tim y le hizo un imperceptible gesto con la cabeza. Él se aclaró la garganta antes de hablar.

—Phil, tengo la información de que hace unos meses te reuniste con Gregg Stayner...

La mención de Stayner, el hombre cuya hija de ocho años fue asesinada y más tarde fue detenido por vengar un crimen de similares características, tomó a Phil por sorpresa. Su rostro lo delató.

—¿Quién te ha dado esa información?

Tim sonrió con amargura. «Sabes que no puedo decirte eso.»

—Hace unos días detuvieron a Stayner por el asesinato de un hombre acusado de violar a una menor de edad —dijo Tim—. Stayner lo mató en una habitación de hotel y más tarde lo atraparon de milagro.

—No lo sabía.

—¿Es cierto que se encontró con Stayner en un restaurante de Jacksonville? —preguntó Camila.

—Eso es agua pasada —se quejó Phil—. Esa es exactamente la razón por la que no quiero hablar más. Necesito mirar hacia delante.

—Sabemos que ese encuentro tuvo lugar —dijo Tim—. Es mejor si contamos con tu versión.

Afuera caía una lluvia torrencial. Phil se puso de pie.

—¿De eso va todo esto? —dijo Phil abriendo los brazos. Se sorprendió al ver la transformación que había tenido lugar afuera y se quedó mirando por la ventana.

—Va de decir la verdad —dijo Camila—. Con la verdad vamos a poder mirar hacia delante.

—No sé cómo, pero ese tipo consiguió encontrarme —dijo Phil. Tenía la vista puesta en la imagen fantasmal de sí mismo superpuesta en el cielo turbulento—. Muy insistente; mucho tiempo libre. Me esperó en el estacionamiento dos o tres veces e insistió en que podía ayudarme. Yo..., bueno, por aquel entonces todavía creía que aparecería alguien con una pista concreta. A mi hija no podía habérsela tragado la tierra. El tipo me dijo que era peligroso que nos vieran juntos y convinimos en vernos fuera de la ciudad. Entonces no tenía idea de quién era Stayner.

—Si no entiendo mal —intervino Camila—, en aquel momento la policía tenía en el punto de mira a Dylan Garrett como sospechoso.

Phil se volvió.

—Dylan no tuvo nada que ver con la desaparición de Sophia. No me malinterpreten, el chico tenía problemas de conducta y era el típico adolescente rebelde, pero solo eso.

—¿Por qué está tan seguro?

—Porque confío en Frank Garrett y él estuvo con su hijo ese día.

—¿Stayner te propuso matar a Garrett?

Phil se quedó callado un momento.

—Sí —dijo finalmente—. El tipo me contó que habían violado a su hija pequeña y que nunca encontraron a los culpables. Me dijo que podía matar a Dylan sin problemas, que nadie llegaría a conectarlo con él. Era un chiflado, me di cuenta en ese momento; tenía la teoría de que la policía no podría resolver un crimen aislado si el asesino estaba completamente fuera de su círculo íntimo. No volví a reunirme con él.

Phil regresó a la mesa pero no se sentó.

—¿Es todo? —preguntó.

—No —dijo Camila—. También queremos saber cómo engañó a su esposa con Tina Curtis.

42

—Conocí a Tina en un hotel de Nueva York, hace unos cuatro años. Yo estaba allí para reunirme con un potencial cliente. Ella es azafata y estaba de paso.

—Tina tenía entonces veintitrés años, ¿verdad?

Phil fulminó a Camila con la mirada.

—Sí.

—Continúe, por favor.

—Nos vimos unas diez veces en total. Pasábamos meses sin hablar y entonces ella contactaba conmigo y me decía en qué hotel iba a estar hospedada. No voy a justificarlo de ninguna forma. Me convencí de mil maneras de que la relación con Tina no afectaba a mi vínculo con Caroline, pero no fue así.

—¿Cuándo lo supo Caroline? —preguntó Tim.

—En octubre de 2017 —dijo Phil— me fui un par de días a Portland. Allí se encuentra uno de los depósitos más grandes de la compañía, así que he ido infinidad de veces. Suelo hospedarme en el Radisson, pero iba a verme con Tina y elegí el Hilton porque ella estaba allí. Durante el día me ocupé de unos asuntos laborales y por la noche me reuní con ella. No recuerdo nada en particular de ese encuentro. Al día siguiente regresé a casa en coche alrededor del mediodía. Caroline estaba en la terraza regando sus plantas. Viéndolo en retrospectiva, debí darme cuenta de que algo no iba bien. Me preguntó si me había hospedado en el Radisson y le respondí automáticamente que sí. Eso prueba que yo no estaba bien ese día, como me sucedía cada vez que veía a Tina, porque aquella pregunta del hotel sí era de lo más extraña. Sin embargo, la respondí sin pensar. Resulta que el sábado por la noche había habido una emergencia en casa y Caroline me había llamado al móvil y luego al hotel. Le dijeron que yo no estaba hospedado allí.

Camila supo que algo no cuadraba en la historia de Phil. Acababa de decir que el descubrimiento de Caroline había tenido lugar en octubre de 2017, y, sin embargo, la decisión de dormir en cuartos separados se produjo en marzo, cinco meses después.

—¿Su esposa ocultó que lo sabía?

Phil negó con la cabeza.

—Caroline no es de quedarse callada. Al día siguiente, durante el desayuno, me dijo que sabía que no me había hospedado en el hotel, e incluso que había pasado la noche con una muchacha llamada Tina. Aún hoy no sé cómo averiguó esto último. Le dije toda la verdad de los otros encuentros y lo que sentía por Tina y por ella.

—Hay algo que no termino de entender —dijo Camila—, la decisión de dormir en cuartos separados se produjo cinco meses después.

Phil asintió.

—Porque al principio Caroline me perdonó. Le pareció una mierda, por supuesto, y se sintió decepcionada; me dijo que la confianza entre nosotros era fundamental para ella y que no podía vivir con la sospecha de que yo podía estar mintiéndole. Verla sufrir fue devastador para mí. Mi relación con Tina estaba fundada en el hecho de que Caroline nunca se enteraría, y cuando eso cambió, simplemente dejó de tener sentido.

—Entonces los problemas empezaron después.

—Caroline se apagó poco a poco, cada día estaba un poco más distante. Empezamos a perder intimidad y casi no pasábamos tiempo juntos. Yo estaba dispuesto a asumir toda la responsabilidad, divorciarnos, si era lo que ella quería. Lo único que Caroline me pidió fue que nunca volviésemos a hablar de mi infidelidad. Y eso hicimos.

Phil se puso de pie. Apoyó las manos sobre la mesa en un gesto inequívoco de que estaba dando por terminada la reunión. Volvió a dirigirse a sus dos interlocutores por última vez.

—Todo esto es *off the record*, como acordamos. Y cuando Caroline se recupere..., porque se recuperará, no formará parte de nada de esto.

—Tiene mi palabra —dijo Camila.

Tim no dijo nada; seguía desconcertado respecto a cómo había conseguido Camila que un hombre que se había negado categóricamente a hablar de repente les hubiera contado con todo lujo de detalles su infidelidad con otra mujer.

—Una cosa más —dijo Camila—. Quisiera visitar la habitación de Sophia.

El malestar de Phil fue evidente, pero no se molestó en preguntarle la razón. Se limitó a asentir con un gesto cansado. A continuación los acompañó hasta la puerta y se despidieron sin demasiada efusividad.

Louise ya se había marchado, como el resto de los empleados de HBL, de manera que Camila y Tim recorrieron el edificio en soledad. Prácticamente no intercambiaron palabra hasta llegar a la salida, donde un guardia de seguridad los saludó con un asentimiento y recogió las credenciales de visita.

—¿Qué es eso del castillo de Tony? —preguntó Camila contrariada.

—No tengo la menor idea —dijo Tim.

Sus coches eran los únicos que quedaban en el estacionamiento descubierto. La lluvia arreciaba más que nunca y decidieron esperar detrás del cristal hasta que amainara.

—¿Vas a decirme lo que hablaste con Phil a solas? —dijo Tim.

—No todavía.

43

La noche era fresca y todavía flotaba en el aire la humedad de la tormenta. En el cielo habían aparecido las primeras estrellas y Camila pensó que podría cumplir con su ritual nocturno, pero en el porche hacía demasiado frío; el viento que barría las nubes en el cielo se hacía sentir allí abajo también.

Eran las nueve y decidió probar suerte con Alex. Le envió un mensaje de WhatsApp —cumpliendo con todos los protocolos no invasivos—, y su hijo le respondió que estaba llegando a su habitación de la universidad y que podrían hablar dentro de cinco minutos.

El mensaje de Alex llegó con una carita sonriente que casi consigue que Camila se eche a llorar. Alex no había sido un adolescente rebelde, pero sí había tenido sus épocas de desapego materno. El divorcio de sus padres y la fama de su madre, sumados a sus propias inseguridades, no habían facilitado las cosas. Durante los últimos años su relación había mejorado considerablemente.

Iniciaron la videollamada a la hora acordada. Alex estaba en la habitación de la UMass, que compartía con un chico de Minnesota llamado Christian, al cual Camila todavía no había visto.

—Hoy he visto a Cassie —dijo él sin preámbulos.

Camila dio un salto frente al ordenador; no pudo evitarlo. Adoraba a Cassie. Era imposible no adorarla. A veces intentaba sosegar su devoción, especialmente cuando su relación con Alex no pasaba por un buen momento, pero no era sencillo.

—¡Me alegra mucho!

—Hemos ido a tomar un café y a conversar. Creo que vamos a volver a vernos el domingo.

—Eso es genial. Dime có...

—El domingo, mamá —la interrumpió Alex—. No quiero ilusionarme.

—Lo entiendo. Saluda a Cassie de mi parte.

—Lo haré. ¿Y tú? ¿Sigues con el caso de esa chica?

—Sí. Estoy investigando con un periodista local.

—¿Vas a volver a «El peso de la verdad»? Richard debe de estar dando saltos de alegría.

Camila esbozó una media sonrisa.

—¿No vas a volver a la televisión?

—No lo creo. He hablado con Richard y tiene otros planes para el programa. Por otro lado, mi intención no es volver.

Alex no salía de su asombro.

—Entonces...

—Ya veré qué hacer. Por el momento estoy creando el mapa del caso.

—He leído algunos artículos online. ¿Tú piensas que la chica está viva?

Camila dudó.

—Si me lo dices —insistió él—, te contaré todos los detalles de la cita con Cassie.

Camila rio.

—Buen intento. No lo sé, Alex. Realmente no lo sé con certeza. Lo único que sé es que hay cosas que no han salido a la luz.

Se despidieron unos minutos después. Camila se quedó un rato sentada en el sillón. Uno de los momentos en donde la soledad y el aislamiento le pesaban era cuando cerraba la tapa del portátil después de una videollamada con Alex.

Esta vez, al menos, la sensación de vacío se mitigaba con la satisfacción de haber visto la expresión de orgullo de Alex. Para él, su madre siempre había sido la mujer exitosa de la televisión, y nunca había terminado de acostumbrarse a esta versión recluida que tomaba mate e investigaba viejos casos que a nadie le importaban.

Se dirigió a la cocina con una sonrisa, de buen ánimo y dispuesta a cocinar algo elaborado. Para ella, que había aprendido a cocinar de manera medianamente decente a partir de su retiro, todavía seguía siendo un acto que requería cierto acopio de voluntad. Por alguna razón había estado pensando desde hacía horas en el pastel de papas que comía cuando era pequeña.

Se dedicó a ello durante una hora. Cuando terminó, contempló la fuente con el pastel y se hizo la misma pregunta de siempre: ¿valía la pena invertir tanto tiempo en algo que duraría tan poco?

Apartó una porción generosa de pastel y puso el resto en el congelador. Se sirvió una copa de vino y cenó viendo «Supervivientes».

A continuación leyó un poco en el sofá hasta que empezó a sentir sueño.

Regresó a la cocina y lavó los platos. Cuando terminó, ya tenía decidido lo que haría a continuación. Se dirigió hacia la puerta del sótano y la abrió. Se quedó un rato de pie en el umbral, hasta que sus ojos se acostumbraron a la poca luz.

La escalera se dibujó hasta el descansillo. Doce escalones.

Camila tomó aire y dio el primer paso. Avanzó con decisión y llegó al descansillo con relativa sencillez. Tanta que sintió que esa noche llegaría hasta abajo.

La mayoría de las veces Camila se contentaba con quedarse en mitad de la escalera desafiando a sus miedos el mayor tiempo posible. Sus incursiones al sótano eran por lo general un combate desigual. La pregunta no era si caería a la lona, sino cuándo lo haría.

Solo que algunos días Camila sentía esa fuerza adicional que hacía posible lo imposible. Al llegar al descansillo miró hacia arriba, al rectángulo gris que dejaba ver parte de la cocina. La imagen de la puerta cerrándose de golpe la asaltó y tuvo que apartar la vista.

En el descansillo la escalera giraba noventa grados. Camila bajó los escalones prácticamente a ciegas. Eran también doce.

Ya no podía ver la puerta del sótano, pero seguía imaginándola. En su mente también se cerraba de golpe y ella quedaba atrapada.

Cuando faltaban apenas cuatro escalones empezó a sentir el dolor en el pecho.

No, no dolor, un vacío insoportable. La puerta se cerró, de verdad esta vez, y tuvo que aferrarse a la baranda para no perder el equilibrio. Su respiración se había acelerado, una serie de silbidos cortos.

«La puerta sigue abierta», se repitió una y otra vez.

—La puerta sigue abierta —dijo en voz alta.

Si quería comprobarlo tendría que volver sobre sus pasos. Y si lo hacía, sabía que no podría regresar. Al menos no esa noche.

En cuanto pisó el suelo del sótano se sintió un poco mejor. Se quedó quieta, esperando a que su respiración recuperara la cadencia habitual. Ligeramente encorvada y con una mueca de dolor, esperó a que el miedo cediera. Una parte de su mente seguía pensando en la puerta. Tenía que dejar de pensar en la puta puerta.

Entonces encendió la luz. Con una tibia sonrisa se acercó a una de las estanterías y se quedó mirando la caja de madera donde guardaba unos cuantos recuerdos familiares: fotografías, cartas, recortes de periódico. Casi todo pertenecía a su abuela, aunque también había algunas fotografías de su madre cuando era joven. Camila no tenía recuerdos de su madre, así que todo lo que conservaba de ella estaba en esa caja. Se quedó un rato largo contemplándola y finalmente la abrió.

44

Cuando Camila llegó a Estados Unidos tenía dos sueños por delante: convertirse en periodista de sucesos policiales y encontrar a su padre.

El primero lo cumplió y el otro resultó una pesadilla.

Muchos recuerdos de aquellos años eran distantes y confusos, algunos hasta el punto de resultar inverosímiles. El contraste con su infancia en casa de la abuela Nina, de la cual conservaba una colección infinita de momentos nítidos y felices, era abismal. Era como si su vida estuviese partida en dos por un periodo oscuro que todavía tenía el poder de absorberla como un agujero negro.

Durante esos años penosos conoció a Madeleine Parker, ya por aquel tiempo una eminente psiquiatra. Ella fue, sin ninguna duda, no solo la primera persona que ayudó a Camila tras su exilio, sino también una pieza vital para que conquistara sus metas profesionales más adelante. Camila, que había perdido al único ser querido que había conocido en su vida, necesitaba contención y apoyo, y Madeleine se convirtió en un sostén fundamental.

Fue una relación breve pero intensa. Madeleine era estricta en cuanto al vínculo con sus pacientes. Durante meses la cobijó entre sus dedos como a un pájaro herido, y cuando Camila estuvo lista para volver a enfrentarse al mundo sola, la soltó y la obligó a volar.

No volvieron a verse nunca más. Muchos años después, Camila pasó por el edificio donde Madeleine solía tener su consulta, en pleno corazón de Manhattan, y el encargado le dijo que la mujer se había jubilado unos meses antes. Varias veces pensó en ponerse en contacto con ella de alguna forma —recursos le sobraban—, pero nunca lo hizo. Sabía que Madeleine la habría visto en la televisión.

Camila nunca supo —y si lo supo no lo recordaba— que Madeleine tenía una hija unos años menor que ella cuyo nombre era Caroline. Se enteró cuando vio los documentos que Tim Doherty le dejó durante su primera visita.

Madeleine Parker, una mujer fundamental en el desarrollo personal y profesional de Camila, era la abuela de Sophia Holmes. Desde el momento en que lo supo, su participación en la investigación estuvo fuera de toda discusión.

A Tim todavía no se lo había dicho. Confiaba en él —había algo sincero y transparente en ese periodista de ciudad pequeña—, pero, para Camila, hablar de su relación con Madeleine Parker suponía hablar de un pasado que no tenía intención de discutir con nadie. Ni siquiera lo había hecho con su hijo Alex, o con su exmarido cuando el matrimonio parecía salido de un musical de Broadway. Menos iba a hacerlo con alguien que conocía desde hacía menos de un mes.

45

Camila llegó a casa de la familia Holmes a las diez de la mañana del lunes, dos días después del encuentro con Phil en sus oficinas. Apenas se bajó del coche vio el desvencijado Chevrolet Malibú de Tim girando por la esquina, avanzando despacio hasta detenerse con una serie de traqueteos y extraños escapes de aire a presión. Tim abrió la puerta y lo primero que hizo fue hundir su zapatilla en un charco.

—Perdón por el retraso —dijo él sacudiéndose el agua—. Mi coche no es tan rápido como el tuyo. ¿Quién lo diría?

—No te preocupes, acabo de llegar.

—Excelente, entonces.

Phil los recibió con cara de pocos amigos. No es que alguien en su situación tuviera que andar por la vida con una actitud exultante, pero el hecho iba más allá de su comprensible tristeza. Si de él hubiera dependido, Camila no habría puesto un pie en su casa. Su mirada lo dejó absolutamente claro.

—Les estoy abriendo las puertas de mi casa —dijo Phil—. Y esta será la última concesión.

Tim, que seguía sin saber la razón por la que Phil había accedido a hablar con ellos en primer lugar, se limitó a asentir. Camila no se inmutó.

Phil los guio por el salón hasta el pasillo que conducía a la habitación de Sophia. Abrió la puerta.

—No cambien nada de lugar, por favor. Caroline se encargó de que todo estuviera en el sitio correcto después de que la policía registrase la habitación.

Camila se quedó extasiada ante lo que vio. La habitación de Sophia era dos o tres veces más grande que la de cualquier chica de su edad, y la cantidad de cosas que albergaba era abrumadora. No solo evidenciaban sus múltiples intereses, también el paso de una niña a la adolescencia. En una de las paredes había un póster de Taylor Swift; justo debajo, un portarretratos con una foto de Stephen Hawking; más allá, una repisa con una colección de Barbies y un telescopio que parecía profesional.

Camila dio unos pasos vacilantes mirando en todas direcciones. Tim y Phil se quedaron en el pasillo, se miraron un instante y volvieron su atención a la mujer, que más que una periodista parecía una médium en busca de una manifestación energética.

—Tiene una hija asombrosa —dijo Camila de espaldas a los dos hombres.

Pasó junto a una mesa donde había un microscopio, un globo terráqueo y varias libretas usadas.

—¿Le molesta si tomo algunas fotografías?

—Claro que me molesta.

Camila asintió. Ni siquiera había sacado el móvil del bolsillo. La cama estaba hecha, el vestidor cerrado, una estantería de dos cuerpos con al menos doscientos o trescientos libros. Era impensable que una chica de la edad de Sophia pudiera haber leído todos esos libros. Ni siquiera la décima parte. Camila reconoció de inmediato los volúmenes de Harry Potter y leyó algunos títulos al azar: *Manual de estadística aplicada*, *Teoría musical*, *Colección de cuentos de Edgar Allan Poe*.

Junto a la ventana estaba la pecera. Un único pececito nadaba cerca de la superficie abriendo y cerrando la boca.

—La nota que recibió Caroline esa mañana —dijo Camila—, ¿usted dónde la encontró?

—En el libro que mi esposa estaba leyendo.

—La nota decía «Mira debajo del castillo de Tony», ¿verdad?

—Así es.

Debajo de la pecera había un mueble con dos puertas. Camila las abrió y se encontró con una serie de carpetas y textos escolares.

—¿Satisfecha? —dijo Phil—. Son los libros y las carpetas de la escuela. La policía tiene copia de todo y no ha encontrado nada.

En algún momento Tim había entrado a la habitación, quedándose a medio camino entre ambos, como si le costara terminar de tomar partido.

Camila seguía arrodillada. Introdujo la mano en el mueble y la deslizó por la parte superior interna. Sus dedos se toparon con algo rugoso del tamaño de una moneda. Parecía pegamento endurecido. Investigó un poco más y encontró otra mancha de la misma sustancia a unos quince centímetros de la anterior.

—¿Qué ha encontrado?

Phil apareció mágicamente a su lado.

—Parece pegamento —dijo Camila—. Es posible que haya habido algo escondido y Caroline lo encontrara.

—Es imposible —dijo Phil—. La policía puso patas arriba esta habitación. No quedó un solo objeto por registrar.

Camila se encogió de hombros e instó a Phil a que lo comprobara él mismo. Phil Holmes la miró con desconfianza. Se arrodilló y pasó la palma de la mano por el interior del mueble. La retiró en silencio.

—Mierda.

A continuación se dirigieron a la habitación que Caroline había ocupado en el tercer piso. La terraza era amplia, había muchísimas plantas —Camila estimó que unas cincuenta— y también una mesa de metal con cuatro sillas. Phil se quedó en el umbral y explicó que la mujer de la limpieza se ocupaba de las plantas en ausencia de Caroline.

Camila hizo un rápido recorrido por la terraza y se asomó al jardín trasero. Cinco o seis metros más abajo había una acera de piedra sin nada que pudiera amortiguar una caída. Era un milagro que Caroline Holmes siguiera con vida.

Camila y Tim se marcharon unos treinta minutos después de haber llegado. Fue una visita breve pero provechosa.

Cuando Camila se sentó tras el volante del Mercedes, todavía pensaba en los círculos de pegamento que había encontrado en el mueble de debajo de la pecera. Mientras la capota del coche se replegaba, reflexionó acerca de lo que Phil le había dicho justo después del hallazgo. «La policía puso patas arriba esta habitación. No quedó un solo objeto por registrar.»

«Otra vez la policía —pensó Camila—. Otra vez Holt.»

Se disponía a pulsar el botón de encendido del Mercedes cuando una mujer salió de la casa vecina y se acercó apurando el paso. Tendría unos cuarenta años.

—Señora Jones —dijo la mujer—. Mi nombre es Marlene Johnson. Necesito hablar con usted un momento.

Camila la recordó de inmediato. Era la mujer que había descubierto el cuerpo de Caroline y dio aviso a la policía.

—¿Qué ocurre?

—Ya puede imaginarlo —dijo Marlene, y miró hacia la casa de los Holmes—. Necesito hablar con usted acerca del día del accidente.

Pronunció la palabra *accidente* con cierto desprecio.

—La escucho.

Marlene volvió a mirar en todas direcciones. La presencia de Tim, que todavía no había conseguido poner en marcha su propio coche, indudablemente la inquietó.

—¿Podemos hablar en otra parte?

46

A dos manzanas de la casa de los Holmes había un parque pequeño. Camila esperó a Marlene Johnson en un banco de madera. Estaba sola, salvo por una mujer y su hijo pequeño. El niño tendría unos tres años y estaba entretenido persiguiendo a unas palomas.

Marlene llegó diez minutos después, acelerando el paso y aferrando su bolso al pecho como si buscara protegerse de algo. Se había puesto gafas de sol y en cuanto se sentó se las quitó. Había estado llorando.

—¿Qué te sucede? —preguntó Camila.

—Disculpe, señora Jones, no era mi intención presentarme de esta forma —dijo Marlene secándose las lágrimas—. Hace unos meses mi marido se quedó sin trabajo. Él...

Camila la interrumpió con un gesto amable.

—Espera un momento. ¿Esto está relacionado de alguna forma con el accidente de Caroline Holmes?

La mujer asintió repetidas veces.

—Sí, sí. Él trabajaba en una firma de seguros. Lo echaron hace cinco meses, pero yo me enteré hace unas semanas. Durante todo ese tiempo él siguió haciendo la misma rutina de siempre: se iba a las ocho, regresaba a las seis. Nunca advertí nada extraño. Durante todos esos meses...

Marlene, que seguía apretándose el bolso contra el

pecho, lo miró como si de pronto se hubiese convertido en un animal venenoso. Era un costoso modelo de Louis Vuitton.

—Durante todos esos meses —continuó Marlene—, todos en casa seguimos con el mismo nivel de gastos de siempre. A mi marido siempre le ha gustado gastar dinero; es de los que dicen que de nada nos va a servir al otro lado. Y a mí, bueno, también me gusta darme algunos caprichos.

Camila hizo una leve inclinación con la cabeza y le apoyó una mano en el brazo.

—Marlene, hagamos esto rápido —dijo Camila quitándose sus propias gafas y mirando a la mujer a los ojos—, ¿por qué no me dices qué es lo que tienes y cuánto quieres?

Marlene bajó la cabeza. Los ojos se le humedecieron otra vez.

—No es lo que usted cree. A Caroline no la conozco demasiado, pero siento que hubiéramos podido llegar a ser amigas. Me da mucha pena lo que le ha sucedido y no quiero sacar partido de eso.

—No te entiendo.

Ahora sí, Marlene no pudo evitarlo y rompió a llorar. Camila esperó en silencio. El niño que perseguía a las palomas se había cansado y ahora estaba sentado mirando a Camila y a Marlene con interés. La madre del niño hablaba por teléfono.

—Hace unas semanas —dijo Marlene—, mi marido le compró a mi hijo uno de esos drones, un modelo bastante caro, con cámara HD y varias cosas más. El día del accidente de Caroline fui a su casa a ver si necesitaba algo, supongo que ya lo sabe, y la encontré tirada en el suelo del jardín. Llamé al 911 desde el móvil. Ella no parecía estar herida, ni sus extremidades estaban dobladas en ángulos raros ni nada por el estilo, pero su pulso era muy débil. Llamé a mi marido y le dije que me quedaría allí hasta que llegara la ambulancia.

—Y él lo grabó todo con el dron.

Marlene negó con vehemencia.

—No, claro que no. Fue mi hijo. Me escuchó hablando y decidió grabarlo sin saber bien lo que hacía. Mi marido lo descubrió después.

—¿Y quieres que te pague por esa grabación? Pensé que Caroline y tú teníais buena relación.

Marlene se quedó callada con la vista puesta en el bolso.

—He estado en esta posición varias veces —dijo Camila—, y no creo que los problemas de dinero justifiquen que te conviertas en alguien que no eres. No voy a comprarte esa grabación.

—Usted no lo entiende —dijo Marlene, ahora mirándola a los ojos—. Es mi marido el que la va a vender. Está negociando con Vince Naroditsky, el periodista que...

—Sé perfectamente quién es Naroditsky —dijo Camila, ahora con una seriedad gélida—. ¿A qué tipo de acuerdo ha llegado tu marido?

—Contactó con él por Twitter y le dijo que tenía algo que ofrecerle. Naroditsky le envió un correo electrónico diciéndole que no negociaría si no le mandaba una muestra de la grabación. Mi marido le envió unos segundos y le dijo que tenía tres días para pensarlo. Esos tres días vencen mañana.

—Naroditsky no va a responderle mañana —sentenció Camila.

—Eso dijo que haría.

—Pues no lo hará. —Camila tenía la vista puesta en las copas de unos árboles. Su mente estaba en otro sitio, en otra época—. ¿Cuánto le ha pedido?

—Diez mil.

Camila negó con la cabeza.

—Imposible. Si fuese el momento exacto de la caída, quizás. Pero, por lo que me dices, es una grabación del cuerpo y la llegada de la policía. No vale diez mil.

Marlene no salía de su asombro.

—¿Tienes la grabación encima?

La mujer asintió.

—Déjame verla.

No hubo reacción.

—Vamos, mujer, no pensarás que voy siquiera a considerarlo sin ver la grabación.

Marlene abrió el bolso y sacó un iPad, aclarando por alguna razón que era el de su marido. Introdujo la clave y abrió un archivo de vídeo. El brillo de la pantalla se ajustó al máximo. Camila vio una vista aérea de la casa de los Holmes. La calidad era excelente. Duraba veinte minutos en total.

—Déjame ver la última parte.

Marlene adelantó el vídeo hasta casi el final. Un grupo de paramédicos se llevaba el cuerpo.

Algo captó inmediatamente la atención de Camila.

La toma era bastante más amplia que la anterior. El hijo de Marlene había hecho subir el dron, seguramente para evitar ser descubierto.

—Es suficiente —dijo Camila—. Puedes detenerlo.

Marlene la miró con desesperación.

—Esto es lo que vamos a hacer —dijo Camila—. Vas a darme una cuenta bancaria que tú controles, no tu marido, y voy a hacerte un depósito de diez mil dólares hoy mismo. Naroditsky va a volver a escribir con una contraoferta de no más de cinco mil, y esa será su última palabra, créeme. Es muy probable que ni siquiera responda y que tu marido tenga que contactarlo nuevamente, y en ese caso la cifra será todavía más baja. Una vez que suceda todo esto, le dirás a tu marido que tienes una oferta mejor. Pero solo mil dólares superior. ¿Has entendido?

Marlene asintió.

—Tú te quedarás con el resto del dinero.

Camila sacó una libreta y un boli de su bolso, escribió

su dirección de correo electrónico, arrancó la hoja y se la entregó.

—Envíame el vídeo y el número de cuenta —ordenó Camila, y se puso de pie.

Marlene asentía. Guardó el iPad en el bolso.

—¿Qué va a hacer con el vídeo?

—No te preocupes por eso.

—¿Y si Naroditsky ofrece los diez mil o incluso más? Camila se rio.

—Eso no va a pasar, puedes quedarte tranquila. Y, si me permites un consejo, tienes que divorciarte lo antes posible.

Camila se despidió de Marlene y se marchó sin mirar atrás. Antes de llegar al coche llamó por teléfono a Tim, que respondió de inmediato.

—¿Puedes ir a mi casa? Acabo de averiguar algo importante sobre Phil Holmes. Nos ha mentido, Tim. Lo tengo grabado en vídeo.

47

ESTOY ARRIBA. FINAL DEL PASILLO.

Tim leyó el mensaje de texto cuando estaba a punto de tocar el timbre. La puerta de la calle estaba abierta. Aunque acababa de recibir instrucciones de la dueña de la casa, se sintió extraño entrando por sus propios medios y recorriendo aquel salón gigantesco. Bobby llegó con andar cansino y se echó sobre su zapatilla. Tim asumió aquella muestra de cariño como el reconocimiento de su visita anterior y se agachó y le acarició el hocico y las orejas. Bobby no se movió. Tim sacó una fotografía de su pie incrustado debajo del cuerpo despanzurrado de Bobby y se la envió a Camila.

La respuesta fue una cara sonriente.

Dos minutos después, Tim subía por la imponente escalera. Mientras lo hacía, pensó en su modesta casa, con sus problemas de humedad, las paredes, que necesitaban una mano de pintura, y las alfombras raídas, y eso lo llevó a pensar en la carrera de Camila —durante años al frente de un programa de alcance nacional— en contraposición a la suya, intentando mantener a flote un periódico que ya casi nadie leía. Incluso él, que se consideraba un idealista y que jamás le había dado al dinero demasiada trascendencia, no pudo dejar de pensar, por un brevísimo instante, en qué se sentiría al vivir en un lugar así.

Cuando llegó al despacho al final del pasillo se quedó boquiabierto.

Camila estaba de espaldas, frente a un panel donde había recortes, fotografías y hojas impresas en blanco y negro. Tres fotografías llamaron su atención: el comisario Holt posando con su uniforme, Frank Garrett y Phil Holmes. Una cuarta fotografía estaba terminando de imprimirse en ese momento y Camila fue en su busca y la colocó junto al resto, aunque un poco apartada. Tim reconoció de inmediato al hombre que aparecía en ella. Era Bill Mercer antes de sufrir el accidente, de pie con su uniforme reglamentario y sonriendo a la cámara.

Camila se volvió, llevaba puestas unas gafas de lectura y el cabello alborotado. Parecía poseída.

—Estos tres ocultan algo —dijo Camila—. No sé si se relaciona directamente con Sophia, pero lo vamos a averiguar pronto. Ven, quiero enseñarte el vídeo de la vecina.

Se sentaron en dos sillas, en el mismo lado del escritorio. Camila buscó el vídeo en el portátil. En la pantalla apareció la imagen aérea del jardín trasero de los Holmes donde yacía el cuerpo de Caroline.

—Para hacerlo breve —dijo Camila sin más preámbulos—, el vecino tiene un dron de última generación y grabó lo que sucedió después de la caída.

Tim miraba la pantalla sin poder dar crédito.

—¿Y no le entregó la grabación a la policía?

Camila se encogió de hombros.

—Sinceramente, el vídeo no aporta demasiado. Johnson me dijo que llamó al 911 e inmediatamente después a su marido; el hijo escuchó la conversación y empezó a grabar en ese momento. O quizás el padre se lo pidió expresamente, no lo sé.

Camila pulsó la barra espaciadora y la imagen se puso en movimiento. Marlene caminaba de un lado para el otro visiblemente nerviosa. Se arrodilló junto a Caroline, revisó sus signos vitales y volvió a ponerse de pie.

—Increíble —dijo Tim negando con la cabeza.

Un par de minutos después, Phil Holmes entró en escena. Corrió hacia donde estaba el cuerpo de Caroline y se arrodilló a su lado. Se lo veía fuera de control. Agarró a su esposa por la muñeca, luego se inclinó sobre ella y le cogió el rostro entre las manos, todo mientras se volvía en dirección a Marlene y mantenían diálogos que, desde luego, ellos no podían escuchar.

Pausa.

—Fíjate aquí —dijo Camila señalando la esquina de la pantalla, lejos de donde estaba sucediendo la acción.

Se refería a la terraza, ligeramente desenfocada. Sobre la mesa había tres objetos: un vaso, una hoja de papel y una libreta. El vaso estaba apoyado en una de las esquinas de la hoja de papel para que no se volara.

Tim sabía perfectamente que la policía no había encontrado una nota de suicidio. De hecho, no había encontrado ningún tipo de nota. Tampoco recordaba nada de una libreta. Se quedó callado.

—Te diré lo que pienso. —Camila señaló la libreta—. Eso de ahí es un diario íntimo que Sophia tenía escondido en su habitación, debajo de la pecera. Ese diario ha estado ahí todo este tiempo. Alguien sabía de su existencia y posiblemente también conocía su contenido.

Tim no parecía convencido.

—¿Quizás alguno de sus amigos?

—No lo creo. ¿Por qué esperaría tanto tiempo?

Camila se levantó y caminó por el despacho mientras repasaba lo que sabían:

—Caroline recibe la nota con la ubicación del diario, lo encuentra escondido en la habitación de Sophia y lo lee en la terraza. Lo que dice el diario es revelador. ¿Qué sucede después?

Tim meditó unos segundos.

—Bueno, creo que no podemos descartar la opción más evidente. Si lo que decía el diario era suficientemente perturbador, quizás no fuera un accidente, después de todo, y Caroline se tiró de la terraza. De todas formas, no sé si estoy del todo convencido de la idea del diario. Parece un poco rebuscado.

—Si ese diario existe, está en poder de Phil Holmes —Camila señaló la fotografía—, y de alguna forma vamos a tener que hacer que nos revele su contenido.

Camila fue de nuevo al ordenador y buscó el momento del vídeo en que aparecía Phil Holmes.

—La otra posibilidad —dijo con seriedad—, que ahora cobra más sentido, es que Phil Holmes hubiera empujado a su esposa.

—¿Y por qué haría eso?

—Marlene Johnson entró en casa de los Holmes por la parte de atrás, como era su costumbre. Pensó que encontraría a Caroline en la terraza, le preguntaría desde lejos si se encontraba bien y eso sería todo. Pero en su lugar la vio tirada en el suelo y llamó al 911. Exactamente un minuto después, llegó Phil Holmes.

Tim reflexionó un momento.

—¿Sugieres que Phil ya estaba en la casa?

—Quizás incluso en la terraza.

Tim asintió. No era la primera vez que especulaban con esa posibilidad; sin embargo, costaba imaginar que Phil llegara a hacer algo así. ¿Empujar a Caroline desde la terraza? Podía tratarse de un acto de furia repentino, un brote o algo por el estilo; quizás forcejearon y Caroline terminó cayendo. De cualquier forma, resultaba algo absolutamente extremo. ¿Qué podía haber desencadenado algo así?

Aquella parecía ser la pregunta del millón.

—¿Qué puede decir ese diario, si es que existe, para que las cosas terminasen de semejante manera?

—Hay alguien que lo sabe perfectamente. Además de Caroline, quiero decir.

—Me sigue resultando difícil de aceptar que alguien

haya esperado casi un año para revelar la existencia del diario.

—Exacto —dijo Camila—, yo pienso lo mismo. Algo tiene que haber sucedido durante los últimos días para que quien conocía la existencia del diario y su ubicación precisa haya sentido que era necesario revelárselo a Caroline.

Tim seguía sentado en su silla mientras Camila vagaba sin descanso.

—¿Quizás la entrevista que Caroline tenía pactada con Naroditsky? —aventuró Tim.

—O tu propia investigación —dijo ella—. Suelo pensar que este tipo de actos tienen más que ver con lo que ha pasado que con lo que va a pasar.

Tim se quedó pensando.

—Pero hay algo más —dijo Camila—. La existencia del diario y la referencia al castillo que había antes en la pecera... es una información muy precisa. ¿Quién sabría algo así?

Tim entendió perfectamente a qué se refería Camila. O era alguien muy cercano o podía ser obra de la propia Sophia.

—¿Qué vamos a hacer con todo esto? —dijo Tim—. ¿Ir a la policía? Está más que claro que no confías en Conrad Holt. Y yo desde luego tampoco.

—Si Phil Holmes sospecha que sabemos de la existencia del diario, podría destruirlo, si es que no lo ha hecho ya. Y algo me dice que, si se lo decimos a Holt, llegará a oídos de Phil Holmes. Tengo algunas ideas y me gustaría discutirlas contigo. ¿Eres bueno en la cocina?

Tim se quedó descolocado con aquella inesperada pregunta.

—Bueno, sí, a decir verdad, sí.

—Excelente, porque yo no. Te diré lo que haremos: tengo acordada una videollamada con mi hijo dentro de diez minutos. Si estás de acuerdo, puedes cocinar algo mientras yo hablo con él. Durante la cena nos ocuparemos de trazar una estrategia. ¿Qué dices?

Tim, cuyos planes para esa noche consistían en desplegar sus habilidades culinarias en la soledad de su decrépito hogar, estuvo de acuerdo de inmediato.

Veinte minutos después, Camila entraba en la cocina. Un exquisito aroma dulzón flotaba en el aire. Se acercó a Tim, que estaba de espaldas frente al fuego, y se detuvo a unos dos metros para no asustarlo. Parecía concentrado.

—¡Qué bien huele eso! ¿Puedo ver?

Él se volvió. Se había colocado el delantal.

—Claro, son unos espaguetis con salsa de remolacha y setas. Algo rápido y no demasiado elaborado.

—¿Remolacha? —dijo Camila con cierta alarma en su voz.

—¿Las tenías reservadas para algo? Las vi en...

—No es eso. —Camila se acercó, maravillada con los condimentos que nadaban en aquel burbujeante mar violeta—. Esas remolachas son de mi pequeña huerta.

Tim se tranquilizó.

—Excelente. No sabía que cultivabas tus propios vegetales.

Bobby, que seguía la escena echado debajo de la mesa, soltó un bufido.

—Se me da fatal —reconoció Camila. Se acercó a la sartén y llenó sus pulmones del inconfundible olor acre del ajo—. Esas remolachas fueron mi primer intento. Y probablemente el último. —Miró a Tim, señaló con el dedo el delantal y luego la preparación—. Tú eres un profesional.

Él sonrió.

—Mi padre trabajó en la cocina de varios restaurantes locales. Nunca estudió pero tiene un talento natural. Cuando yo era un crío a veces lo acompañaba los fines de semana; él me decía que yo era su ayudante y yo me tomaba el rol muy en serio. Así aprendí.

—Iré a buscar un buen vino blanco.

—Yo no bebo alcohol...

Camila se lo quedó mirando con expresión consternada.

—No hay una razón especial —se defendió Tim—. Es simplemente que no me gusta.

Diez minutos después estaban comiendo. Bobby los observaba, ahora desde muy cerca y con atención renovada.

—Esto es extraordinario —dijo Camila mientras se llevaba el segundo bocado a la boca.

—Me alegra que te guste.

Camila bebió un poco de vino y se quedó pensativa.

—No tengo productor, Tim —dijo ella de repente—. Mi productor de toda la vida me ha puesto como condición que deje este caso, algo que no estoy dispuesta a hacer.

—Oh, lo siento. Las puertas del *Overfly* están abiertas —dijo Tim, y se rio de su propia gracia.

Ella no rio.

—¿Sabes qué? Quizás...

Camila se detuvo en seco. Por encima del hombro de Tim captó un movimiento en una de las ventanas. Él se volvió al instante.

—¿Qué sucede?

Pero ella no lo escuchó. Caminaba como hipnotizada en dirección a la ventana. Al llegar confirmó lo que había creído ver: en medio del jardín había una figura de pie, mirándola con fijeza.

Su corazón dio un vuelco.

48

El día de la desaparición

Se encontraron a unas manzanas del centro comercial.

Bishop y Tom llegaron en bicicleta, lo cual fue una bendición porque así evitaron la incomodidad de estar a solas después de tanto tiempo. Solo habían transcurrido dieciséis días desde su último encuentro, pero, en la vida de dos amigos que habían sido inseparables, dieciséis días era una eternidad.

Las chicas ya estaban allí. Sophia y Nikki se habían subido un poco la falda de sus vestidos y estaban tendidas bajo el sol abrasador. Janice, que ni siquiera podría haber recordado cuándo había sido la última vez que se puso un vestido, eligió recostarse bajo la piadosa sombra de un árbol. Las tres estaban en silencio.

Bishop se las quedó mirando, y por un momento se permitió pensar que las cosas iban a ser como antes. Tom, que acababa de bajarse de su bicicleta y miraba embelesado las piernas de Sophia, aguardaba apenas un paso detrás de su amigo, a la espera de que fuera él quien saludara primero.

—Queridas, ¿listas para enfrentarse a lo paranormal? —dijo con voz triunfal.

Nikki levantó la cabeza e intentó abrir los ojos, pero el sol se lo impidió.

—¿Realmente tiene que ser esa película de mierda? —dijo cubriéndose el rostro con la mano.

—La votación fue casi unánime —replicó Bishop.

Nikki negó con la cabeza y le dio un codazo a Sophia.

—No puedo creer que hayas votado ese bodrio.

—Es siempre lo mismo... —dijo Sophia—, cosas que se mueven en la oscuridad. Una silueta que aparece de repente. Estarás bien.

Nikki la apuntó con el dedo.

—Más vale que no te muevas de mi lado —la amenazó.

Solo Bishop sabía que Sophia iba a marcharse antes de la película.

Tom se acercó y saludó con su voz cada día más grave. Nikki se lo quedó mirando como si fuera un desconocido. Su amigo estaba entrenando más que nunca y había ganado una considerable masa muscular. Ya no era el chico desgarbado de antes.

—Ahora que estamos todos —los sorprendió Janice—, necesito deciros algo.

Todos se volvieron. Janice seguía sentada contra el tronco en actitud relajada.

Los chicos se acercaron primero. Sophia se levantó, se colocó bien el vestido celeste y también se sumó, acompañada instantes después por Nikki, que no parecía del todo convencida de abandonar su lugar bajo el sol.

Los cuatro se sentaron formando un semicírculo en torno a Janice.

—No soy buena con las palabras, así que no esperéis un gran discurso. Solo quiero que sepáis que os agradezco mucho lo que habéis hecho en la escuela. Bishop tiene razón, nos merecemos una última salida juntos.

—¡Claro que sí! —vociferó Bishop.

Janice seguía seria. Había estado hablando casi todo el tiempo sin fijar la vista en ninguno de sus amigos, pero en esta ocasión lo hizo en Nikki.

—Te pido disculpas por cómo me he comportado contigo estos últimos tiempos, Nikki. He dicho muchas estupideces que no son ciertas.

—Yo también... —empezó Nikki.

Janice la detuvo con un gesto amable.

—No hace falta, de verdad. Dije esas cosas porque estaba furiosa. Me desquité con vosotros, pero en el fondo estaba furiosa conmigo. Ahora lo veo con claridad. Fui una idiota.

Sophia y Nikki se arrodillaron y fueron hasta donde estaba Janice. Las tres se abrazaron sin decir nada más. Bishop y Tom se miraron por un brevísimo instante sin saber bien qué hacer.

Cuando dejaron de abrazarse, Janice era la única que no lloraba, pero estaba claramente conmovida.

En cuanto se dio cuenta de que sus ojos se estaban humedeciendo, Bishop se levantó como un resorte.

—¡Basta de sentimentalismo! ¡Me muero de hambre!

Y así la banda se puso en marcha hacia el Saxxon.

Eran poco más de las doce del mediodía y el calor iba en aumento. Bishop, que al igual que Tom caminaba junto a su bicicleta, se las arregló para apartarse del resto y hacerle señas a Sophia para que se retrasara un poco y caminara a su lado. Ella lo entendió de inmediato y ambos mantuvieron una pequeña charla.

—¿Sigues con la idea de irte después de almorzar?

—Sí. —Sophia hablaba en un tono apenas audible—. Y preferiría que no habláramos de eso hasta la semana que viene, como acordamos.

—¿Vas a verte con Garrett?

Sophia lo fulminó con la mirada.

—Ya te dije que no puedo decírtelo ahora —dijo con sequedad—. He cumplido mi parte del trato. Ahora te toca a ti.

Sophia no esperó una respuesta y aceleró el paso.

Llegaron al centro comercial menos de diez minutos después, que al rayo del sol se hicieron eternos.

El Saxxon había tenido sus años de esplendor durante la década de los ochenta y no había cambiado mucho desde entonces. Por supuesto, en este caso, eso no era precisamente algo bueno. Paredes descoloridas, tiendas vacías y alfombras gastadas, se mantenía a flote gracias a una concurrencia bien definida conformada por grupos de adolescentes y personas mayores. En el Saxxon casi no había familias.

El aire acondicionado tenía días buenos y días malos, o te morías de calor o te morías de frío; no había término medio. Ese día era de los buenos, algo que los cinco agradecieron apenas franquearon la puerta de entrada.

El patio de comidas estaba semivacío cuando se sentaron. Poco a poco fueron llegando otros grupos como ellos y el bullicio fue *in crescendo*. Comieron hamburguesas —Bishop fue el único que pidió una doble— y consiguieron mantener una charla bastante animada, lejos de los acontecimientos de los últimos tiempos. Todos advirtieron, aunque ninguno dijo nada al respecto, cómo desde otras mesas les dedicaban miradas, algunas disimuladas y otras no tanto. A Janice, que claramente era el objeto de interés, no pareció importarle en lo más mínimo.

Ya habían terminado cuando Bishop divisó en el otro extremo del recinto a Austin Preston y Corey Devereaux. Hizo una mueca de desagrado que fue advertida por Tom, que se volvió justo a tiempo para ver a los dos chicos buscando una mesa.

Bishop los detestaba, como casi todo el mundo. Aquellos dos tenían el maldito don de encontrarte el talón de Aquiles y ensañarse hasta lo imposible. Austin era carismático, tenía un gran sentido del humor y un talento enorme para hacer imitaciones. El problema era que todo su repertorio estaba puesto al servicio de su maldad. Corey no era tan ingenioso como su amigo, pero entre ellos habían desarrollado esa simbiosis especial gracias a la cual conseguían completar las frases entre ellos.

Lo que menos necesitaban era un encontronazo con ellos. Bishop, que seguía sus movimientos disimuladamente, vio perfectamente cómo Corey le llamaba la atención a Austin y este se volvía. Todavía sosteniendo las bandejas, se quedaron mirándolos en actitud desafiante. Dieron algunos pasos hacia donde ellos estaban, pero, tras un momento de vacilación, se quedaron en una mesa que tenían cerca. Bishop respiró aliviado. Sabía perfectamente lo que acababa de pasar: Sophia estaba con ellos. Chicas como Sophia eran la kriptonita de Austin Preston y Corey Devereaux. Durante aquellos segundos de indecisión, el instinto abusador de Austin debió de decirle que, si se acercaban y empezaban con sus ataques, Sophia no se quedaría callada. Finalmente se sentaron a comer, pero Bishop advirtió cómo de vez en cuando se volvían a mirarlos. Janice, Tom y él eran un botín demasiado tentador.

Las salas de cine estaban en la segunda planta. Afortunadamente, para llegar a las escaleras mecánicas había que dirigirse en dirección opuesta a Austin y Corey. Mientras subían, Bishop vio cómo los seguían a su vez con la mirada, como animales depredadores.

Sacaron las entradas y se pusieron en la cola. Todavía faltaban diez minutos para entrar cuando Sophia se apartó de sus amigos y contestó una llamada en el móvil, o quizás fingió que lo hacía. El único que le prestó verdadera atención fue Bishop.

—No vais a creerlo... —dijo Sophia al regresar, todavía con el móvil en la mano.

Bishop iba a responder algo sarcástico cuando a lo lejos divisó a Austin Preston. Su rostro sonriente se elevaba como un globo a medida que la escalera mecánica lo transportaba a la segunda planta. Corey apareció instantes después y, entre empujones y risas, se dirigieron a la cola de *Actividad paranormal*. Unos veinte o treinta adolescentes los separaban; era cuestión de tiempo que los vieran.

Sophia les explicó que su madre tenía una emergencia y la necesitaba en casa; nada demasiado grave, pero debía marcharse inmediatamente. Nikki protestó, pero fue una queja tibia en vista de la situación. Sophia se mostró convincentemente consternada y dijo que su madre no le había dicho demasiado por teléfono.

Bishop solo reaccionó cuando Sophia ya se iba. La alcanzó y le pidió que se detuviera un momento.

—No puedes irte.

Sophia lo estudió.

—Lo que tengo que hacer es importante, Bishop, y no puede esperar. Además, estaré de regreso para cuando la película termine, te lo prometo.

Bishop asintió, pero su desconsuelo era palpable.

—Sé lo que te preocupa —dijo Sophia—. Créeme, esos dos son inofensivos.

Señaló hacia el final de la fila.

Bishop no pudo ocultar su sorpresa y se puso rojo de la vergüenza.

—Supongo que no voy a convencerte.

—No —dijo Sophia—. Vuelve con el resto y disfruta de la película. Lo que Austin y Corey quieren es precisamente lo que estás haciendo. Tienes que hacerte respetar, Bishop; nadie puede hacerlo por ti. Encuentra esa fuerza dentro de ti.

Sophia dio media vuelta y se marchó.

La frase dolió como una puñalada. Aunque Bishop sabía que Sophia se lo había dicho desde el afecto profundo que sentía por él, no dejaba de ser devastador que tu amiga —de la que posiblemente estabas un poco enamorado— te dijera que no la necesitabas para defenderte de un par de idiotas.

El hecho de que aquellas palabras fueran las últimas que Bishop fuera a escuchar de boca de Sophia sería todavía peor.

Entraron en la sala unos minutos después. Los asientos no estaban numerados, de modo que fueron rápidamente hacia el centro y buscaron cuatro butacas contiguas. Se sentaron Janice y Nikki en el centro, Tom y Bishop en los extremos.

Las luces eran tenues pero no lo suficiente para pasar desapercibidos, especialmente con el tamaño de Tom.

Cada pensamiento de Bishop traía el eco de las últimas palabras de Sophia.

«Tienes que hacerte respetar, Bishop; nadie puede hacerlo por ti.»

A la izquierda de Bishop había tres butacas vacías. Más allá estaba el pasillo.

—¿Qué te ocurre? —preguntó Nikki.

—Nada —dijo Bishop.

—Estás mirando esos asientos vacíos.

—No.

—Sí. Y también estás mirando la puerta.

Nikki se levantó y se quedó mirando la puerta.

—¿Es Sophia? —dijo Nikki con tono esperanzado—. ¿Es mentira lo de la emergencia en su casa? Ya me parecía que había algo que no cuadraba...

—¡Siéntate!

Nikki lo miró sin comprender. Bishop tomó aire y contó hasta tres.

—Perdóname. No es por Sophia, lo de la emergencia es verdad.

—¿Entonces por qué mirabas? —Nikki seguía sin sentarse y examinaba a la concurrencia con interés.

—Es una tontería: no quiero que cualquiera se siente a mi lado. Ya sabes, uno de esos que comen durante toda la película o no paran de hablar.

Nikki no se mostró del todo convencida, pero rápidamente pareció olvidarse del tema. Eso sí, siguió de pie, observando a todo el mundo con desparpajo. Si había alguna posibilidad de no ser divisados, pensó Bishop, se había evaporado por completo. Se dejó engullir por la butaca con la vista puesta en la pantalla vacía. Después de unos minutos las luces se apagarían y quizás podría seguir el consejo de Sophia y disfrutar de la película. Mientras tanto, la sala se iba llenando y el parloteo de los adolescentes se volvía abrumador.

—Lo único que faltaba —dijo Nikki de repente.

Bishop captó un movimiento a su izquierda y temió lo peor.

Se volvió.

—¡Hola, chicas!

Austin se dejó caer pesadamente en la butaca y lo primero que hizo fue pegarle un codazo a Bishop para que liberara el brazo de la butaca.

—No te molesta que me siente a tu lado, ¿verdad, caradeculo? —dijo con voz de locutor radial—. Espero que no se ponga celosa tu novia negra. ¿Dónde está?

—Allí está, camuflado en la oscuridad —intervino Corey—, al lado de la zorra.

Los dos estallaron en carcajadas.

—¡Cállate, Austin! —le lanzó Nikki.

—¡Nánate, Auntin! —replicó Austin al instante.

Bishop había aprendido que seguirle el juego a Austin no servía para nada. Sin embargo, tampoco podía permitir que fuera Nikki la que le pusiera freno a la situación. Sophia se había metido en su cabeza y ahora se sentía en la obligación de decir algo. Al mismo tiempo, la cercanía de Austin y Corey era intimidatoria. Había un hecho insoslayable, los dos eran mucho más corpulentos que él.

—¿Por qué no vemos la película en paz? —ensayó Bishop con voz firme.

—¡Porque todavía no ha empezado, caradeculo! —graznó Austin entre risas.

La sala estaba casi llena cuando las luces se apagaron y empezaron los avances de las otras películas. Si Bishop había albergado alguna mínima posibilidad de que aquellos dos energúmenos dejaran de burlarse en ese momento, se disiparon inmediatamente. Con cada una de las películas, sin importar lo rebuscada que fuera la asociación, Austin tenía un comentario hiriente para Bishop. Lo hizo con *Ant-Man y la Avispa* —en esa ni siquiera tuvo que esforzarse—, y también cuando llegó el turno de *Ha nacido una estrella*, la historia protagonizada por Lady Gaga y Bradley Cooper.

—Mira, caradeculo, una de putas, como tu madre.

Bishop se sintió más pequeño que el personaje de Paul Rudd. Sabía que no podía dejar pasar algo así... pero no pudo. Estaba paralizado. Y a su estado de conmoción se sumó una cosa más: empezó a llorar.

Lo único que esperaba era que nadie lo advirtiera.

Bishop no supo si Nikki había escuchado el comentario respecto a su madre, pero probablemente sí, porque reaccionó de forma contundente. Se levantó de la butaca e increpó a Austin de forma frenética.

—¡Cállate, idiota! ¡Cállate de una puta vez!

En la sala hubo todo tipo de reacciones: silbidos, risas, peticiones de silencio. Milagrosamente, Austin no dijo nada esta vez. La pantalla se puso negra y la película empezó.

Austin no dejó de fastidiar a Bishop durante toda la película. De vez en cuando le asestaba un codazo o lo asustaba cuando menos lo esperaba. Fue una pesadilla.

Al final de la proyección, sin embargo, un pequeño milagro tuvo lugar. Cuando la gente empezaba a levantarse para irse, un hombre que estaba al otro lado del pasillo y que, evidentemente, había estado pendiente de la situación, se acercó a Austin y a Corey y les dijo que se largaran. Estaba acompañado por un chico de la edad de ellos, que aguardó a su lado en silencio. El hombre no tenía un aspecto amenazante; sin embargo, algo en su voz y en su expresión dejaba claro que lo que decía iba en serio. Bishop no lo había visto en su vida, o eso creía. Estimó que tendría unos treinta años, aunque el cabello un poco largo lo hacía parecer más joven.

Austin se levantó despacio.

—Esto no termina aquí —dijo en un tono apenas audible.

Los dos se mezclaron en la marea adolescente y abandonaron la sala. Bishop iba a agradecerle al hombre que lo había ayudado pero no lo encontró.

Esperaron un rato para salir. Ninguno de ellos dijo nada.

49

Vince Naroditsky era una figura apenas visible en la oscuridad del jardín. Tenía las manos en los bolsillos del vaquero y una sonrisa fantasmagórica. Durante un brevísimo instante, Camila se preguntó si su examante y rival televisivo realmente estaba allí o era su mente jugándole una mala pasada.

Cuando Camila salió de la casa, el espectro de Naroditsky la saludó con una mano en alto.

—¿Se puede saber qué rayos haces aquí, Vince?

—Perdón por la hora. Ha sido una decisión de último momento.

Naroditsky era un hombre que mejoraba con el tiempo, al menos en lo que tenía que ver con su aspecto; por dentro seguía siendo el mismo tipo rencoroso, competitivo y egocéntrico de siempre. Desde hacía unos años había adoptado hábitos alimenticios saludables y hacía ejercicio regularmente. Además, había tomado la acertadísima decisión de dejar de teñirse el cabello.

—¿Puedo pasar?

—Vince, te pido por favor que no hagas preguntas cuyas respuestas ya conoces. Dime a qué has venido y hazlo rápido.

Naroditsky sonrió. Había mucho dinero invertido en esas piezas dentales.

—Sí, claro, veo que estás acompañada.

Camila cayó en la trampa y se volvió un segundo. Tim observaba desde una de las ventanas.

—Al punto, por favor.

—Claro. Sé que has estado hablando con Richard acerca de volver al ruedo y que estás investigando el caso de Sophia Holmes.

Camila se lo quedó mirando. Naroditsky se encontraba a unos cinco metros de donde ella estaba y sentía que era lo máximo que podía acercarse. Su presencia removía muchas cosas desagradables. Mientras la carrera de Camila ascendía, su autoestima se había ido a pique, y en gran parte era por culpa del hombre que tenía delante.

—Podrías haberme escrito un e-mail —dijo Camila—, y te hubiera dicho lo mismo que a Richard. Estoy investigando por mi cuenta, y lo que haga no es asunto tuyo.

—¿Podemos hablar como dos profesionales? —dijo Naroditsky empleando el mismo tono que cuando tocaba un tema sensible en sus intervenciones televisivas—. La razón por la que he venido no tiene nada que ver con nuestra... historia. Vengo a hablarte de colega a colega.

—Te escucho.

—Sé que has estado haciendo preguntas. Créeme, sé exactamente con quién has hablado y lo que sabes.

—¿Ah, sí?

—Sí.

Camila se consideraba una mujer con temple, pero Naroditsky tenía la facilidad de hacerle perder la paciencia en un segundo. Sintió el irrefrenable deseo de hablarle del descubrimiento del diario de Sophia y de la grabación que le había entregado la vecina, pero, desde luego, no lo hizo. Si había algo de lo que estaba segura era de no querer delatar su juego a Naroditsky.

—Supongamos que sabes todo lo que sé —lo desafió—. Debo de saber bastante, porque te has tomado el trabajo de venir hasta aquí.

Naroditsky negó con la cabeza como si estuviera lidiando con el planteamiento de un niño pequeño.

—No es la primera vez que vengo a Hawkmoon. Llevo varios meses investigando. Camila, por una vez, dejemos nuestras diferencias a un lado y escucha lo que voy a decirte, porque no hay una gota de especulación en lo que estoy haciendo.

—Adelante.

—No tienes ni la más remota idea de lo que hay detrás de este caso.

Camila no dijo nada. A veces, Naroditsky jugaba sus cartas como un jodido profesional del póker.

—Si sigues haciendo preguntas a ciegas —insistió Naroditsky—, vas a echar a perder algo grande.

—¿Tu preciosa investigación?

—No. Esto no tiene nada que ver conmigo ni con mi investigación.

Camila rio.

—Vamos, Vince, no me vengas con estupideces. Si no hubiera en todo esto un rédito para ti, no estarías en mi casa. Te importan una mierda Sophia Holmes, su madre y todo Hawkmoon. Reconoce eso y puede que te tome en serio.

Naroditsky suspiró.

—Está bien, te lo concedo si eso te hace feliz. Por supuesto que tengo un interés especial en el caso, pero esa no es la cuestión. La cuestión es que hay personas que pueden ponerse nerviosas si no volamos fuera del alcance de su radar.

—Entonces volaré más bajo.

—Ya te han visto, Camila. Tienes que dejarlo, no hay otra forma. ¿Tú crees que estás investigando la desaparición de Sophia?

Camila no respondió. Pero estaba claro que su respuesta hubiese sido afirmativa.

—Sophia Holmes está muerta —dijo Naroditsky.

La frase golpeó a Camila de un modo inesperado. Aunque siempre había contemplado esa posibilidad, escucharlo como una certeza la afectó.

—¿Lo has confirmado?

—Sophia Holmes sabía cosas de las que nunca debería haberse enterado. Dejémoslo ahí.

Vince Naroditsky había dejado de sonreír hacía rato. Hablaba con tal solemnidad que por un momento Camila empezó a creer que lo que le decía era cierto.

—Déjalo, Camila. Estás a años luz de la verdad.

SEGUNDA PARTE

I

Sophia llevaba seis días sin comer.

Su razonamiento había sido el siguiente: si aquel hombre la mantenía con vida era porque tenía algún interés en ella. Si dejaba de comer, entonces él tendría que forzarla a hacerlo, y eso le daría a ella cierto control sobre la situación.

Estaba sentada contra la pared, más o menos en el centro del sótano, justo frente a la única ventana elevada. La ventana tenía cinco barrotes que ella había convertido en un pentagrama donde componía música. Así empleaba el tiempo durante las tardes. Había descubierto que la única forma de no volverse loca era mantener su mente ocupada.

En el sótano no había nada para entretenerse, ni una mísera revista, un panfleto, nada de nada. En una esquina había un colchón individual y en la otra un baño minúsculo. Adosada a la pared había una escalera de madera que conducía a la puerta de acceso, por la que el hombre aparecía una o dos veces al día.

También había otra puerta. Estaba cerrada con llave, por supuesto, y era de madera maciza. Por el agujero de la cerradura y la parte de abajo a veces corría una ligera brisa.

Sophia llevaba puesto un grillete unido a una cadena de 213 eslabones —los había contado, por supuesto— que le permitía moverse por el sótano y el baño. Eso sí, la puerta principal estaba fuera de su alcance; solo podía llegar hasta el cuarto escalón contando desde arriba. Para coger la comida que el hombre le dejaba en el descansillo superior, Sophia tenía que estirarse al máximo.

Pero eso había sido antes de que ella decidiera dejar de comer. La comida se había quedado intacta durante tres noches, y el hombre ya no se había molestado en traerle más. Para Sophia fue una pequeña victoria. La primera.

Sophia no dejaba de preguntarse hasta cuándo podría resistir.

En el sótano había tres cámaras, dos en el recinto principal y la otra en el baño. Durante los últimos días se había impuesto respetar su rutina de siempre a excepción de sus ejercicios físicos, pero ahora incluso las actividades mentales le resultaban agotadoras. Miraba los barrotes y apenas podía concentrarse. Su estómago rugía con ferocidad.

Se levantó con cierta dificultad. Llevaba puesto el mismo vestido del día de su secuestro, sucio y con un olor desagradable. Sophia lavaba todos los días su ropa interior, pero no el vestido. No le daría a ese pervertido el gusto de quitárselo.

Caminó con lentitud, sintiendo la rugosidad del suelo de cemento en las plantas de los pies. Miró a la cámara de forma desafiante y fue al baño. Se inclinó sobre el lavabo, abrió el grifo y formó un cuenco con las manos. El agua era fresca, lo cual suponía un verdadero alivio, teniendo en cuenta las temperaturas infernales del sótano. Bebió bastante agua y, durante un momento, fantaseó con que la sensación perdurara para siempre.

Sophia cerró la puerta del baño todo lo que la cadena le permitió. La cámara estaba ubicada justo encima de la puerta y a ella le gustaba quedarse debajo porque sabía que era el único sitio donde aquel hombre no podía verla. Solo allí se permitía llorar, y eso hizo esta vez. Llorar era terapéutico y formaba parte de su rutina diaria.

En efecto, el hambre volvió a atormentarla pronto. La sensación de saciedad proporcionada por el agua cada vez duraba menos. Y ella intentaba no beber más de lo habitual porque temía que su captor lo interpretara como un signo de debilidad.

Desde que había iniciado el día había evitado mirar hacia el rincón de detrás de la puerta, pero ahora no pudo evitarlo. Sobre una servilleta había cinco trozos duros de pan, apenas unas bolitas del tamaño de una nuez. Las había acopiado con esmero cuando el plan de dejar de comer había empezado a tomar forma en su cabeza. Sin esa reserva le hubiera sido imposible resistir tanto tiempo solo a base de agua. El problema era que su tesoro estaba a punto de extinguirse.

Había guardado quince trozos. Los primeros dos días consiguió arreglárselas comiendo solo uno, pero a partir del tercer día el hambre pudo más y necesitó dos y después tres.

Miraba los cinco trozos de pan con fascinación. Pensó que si se comía dos trozos podría satisfacer su apetito y volver a pensar con claridad. Estiró el brazo y tocó una de las bolas de pan duro. Su estómago emitió un largo quejido agónico y, casi sin darse cuenta, la cogió con decisión.

Ya no hubo vuelta atrás. Se llevó el pan a la boca y mordió la mitad. Humedeció la masa y la degustó como un verdadero manjar. Apenas fue consciente de haberse comido el resto. Cuando terminó, su mano se lanzó en pos de otra ración, pero en el último momento se impuso un rayo de lucidez y se levantó de golpe. Abrió la puerta del baño y se alejó, con la cadena siguiéndola como una serpiente de metal. Se dejó caer en el colchón, cuidando de que la falda del vestido no revelara más de lo necesario, y se quedó tendida mientras un banco de pirañas daba cuenta del nuevo alimento de su estómago. Empezó a reírse como una maníaca.

Por su cabeza desfilaban imágenes de sí misma en la cocina de su casa, abriendo la nevera con aire despreocupado. La nevera, llena como para abastecer a una veintena de personas en vez de a tres. Allí estaban los imprescindibles quesos que le gustaban a Phil, las mermeladas de varios sabores, el helado, las frutas, los muslitos de pollo... Cuántas veces había contemplado Sophia el contenido de la nevera con desdén, y ahora casi perdía la razón por un pedazo de pan seco.

¿Hasta cuándo lo soportaría? ¿Quería claridad? Ahí tenía un baño de realidad: ella era la que iba a salir perdiendo en esa batalla. Estaba encerrada, encadenada, y lo único que tenía eran cinco trozos de pan. Bueno, ni siquiera cinco, cuatro. Su captor tenía todo el tiempo del mundo. Ella no.

Había dejado de reír, y la idea de su propia muerte la sedujo de una forma nueva. No era la primera vez que pensaba en eso, por supuesto. Durante los primeros días no había hecho más que pergeñar formas de terminar con su vida si resultaba necesario. Había escuchado suficientes historias de secuestros para saber lo que podía ocurrirle.

Utilizar la cadena para colgarse o asfixiarse fue su primera idea, pero entonces se dio cuenta de que no sería tan sencillo. En el sótano no había nada para sujetar la cadena. Por otro lado, en cuanto empezara con los preparativos, el hombre podría verla por las cámaras. Por las mismas razones, cortarse las venas tampoco funcionaría.

Tenía que ser algo rápido.

Fue entonces cuando se le ocurrió que, si se subía al lavabo y se ataba los pies con la cadena, podría dejarse caer y darse de cabeza contra el retrete. Estimó que si se lanzaba con fuerza el impacto en la cabeza sería igual al de un martillazo.

Rápido. Efectivo. Brutal.

Durante los primeros días no había hecho otra cosa que imaginarse en esa situación. Si el hombre finalmente bajaba las escaleras e intentaba hacerle algo, ese sería el punto de no retorno para ella.

Pero ese día no había llegado y ya llevaba cuarenta y seis encerrada.

De repente, las luces en el techo se encendieron. Eran dos bombillas desnudas de baja potencia que probablemente se activaban con algún sensor en la parte exterior. Normalmente las luces permanecían encendidas durante unas horas, tres o cuatro. Sophia tenía por delante una espera eterna hasta que llegara la hora de dormir. Es cierto que podía irse a dormir en ese mismo momento, si así lo deseaba; sin embargo, sabía que si se dormía más temprano correría el riesgo de despertarse en medio de la noche. Y la verdad es que no estaba preparada para despertarse antes del amanecer.

Así que lo mejor sería resistir las siguientes tres horas, combatir el hambre como le fuera posible y, una vez que el cansancio hiciera mella, dejarse engullir por las fauces salvadoras del sueño. Si Dios se apiadaba de ella, entonces podría soñar con neveras repletas de comida y comer hasta reventar.

Mientras tanto no tendría más remedio que quedarse quieta y replegarse en su cabeza. Siempre había sido una chica analítica y cerebral, pero el encierro había llevado su capacidad de introspección a niveles insospechados. Le gustaba especialmente recrear momentos específicos de su pasado con todo lujo de detalles. Si era una situación rutinaria, como tomar el desayuno con su madre o ir a la escuela con su padre, mucho mejor, porque podía recurrir a un archivo grandísimo.

Entonces la puerta de acceso se abrió. Sophia apenas inclinó la cabeza y vio como aparecía el brazo del hombre

—solo el brazo— y dejaba algo en el descansillo, para instantes después cerrar la puerta tras de sí.

Así que el hombre volvía a intentarlo. Sophia sabía que se trataba de otra pequeña victoria; sin embargo, también una señal de alerta se encendió en su cabeza. Si hace un momento casi sucumbe ante la tentación de los trozos de pan, ¿qué podía suceder frente a un plato de abundante comida caliente?

Después de unos segundos comprendió que las cosas eran mucho peores de lo que había imaginado. Ni siquiera se había movido del colchón cuando el aroma inconfundible del tocino y las patatas fritas la golpeó con fuerza demoledora. Lo cierto es que el hombre solía dejarle comidas de mierda: arroz, fideos, frutas, a veces un trozo de carne o pescado. Nada sofisticado. Sophia se levantó y caminó lentamente hasta la escalera. Subió unos pocos escalones con el andar de un zombi, hipnotizada por el delicioso aroma de una hamburguesa que, en su cabeza, imaginaba descomunal.

Y efectivamente era descomunal. Se quedó mirando el plato sin poder dar crédito. La hamburguesa estaba sobre el papel en el que había sido envuelta, rodeada por un par de patatas fritas que parecían brillar. El pan parecía esponjoso, el queso cheddar chorreaba sobre la carne y las tiras de beicon crujiente sobresalían para todos lados.

Hubo un instante en que estuvo convencida de que se lanzaría en pos de la hamburguesa, incluso uno de sus pies dio un paso largo en esa dirección.

En el último momento consiguió contenerse. Era muy probable que terminara comiéndose aquella hamburguesa, pero un hilo de coherencia le ordenó que, al menos, lo pensara abajo, en el colchón, lejos de aquella fuente de exquisitas calorías.

Regresó al colchón. El olor era insoportable. ¿Cómo podía una mísera hamburguesa impregnarlo todo tan rápido? Se acostó boca abajo, aplastando la cara contra la tela. En esa oscuridad seguía viendo la hamburguesa con una nitidez asombrosa. Se había grabado a fuego en su cabeza.

«Cómetela ahora, mientras está caliente. Sabes que vas a hacerlo de todos modos.»

Pero la razón le decía que, ahora más que nunca, tenía que resistir. El hombre había traído la hamburguesa como último recurso; posiblemente lo había planeado desde el principio: «Esperaré unos días y le llevaré algo irresistible».

«Y está funcionando.»

Ya ni siquiera tenía tan claro qué quería probar. Dentro de unos segundos podía estar comiéndose aquella exquisita hamburguesa, sentir el estómago lleno de comida caliente para después dormirse con una sonrisa. La idea era demasiado poderosa. Todavía boca abajo, se agarró la cabeza y empezó a llorar. No quería que el hombre la viera y no tenía fuerzas para ir hasta el baño.

Cuando finalmente se levantó, casi diez minutos después, los ojos enrojecidos la delataban, pero no le importó. Fue al baño y se lavó la cara. Volvió a beber una buena cantidad de agua y se dirigió al punto ciego de detrás de la puerta; ahí estaban los últimos trozos de pan. Sin pensárselo dos veces, se los fue comiendo uno a uno. Tomó un poco más de agua.

Se quedó un buen rato mirando una de las cámaras con actitud desafiante. Esperaba que el hombre estuviera viéndola. Imaginaba que sí, porque querría saber qué haría Sophia con la hamburguesa.

Métetela en el culo, decía su mirada.

Con algo de comida en el estómago, consiguió mantener sus pensamientos en orden. Se había quedado sin provisiones, lo cual significaba que no podría seguir demasiado tiempo oponiendo resistencia, pero al menos daría la última batalla. No daría su brazo a torcer con la hamburguesa. El hombre tenía que sentirse desconcertado. Nadie podía resistirse después de un ayuno tan prolongado. Quizás a estas alturas sospechaba que Sophia había hecho acopio de comida, pero no tener la certeza debía de estar volviéndolo loco.

Sophia se recostó en el colchón, esta vez con la intención de conciliar el sueño. Las bombillas permanecerían encendidas por lo menos dos horas más, así que se acostó otra vez boca abajo y se cubrió la cabeza con las manos.

Dormitó durante varios minutos hasta que volvió a ser sorprendida por la puerta. Esta vez solo escuchó. El hombre recogía el plato, luego cerraba la puerta con bastante más fuerza de la que acostumbraba.

Sophia sonrió. Había ganado y el hombre se había dado por vencido. Se preguntó qué le depararía el día siguiente.

Una o dos horas después, todavía sin poder conciliar un sueño profundo y con los brazos entumecidos a causa de la posición, Sophia se preguntó por qué las bombillas todavía no se habían apagado.

2

Las bombillas permanecieron encendidas toda la noche.

Sophia se levantó varias veces, una para hacer pis y el resto para tomar agua. El olor de la hamburguesa todavía flotaba en el aire. La saciedad de los trozos de pan duró muy poco, y ya en plena noche el hambre volvió a convertirse en su principal enemigo.

Abrió definitivamente los ojos poco después del amanecer. Los rayos oblicuos del sol entraban por la ventana. Al hambre y al cansancio se les había sumado una constante palpitación en la cabeza y ya no pudo levantarse. Permaneció hecha un ovillo, con los ojos cerrados y soñando de forma ligera e intermitente.

Pasó así buena parte de la mañana, hasta que un intenso dolor intestinal la obligó a ir al baño arrastrando la cadena, que se hacía cada vez más pesada. Allí sí había interruptor de la luz, pero no lo pulsó. Se sentó en el retrete a oscuras. Siempre había asumido que las cámaras tenían visión nocturna, y no le importó llorar abiertamente.

Durante diez minutos de esfuerzos apenas consiguió expulsar unas pelotitas marrones. Accionó la descarga y, cuando se disponía a salir, recordó los trozos de pan del rincón junto a la puerta. ¿Realmente se los había comido todos? Por un momento lo dudó. Las ideas y las acciones se confundían. Quizás había *pensado* en comérselos, pero no había llegado a hacerlo. Todavía sin encender la luz, se abalanzó al rincón y palpó frenéticamente con las manos. Percibió algunas migas incrustadas en las palmas y las lamió sin siquiera detenerse a pensar en lo que estaba haciendo. De repente se detuvo —la razón iba y venía—, y un destello de lucidez le mostró que estaba a cuatro patas, con un vestido harapiento y lamiendo el suelo de un baño que llevaba meses sin ser limpiado.

Las migas, si es que realmente eran eso y no mugre, no tuvieron ningún efecto. Seguía experimentando un hambre atroz. Mil veces más de lo que había padecido durante su vida de niña de clase acomodada, en la que tener hambre significaba no haber comido suficientes pancakes con salsa. Sophia pensó en esas películas de catástrofes en las cuales ha habido una fuga en un reactor o una grieta en una presa y decenas de alarmas se encienden por todas partes. Así se sentía ella. Su cuerpo emitía señales sin parar.

Abrió la puerta del baño pero no salió. La luz que se filtraba desde la ventana iluminó el lavabo y Sophia evocó su fantasía de subirse y dejarse caer. En el estado en el que estaba sería sencillo dejar que la gravedad hiciera su trabajo hasta que su cabeza se estrellara contra el retrete. Imaginó una caída casi poética, a cámara lenta y con una nota de violín suspendida para añadirle dramatismo. Si el golpe era certero, esa pesadilla terminaría en una fracción de segundo.

Y ella habría ganado. Sería una victoria que no podría saborear, pero quizás, si existía el más allá, podría ver al hijo de puta que la había secuestrado limpiando su sangre del linóleo y las paredes.

Regresó al colchón empujando la cadena como si fuera el ancla del *Titanic*, y con la terrible certeza de que ya no podría volver a levantarse.

Salvo que sí lo hizo, un día después. Abrió los ojos apenas lo suficiente para que una serie de rayos láser provenientes de la ventana le perforara las córneas. Dolor en los ojos, dolor en la sien, dolor en todas partes.

¿Hasta cuándo?

La siguiente vez que recuperó la consciencia sucedió algo horrible. Fue como si regresara a su cuerpo desde otra parte. Lo hizo con una sacudida, que al principio atribuyó a una caída aunque el colchón estuviera en el suelo. La bombilla estaba encendida y Sophia tuvo que cubrirse el rostro con la mano.

El olor le llegó poco a poco: los deliciosos pancakes de mamá. Esbozó una sonrisa tibia, agradecida por ese detalle de su cerebro. La mente era capaz de cosas fantásticas, pensó. Se transportó a la cocina de casa, oculta tras el telón de sus párpados.

—Sophia.

La voz de un hombre. Cerca.

El hombre.

No estaba en la cocina de casa, pero el olor de los pancakes seguía presente.

Con un esfuerzo titánico, se incorporó. Al deslizar las piernas sobre el colchón lo sintió húmedo y pesado, pero su atención estaba más enfocada en la voz. Giró, y una silueta enorme se fue dibujando delante de ella, a uno o dos metros.

Era la primera vez que el hombre estaba tan cerca. Sophia, sentada en el colchón, se sintió más pequeña que nunca.

—Tienes que comer.

Sophia creyó percibir un dejo de súplica que la reconfortó. Cuando bajó la vista, vio una bandeja con un copioso desayuno: pancakes, pero también un pastel de chocolate y un vaso grande de zumo de naranja.

—Come, por favor —insistió el hombre, ahora definitivamente en un tono afable.

Sophia buscó en su cabeza una respuesta desafiante, quizás algo ingenioso para ponerlo a prueba. No pudo decir nada. La bandeja con comida que tenía delante se llevaba la totalidad de su escasa actividad mental.

El hombre se arrodilló. Su rostro quedó a la misma altura que el de Sophia. No lo veía tan cerca desde el momento del secuestro, y otra vez volvió a tener el mismo pensamiento que ya había tenido otras veces.

Ese rostro le resultaba familiar.

3

Comió con voracidad arrodillada frente a la bandeja. De vez en cuando levantaba la vista y se fijaba en el hombre, que había retrocedido unos metros y estaba sentado contra la pared. Se observaban el uno al otro sin decir nada. El único sonido que se oía era el de la masticación de Sophia, que había olvidado sus modales y comía de forma desaforada.

Unos minutos después no quedaba ni rastro de los cinco pancakes y el pastel de chocolate. Sophia se bebió el final del zumo de naranja con mirada desafiante. Había conseguido que el hombre bajara y le dijera que, por favor, comiera; para ella era una victoria y la estaba disfrutando junto con la comida.

Ahora que lo veía desde más cerca, concluyó que el hombre tendría unos años más que su padre; quizás unos cincuenta. Llevaba puestos unos vaqueros y una camisa de cuadros que Sophia ya había visto otras veces. No estaba en forma, pero no era obeso, ni mucho menos; quizás fuera de esas personas que nunca había necesitado cuidar su alimentación y había llegado al punto en que tendría que empezar a hacerlo.

Sophia empujó la bandeja vacía. No dijo nada. Justo en ese momento advirtió que junto al hombre había una bolsa de papel. Él se inclinó y la cogió. Se levantó, recogió la bandeja en silencio y dio media vuelta. Al llegar a la escalera se volvió para hablarle.

—En la bolsa hay ropa nueva. También jabón y esas cosas. Voy a apagar la cámara durante los próximos quince minutos para que puedas bañarte con tranquilidad. —El hombre se detuvo. Parecía conmovido por alguna razón inexplicable—. Hay una pequeña luz, seguro que la has visto.

Sophia se lo quedó mirando. Estudiándolo, sería más preciso. ¿De dónde venía tanta cordialidad? No le respondió.

—Voy a quitarte la cadena durante unas horas para que puedas bañarte y cambiarte con comodidad.

El hombre se marchó y Sophia fue al baño. En la bolsa, efectivamente, había unas camisetas, pantalones cortos, dos conjuntos baratos de ropa interior y productos de baño. Con el estómago lleno, la perspectiva de un buen baño y de vestirse con ropa limpia pasó al primer puesto de su lista de necesidades. Se quedó mirando la cámara hasta que, como el hombre le había prometido, la luz roja se apagó.

Sophia tenía quince minutos.

Abrió el agua caliente y ni siquiera esperó a que se templara. Se quitó el vestido a toda velocidad y se metió debajo de la ducha. No había cortina de baño, por supuesto, de modo que podía ver la cámara en todo momento. Al principio estuvo un poco pendiente de ella, pero después de unos pocos minutos disfrutaba del agua caliente y la espuma del jabón como si estuviera en su propia casa.

La sensación de volver a aplicarse el champú con un masaje en el cuero cabelludo fue inigualable. No recordaba haberse sentido tan bien en mucho tiempo.

Cuando estimó que habían pasado diez minutos se obligó a cerrar el grifo. El vapor la envolvía. En el baño no había espejo, pero sí azulejos en los que se condensaba la humedad. De la bolsa sacó una toalla mediana y se envolvió, disfrutando también de ese simple acto trivial al que nunca le había prestado demasiada atención en su otra vida. Si salía de ese sótano inmundo, nunca jamás volvería a bañarse por obligación. Jamás.

Odiaba reconocerlo, pero la ropa que el hombre le había traído era exactamente de su talla. Lo único que tuvo que reutilizar fueron sus zapatillas Nike, pero estaban como nuevas. Estaba peinándose el cabello con los dedos cuando la luz de la cámara volvió a encenderse.

Salió del baño y se sentó en la escalera. No iba a echar a perder su ropa nueva sentándose en el suelo. Pensó que, si el hombre le había dado esa ropa, entonces podría darle otras cosas más adelante. Había creído ver algo en su mirada, no habría sabido definir bien qué.

Durante todo el tiempo que llevaba encerrada, Sophia no había dejado de preguntarse si el hombre actuaba solo o era la cara visible de algo más grande. Porque si era esto último, entonces tenía perfecto sentido que la alimentara a toda costa, puesto que su tarea debía de ser mantenerla con vida.

Al mismo tiempo, le había permitido bañarse con la cámara apagada, lo cual parecía una decisión que había tomado por sí mismo.

Se quedó pensando en lo que sabía de él. En lo *poco* que sabía de él. Con el estómago lleno, su organismo recuperaba su funcionamiento normal y su cerebro volvía a ser el de siempre. Debía aprovechar al máximo la situación y establecer planes para las posibles situaciones que pudieran producirse. Dejar de comer era un juego demasiado peligroso.

Sophia se acarició la piel justo encima del pecho derecho. Ya no quedaban rastros de las marcas del disparo de la Taser con el que el hombre la había inmovilizado, pero durante varios días había tenido dos orificios diminutos y un hematoma. Aquella forma de capturarla excluía la posibilidad de algo espontáneo, por supuesto. El hecho había sido planeado meticulosamente —si tenía alguna duda, el sótano insonorizado con paneles era la prueba definitiva—, y eso hablaba al menos de cierta preparación y eficacia. Bien podía haber sido algo hecho por encargo. Esto por no mencionar el detalle de que el hombre la había interceptado en el bosque, donde casi nada podía salir mal. Dejando de lado su estupidez de caminar sola por el bosque a pesar de los miles de recomendaciones que había recibido durante toda su vida, se abrían dos posibilidades bien claras. O el hombre la había seguido durante un tiempo, quizás días, hasta encontrar la oportunidad perfecta o sabía que en ese momento ella iba a estar camino a casa de Dylan.

El ataque había sido tan preciso que no cabía la posibilidad de que se tratara de un acto improvisado. El hombre la había estado esperando, fingiendo que observaba aves con unos prismáticos, posiblemente los mismos con los que la había estado controlando a ella. Hasta su vestimenta cuadraba con la situación. Sophia pasó a su lado con cierta curiosidad. El hombre bajó los prismáticos y pareció sorprendido al verla; tenía dibujada una expresión de regocijo extremo. Le dijo que acababa de avistar un mirlo de alas rojas, una rareza en aquella zona, y antes de que Sophia pudiera responder él le ofreció los prismáticos para que pudiera ser testigo. ¡Mi esposa no me creerá cuando se lo cuente!

La curiosidad la condenó. El noventa y nueve por ciento de los chicos de su edad no se hubieran interesado por el mirlo de alas rojas, pero ella sí.

Sophia tomó los prismáticos, y el hombre sacó la Taser del bolsillo y le disparó en el pecho. La descarga la dejó inconsciente. Cuando despertó estaba en la parte de atrás de un vehículo con la cabeza cubierta.

Imposible saber cuánto tiempo estuvo en ese vehículo. Desde que recuperó la consciencia fueron unos diez o veinte minutos, pero de nada servía para estimar la distancia recorrida. Llegaron a alguna parte y el hombre le inyectó algo en el brazo. Ni siquiera se resistió demasiado; estaba tan desorientada y aturdida que el miedo había quedado relegado a un segundo plano.

En el sótano la historia había sido completamente diferente. Se había despertado en el colchón, encadenada, y las primeras horas las había pasado sentada contra la pared abrazándose las rodillas y llorando sin pausa. Un año antes, ella y Nikki habían visto a escondidas la película *La habitación*. Sabía lo que le esperaba.

Pero pasaron días, semanas, y el hombre se limitaba a dejarle la comida e irse.

Todo fue de una monotonía exasperante hasta que Sophia decidió iniciar su huelga de hambre. Ahora tenía ropa limpia y había comido mejor que nunca, lo cual confirmaba la necesidad que tenía el hombre de mantenerla con vida.

Esa noche, cuando él le trajo la comida —ya no fue un platillo sofisticado, sino el arroz de siempre con unos trozos de pollo—, Sophia lo esperó de pie en la escalera.

La primera reacción del hombre fue de sorpresa. Se la quedó mirando, con la puerta entreabierta y la bandeja en la mano. Se agachó despacio, sin quitarle la vista de encima, y depositó la bandeja en el descansillo de la escalera.

—Puedo volver a hacerlo —dijo Sophia—. Dejar de comer, quiero decir.

El hombre no dijo nada. Miró un instante a la cámara.

—No nos serviría a ninguno de los dos.

Sophia se encogió de hombros.

—No tengo mucho que perder. Voy a necesitar algunas cosas más, además de ropa.

—No creo que...

—Cosas simples. Quiero pasta de dientes y un cepillo,

un juego de sábanas y también un libro entretenido, uno grueso. Ah, y una radio.

El hombre sonrió al escuchar esto último.

—No puedes tener una radio.

—Entonces tráigame todo lo demás.

—No te prometo nada.

—No comeré hasta que me las traiga —dijo Sophia con seriedad.

El hombre miró la bandeja de comida como si de pronto no entendiera cómo había llegado allí. Luego miró a Sophia de un modo intenso, como nunca antes lo había hecho. Cerró la puerta y desapareció.

Sophia subió hasta la parte superior de la escalera. En algunos momentos se olvidaba de que arrastraba una cadena, pero en otros la odiaba con todo su ser. Se quedó mirando lo que había en la bandeja: el plato de arroz con pollo, un trozo de pan y un vaso con zumo de naranja. Tanto el plato como el vaso eran de plástico. Nada le llamó la atención, era la misma comida desabrida de siempre.

Lo cierto es que tenía hambre, y además el hombre acababa de decirle que consideraría sus peticiones, de todos modos. El arroz todavía estaba caliente. Se sentó en el último escalón y cogió el tenedor de plástico. Cuando se disponía a acercar un poco la bandeja, vio el trozo de papel que había justo debajo del vaso.

Sintió un escalofrío, y su primera reacción fue cogerlo y leerlo, porque debía haber algo escrito, ¿no? Pero entonces se volvió disimuladamente y comprobó que la cámara podía seguir perfectamente sus movimientos. Optó entonces por coger el vaso y con él la nota. Bebió un poco de zumo y se la guardó en el bolsillo del pantalón.

Comió con avidez. Su corazón latía con fuerza pensando en el contenido de la nota.

Apenas terminó fue al baño. Se lavó los dientes con el dedo, como era su costumbre, y se sentó detrás de la puerta, justo debajo de la cámara. Sacó el trozo de papel doblado por la mitad. Efectivamente, había algo escrito.

NO VUELVAS A DEJAR DE COMER. NO LO
PERMITIRÁN.
HOY POR LA NOCHE APAGARÉ LA CÁMARA.
TENEMOS QUE HABLAR.

4

El hombre abrió la puerta. Sophia lo observó con curiosidad porque de inmediato advirtió que no era una de sus incursiones habituales para dejarle la comida. Traía una de esas mesas de plástico plegables, que dejó en el descansillo para salir un momento y regresar con dos sillas, también plegables. Cerró la puerta con llave y se la guardó en el bolsillo delantero de la camisa.

Bajó con la mesa en silencio. Llevaba una mochila en la espalda.

—Tenga cuidado —dijo Sophia—. No sea cosa que se caiga y nadie pueda ayudarlo.

El hombre esbozó una sonrisa.

—No te preocupes, no voy a caerme.

Montó la mesa debajo de la ventana y fue en busca de las sillas. Las colocó una a cada lado. Sophia, que llevaba semanas sin sentarse en una silla, sintió el irrefrenable deseo de abalanzarse sobre una y ocuparla. Era increíble cómo el encierro había resignificado el valor de las cosas. ¡Una silla!

—Ven, siéntate —dijo el hombre mientras ocupaba la silla que estaba de espaldas a la cámara.

Sophia se levantó del colchón.

—Supongo que no va a quitarme la cadena.

—Supones bien. Date prisa, solo tenemos una hora.

Sophia se sentó. El hombre se quitó la mochila y la dejó sobre la mesa. Empezó a buscar algo en el interior.

—¿Por qué solo una hora?

—He encontrado una forma de que ellos no se den cuenta. —El hombre señaló la cámara—. Pero solo funciona durante una hora.

—¿Quiénes son ellos? ¿Y qué piensa hacer con la cámara?

—Haces muchas preguntas.

Sophia asintió.

—Es lo que me dicen mis maestros.

—¿Sabes lo que me decían a mí mis maestros? Todo a su debido tiempo.

El hombre volvió a buscar en la mochila. Sacó un tablero de ajedrez y una caja de madera con las piezas. Los dejó en medio de la mesa y puso la mochila en el suelo.

—No importa quiénes son ellos —dijo el hombre—. Lo que importa es que cada día tengo que subir a la nube el vídeo de la cámara principal. Lo que voy a hacer hoy es eliminar esta hora del vídeo y ralentizar el resto para que dure veinticuatro horas. Ya lo he probado y es imposible advertir el cambio.

Sophia estaba impresionada.

—Y usted no puede quitar más de una hora porque entonces habría que bajar demasiado la velocidad, ¿no es cierto?

—Exacto.

—Es muy ingenioso.

El hombre le restó importancia y cambió de tema.

—Imagino que sabes jugar al ajedrez.

—Sé cómo se mueven las piezas. Nunca me ha interesado demasiado.

—Aprenderás. Te he traído algunos libros.

Sophia se lo quedó mirando. Era agradable poder hablar con alguien, no importaba mucho que fuera el responsable de su encierro.

—¿Eso es lo que hay en la mochila? —dijo Sophia con cierta decepción—. ¿Libros de ajedrez?

—Oh, no. Te he traído las otras cosas que me pediste. También algo más de ropa.

Sophia se quedó sin palabras. Disponer de ropa limpia había supuesto un cambio radical en su comodidad. No veía la hora de echar mano al resto de las prendas.

—Gracias —dijo finalmente.

El hombre asintió. No parecía muy seguro de qué hacer a continuación. El tablero y las piezas del ajedrez estaban en el centro de la mesa.

—Mire, no voy a jugar al ajedrez con usted —disparó Sophia—. Acaba de decirme que va a borrar esta parte del vídeo, así que podemos hablar libremente, ¿verdad? Y yo necesito saber qué está sucediendo ahí fuera. Necesito saber si mi familia me está buscando.

—¿Estás segura de que quieres saberlo?

—Segurísima.

El hombre se acarició el cabello, abundante y prácticamente sin canas.

—Ya no te buscan.

—Eso es mentira.

—Quiero decir, ya no te buscan como al principio.

Sophia sintió que las lágrimas amenazaban con salir. Se había preparado para una respuesta de este tipo y no estaba dispuesta a darle al hombre la satisfacción de quebrarse. Ya había llorado suficiente en ese sótano mugriento.

—Quiero saberlo todo.

—¿Te parece que estás en posición de exigir cosas? Sophia, he sido razonable contigo.

—Si no va a decírmelo, lárguese. Y llévese su juego de mierda.

—Está bien, si así es como quieres utilizar el tiempo. —El hombre consultó su reloj—. Tenemos cuarenta y un minutos.

Sophia recuperó la compostura. Ya no sentía deseos de llorar. Sin quererlo, el hombre le acababa de decir algo que la había hecho reflexionar. Creía haber descubierto algo que aquel hombre no quería que supiera. No iba a jugar la carta por el momento, pero era la prueba de que si conseguía seguir hablando con él averiguaría más cosas.

—Al principio fue una verdadera locura —dijo el hombre—. Fue algo muy grande; de alcance nacional. Nadie esperaba una cosa así. Quiero decir, todos los días se pierden niños en este país...

—Yo no me perdí —lo interrumpió Sophia de inmediato.

El hombre pareció desconcertado ante una corrección tan obvia. Parpadeó e hizo un ademán con la mano.

—Por supuesto, tienes razón. Es difícil saber por qué algunos casos se vuelven tan mediáticos y otros no. Yo creo que tiene que ver con que eres una niña guapa; es un poco injusto si lo piensas un segundo. ¿No crees?

—¿Más injusto que estar encerrada y comiendo su arroz seco? No lo creo.

El hombre esbozó una sonrisa.

—Mi arroz no es muy bueno, te concedo eso. La cuestión es que se armó mucho revuelo; demasiado, para mi gusto. Cada semana se hacía una marcha desde tu casa hasta la escuela. Tu madre estaba allí siempre; también tus amigos.

A Sophia se le hizo un nudo en el estómago al escuchar que sus amigos participaban en las marchas. Daba por descontado que sus padres la estarían buscando incansablemente, y sabía que sus amigos no se quedarían de brazos cruzados, pero de pronto los imaginó a los cuatro en la escuela esperando alguna noticia esperanzadora que nunca llegaría y se emocionó otra vez.

—¿A qué amigos se refiere?

El hombre levantó una ceja.

—Tus amigos, ya sabes... La chica Campbell y también la del vídeo, Janice Hobson. Ambas. Y los dos chicos.

Los cuatro van todo el rato juntos, aunque la chica Campbell es la que lleva siempre la voz cantante.

Sophia sonrió. Sintió la necesidad de decir su nombre en voz alta.

—Nikki.

—Exacto, Nikki. Ella solía hablar con los de la televisión. Ahora los medios han perdido el interés, ya no es como al principio. La policía cree que te tiraste del puente Catenary y que nunca encontrarán el cuerpo. Y ya sabes cómo son estas cosas...

—¿Por qué cree eso la policía?

El hombre se movió en la silla, visiblemente incómodo. Hizo una mueca sacando el labio inferior.

—No lo sé.

Sophia lo estudió.

—El trozo que le faltaba a mi vestido —lo desafió Sophia—. Usted lo puso debajo del puente para que la policía creyera esa historia.

El hombre se quedó callado. Finalmente reflexionó en voz alta:

—Quizás debería tener un poco más de cuidado contigo. Eres inteligente.

—A menos que yo pueda romper esta cadena con mis neuronas, creo que está a salvo.

El hombre volvió a sonreír.

—Me has dicho que te diga lo que ha sucedido y ahí lo tienes.

—¿Mis padres también lo creen? —lo interrumpió Sophia—. Lo del puente.

—No lo sé.

—Mierda, sí lo sabe.

—Tu madre no lo cree. ¿Pero qué madre podría aceptar una cosa así?

—¿Usted es padre?

Silencio.

Sophia se encogió de hombros. Luego agregó:

—Debe de serlo si sabe lo que un padre puede aceptar y lo que no.

El hombre miró su reloj y se levantó.

—No tenemos más tiempo.

Sophia rio.

—Eso es lo más gracioso que he escuchado en mi vida.

El hombre se dirigió a la escalera y subió de forma cansina, como si reflexionara acerca de lo que acababa de suceder. Sophia lo seguía con la mirada. Tenía que averiguar todo lo posible de aquel hombre, y la conversación que acababa de mantener con él había sido un excelente comienzo.

5

Con el correr de los días la relación se afianzó. El hombre bajaba tres o cuatro noches a la semana y se quedaba con Sophia; siempre una hora. En cada visita traía la mochila repleta de cosas y el acto de descubrir su contenido se había convertido en el momento más especial del día para Sophia. Normalmente había libros, ropa, artículos para el aseo y cosas por el estilo. Un día encontró un viejo reproductor de mp3 con un montón de canciones y casi llora de la felicidad.

De vez en cuando jugaban una partida de ajedrez, pero principalmente conversaban, casi siempre de las novelas que el hombre traía y que Sophia devoraba a una velocidad abrumadora. Eran en su mayoría libros viejos que el hombre traía de su propia biblioteca —según le confesó una vez—, y que para Sophia resultaron una sorpresa. El hombre tenía buen gusto y se notaba que se esmeraba a la hora de elegir cada uno de los títulos. Le advirtió, no obstante, que si Sophia seguía leyendo a ese ritmo, las buenas novelas se le acabarían pronto.

La vida en el sótano cambió radicalmente a partir de aquellas visitas. Ahora Sophia contaba con pertenencias de las que podía disponer y tenía una rutina de actividades que hacía su estancia más llevadera. Leía muchísimo, escribía canciones en su libreta, practicaba ajedrez, tomaba largos baños de inmersión con sales aromáticas, hacía gimnasia; a veces, al final del día, estaba tan cansada que caía rendida y se dormía prácticamente al instante.

Fue en aquella época cuando empezaron los ruidos en la habitación contigua. Sophia casi se había olvidado de su existencia y hacía tiempo que no se acercaba a la puerta para intentar ver por el agujero de la cerradura. Al principio los ruidos habían sido casi imperceptibles: pasos en el suelo de madera, un objeto arrastrándose, cosas así. Más tarde fue evidente que al otro lado estaban haciendo algún tipo de remodelación, porque de vez en cuando se escuchaban martillazos y el motor de máquinas pequeñas. Sophia golpeó la puerta enfáticamente e intentó llamar la atención gritando a viva voz durante varias horas, pero no obtuvo respuesta.

Cuando le preguntó al hombre por lo que sucedía en aquella habitación, él se limitó a decirle que lo sabría a su debido tiempo.

Había muchas cuestiones sobre las cuales su secuestrador prefería no hablar. Cada vez que Sophia intentaba abordar determinados asuntos, él se ponía incómodo y cambiaba de tema. La habitación de al lado era un claro ejemplo, así como todo lo referente a la vida personal del hombre. Sophia ni siquiera sabía su nombre.

Otro de los temas prohibidos era la propia desaparición de Sophia. Ella preguntaba con frecuencia, casi siempre durante las partidas de ajedrez, pero no había conseguido extraer ninguna información relevante. Una noche, durante una partida particularmente reñida, Sophia mencionó algo de pasada con la intención de cogerlo con la guardia baja.

Y lo consiguió.

—Usted sabía que aquel día yo iba a encontrarme con Dylan Garrett, ¿verdad?

Todavía con la vista puesta en el tablero, el hombre asintió imperceptiblemente.

Se detuvo de inmediato.

—Sabes que no me gusta hablar de ese día.

—Ese día recibí la descarga eléctrica de la Taser —dijo Sophia—. Creo que tengo derecho a saber.

El hombre avanzó un peón central.

—Era la única manera.

—Respóndame. ¿Sabía que ese día iba a ver a Dylan?

—No.

Sophia lo estudió.

—No le creo.

—Es tu turno.

Sophia apenas miró el tablero y movió una de sus torres hasta el otro extremo.

—Y si no lo sabía en ese momento, supongo que lo supo después, cuando Dylan lo dijo públicamente.

—¿Realmente quieres saber lo que dijo ese capullo? —dijo el hombre visiblemente molesto—. Nada. Y sé perfectamente lo que estás haciendo, así que es mejor que terminemos con esto.

—Lo hará, tarde o temprano. Dylan confesará que iba a verse conmigo. Y cuando eso suceda nadie creerá esa historia del puente.

El hombre resopló.

—¿Ves lo que haces? Nunca debería haberte dicho lo que piensa la gente de fuera.

—¿Por qué no?

—¡Porque no va a cambiar nada!

El hombre se puso de pie de repente y barrió el tablero con el brazo. Las piezas salieron despedidas a toda velocidad y se estrellaron contra la pared.

—Estaba a punto de ganarle —dijo Sophia.

El hombre se alejó y subió las escaleras en silencio. Cuando llegó al descansillo se volvió con una tristeza abrumadora en el rostro.

—Garrett nunca va a decir nada porque está muerto.

6

Si Dylan estaba muerto, pensó Sophia, la verdad podía haber sido silenciada para siempre.

¿Sería cierto?

Sophia creía haber aprendido algunas cosas del hombre, y una de ellas era que la única forma de arrancarle la verdad era haciéndole perder la paciencia. Era la razón por la que lo provocaba de vez en cuando. Había recibido pequeñas dosis de información de lo que sucedía en el mundo exterior valiéndose de ese recurso.

De modo que era muy posible que fuera verdad.

Sophia tenía mil preguntas, pero sabía que las respuestas tardarían en llegar. Su única fuente de información era un adulto temperamental que se enojaba como un niño. Durante los siguientes días, el hombre prácticamente no le habló. Bajaba al sótano para dejarle la comida y quitarle la cadena para que Sophia pudiera bañarse y cambiarse de ropa. A última hora recogía la basura y le dejaba algunas provisiones. Sophia intentaba entablar conversación, le decía que necesitaba algo en particular, como papel higiénico o algo para picar, pero el hombre no había vuelto a su locuacidad habitual. Se terminaron las visitas de una hora y las partidas de ajedrez.

Cuando Sophia le decía que había estado estudiando la variante Najdorf de la defensa siciliana, creía ver un atisbo de sonrisa, pero no conseguía ablandarlo de ninguna forma. En el fondo sabía que tendría que esperar, y que así como a veces hablaba más de la cuenta cuando se enfurecía, el hombre era sumamente cerebral cuando tenía el control de la situación.

Por mucho que le costara reconocerlo, Sophia echaba de menos compartir tiempo con él. Al principio la idea le había resultado perturbadora, pero ya no se culpaba; era la única posibilidad que tenía de interactuar con otro ser humano, y además el hombre era amable con ella. Sophia no sabía quiénes estaban detrás de su encierro ni qué pretendían de ella, lo que sí sabía era que las cosas podrían haber sido muchísimo peores.

Durante los días posteriores releyó algunos libros, pero sobre todo reflexionó mucho. Había periodos en los que extrañaba horrores a sus padres y a sus amigos, y ese fue uno de ellos. La necesidad de abrazar a su madre era a veces tan intensa que por las noches se tendía en la oscuridad y se aferraba a la almohada durante horas convenciéndose de que era ella. Es curioso cómo algo tan simple —y tan estúpido— podía darle consuelo, pero funcionaba. Casi siempre soñaba con su madre; estaban las dos en la terraza o en la cocina y hablaban de cosas sin trascendencia. Los momentos mundanos eran los que Sophia más añoraba. Los que jamás había valorado durante su vida pasada.

Otro que ocupó sus pensamientos fue Bishop, su amigo incondicional. Bishop era la única persona que sabía que ella iba a verse con Dylan aquella tarde. Y no tenía dudas de que su amigo habría gritado la verdad a los cuatro vientos, a la policía, a sus padres, a todo el mundo. ¿Pero habría sido suficiente? Dylan bien podría haberlo negado por temor a verse involucrado.

Si Dylan estaba muerto, reflexionó Sophia, entonces había sido asesinado por las mismas personas que la tenían a ella encerrada en el sótano. Y la siguiente pregunta era evidente: ¿por qué no habían hecho lo mismo con ella?

¿Por qué habían optado por un secuestro, con todas las complicaciones que eso conllevaba?

En primer lugar, hacía falta un sitio acondicionado adecuadamente: puerta de seguridad, paneles de insonorización, cadena de seguridad, cámaras. Y, lo más importante de todo, se necesitaba a alguien de confianza que oficiase de cuidador. Sophia daba por descontado que su vigilante era un eslabón más de una larga cadena; así y todo, le costaba aceptar que alguien se prestara a algo así. Quizás lo extorsionaban para que cumpliera ese papel, pues de otra forma no se explicaba su participación en algo tan horrible.

Sophia estaba segura de que el tiempo no jugaba a su favor. Menos ahora que sabía que Dylan había sido asesinado. Necesitaba recuperar la confianza del hombre, volver a las visitas nocturnas, las partidas de ajedrez y las conversaciones. Tenía que dejar de provocarlo y ganarse definitivamente su confianza. Cuando consiguiera eso —si es que acaso lo conseguía—, estaría en condiciones de dar el golpe decisivo y escaparse. Porque si no la habían rescatado hasta ahora, posiblemente nunca lo harían.

Había una paradoja interesante en su situación de encierro. Había tan pocas maneras de escaparse que explorarlas no le llevaría nada de tiempo. El sótano tenía tres salidas. La ventana era la más obvia, pero, además de ser estrecha, tenía unas gruesas rejas por la parte de afuera, así que fue lo primero que Sophia descartó. La puerta de acceso, al margen de estar fuera del alcance de la cadena, era un modelo de esos de seguridad cuyo mecanismo debía de ser demasiado sofisticado; intentar abrirla sería una causa perdida incluso con las herramientas adecuadas. La puerta interna, en cambio, era un modelo convencional de madera cuyo estado ni siquiera era óptimo. Si había alguna posibilidad de huir, estaba en esa puerta. El lado negativo era que la cámara apuntaba directamente en esa dirección, con lo cual cualquier intento de forzarla podría ser advertido.

Por supuesto, la otra posibilidad consistía en abatir al hombre de alguna forma, quitarle la llave y salir. Sophia no descartaba esa alternativa, pero era consciente de sus riesgos. Si no había más remedio, lo intentaría, pero primero se propuso focalizarse en la puerta.

Un plan fue tomando forma del modo más inesperado.

La relación con el hombre se fue recomponiendo, y Sophia empezaba a ser consciente de la necesidad que su captor tenía de pasar tiempo con ella.

—Está haciendo demasiado frío —le dijo Sophia una noche mientras le dejaba la cena.

Él asintió sin decir nada y al día siguiente regresó con una estufa eléctrica.

Retomaron las partidas de ajedrez, solo que Sophia empezó a moderar su juego para no ganar la mayoría. Durante una de esas partidas, ella le pidió que le quitara definitivamente la cadena.

—Tenemos que confiar el uno en el otro —le dijo.

No era la primera vez que se lo pedía, pero sí la primera que él pareció considerarlo seriamente.

Dos días después, el hombre se presentó en el sótano, como de costumbre. Traía una bolsa de papel con algunos productos que dejó sobre la mesa, pero no se sentó. Sophia estaba leyendo en el colchón, dejó el libro a un lado y lo miró con atención, sabiendo que había algo diferente a las otras veces. Una parte de ella se preocupó.

—He pensado en lo que dijiste el otro día. Quiero que confíes en mí.

No fue una pregunta, pero el hombre parecía esperar una respuesta.

Sophia se incorporó.

—Me has traído ropa y un montón de cosas. Estoy agradecida.

En parte se creía lo que acababa de decir, pero también lo odiaba por no hacer nada para cambiar las cosas.

—¿Pero confías en mí? —insistió él.

—Sí.

El hombre sonrió. Tenía una sonrisa que transmitía tranquilidad. Se acercó a Sophia y se arrodilló delante de ella. Del bolsillo de su camisa sacó un llavero. Era la primera vez que Sophia veía de tan cerca las llaves. Eran tres.

Una de ellas fue la que el hombre utilizó para liberarla de la cadena.

Su plan había terminado de tomar forma en ese preciso momento.

7

Entre sus dedos sostenía una ficha de dominó. Era la que tenía el cuatro y el uno. Cualquier ficha hubiese servido para su propósito, pero eligió esa porque tenía un significado especial para ella. Deslizó los dedos por los cuatro puntos de uno de los lados deteniéndose un momento en cada uno. Nikki. Janice. Bishop. Tom.

Al otro lado estaba ella.

Contempló la caja del dominó con el resto de las fichas. Desde que el hombre la había traído, junto con el ajedrez, no habían jugado ni una sola vez. La posibilidad de que el hombre descubriera que faltaba una ficha no le preocupaba demasiado. Lo cierto es que la relación entre ellos se fortalecía día tras día, y él no tenía motivos para sospechar de ella; menos aún para revisar esa caja olvidada.

Sophia contemplaba la ficha y no podía evitar sonreír. El plan que estaba a punto de poner en marcha era tan descabellado y ridículo que podía funcionar. Su padre repetía a menudo una frase: «Es tan estúpido que debe de ser brillante». La había sacado de una película.

Esa misma noche, después de apagar la luz —ya no era el hombre el que se ocupaba de eso de forma remota—, Sophia colocó la ficha debajo del colchón y se acostó. Por primera vez en mucho tiempo deseaba que llegara el día siguiente, como cuando era una niña pequeña y esperaba su cumpleaños o la Navidad. Tenía un objetivo y había terminado con las tareas preliminares en el sótano. Había descubierto, por ejemplo, que el extremo de la baranda de acero de la escalera tenía el filo suficiente para poder trazar surcos en la ficha de dominó, o que un parche de cemento rugoso en una de las paredes serviría para desgastarla.

Durante la última semana, el hombre le había quitado la cadena cada vez que la visitaba. En cada ocasión, se había arrodillado frente a ella y había sacado del bolsillo el llavero con las tres llaves. Dos de ellas eran modelos de seguridad, pequeñas y con múltiples hendiduras diminutas. De estas, una era la de la puerta de seguridad de entrada al sótano, por supuesto, y la otra de la cadena. La tercera, sin embargo, tenía que ser la de la puerta interior. Sophia no tenía forma de saberlo con certeza, pero se arriesgaría. Era una llave vieja —como la propia puerta—, de esas con una aleta y algunos dientes. En este caso eran dos en los extremos y una especie de pirámide en miniatura en la parte central. Una forma sencilla de memorizar.

Se despertó más temprano que de costumbre, ansiosa por empezar de una maldita vez. Algo que la animaba especialmente era saber que si la ficha se rompía o si no estaba segura de la forma exacta, podría volver a intentarlo. Tenía veintiocho intentos en total. No estaba mal.

Se dio un baño y leyó hasta que el hombre le trajo el desayuno. Conversaron un momento pero ella no se mostró demasiado comunicativa, lo cual hizo que el encuentro fuera breve. Cuando Sophia se quedó sola se comió los cereales y las tostadas a toda velocidad y fue en busca de la ficha.

Lo primero que haría sería desgastar el grosor, así que se acercó a la pared de cemento. Las fichas eran de plástico compacto de muy buena calidad, lo cual le daría resistencia a la llave una vez que estuviera lista, pero a su vez demandaría más tiempo para su confección.

Lo que Sophia no fue capaz de anticipar fue lo lento que sería el proceso.

La pared estaba fuera del alcance de la cámara, así que Sophia no tenía que preocuparse por ser vista. Su única precaución fue levantarse a intervalos de no más de veinte o treinta minutos y vagar por el resto del sótano para que su ausencia no levantara sospechas. Ese primer día su excitación fue tal que pasó más de ocho horas trabajando en la llave. Supo, al final de la jornada, que eso no sería sostenible en el tiempo, no solo porque el hombre podía darse cuenta, sino porque raspar la ficha contra la pared le demandaba bastante esfuerzo. Incluso cambiando de brazo y de postura el agotamiento se hizo sentir.

Con el correr de los días aprendería cuáles eran las posturas óptimas para cada tarea, y también que dosificar los tiempos hacía que a la larga fuera más productiva. La primera llave le llevó tres días, y, por supuesto, no funcionó. Fue frustrante introducirla por primera vez y ni siquiera poder hacerla girar un poco. Intentó corregirla, pero ya no era posible.

Aquella primera llave, sin embargo, fue fundamental para hacer la segunda. La paleta tenía que ser más ancha y los dientes más largos para alcanzar el mecanismo. Sería un proceso de prueba y error, pero, al final, Sophia daría con la llave correcta. Estaba segura.

En total serían ocho. Y el trabajo le supuso más de un mes.

Fue el mejor mes desde que el hombre la secuestró y la encerró en el sótano. Tener algo en que ocuparse, además de sus horas de lectura y las visitas del hombre, hizo de sus días lo más parecido a su antigua vida, donde el aburrimiento y la monotonía prácticamente no tenían espacio.

El prototipo siete fue el que realmente la entusiasmó. ¡La llave giró un cuarto de vuelta! Al final, y en su afán por hacerla funcionar, terminó rompiéndola. Fue la primera con la que había llegado tan lejos y supo que estaba muy cerca.

Escondió los trozos del prototipo siete junto a los otros. Comparando las llaves unas con otras se veía perfectamente cómo había ido mejorando.

Terminó la llave número ocho con la convicción de que sería la elegida. Los momentos para hacer pruebas en la puerta eran escasos, porque allí sí podía ser captada por la cámara. Cuando el hombre acababa de dejarle la comida era un buen momento, o incluso por las noches. Pero esta vez no aguantó. Se puso delante de la puerta interna, de espaldas a la cámara, y fingió que estiraba los músculos de la espalda, inclinando el torso de un lado a otro. Se detuvo en posición de estiramiento y extrajo la llave de la goma del pantalón. Lo que esperaba realmente era que la llave rotara con cierta resistencia para, de esta forma, poder hacer los ajustes finales. Así al menos había sido las otras veces. La llave, para su sorpresa, giró con una facilidad asombrosa.

La puerta estaba abierta.

El corazón le dejó de latir. ¿Y ahora qué?

Su primera reacción fue volver a cerrar la puerta y guardarse la llave en el pantalón. Sabía que no podía cometer un error ahora y echarlo todo a perder. Tenía que pensar. Se moría de ganas por saber qué había al otro lado; el hombre, u otra persona, había estado haciendo trabajos de remodelación durante meses.

¿Y si estaba a un paso de escapar y perdía la oportunidad por ser precavida en exceso?

Finalmente se convenció de que lo mejor sería franquear esa puerta durante la mañana del día siguiente. Hacerlo de noche sería demasiado peligroso, porque, desde luego, no podía arriesgarse a encender las luces. El mejor momento sería con los primeros rayos del día.

Esa noche apenas durmió.

8

Despertó antes del amanecer con la convicción de que la llave no funcionaría. No importaba que la hubiese probado el día anterior y que hubiera girado como si fuera la original. Buscó la forma debajo del colchón y la sostuvo en la palma cerrada como lo que era: el objeto más valioso del mundo.

Sophia había dormido con unos pantalones deportivos y una camiseta. El sol había salido y afuera empezaba a dibujarse una realidad gris.

No iba a esperar más. Fue al baño y abrió la ducha. Si el hombre, por alguna circunstancia extraordinaria, aparecía cuando ella no estaba, por lo menos quería tener una mínima posibilidad de que su ausencia pasara desapercibida.

Se dirigió a la puerta con decisión.

¿Y si estaba a punto de dar el paso que la llevaría de regreso a su vida?

Introdujo la llave y la hizo girar.

Clic.

Otra vuelta más.

Clic.

La puerta estaba abierta.

Sophia se guardó la llave en el pantalón. Giró el picaporte y tiró. La puerta se abrió y le llegó una ráfaga de aire más fresco.

Sus ojos tardaron en acostumbrarse a la poca iluminación.

Ni en un millón de años hubiese adivinado lo que vio en aquella habitación.

9

Tim nunca había publicado en el *Overfly* los nombres de los amigos de Sophia que habían ido con ella al Saxxon el día de su desaparición. La policía habló con ellos, por supuesto, y Tim había tenido acceso a los testimonios que daban cuenta de esas últimas horas antes de entrar al cine. Para él eso era suficiente. No iba a cruzar ese límite periodístico si no veía una razón de peso, y ahora tenía una. Necesitaba conocer si alguno de ellos sabía algo del diario de Sophia.

Dio dos golpes suaves en la puerta de la familia Bishop y esperó. Una niña pequeña se asomó por la ventana y empezó a señalarlo. La madre apareció un momento después y levantó la mano en señal de saludo antes de abrir la puerta.

Tim había hablado con ella por teléfono para anunciarle el propósito de su visita.

—Señora Bishop, gracias por recibirme.

—¡Tiene el pelo largo! —dijo Tilly sin dejar de señalar a Tim.

—Mi hijo no está —dijo Lena—. Le dije que quizás no llegaba a tiempo. ¿De qué quiere hablar con él?

—Con una colega estamos revisando el caso, mirando todo de nuevo por si se nos ha escapado algo. Tenemos serias dudas de la hipótesis que maneja la policía.

El rostro de Lena se transformó.

—Pase.

—Pase, señor —dijo Tilly—. Ese es nuestro gato.

—Siéntese, señor Doherty, deme un momento.

Lena hizo una llamada telefónica rápida y tras unos minutos una mujer de unos sesenta años se detuvo ante la puerta de la calle.

—¡Mamá, no quiero ir con la señora Bowen! Quiero quedarme con el señor Dorothy.

Lena le dijo algo al oído a su hija, que de inmediato se puso a gritar de felicidad.

—¡Sí! ¡Sí!

Tilly caminó por iniciativa propia hasta la salida.

La señora Bowen, que no dejó de mirar a Tim de arriba abajo con desparpajo, le dedicó a Lena una sonrisa sutil y luego agarró a Tilly de la mano.

Cuando se quedaron solos, Lena ocupó otro de los sillones del modesto salón.

Era evidente el esfuerzo puesto en mantener el hogar a flote. La decoración era austera pero de buen gusto. Tim sintió una conexión instantánea con ella.

Después de las formalidades de rigor acordaron tutearse, lo cual significó un alivio para ambos. Tenían más o menos la misma edad, a fin de cuentas.

—Entonces, Tim, ¿de qué va todo esto? Mi hijo está destrozado desde que Sophia desapareció. Y ahora, con Caroline en coma... es como si una maldición le hubiese caído a esa familia.

—No puedo decirte gran cosa, pero los que conocen a Sophia no conciben que haya podido quitarse la vida.

—Esa colega con la que estás investigando es Camila Jones, ¿verdad?

Tim asintió. No tenía sentido negarlo; en Hawkmoon los rumores corrían a gran velocidad.

—Caroline estaba segura de que Sophia no se mató en ese puente, y las madres conocemos a nuestros hijos. Mi hijo piensa lo mismo. Ven, quiero enseñarte algo.

Lena se puso de pie y guio a Tim hasta la cocina. Desde allí llegaron al garaje. El Ford Focus de Lena podría haber competido con el Chevrolet de Tim en un concurso de coches decrépitos, e incluso ganarle. El poco espacio que quedaba delante del coche estaba ocupado por una mesa abarrotada de papeles y cuadernos.

—Antes —dijo Lena—, lo único que hacía mi hijo era tocar la guitarra. Cuando desapareció Sophia dejó de hacerlo, y al cabo de unos meses se la vendió a un vecino. Ha organizado todas las marchas y en los ratos libres se dedica a esto.

Lena señaló la mesa. Tim no terminaba de comprender.

—Durante dos o tres horas al día —explicó Lena— se dedica a recorrer la ciudad. Está obsesionado con esos casos de secuestros. Libros, películas, documentales, lo ha visto todo. Dice que solo conociendo los perfiles de esos monstruos va a poder identificar la casa donde tienen secuestrada a Sophia.

Tim no podía dar crédito. Se acercó a la mesa y vio una serie de impresiones aéreas de la ciudad marcadas con bolígrafo. Algunas casas tenían un visto bueno, otras signos de interrogación o anotaciones en el margen.

—Pensé que sería algo pasajero —continuó Lena—, pero a medida que pasa el tiempo se convence más y más de todo esto. Ha perdido todo contacto con sus amigos, no le interesa nada más que seguir buscando a su amiga.

Los ojos de Lena se humedecieron y tuvo que guardar silencio durante un momento para recomponerse.

—Estoy preocupada. Al principio iba y venía en su bicicleta. Ahora toma el autobús. Observa la zona, vigila las entradas y salidas, si es necesario toca el timbre y vende galletas, habla con los vecinos. De vez en cuando encuentra una casa donde vive un hombre solo, con las ventanas cerradas todo el tiempo o con música a todo volumen y se llena de entusiasmo.

—No hay indicios de que se trate de un secuestro —dijo Tim, maravillado ante semejante despliegue. No tenía dudas de que ese chico había hecho más por Sophia que la propia policía.

—Es lo que le digo yo. Y, que Dios me perdone, pero habiendo pasado tanto tiempo...

Tim comprendió de inmediato.

—Sinceramente, Lena, creo que es muy poco probable que Sophia haya sido víctima de un depredador sexual. Y, si fuera el caso, hubiera sido muy arriesgado secuestrar a una niña en la misma ciudad.

—Yo pienso lo mismo. Además, está el tema del vídeo de Janice Hobson... —Lena dejó la frase en suspenso y le pidió volver al salón para seguir hablando más tranquilos.

Regresaron en silencio. Cuando cruzaban la cocina, Lena recogió varios juguetes de Tilly que habían quedado en el suelo. Volvieron a sentarse en el mismo lugar que antes.

Hacía menos de una hora que Tim estaba en la casa y empezaba a sentir cierta familiaridad. Lena le ofreció limonada y él aceptó.

—¿A qué te referías exactamente con lo del vídeo de Janice Hobson? —preguntó Tim.

—Mi hijo habló con Sophia sobre ese vídeo. Ella había visto algo en él o sabía algo. Le dijo que volverían a hablar después y..., bueno, pasó lo que pasó. El comisario lo sabe. Yo he ido personalmente a hablar con Holt, y también con Caroline.

—¿Confías en Holt?

—Supongo que sí. —Lena meditó un segundo—. ¿Puedo pedirte un favor?

—Claro.

—Cuando llegue mi hijo te dejaré hablar con él a solas —dijo Lena con absoluta seriedad—. Tengo la sensación de que hay algo que no me ha dicho. No digo que sea algo relevante para la investigación, porque él más que nadie quiere que se sepa la verdad, sea cual sea. Pero algo lo inquieta y no sé qué es. Mi hijo no es el mismo de siempre.

Tim respondió con un suave asentimiento de cabeza. No iba a traicionar la confianza de nadie, pero entendía que si algo de lo que le revelaba el chico era relevante para la madre, tendría que buscar la forma de hacérselo saber.

Hablaron durante un rato más, pero no del caso. Era curioso que sus caminos no se hubieran cruzado antes teniendo la misma edad y habiendo vivido en Hawkmoon toda su vida. Para Lena, que había visto desfilar por el Squeezer infinidad de hombres y era buena para recordar rostros, el hecho fue doblemente llamativo. Tampoco podía decir que lo recordara del periódico, porque rara vez tenía el tiempo para sentarse a leer uno. En tono de disculpa, Lena reconoció que prefería ver las noticias en la televisión mientras cocinaba o hacía alguna otra cosa.

Bishop llegó alrededor de las seis de la tarde. Al principio se mostró sorprendido, por supuesto, pero Tim creyó advertir cierto entusiasmo en el chico cuando su madre le dijo quién era y a qué había venido.

Lena cumplió con su palabra y los dejó solos. Fueron a la habitación de Bishop, que evidentemente estaba fuera de la órbita de su madre porque el desorden era extremo. Había ropa tirada en el suelo y varias torres inestables de cómics y revistas. La cama estaba deshecha y en las paredes había trozos de cintas que sostenían pósteres invisibles. Tim se preguntó si quitarlos de las paredes sería parte del duelo de Bishop con la música.

Debajo de la única ventana del cuarto había un pequeño escritorio con un ordenador.

Bishop se sentó en la cama. Tim ocupó la única silla.

—Mi madre ya le habrá dicho lo que he estado haciendo, ¿verdad?

—Sí, me lo ha dicho. Muy impresionante.

—Tengo un par de casas sospechosas en las afueras. Uno de estos días voy a entrar, cuando se presente la oportunidad.

Tim se mostró sorprendido y dejó que el chico hablara.

—Normalmente toco el timbre con alguna excusa, miro un poco. Si no tengo suerte, entro de alguna forma. Siempre funciona. La gente es muy descuidada.

—Bishop... ¿Te parece bien que te llame Bishop?

—Claro, todo el mundo me llama así.

—¿Sabes si Sophia llevaba un diario?

Bishop enarcó las cejas de inmediato.

—¿Por qué me lo pregunta?

—Necesito saber si crees que es posible.

Bishop lo pensó unos segundos.

—No lo creo —dijo al fin—. Sophia no es de las que se guardan las cosas. Ella lo suelta todo. ¿Para qué escribiría un...?

Bishop se quedó en silencio. Él mismo encontró la respuesta. Sophia podía haber dejado escrito lo que sabía en caso de que algo le sucediera.

—El día que Caroline Holmes sufrió el accidente —dijo Tim—, recibió una nota en la puerta de su casa. Parecía la obra de un bromista y no era del todo clara, pero podría haber sido una pista para buscar un diario en la habitación de Sophia. Por eso te lo pregunto.

—No lo sé —dijo Bishop. Estaba azorado.

—Pensaba que a lo mejor tú o alguno de tus amigos habíais dejado ese mensaje.

—¡¿Yo?! ¿Por qué haría una cosa así?

Tim se encogió de hombros.

—No lo sé.

Bishop se levantó de la cama y caminó hasta la ventana. Se quedó mirando el jardín delantero.

—¿Sus padres no encontraron nada? —dijo Bishop sin darse la vuelta.

—No podemos saber si Caroline encontró ese diario o no.

Bishop se volvió.

—La señora Holmes cree que Sophia está viva —dijo sin convicción, como si quisiera convencerse de algo.

Tim no podía revelarle a aquel chico que, en realidad, estaba casi seguro de que Caroline había encontrado el diario y de que, posiblemente, había intentado quitarse la vida a raíz de lo que había leído. No podía hacerlo por dos motivos. El primero era simple: había acordado con Camila mantener en secreto el vídeo que habían obtenido de la vecina, al menos de momento. Y el segundo era mucho más personal. Él más que nadie sabía lo doloroso que resulta perder las esperanzas, y en ese momento lo que menos quería era que Bishop tuviera que enfrentarse a una dolorosa verdad. Si buscar a su amiga casa por casa era su modo de sanar..., mejor así.

—Sophia sabía algo —musitó Bishop—. Ella me lo dijo. Si no hubiese sido tan obstinada me lo habría revelado, pero prefirió esperar unos días y fue demasiado tarde. Si yo no fuera tan estúpido podría haberlo descubierto también, supongo.

Bishop sacudió la cabeza y fue en busca del portátil. Volvió a sentarse en la cama, ahora con el portátil en el regazo.

—Mi madre no sabe nada de esto —dijo con absoluta seriedad mientras buscaba algo en el portátil—. ¿De verdad está trabajando con la señora Jones?

Tim asintió.

—Me gustaría hablar con ella.

—Muéstrame lo que tienes y quizás podamos ayudarte.

Bishop se lo quedó mirando.

—He gastado todos mis ahorros —dijo Bishop—, vendí mi guitarra, mi amplificador, mis cómics más valiosos, también trabajo los fines de semana en las casas de la zona cortando el césped; todo para conseguir esto.

Tim estaba realmente intrigado.

Bishop le dio la vuelta al portátil. En la pantalla había una ventana con iconos de archivos de vídeo. Cada uno tenía el nombre de una chica. En total, eran más de treinta.

Tim se quedó de piedra.

—¿En todos está Dylan?

—No en todos. Algunos son otros chicos de la escuela.

Tim miraba el portátil y a Bishop alternativamente.

—Sophia encontró algo en el vídeo de Janice —dijo Bishop—. Yo lo he visto centenares de veces y no he encontrado nada. En un momento, Dylan aparta la mochila de Janice, pero no sé por qué lo hizo ni si eso es lo que le llamó la atención a Sophia.

—Y tú has conseguido el resto de los vídeos para ver si algo se repetía, ¿verdad?

Bishop asintió.

—No he encontrado nada —reconoció—, solo los típicos vídeos que todo el mundo hace.

Tim tragó saliva. La explicación era tan simple que Bishop la tenía delante de sus ojos y no podía verla.

IO

Camila acordó encontrarse con Madeleine Parker, su antigua terapeuta y madre de Caroline Holmes, en el Hilton de Wilmington, donde ella se hospedaba desde hacía algunas semanas. Cuando hablaron por teléfono, la mujer le dijo que tenía pensado quedarse todo el tiempo que hiciera falta para cuidar de su hija. Había hecho los arreglos necesarios para no regresar a Nueva York durante un largo tiempo.

Si bien habían hablado por teléfono, ver a Madeleine en persona suponía para Camila un hecho sumamente especial. Hacía más de veinticinco años que se había despedido de ella en su consulta, por primera vez en mucho tiempo sintiéndose fuerte para seguir adelante con su vida y pelear por sus sueños. Desde ese momento volvieron a hablar por teléfono una sola vez, más o menos un año después. Camila había conseguido un empleo como asistente de producción en la sección de noticias de la NBC, y además había conocido a un chico. Con el chico habían ido a cenar un par de veces hasta que un día él la había invitado a su casa. La sensación de poder estar con un hombre a solas sin sentir que el mundo se le caía encima había sido tan abrumadora que Camila sintió la necesidad de volver a contactar con su expsiquiatra para contárselo. La conversación no resultó como pensaba. Madeleine se alegró por ella pero a la vez se mostró distante. Camila supo leer entre líneas y no volvió a ponerse en contacto con ella.

Cuando llegó al restaurante del hotel, Camila se quedó en la puerta y buscó a Madeleine entre las pocas personas que tomaban su desayuno tardío. Eran poco más de las once de la mañana y la divisó en una de las mesas más alejadas, junto a la ventana.

Madeleine estaba tal como Camila la había imaginado. Siempre había sido una mujer que cuidaba su aspecto, y eso no había cambiado aunque acabara de cumplir setenta años. Llevaba el cabello corto a la altura de los hombros y completamente blanco. El pañuelo del cuello hacía juego con los aros de color turquesa. Solo con verla llevarse a la boca la taza de té bastaba para saber que era una mujer medida y que controlaba la situación.

Tardó más de cinco minutos en acercarse a ella. No recordaba haberse sentido tan nerviosa desde sus más sonadas apariciones en vivo. Por un lado, quería abrazar a esa mujer, y al mismo tiempo sentía que el encuentro de aquel día no tenía tanto que ver con ella como con Madeleine, que en cuestión de meses había perdido a su nieta y cuya hija estaba en coma. Camila no podía siquiera imaginar lo que suponía estar en su lugar.

Madeleine le hizo señas y la esperó de pie al lado de la mesa. Cuando Camila finalmente se acercó, todo lo que había ensayado en su cabeza se desintegró. La abrazó y empezó a llorar. Experimentó algo extraño, o por lo menos imprevisto para ella. Tenerla delante revolvió su pasado y lo sintió en cada célula de su cuerpo. Escuchar su voz la transportó a la consulta de la calle Ochenta y dos. Su aspecto había cambiado, por supuesto, pero su voz era la misma de siempre, dulce e hipnótica.

Tras un breve intercambio acerca de los años sin verse, Camila preguntó por el estado de Caroline. Madeleine era optimista. Los médicos también lo eran. No había daño cerebral apreciable y había respondido bien a la última operación de drenaje.

—Todo lo que podemos hacer es esperar —dijo Madeleine—. Es muy posible que Caroline sea consciente de lo que sucede a su alrededor. Hoy le he hablado de ti.

Madeleine pareció quedarse en blanco, o quizás algo la inquietaba.

—¿Quieres té?

Camila declinó el ofrecimiento. Quería ser franca con Madeleine.

—Hay algo que necesito decirte, Madeleine. Estoy investigando la posibilidad de que Sophia haya dejado un diario y que Caroline lo encontrara el día del accidente.

La taza de té se detuvo a medio camino. Madeleine la depositó sobre el platito con lentitud.

—No sé nada de eso.

—Caroline recibió una nota anónima el día del accidente. Hacía referencia a la pecera que hay en la habitación de Sophia. Tengo razones para suponer que quizás allí hubiera un diario escondido y que tu hija lo encontró.

—¿Qué razones?

—Hay un vídeo que grabó el vecino.

Madeleine sacudió la cabeza. Demasiada información.

—¿Dónde está el diario? ¿Phil te ha dicho algo?

El silencio de Camila preocupó a Madeleine de inmediato.

—¿La policía está al tanto de esto?

—Todavía no. Madeleine, no confío en el comisario Holt.

—Jesús, Camila, me estás preocupando. Voy a hablar con Phil, si él sabe algo de ese diario, me lo dirá.

—De eso quería hablarte, precisamente. Necesito que me des unos días, porque creo que estoy cerca de algo. Hay personas a las que he incomodado con mi presencia.

Madeleine se la quedó mirando. Sus ojos vagaron

unos segundos por el salón, como si de pronto desconfiara de todo a su alrededor.

—Camila, mi nieta no llevaba un diario. No encaja. Quizás alguien lo colocó allí, como bien pudieron haber hecho con el trozo de vestido que encontraron cerca del río. Mi hija cree que Sophia está viva, y no se trata de la expresión de un deseo. Yo quiero honrar esa creencia.

—Lo entiendo.

—Dime qué sabes.

—Sophia sabía algo relacionado con el vídeo íntimo que grabó su amiga Janice Hobson con Dylan Garrett. No sé si lo sabes, pero Dylan Garrett fue asesinado.

—Lo sabía. ¿Y dices que la desaparición de Sophia está relacionada con ese hecho?

—He hablado con gente de la escuela. Me han confirmado que Sophia y Dylan estuvieron en contacto días antes.

El móvil de Camila vibró sobre la mesa. En otras circunstancias no le hubiera prestado atención, pero instintivamente lo miró y alcanzó a ver en la pantalla la notificación de un mensaje de Tim: «LLÁMAME CUANTO ANTES».

II

Camila llamó a Tim desde el estacionamiento del hotel.

—Acabo de ver al chico Bishop —dijo Tim sin poder ocultar su excitación—. No vas a creerlo. Ha estado todo este tiempo obsesionado con el caso de Sophia. Se ha dedicado a juntar otros vídeos como el de Dylan. Tiene más de treinta.

—¡¿Treinta?! —Camila se dirigía a un sitio más apartado—. ¿Todos alumnos de la escuela?

—Exacto. Varios de Dylan, pero de otros chicos también. Quién sabe cuántos vídeos más existen.

—Son demasiados.

—Coincido contigo. Bishop tiene totalmente naturalizado que existan esos vídeos, como si fuera algo corriente en la escuela y perfectamente normal. Muchos de ellos los han grabado en el autocine abandonado.

—Esos vídeos no son para ellos. Utilizan a los chicos para generar ese material.

—Eso creo yo también.

Costaba pensar en los autores de esos vídeos como víctimas, pero, en cierto sentido, lo eran.

«Vas a echar a perder algo grande», le había dicho Naroditsky a Camila en el jardín de la casa de cristal. También le había dicho que Sophia estaba muerta porque se había enterado de cosas que no debía saber. Y quizás lo mismo le había sucedido a Dylan Garrett.

336

—Sophia debió de averiguarlo de alguna forma —dijo Tim—, o quizás lo supuso y buscaba la confirmación de Dylan.

—Y alguien se puso nervioso. Tim, esto no es algo local. Si así fuera, el FBI no hubiera actuado en cuestión de semanas. Ha pasado más de un año desde la desaparición de Sophia. Cuando Naroditsky me dijo que había algo grande detrás, se refería a algo *realmente* grande.

—¿Qué vamos a hacer?

—Vamos a llenar de humo el hormiguero hasta que salgan las hormigas.

12

Sophia había especulado horas y horas respecto a lo que había al otro lado de la puerta. No era ingenua y sabía que algunas de esas posibilidades no le gustarían en absoluto. Todo el mundo conocía casos de niñas que eran encerradas en contra de su voluntad.

Ahora que Sophia estaba viéndolo con sus propios ojos, sentía el vértigo de no poder encontrarles el más mínimo sentido a las cosas.

Lo que había al otro lado de la puerta era una réplica de su propia habitación en su casa de la calle Clayton. Todavía no estaba terminada, y eso había roto en parte la ilusión, que de todas formas fue sumamente intensa.

El mueble donde guardaba la ropa, su escritorio, abarrotado de cosas —incluido el microscopio electrónico—, el póster de Taylor Swift..., todo estaba allí; una batería de preguntas se agolpó en su cabeza, cada una abriéndose paso a codazos frente a las otras. ¿Cómo el hombre había sido capaz de recrear su habitación con semejante grado de detalle? ¿Por qué lo había hecho?

Las dos estanterías estaban vacías, salvo por unos pocos libros que había en una de ellas. Se acercó y antes incluso de leer los lomos confirmó lo que sospechaba. Aquellos no eran libros cualesquiera para acompañar la ilusión, sino los mismos títulos que ella conservaba en su propia biblioteca. Allí estaban los siete volúmenes de Harry Potter, por ejemplo.

Con algo de duda cogió el tomo de *Harry Potter y la piedra filosofal*. Lo examinó un momento y respiró aliviada. Si bien era la misma edición en tapas duras, no era la que ella había releído tres o cuatro veces y conservaba como uno de sus máximos tesoros literarios. Era evidente que el que tenía en sus manos era un ejemplar nuevo. Lo devolvió a su sitio.

Volvió a hacer lo mismo con el globo terráqueo que había en la repisa. Era idéntico al suyo, pero no era el mismo. Una vez se le había caído y toda Australia se abolló un poco, y en este la superficie de metal estaba intacta.

¿Iba a seguir examinándolo todo?

No debía olvidarse de que cada minuto que pasara en ese sitio era un riesgo. Si el hombre bajaba al sótano y no la encontraba, todo su esfuerzo se iría al traste. Esto le recordó algo y miró en todas direcciones con el corazón desbocado. Se tranquilizó al comprobar que allí no había cámaras.

Sophia sabía que lo que tenía que hacer a continuación era verificar el estado de la otra puerta de la habitación, pero fue incapaz de quitar los ojos de la ventana. No la ventana *real*, por la que entraba la poca luz diurna que iluminaba la estancia, sino la *otra*. Caminó con lentitud, arrastrando la cadena tras de sí. Era tan poco consciente de la cadena que a veces se olvidaba de ella. Pasó junto a la pecera vacía, donde un día nadaría un pez payaso como Tony.

Todo en esa habitación era demencial, pero la ventana era sencillamente demasiado.

A través de la ventana Sophia vio la calle Clayton, y más allá el jardín de la señora Martens. Sobre el buzón de la mujer había un pájaro inmóvil que nunca volaría. Solo al acercarse lo suficiente Sophia alcanzó a ver el pixelado de la fotografía colocada al otro lado del cristal. La ilusión era perfecta.

El hombre —o alguien— había ido a su casa y tomado esa fotografía junto a la ventana de su habitación. La dedicación que se percibía detrás de cada detalle era asombrosa, por no decir los miles de dólares gastados en cada uno de los objetos más valiosos, como el microscopio o el amplificador Marshall.

Sophia se acercó a la puerta principal, que no era como la de su verdadera habitación, sino un modelo de seguridad como el de la entrada al sótano. Tuvo que estirarse al máximo para girar el picaporte. La puerta estaba cerrada, como esperaba.

Regresó al sótano sin poder poner las ideas en orden. Aunque técnicamente aquella habitación estaba en el sótano en el que la habían encerrado, su mente fue incapaz de considerarla parte de su nueva realidad. Y, de hecho, así sucedería durante bastante tiempo más.

Cerró la puerta con la llave fabricada por ella misma y se la guardó en el pantalón. Fue al baño y se dio una ducha rápida. Cuando salió, lo que había visto al otro lado de la puerta tenía todavía menos sentido que antes.

13

Sophia fingía leer cuando el hombre le trajo el desayuno, más tarde que de costumbre.

Dejó la bandeja en el suelo y le preguntó desde el rellano si había empezado bien el día, algo que evidentemente no había sucedido en su caso a juzgar por su rostro ojeroso.

Hubo algo peculiar en la forma en que el hombre formuló la pregunta. O quizás fue solo la imaginación de Sophia, que desde el descubrimiento de la habitación de al lado empezaba a verlo de un modo diferente.

Le respondió que se sentía particularmente bien, con ánimos de salir a disfrutar de una jornada al aire libre, algo que en otras circunstancias hubiera arrancado al hombre una sonrisa, pero no esta vez.

El hombre se marchó y Sophia fue en busca del desayuno. Dio cuenta del zumo de naranja y las tostadas y tomó las dos píldoras que el hombre le había dejado en la bandeja. Eran suplementos vitamínicos que Sophia había empezado a tomar unas semanas atrás sin cuestionamientos.

Regresó al colchón pero no se molestó en coger el libro. La habitación —su habitación— se llevaba toda su atención. En su mente había trazado todas las avenidas posibles. Todas las preguntas. La más intrigante de todas era: ¿por qué semejante esfuerzo? No podía siquiera imaginar el tiempo y los recursos necesarios para recrear su habitación al más mínimo detalle. Para empezar, el hombre —si es que él era el responsable— había tenido acceso a su casa, y no para echar un vistazo rápido, sino el tiempo suficiente para adquirir un verdadero conocimiento de cada uno de los detalles. El mueble de su ropa y las estanterías habían sido copiados con esmero, hasta el punto de engañar a su propia mente.

Es cierto que en nuestros tiempos era posible tomar cientos de fotografías y documentarse en cuestión de minutos, pero aun así resultaba escalofriante que los responsables de su secuestro hubiesen estado en su casa. Porque la fotografía de la calle y el jardín de la señora Martens era la prueba cabal de que eso había sucedido.

Pero entonces estaba la otra cuestión. Más allá del buen trabajo y de conseguir un resultado asombroso, bajo ningún concepto alguien podría pensar que Sophia —o cualquier persona— creería que esa era su verdadera habitación. Entonces, ¿para qué hacerlo?

Cuanto más lo pensaba, menos sentido le encontraba. Si el propósito era que estuviera en un sitio más acogedor, hubiera bastado con equipar la habitación adecuadamente en vez de encerrarla en un sitio que le recordara todo el tiempo su vida anterior, la que, por cierto, por momentos echaba de menos de un modo tan doloroso que era insoportable.

Sophia no era de las que aceptan las cosas sin una explicación coherente. Así había sido en la escuela, cuando les preguntaba a sus maestros las razones de cualquier explicación que ella creía incompleta. Sabía que su cabeza no pararía de darle vueltas al asunto.

Por lo pronto, debía enfocarse en la ventaja que tenía. Si el hombre no era cuidadoso con la puerta de la habitación de al lado, podía ser la vía de huida que tanto ansiaba.

14

El hombre guardaba las piezas del ajedrez en su caja. Al advertir que Sophia no lo ayudaba, levantó la vista y vio que ella seguía en la misma posición, sentada en su lado de la mesa pero ahora de brazos cruzados.

—A veces no es sencillo perder —dijo él—. Estás jugando cada vez mejor.

Para Sophia, que hacía tiempo que se dejaba ganar en la mayoría de los enfrentamientos con su único rival, cada una de sus frases aleccionadoras era una puñalada a su espíritu competitivo.

—No es eso. Mañana no quiero que volvamos a jugar. No es justo.

El hombre cerró la tapa de madera. Dejó la caja a un lado.

—No te entiendo.

—Tú lo sabes todo de mí —dijo Sophia con un fastidio que no era necesario simular—. Y yo no sé nada de ti, ni siquiera tu nombre.

Él volvió a sentarse, como si acabara de recibir una noticia terrible y no pudiera mantenerse en pie.

—¿Qué tiene que ver eso con...?

—Todo —lo interrumpió ella—. Vienes aquí todos los días, a veces más de una vez. Y te lo agradezco, porque sé que lo haces para que yo no esté tanto tiempo sola. Te considero mi amigo.

El hombre se quedó callado. Apareció en sus ojos una película acuosa.

Sophia señaló el tablero del ajedrez, que seguía en medio de la mesa.

—He estado jugando mal a propósito —sentenció ella.

El hombre pareció contrariado.

—No quiero que dejes de venir a verme —dijo Sophia—. Por eso lo he hecho. Y ahora también sabes eso de mí, además de lo que seguramente se ha dicho en la televisión.

Sophia nunca había visto al hombre así. Era como si sus emociones lo hubiesen paralizado.

—Mike —dijo el hombre—. Mike es mi nombre.

Sophia asintió con suavidad. No importaba si Mike era o no su verdadero nombre; lo sería en el sótano y eso era suficiente.

—Gracias —dijo ella.

Él sonrió y negó con la cabeza.

—No puedo creer que me hayas dejado ganar.

Ella se encogió de hombros.

—No siempre. Algunas veces.

El hombre..., Mike, se puso de pie.

—Espérame un momento —anunció. Se dirigió hacia la escalera y, a medio camino, se volvió. Miró a Sophia, que adivinó al instante lo que él pensaba.

—No voy a irme a ninguna parte —dijo ella apoyando los pies en la silla y abrazándose las rodillas.

Mike miró la cadena en el suelo, como si se tratara de una serpiente muerta. Asintió y siguió su camino hasta la puerta de salida.

Era la primera vez que Sophia se quedaba sola sin estar encadenada. El impulso de ir a la habitación de al lado fue casi instintivo, pero se quedó donde estaba. Lo más probable era que la puerta de *su habitación* estuviera cerrada. El hombre, Mike —Dios, cómo costaba acostumbrarse—, había dicho que regresaría enseguida. Y lo cierto es que Sophia estaba intrigada.

Al cabo de unos diez minutos estaba de vuelta en el sótano. Traía una botella de Coca-Cola y un par de vasos de plástico.

Llenó los vasos en silencio. Sophia escuchó embelesada el sonido de aquel líquido burbujeante. Nunca había sido demasiado entusiasta de los refrescos con burbujas, pero en ese momento nada le apeteció más que sentir el picor de la bebida en su lengua y en el paladar.

—La tenía reservada para una ocasión especial —dijo Mike—. ¿Te gusta?

—Por supuesto.

Mike sonrió.

—Entonces supongo que no lo sabía todo de ti, después de todo.

Sophia se bebió medio vaso de una vez, hasta que las lágrimas se le saltaron de los ojos.

Mike se metió la mano en el bolsillo de la camisa. Esta vez no sacó las llaves sino una fotografía. La dejó sobre la mesa para que Sophia pudiera verla.

Era una fotografía antigua, descolorida. En ella aparecía una mujer sonriente de unos treinta años con un bebé. El bebé también sonreía y sus ojos pequeños y ligeramente juntos delataban su identidad.

—Es mi madre.

—Es una mujer muy guapa —dijo Sophia con absoluta sinceridad. La mujer tenía unos ojos grandes y una sonrisa amplia y radiante. La fotografía captaba a la perfección el amor que sentía por el pequeño que tenía en brazos.

—Lo es —dijo Mike con ojos soñadores—. Es imposible explicarte quién soy sin hablarte de ella. Y también de mi padre, aunque no me haga demasiada gracia. Sabía que íbamos a hablar de esto tarde o temprano.

El comentario descolocó un poco a Sophia, que se limitó a asentir con la cabeza.

—Mi madre es hija de irlandeses. Tuvo seis hermanos, tres varones y tres mujeres; ella es la del medio. Yo apenas he tenido contacto con ellos o con mis primos, aunque mi madre siempre me habló de la buena relación que mantenían en Boston cuando eran niños y adolescentes. Eran una familia que no pasaba necesidades y podían darse algunos lujos. En mi cabeza, las historias que me contaba mi madre eran como las de *Sonrisas y lágrimas*. ¿Conoces esa película?

—Sí. La he visto con mi madre.

—Genial. Entonces sabes de lo que te hablo. No quiero decir que haya sido exactamente así, porque ellos no vivían en medio de la montaña, pero sí en una casa en las afueras, y mi abuelo viajaba bastante por trabajo. Cuando él regresaba de sus viajes, siempre les traía regalos y organizaban búsquedas del tesoro en el bosque. Mi madre se ha cansado de contarme historias de aquellos años gloriosos; los mayores se ocupaban de mantener a los más pequeños entretenidos; no había un solo día de aburrimiento. Yo, en cambio, soy hijo único, así que en mi casa la realidad era completamente diferente.

Mike se inclinó y cogió la fotografía como si fuera la primera vez que la veía en su vida. Su cabeza se fue a otra dimensión.

—Si quieres podemos seguir hablando mañana —dijo Sophia señalando la cámara en el techo—. ¿No estamos a punto de cumplir la hora?

Mike la observó con perplejidad.

—No te preocupes por eso. Ahora puedo manejarlo. Confían en mí.

—Oh, qué buenas noticias.

Mike sonrió con suficiencia.

—Mi madre tenía veintiún años cuando se casó con mi padre, que le llevaba diez y llegó a ser capitán en la guerra de Vietnam. Un hombre rudo. Se fueron a vivir juntos, lejos de Boston, cuando él fue trasladado a una base militar. Fue muy difícil para mi madre separarse de su numerosa familia, pero lo hizo siguiendo al hombre que amaba, y además era muy joven e inexperta. Eran otros tiempos, y si en ese momento el hombre decidía que la familia debía instalarse en la costa opuesta, o en la Luna, la mujer obedecía. Se mudaron a un apartamento minúsculo que les proporcionaba el ejército con la promesa de mi padre de que sería algo temporal. En total fueron diez años, y allí nací yo.

»Mi padre era la persona más orgullosa y autoritaria que he conocido. Tenía problemas con el juego y vivía atrapado en una red de mentiras. Para un niño resulta algo inconcebible, de modo que tardé en comprender lo que realmente sucedía en esa casa. No es que mi padre estuviera enfermo, que lo estaba, es que además era un completo hijo de puta.

Sophia abrió mucho los ojos. No fue la expresión, sino el desprecio en la mirada de Mike.

—Mi madre solo podía visitar a su familia una vez al año. Ella y yo viajábamos juntos a casa de los abuelos y eran los días más fantásticos del universo. Yo la culpaba porque ella siempre volvía. No podía entenderlo. Con mi padre no había risas, no había diversión, era estricto y siempre estaba de mal humor. Siempre tenía algún problema, o muchos. El dinero era una constante: que mi madre gastaba mucho, que yo gastaba mucho. Se quejaba del Gobierno, se quejaba de los vecinos, se quejaba de la cama mal hecha, se quejaba de todo. Mi relación con él fue una mierda a medida que fui siendo consciente de las cosas. Le tenía pavor, por supuesto. Me regañaba por cualquier cosa y nunca nada de lo que hacía estaba bien. O al menos ese es el recuerdo que tengo. Mi madre y yo vivíamos siendo juzgados rigurosamente por el ser más imperfecto y desastroso de la historia. Si te pones a pensarlo, es demencial.

Mike rio y se mordió el labio inferior.

—¿Era un hombre violento?

—A mi madre nunca le levantó la mano; al menos, que yo sepa. Yo recibí algunas palizas épicas, pero nada demasiado diferente al resto de mis amigos. Mi padre ejercía con nosotros un maltrato psicológico que era mucho peor. Para él, ni mi madre ni yo hacíamos nada bien. Fue tan fuerte esa idea que yo seguí convencido de eso durante mucho tiempo. Incluso llegué a copiar ese patrón, y también criticaba a mi madre por no dejarlo. Es muy curioso cómo funciona la mente.

—Lo siento mucho. Yo he tenido mucha suerte con mis padres.

La expresión de Mike cambió ligeramente y Sophia lo advirtió.

—¿Qué? —dijo indignada—. No me interesan las estupideces que estén diciendo de mis padres en la televisión, yo he vivido con ellos toda mi vida y los conozco.

—No he dicho nada.

—Tu cara sí. Mis padres han tenido sus idas y venidas como muchas parejas, supongo. Pero como padres han sido excelentes.

Mike levantó las manos en señal de rendición.

—Lo siento, Sophia. No he querido decir lo contrario.

Ella asintió. Se sirvió Coca-Cola en el vaso de plástico y volvió a dejar la botella en su lugar.

—Continúa, por favor.

—Mi infancia fue miserable, pero nada en comparación con la adolescencia. Cuando cumplí doce años mi vida se convirtió en un infierno.

15

Mike habló casi ininterrumpidamente durante la siguiente hora. Su relato fue de las cosas más dolorosas que a Sophia le había tocado escuchar de primera mano.

—Mi padre era la persona más competitiva del mundo —dijo Mike—, quería ganar a cualquier cosa, desde un partido de básquet con amigos hasta una intrascendente discusión doméstica. Una mentalidad así es útil en el ejército, pero no en casa. Lo más triste de todo es que esa fijación por ser el mejor se trasladó a mí. Porque, claro, su hijo también tenía que ser el mejor. Resulta paradójico, siendo un hombre que apenas traía dinero a casa, cambiaba de trabajo media docena de veces al año y cuya afición al juego lo había convertido en un mentiroso compulsivo; aun así, encontraba la manera de verse a sí mismo como el mejor. El mundo era el problema, no él. Nunca él. Sus empleadores, el mundo entero... conspiraban en su contra por alguna razón. Mi madre. Yo. Nadie estaba a su altura.

»Lo que cambió en mi adolescencia fue que él empezó a verme como una versión más joven de sí mismo, y con eso vino una tremenda carga adicional. Supongo que era una forma de redimirse y depositar en mí las expectativas de conseguir lo que él no había podido lograr y que no estaba dispuesto a reconocer ante nadie. Como te he dicho antes, la mente funciona de formas curiosas.

»Yo no era excepcional en ningún deporte, pero era bastante bueno en básquet. Mi padre me llevaba a los entrenamientos y se quedaba a un lado dando instrucciones, casi siempre contradiciendo al entrenador. Era una pesadilla. Después de cada partido, camino a casa, me enumeraba todo lo que había hecho mal. No le importaba en absoluto el equipo, ni siquiera el resultado del partido, solo mi rendimiento y mi técnica. A veces, al llegar, me hacía practicar durante horas los tiros que había fallado. Me decía que era por mi bien, que el camino hacia el profesionalismo era para los superdotados y, en una mínima parte, para los que trabajaban duro. Yo, por supuesto, pertenecía a este segundo grupo.

A esa altura del relato, Mike cogió la fotografía de su madre, que seguía sobre la mesa, y se la quedó mirando como si esperara su aprobación para seguir.

—Lo peor de todo era que yo creía que él tenía razón, y que eso que hacía era por mi futuro. Las cosas en casa eran tan terribles que ese gesto era lo más cerca que mi padre había estado de demostrar interés por alguien. No te diré todavía cómo termina la historia de mi padre y su obsesión por convertirme en el próximo Larry Bird, pero quizás sea la razón por la que tú y yo estamos aquí hablando de esto.

»El desencanto con mi padre llevó su tiempo. Años de desgaste y de discusiones. La realidad es que, como te he dicho, yo no era lo suficientemente bueno, y no hay nada de malo en ello, ahora lo entiendo. Pero mi padre no se iba a dar por vencido, claro que no. Las jornadas de entrenamiento se volvieron más intensas, sus diatribas, más efusivas. No sé qué hubiera pasado sin mi padre, porque en el fondo creo que disfrutaba bastante del juego, pero su presencia constante era una carga demasiado pesada que lo empañaba todo. Y cuantos más fracasos acumulaba él en su vida, cuantas más deudas acumulaba, más se volcaba en mí. Era su válvula de escape.

—Su salvación —musitó Sophia.

—Puede ser. Gracias al básquet conseguí una beca en la universidad y empecé a participar en la liga universitaria. Mi padre venía a verme jugar casi siempre, así que no me libré de él, pero al menos no tenía que padecerlo en el día a día. Eso le tocó a mi madre. —Mike cogió la fotografía y se la llevó al pecho—. Ella me decía que las cosas estaban mejor. Cada vez que la llamaba o los visitaba me lo repetía una y otra vez, como si de esa forma pudiera hacerse realidad. Yo sabía que no era cierto.

»Un día, ya en segundo año, jugábamos un partido decisivo. Mi padre fue a verme pero no me dijo nada. A veces hacía ese tipo de cosas, se escondía entre la gente para que su presencia no influenciara mi juego. El truco funcionó durante un tiempo, hasta que instintivamente empecé a buscarlo entre los espectadores. No recuerdo un solo partido en el que no haya pensado en algún momento en él.

—¿Crees que hubieras llegado a dedicarte profesionalmente al básquet de no haber sido por tu padre?

—¿Quién te ha dicho que no jugué profesionalmente? —Mike le guiñó un ojo—. No, estoy bromeando. Nunca hubiese llegado demasiado lejos, con o sin mi padre, esa es la pura verdad. En la universidad casi siempre estaba en el banquillo; hasta que finalmente lo dejé.

—¿Qué pasó ese día?

Mike asintió con pesar.

—Nunca voy a olvidarme de ese día. Tú eres muy joven, pero cuando tienes una cierta edad, puedes mirar hacia atrás e identificar algunos hitos claves en tu vida; puntos de inflexión. En aquel momento quizás no lo ves, pero con la distancia es más sencillo.

—El día que me electrocutaste con la Taser y me trajiste aquí fue un punto de inflexión en mi vida.

Mike se quedó callado por un momento.

—Lo siento. A veces olvido lo lista que eres.

—Cuéntame lo que pasó el día del partido decisivo.

—Perdimos. Los ánimos de todos estaban por los suelos. Era la última oportunidad de clasificarnos para la fase final. Si he de serte completamente sincero, a mí no me afectó demasiado. Para entonces ya me había desencantado del juego y seguía por inercia, porque ni siquiera me había puesto a pensar en cómo sería decírselo a mi padre. Sabía a la perfección cuáles serían sus argumentos, empezando por todo el esfuerzo y el tiempo que él había desperdiciado conmigo.

»Pero había una razón todavía más importante por la que no quería dejar el básquet. Ese día, en el vestuario, el entrenador nos dio una breve y tibia charla final y cada uno se cambió lo más rápido posible y se fue por su lado. Yo decidí quedarme. Me di una larga ducha mientras mis compañeros se iban poco a poco, hasta que el vestuario quedó en silencio. El repiqueteo del agua en la cerámica era reconfortante. Las duchas estaban separadas por unas mamparas de vidrio que contenían el vapor. ¿Te imaginas lo que sucedió a continuación?

—Llegó tu padre, por supuesto.

Mike negó con la cabeza y sonrió con perspicacia.

—Una silueta difusa se dibujó al otro lado del cristal, pero no era mi padre. Reconocí de inmediato la figura esbelta de Dustin, la estrella del equipo. Estaba completamente desnudo y asumí que se había quedado sin champú o algo así. Abrí la mampara y, en cuanto vi su rostro, supe exactamente lo que necesitaba. Lo dejé entrar y empezamos a besarnos.

Sophia esbozó una sonrisa.

—Y entonces sí —dijo Mike—, llegó mi padre.

La sonrisa de Sophia fue reemplazada por una expresión de horror.

—Oh, no.

—Oh, sí. Han pasado muchos años y todavía me cuesta hablar de eso. Durante un instante sientes que estás tocando el cielo con las manos y al siguiente te ves ardiendo en el infierno.

—Supongo que él no sabía nada.

Mike rio.

—Claro que no. ¡Ni siquiera yo lo tenía del todo claro! Mi padre odiaba a los homosexuales, y yo crecí escuchándolo decir todo tipo de barbaridades cuando se refería a ellos. Yo había tenido algunas experiencias con chicas, y tardé bastante tiempo en saber lo que sentía verdaderamente. Lo que sucedió ese día en el vestuario lo aceleró todo.

»No sé si mi padre vio entrar a Dustin o si fue a buscarme y se encontró con la sorpresa. La cuestión es que abrió la mampara y nos vio besándonos. Yo estaba de espaldas y al principio no advertí su presencia. Cuando finalmente me di la vuelta y vi su cara, el mundo se detuvo. Jamás he visto una mezcla tan clara de estupor e ira. Ni en mi padre ni en nadie más. Si mi padre hubiese tenido un arma, la hubiese usado en ese instante, no tengo ninguna duda. Se abalanzó al interior del cubículo como una fiera y me golpeó de una forma tan brutal que mi cabeza se estrelló contra la cerámica y me desmayé.

—¡Dios mío!

—Según Dustin, mi padre dio media vuelta y se fue hecho una furia. Debieron de llamar al médico del campus y me dieron unos puntos en la cabeza. Desde ese momento, hace más de treinta años, no volví a verlo salvo una sola vez.

Sophia abrió los ojos al máximo.

—¿Y tu madre? ¿Dejaste de verla también?

—Oh, no —dijo Mike como si la sola idea lo escandalizara—. Nos veíamos en la casa de su hermana mayor, mi tía. Tomábamos el té, conversábamos, jugábamos a las cartas con ella y alguno de mis primos, pero jamás hablé con ella de lo que sucedió ese día y de la razón por la cual mi padre y yo nos distanciamos. Estoy seguro de que ella lo sabía, porque mi padre se habría encargado de recordárselo todo el tiempo.

—¿Ella no lo dejó?

—No podía —dijo Mike—. No sé si era una cuestión de valor o de temor, o ambas cosas.

Ahora fue Sophia la que observó la fotografía. La sonrisa de aquella mujer escondía mucho dolor.

—¿Tu padre sigue vivo?

—No. Siete años después de ese incidente, se resbaló en la ducha y se partió la cabeza. ¿Puedes creerlo?

Mike le guiñó un ojo y se levantó de su silla.

16

Varias cosas cambiaron después de que Mike le hablara a Sophia sobre la conflictiva relación con su padre. La confianza entre ellos se fortaleció, y Mike no volvió a colocarle la cadena.

Las visitas diarias se hicieron más extensas. Compartían al menos dos comidas al día —invariablemente la cena era una de ellas—, y Sophia empezó a hablar poco a poco de sus cosas, de su familia, pero especialmente de sus amigos. Mike había sido un solitario en la escuela y encontraba particularmente interesantes las aventuras de la banda.

Sophia no se olvidaba de que Mike era en parte responsable de su encierro, pero empezaba a pensar que podía llegar a convertirlo en su aliado. Si lo habían obligado de alguna forma a cumplir con su parte del plan, quizás entre los dos podrían encontrar la manera de arreglar las cosas. Él podría ayudarla a escapar y ella comprometerse a no revelar la verdad.

Esas ideas empezaron a rondar la cabeza de Sophia cuando todavía no había definido qué hacer con la habitación de al lado, y eso era peligroso. Ya no estaba encadenada y podía utilizar la llave cuando quisiera. ¿Iba a desaprovechar una posibilidad de huir por cuidar su vínculo con Mike? Unos meses atrás hubiese dado cualquier cosa por estar en la situación en que se encontraba ahora.

Y, sin embargo, su mente se empecinaba en explorar alternativas en las cuales Mike se convertía en su aliado. ¿Por qué?

Una cosa estaba clara. No podría ejecutar los dos planes. Si intentaba escapar y fallaba, su vínculo con Mike se iría al diablo. O apostaba todas sus fichas a la buena relación que estaban construyendo... o debía asegurarse de que su plan de huida no fallara.

Por otro lado, las tareas en la habitación de al lado continuaban y pronto estaría terminada. Sophia sabía que no le quedaba mucho tiempo.

Finalmente, la razón se impuso y se convenció de que tenía que intentar huir. Había invertido demasiado tiempo en la llave y era una oportunidad que no podía dejar pasar. El plan estaba trazado en su cabeza y solo fue cuestión de elegir un día.

La noche anterior hizo dos cosas: beber casi un litro de agua antes de acostarse y dormirse repitiéndose una y otra vez que tenía que despertarse de madrugada. Quedarse despierta era demasiado arriesgado. Necesitaba estar lúcida.

El truco funcionó. Despertó en algún momento de la noche con la vejiga a punto de explotar, pero con la sensación de haber descansado un buen número de horas, quizás cuatro o cinco. Estimó que serían alrededor de las cuatro de la mañana.

Se vistió y se quedó sentada en el colchón. Necesitaba la luz del amanecer para poder moverse en la habitación de al lado, de modo que esperó hasta que, tras la ventana, la noche empezó a ceder.

Cogió la llave y abrió la puerta. Desde que Mike le había quitado la cadena, había estado en la habitación de al lado solo una vez. A medida que los trabajos avanzaban, la ilusión era cada vez más precisa. La biblioteca estaba casi completa, al igual que las estanterías. Sophia no se resistió y fue al armario de su ropa, que por el momento seguía completamente vacío.

Dedicó casi una hora a los preparativos. Al cabo de ese tiempo regresó al sótano, se quitó las zapatillas y se recostó con la ropa puesta. Consiguió dormir un rato hasta que Mike le trajo el desayuno.

Sabía que Mike, después de llevarle el desayuno, se ocupaba durante un par de horas de los trabajos en la habitación de al lado. Lo sabía porque lo había escuchado varias veces. Sophia dio cuenta del desayuno a una velocidad meteórica —menos de dos minutos— y fue en busca de la llave. Abrió la puerta y se metió rápidamente en la habitación de al lado.

Si Mike o cualquier otro la había visto por la cámara de seguridad, ya poco importaba. Su suerte estaba echada y a partir de ahora cada paso podía significar el fracaso rotundo de su plan.

Fue directamente a la cama y se escondió debajo. Desde allí tenía una visión casi completa de la habitación. Mike había dejado algunos materiales en un rincón: latas de pintura, cables, trozos de madera y otras cosas que seguramente tenía pensado llevarse más tarde. Sophia había encontrado allí lo necesario para fabricar el arma con la que tenía pensado atacar a Mike.

Estiró el brazo y tocó el palo de madera. Solo era cuestión de esperar.

La puerta se abrió una media hora después, o eso estimó Sophia.

Reconoció de inmediato las botas de Mike, que una vez dentro de la habitación giraron y permanecieron unos segundos apuntando en dirección a la puerta. Sophia escuchó el inconfundible tintineo de las llaves. Entonces Mike caminó, pero no hacia el otro lado de la habitación, sino hacia la cama. A Sophia se le paralizó el corazón y empezó a pensar todo tipo de cosas: que había dejado algo olvidado encima de la cama, que uno de sus pies o brazos había quedado a la vista, que Mike la había visto por la cámara de seguridad... En fin, multitud de ideas por el estilo.

Las botas se detuvieron junto a la cama. Mike llevaba puesto uno de sus vaqueros azules. Después de unos instantes Sophia vería aparecer su rostro cuando se asomara.

Pasaron algunos segundos pero Mike no se agachó.

Entonces Sophia escuchó el ruido de una bolsa de nailon al ser manipulada, como si Mike guardara o sacara algo de ella. Se sintió intrigada de inmediato. Después escuchó cómo algo caía al agua y comprendió de inmediato lo que estaba sucediendo. Cuando Mike finalmente rodeó la cama y fue hacia el otro lado de la habitación, Sophia se asomó y miró hacia arriba, en dirección a la pecera, donde un pez payaso nadaba plácidamente.

La llegada del pez payaso significaba que la habitación estaba casi lista, con lo cual el *timing* no podía ser más oportuno.

Mike fue al escritorio y se sentó. Sophia pudo ver cómo los pies de Mike empezaron a moverse suavemente al compás de una melodía inexistente. ¿Llevaría unos auriculares? Si era así, podía significar para Sophia una ventaja decisiva; aguzó el oído e incluso creyó advertir que Mike murmuraba una canción. Eso no significaba necesariamente que llevara auriculares, pero ciertamente era una posibilidad que valía la pena comprobar.

Sophia observó el arma que había ideado para atacar a Mike. Era un palo de madera relativamente delgado y corto. Un golpe con él no hubiera conseguido derribar a un adulto —mucho menos a alguien de la complexión de su captor—, pero Sophia había agregado en el extremo dos clavos con la punta desgastada. Cada uno de esos clavos estaba conectado a un cable de unos tres metros, y estos a su vez enchufados en el enchufe de detrás de la cama.

Ojo por ojo, dice el refrán.

Se asomó, esta vez con mucho cuidado, porque si Mike giraba la cabeza en ese preciso momento podría verla. Afortunadamente no lo hizo y ella pudo comprobar lo que había supuesto: llevaba puestos unos auriculares.

Su plan original había sido atacarlo a la salida, cuando Mike estuviera de espaldas, justo después de abrir la puerta. De esta forma ella podría aprovechar para escapar. Si la descarga derribaba a Mike, entonces quizás tendría tiempo para quitarle las llaves y cerrar la puerta por fuera. Eso le daría más posibilidades de sortear los obstáculos con los que pudiera encontrarse. No sabía si había más personas en la casa, por ejemplo.

Pero ahora que lo veía allí sentado, con los auriculares, lo cierto es que acercarse por la espalda para aplicarle la descarga sería muy sencillo.

El único problema sería cómo quitarle a Mike la llave del bolsillo de su camisa. Acercarse sería sencillo. Asestarle los clavos, también. ¿Y después qué? Mike se sacudiría y caería al suelo, moviéndose frenéticamente hasta que los clavos se desprendieran de su carne. Sophia no tenía forma de saber hasta qué punto sería complicado hacerse con las llaves en tales circunstancias.

Era demasiado arriesgado.

Decidió seguir con el plan tal cual lo había trazado en su cabeza durante los últimos días. Es decir, esperar a que abriera la puerta de salida y sorprenderlo entonces.

Otro punto al que había dedicado cierta consideración era dónde atizar a Mike. Los clavos tenían que hundirse lo suficiente para que la descarga durara un tiempo prolongado. Si se desprendían demasiado rápido podía no darle tiempo a ella a escapar. La opción más obvia era la espalda, pero finalmente se había decantado por hacerlo en la pantorrilla. La carne sería más blanda y conseguiría derribarlo con más facilidad.

La espera se hizo eterna. Una vez descartada la posibilidad de adelantar el ataque, no quedaba más remedio que esperar a que Mike terminara con lo que tenía previsto. Normalmente se quedaba unas dos horas en la habitación.

Durante su rápido vistazo, Sophia no había alcanzado a ver qué hacía Mike en el escritorio. Intrigada, decidió mirar otra vez. En esta ocasión se concentró en lo que había sobre el escritorio, que en primera instancia se reveló como un libro de grandes dimensiones, pero que terminó siendo un álbum de fotografías.

Volvió a esconder la cabeza debajo de la cama, confundida ante lo que acababa de ver. Había dado por sentado que Mike trabajaba en poner a punto la habitación, y sin embargo lo único que había hecho hasta ese momento era dejar el pez payaso en la pecera y ponerse a ver fotografías. ¿Qué había en esas fotografías? ¿Por qué iba a verlas allí abajo?

No importaba. Lo único que debía importarle a Sophia era que al cabo de muy poco tiempo llevaría adelante la acción más trascendental de su vida. Y que, si todo iba bien, ese mismo día podría abrazar a sus padres y dormir en su propia cama.

Una sensación de vértigo la invadió. No era la primera vez que pensaba en su regreso al mundo exterior como algo avasallante. Era ridículo, por supuesto, había funcionado en aquel mundo durante catorce años. Era *su* mundo.

Y sin embargo...

Mike se puso de pie. Caminó despacio en dirección a la puerta de salida. Pasó junto a la cama.

El corazón de Sophia se aceleró como una locomotora. Mike estaba a medio camino entre la cama y la puerta.

Sophia se asomó y vio que Mike, ahora de espaldas, todavía llevaba puestos los auriculares. Perfecto.

Había llegado el momento.

17

El Audi de Vince Naroditsky llegó al autocine abandonado a más de cincuenta kilómetros por hora. Giró con violencia y levantó una polvareda de tierra hasta detenerse no demasiado lejos del Mercedes de Camila.

Ella lo esperaba de pie junto al coche.

Naroditsky se bajó hecho una furia.

—¿¡Qué mierda es esta, Camila?! ¿Por qué tanto misterio?

«Porque el misterio es tu talón de Aquiles», pensó Camila.

Elegir el autocine había sido una decisión de última hora. No había querido reunirse con Naroditsky en su hotel ni en ningún otro sitio donde él pudiera sentirse a gusto. Mucho menos en la casa de cristal; bastante tenía Camila con tener la visión de su ex de pie en el jardín.

—Vamos, Vince, no te pongas así. Hoy con Waze llegas a cualquier parte sin problemas —dijo Camila, y abrió los brazos para marcar la inmensidad del lugar.

Él vestía un traje absolutamente inadecuado para la ocasión. Era un día ventoso y frío de abril. Camila sintió una maliciosa satisfacción cuando vio cómo las hojas secas se arremolinaban alrededor de los costosos zapatos que traía Naroditsky.

—Ya estoy aquí. ¿Feliz? —dijo Naroditsky abriendo

los brazos e imitando el gesto que acababa de hacer ella. Había perdido la paciencia.

—Gracias por venir —dijo Camila con una sonrisa.

Él se mordió los labios y miró al cielo gris.

—Tengo que estar en otro sitio dentro de veinte minutos.

—Esto nos llevará mucho menos tiempo.

—Perfecto.

—Lo sé todo —dijo Camila—. Sé que el vídeo de Garrett y Janice Hobson no es el único. Es solo la punta del iceberg. Hay muchos más; buena parte de ellos grabados precisamente aquí.

Camila hizo una pausa. Naroditsky la estudiaba.

—Pero no se trata de grabaciones aisladas —continuó ella—. Hay una red criminal detrás. Holt está metido. Garrett está metido. Y no se trata de una red local, sino mucho más amplia. El FBI está trabajando para dar un golpe grande y tú estás ahí, a su lado, como un perrito a la espera de que le tiren un hueso para masticar.

Silencio.

«Bingo», pensó Camila.

Buena parte de lo que acababa de decir era pura especulación. Pero Camila sabía que si hubiese mostrado la más mínima duda, Naroditsky jamás le habría dado la razón.

—¿Qué vas a hacer? —dijo Naroditsky.

—Ya llegaremos a eso. Primero quiero que me digas cómo sabes que Sophia Holmes está muerta.

—No lo sé con certeza.

Camila resopló con indignación.

—En mi casa dijiste...

—En tu casa te dije que te mantuvieras al margen porque ibas a cagarla, y ¿qué hiciste? Lo que haces siempre, Camila, seguir por tu camino como el Llanero Solitario.

Camila era inmune a las balas de Vince Naroditsky. Podía esquivarlas como Neo en *Matrix*.

—¿Entonces no sabes nada de Sophia?

—Mira, Camila, si te guías por lo que dicen los investigadores, todas las pruebas indican que esa chica se suicidó. No tiene nada que ver con este asunto. Y si está relacionada con él de alguna forma, entonces ya puedes imaginarte el desenlace...

—¿Para qué ibas a entrevistar a la madre?

Naroditsky la miró con frialdad. Quizás se había olvidado de que Camila podía leerlo como nadie.

—No voy a discutir mis decisiones profesionales contigo. He venido aquí por cortesía, porque te tengo aprecio, Camila, aunque no lo creas. La misma razón por la que fui a tu casa. Todo lo que me has dicho no son más que especulaciones. Te conozco y sé que es así. Solo porque Holt y Garrett fueron a tu casa como si fueran dos enviados de Tony Soprano, tú asumes que están metidos en una red criminal que te has inventado. Si algo de lo que me has dicho es correcto, es porque lo has adivinado. Eso no es trabajo periodístico.

—¿Ahora estás insultando mi trabajo como periodista? Niega que haya una red de pedófilos de alcance nacional detrás de esos vídeos.

Naroditsky se quedó quieto como una estatua.

—Si has hecho bien tu trabajo, no necesitas que te confirme nada.

—Eres el mismo cínico de siempre —dijo Camila—. Lo único que te importa es ser tú la cara que todo el mundo asocie con el caso del año.

—¿Quieres que sea el malo de la película? ¿El periodista que solo piensa en sí mismo? Perfecto, colócame en ese lugar. No será la primera vez que lo haces. El único consuelo que me queda es que, según tú, todos los hombres que han pasado por tu vida son una mierda, así que no soy el único. Puedo cometer errores, pero no soy el diablo.

Camila lo desafió con la mirada. Aquello le dolía un poco, tenía que reconocerlo.

—Quiero hablar con el agente que esté al mando del caso —dijo Camila—. Dime quién es, así nos ahorramos esa parte, porque sabes que daré con él.

Naroditsky resopló y esbozó una sonrisa. A continuación miró al cielo como si no pudiera creer lo que escuchaba.

—Déjate de numeritos, Vince. Quiero el nombre del agente. Si no consigo hablar con él mañana, voy a salir con lo que sé.

Si había algo que cualquiera que conociera a Camila sabía, era que no se trataba de una mujer de amenazas vacías. El rostro de Naroditsky se transformó.

—Estás loca. —Naroditsky se colocó bien la chaqueta y se dio la vuelta. Caminó hacia el coche.

—Sophia puede estar viva —dijo Camila levantando el tono de voz—. ¿Te has parado a pensar en eso? Esos desgraciados pueden tenerla cautiva.

Él le dedicó una última mirada de hielo antes de entrar en el coche.

El Audi giró en U y se fue, mucho más lentamente de lo que había llegado. Camila escuchó el motor extinguirse a la distancia.

Se quedó sola en el autocine. Había algo perturbador en ese sitio, y esa sensación se intensificó conforme pasaron los minutos. Seguramente tenía que ver con la carga de lo que había sucedido allí. Imaginó los coches y las furgonetas de los chicos adinerados que encandilaban adolescentes para que se acercaran a sus trampas mortales.

Camila se metió en el Mercedes y bajó la capota. Necesitaba hablar con Tim cuanto antes. El encuentro con Naroditsky había transcurrido por los cauces esperados salvo por un detalle: un dato revelador que su ex le había deslizado sin darse cuenta.

Llamó a Tim al tiempo que encendía el coche.

El periodista respondió al instante.

—¿Cómo va todo? —preguntó Tim. La idea del encuentro en el autocine no le había gustado en absoluto.

—Acaba de irse. No me confirmó nada ni me dijo el nombre del agente que lleva la investigación.

—Oh, bueno, ya intentaremos...

—Pero ha cometido un error fatal. Sin darse cuenta me ha dado la pista para localizar al responsable de la investigación por parte del FBI. Voy de camino en este momento.

—¿A reunirte con el agente?

—No exactamente. Con alguien que me llevará directamente a él.

Camila interrumpió la comunicación. Salió del bosque mientras manipulaba el sistema de navegación para dirigirse a una de las direcciones pregrabadas.

18

Camila tardó una hora en llegar a Fayetteville, donde Bill Mercer había elegido vivir tras su retiro forzado como comisario de Hawkmoon. Durante el trayecto repasó en su cabeza todo lo que recordaba del informe elaborado por Annie Delacroix acerca de él, así como del encuentro anterior en su fastuosa morada.

Mercer había participado en un tiroteo junto con el entonces oficial Holt en el que había resultado herido de gravedad, provocándole una lesión en la espalda que lo había dejado en silla de ruedas. Holt fue el que lo había puesto en contacto con Frank Garrett, que demandó al Estado por una negligencia en la compra de chalecos antibalas, y Mercer se hizo millonario de la noche a la mañana.

Ahora vivía una vida solitaria con algunos empleados que se ocupaban de él mientras llevaba adelante la titánica tarea de recrear la ciudad de Hawkmoon en miniatura.

La sensación que Camila tenía de él era la de un hombre sumido en la tristeza. El dinero y un hobby eran la receta elegida para sobrellevar una existencia donde no había espacio para los sueños. Fue Mercer el que le insinuó a Camila que Holt y Garrett no eran de fiar.

Lo que Camila no había anticipado fue que pudiera traicionarla.

Esta vez, entrar en su casa fue mucho más sencillo. El ama de llaves, Edna, evidentemente había sido aleccionada por algún otro empleado —o quizás por el propio Mercer— acerca de quién era Camila, y esta vez no la hizo esperar en la puerta como durante la visita anterior. La condujo al taller sin hacer preguntas.

Camila encontró a Mercer de espaldas, trabajando en lo que parecía ser un torno. El ruido impidió que Mercer advirtiera la presencia de Camila, por lo que ella optó por quedarse en silencio para no asustarlo. Lo que menos necesitaba aquel hombre era perder otra de sus extremidades de una manera tan estúpida.

Camila aprovechó esos instantes para echar un vistazo a la maqueta de la ciudad y también a la pieza que Mercer trabajaba en el torno. Parecía una especie de obelisco.

Finalmente, Mercer detuvo el torno y se quedó mirando la pieza, todavía sin quitarla de la guía. Camila carraspeó.

Mercer giró la cabeza con violencia. Su silla lo hizo a continuación en un movimiento reflejo.

—Señora Jones...

—Buenas tardes, señor Mercer. Perdón por presentarme de esta forma.

Mercer se acercó esquivando bultos con destreza.

—¿Ha sucedido algo? —preguntó Mercer levantando la cabeza para mirarla a los ojos.

—A decir verdad, sí. Usted me ha mentido.

Bill Mercer pareció genuinamente contrariado.

—Estoy seguro de que hay un malentendido, señora Jones. ¿Le parece que hablemos en el jardín? El sistema de ventilación aquí es bueno, pero siempre hay polvo dando vueltas.

Sin esperar respuesta, Mercer hizo girar las ruedas de su silla y salió al jardín. Camila lo siguió por el sendero de piedra hasta la glorieta que había en el centro. Hacía fresco y quedaba, a lo sumo, una hora de luz.

En la glorieta había una mesa con tres sillas. Mercer se colocó en el espacio vacío y Camila se sentó enfrente.

—Explíqueme por qué piensa que le he mentido —dijo Mercer—. Estoy confundido.

—Durante nuestro último encuentro me dijo que apenas conocía el caso de la desaparición de Sophia Holmes. Eso no es cierto. Ha estado en contacto con Vince Naroditsky, e incluso le ha dicho lo que hablamos usted y yo en confianza.

Bill Mercer arrugó la frente e hizo una mueca de desconcierto.

—Hay un error. Jamás he hablado con Naroditsky ni con ningún periodista. Se lo juro.

Camila no se inmutó. Estaba convencida de lo que decía. Recordó la frase que le había dicho Naroditsky en el autocine apenas unas horas atrás: «Holt y Garrett fueron a tu casa como si fueran dos enviados de Tony Soprano». Camila había utilizado esa misma expresión cuando había hablado con Mercer la primera vez. Evidentemente, a Mercer se le había quedado grabada y se la había repetido a Naroditsky. Era imposible que dos individuos utilizaran esa misma frase y que no hubiera una conexión.

Camila se preparó para leer el rostro de su interlocutor mientras le explicaba cómo había llegado a esa conclusión.

—Es demasiada coincidencia, ¿no cree, señor Mercer? Lo era.

Bill Mercer tenía la expresión de un animal acorralado que evalúa sus posibilidades de escapar.

—Como le he dicho —insistió—, no he hablado con Naroditsky.

—¿Entonces con quién ha hablado?

Mercer suspiró. Cerró los ojos durante varios segundos. Por un instante Camila temió que el hombre se quedara dormido.

—¿Qué es lo que ha averiguado, señora Jones? —dijo finalmente después de abrir los ojos y mirarla con algo de abatimiento.

Camila pensaba a toda velocidad. ¿Con quién había hablado Mercer? ¿Y cómo habían llegado sus palabras a oídos de Naroditsky?

—No voy a discutir mis hallazgos con usted. Mucho menos después de haber traicionado mi confianza.

—Créame, no la he traicionado. —Mercer se quedó pensativo—. Mire, no vamos a llegar a ninguna parte si ninguno de los dos no muestra alguna de sus cartas. Yo no he hablado con ese periodista, pero sí con otra persona, y creo que sé cómo esa frase ha llegado a oídos de Naroditsky.

—¿Con quién?

—Con el agente del FBI que está al mando de la investigación —dijo él.

Camila se quedó de piedra. Era la primera vez que alguien le confirmaba que el FBI estaba detrás del caso moviendo los hilos en la sombra.

—No me iré de aquí hasta que me diga ese nombre.

Él no respondió.

—¿Sabe lo que pienso, Mercer? Que el FBI está llevando adelante su preciosa investigación sin tener en cuenta que Sophia puede estar viva. Quizás incluso sin pensar que su desaparición pueda estar relacionada con los vídeos. La prensa, con Vince Naroditsky a la cabeza, está jugando exactamente el mismo juego.

Camila había ido a casa de Mercer creyendo que iba a desenmascarar a un soplón y resulta que el tipo sabía mucho más de lo que ella creía. ¿Qué interés podía tener el FBI en el excomisario?

—Usted sabe lo de los vídeos, ¿verdad, Mercer?

Él asintió imperceptiblemente.

—Y también sabe que Garrett y Holt forman parte de una red criminal y que el FBI está detrás de ellos.

Mercer abrió mucho los ojos.

—¿Quería mis cartas? —dijo Camila—. Ahí las tiene. Es su turno. ¿Cómo lo sabe usted?

—El FBI me lo dijo.

—¿Por qué?

—No puedo responderle a eso. Seguramente puede imaginarlo.

Camila no tenía la más mínima idea.

—Señora Jones, sé perfectamente cómo funciona el sistema. Hace años que no estoy activo pero sigo estando del mismo lado de siempre.

—¿Por qué lo dice?

—Si estoy hablando con usted es porque el agente Carlson me alertó de que esto podía suceder y me dio instrucciones precisas sobre cómo proceder.

—El agente Carlson... —repitió Camila, más para sí que para Mercer.

—Exacto. Ya tiene el nombre que ha venido a buscar. Mi impresión es que tendrá novedades del agente Carlson muy pronto. Ahora le pido que se marche, por favor.

Se despidieron de forma cordial y Mercer le deseó suerte. Camila lo dejó en la glorieta y regresó a la casa por su cuenta.

Cuando llegó a Hawkmoon, tal como le había anticipado Mercer, Camila recibió una llamada no identificada.

19

Era un edificio viejo y descuidado. En la parte de abajo había una pequeña plaza comercial con tres locales. Dos de ellos estaban vacíos, y en el tercero funcionaba un estudio de yoga que en ese momento estaba cerrado.

Camila pasó junto al vidrio del estudio de yoga y miró hacia el interior —LILA & ALMA, rezaba el cartel, donde además había una silueta de una mujer cruzada de piernas— y miró hacia el interior. Lo poco que pudo ver, porque al otro lado había una cortina mal puesta y el vidrio estaba bastante sucio, fueron algunas colchonetas desperdigadas y una serie de jarrones con juncos como decoración. Era posible que el negocio hubiera dejado de funcionar hacía poco y los dueños todavía no se hubiesen llevado lo poco que quedaba.

El segundo indicio de que quizás estuviera en el sitio equivocado lo tuvo cuando intentó acceder al edificio y comprobó que la puerta estaba abierta. La empujó con suavidad y entró. El olor a encierro la obligó a arrugar la nariz e instintivamente se sacudió las manos. Se volvió una última vez hacia el estacionamiento, donde había unos cuantos coches, y pensó que aquel detalle era el único que no cuadraba con ese edificio cuasi abandonado.

Caminó por una alfombra de color café que con seguridad era la responsable de aquella atmósfera irrespirable. Al final del pasillo, junto al único ascensor que había, vio un panel con los negocios que funcionaban en cada piso. O bien algunos estaban destinados a viviendas o bien más de la mitad estaban vacíos. En el piso seis —el último— funcionaba Byfield y Asoc., tal como el agente Carlson le había indicado por teléfono.

Camila pasó junto al ascensor y le lanzó una mirada risueña. Ni en un millón de años iba a subirse en esa caja mortal. Fue hacia las escaleras armándose de valor; no es que subir seis pisos por una escalera mal iluminada fuera para ella un paseo divertido. Al abrir la puerta comprobó que en cada nivel había ventanas y sonrió.

Llegó al piso seis y buscó la única puerta con una indicación. Tocó el timbre y al instante escuchó un zumbido. Entró en un vestíbulo minúsculo donde había un escritorio y dos sillas. Una mujer de unos treinta años levantó la vista del ordenador y la saludó con cordialidad. Le dijo que Carlson estaba esperándola, pero que primero tenía que firmar un documento; sacó una hoja de la bandeja de la impresora y se la extendió. Camila se la quedó mirando pero no la cogió. Con la misma amabilidad le dijo que ella no iba a firmar nada. La mujer no insistió; presionó una de las teclas de marcación rápida del teléfono fijo. La leyenda que había junto a la tecla decía: M. CARLSON.

Cuando la secretaria se lo indicó, Camila franqueó la otra puerta de la salita y recorrió un pasillo estrecho con cinco puertas, tres a un lado y dos al otro. A través de todas ellas escuchó conversaciones y ruido de teclados. Llegó a la sala de reuniones y entró. Carlson la esperaba sentado a una gran mesa ovalada. No había nadie más. La decoración de aquella sala, que parecía salida de la década de los ochenta, con paneles de madera en las paredes y el techo de placas suspendidas, contrastaba con los elementos tecnológicos que habían sido incorporados a ella. En la mesa había varios ordenadores portátiles y un sistema para videoconferencias, y enfrente un televisor descomunal. Las ventanas tenían unas cortinas que dejaban entrar un poco de luz, pero no demasiada.

—Bienvenida, señora Jones. —Carlson se levantó y ambos se estrecharon la mano por encima de la mesa.

Carlson era un individuo de unos cuarenta y cinco años, bajo y robusto. Camila llevaba tacones y tuvo que bajar ligeramente la vista para mirarlo a los ojos.

—Siéntese, por favor. —Carlson le indicó con un gesto una de las sillas—. Es usted una mujer persistente.

Camila se sentó. Todavía no había dicho una sola palabra y, ante el comentario de Carlson, se limitó a torcer ligeramente las comisuras de los labios.

—Hace más de dos años que estamos trabajando en esta operación —dijo Carlson—. Estamos muy cerca de dar el golpe final, y para eso vamos a necesitar de su cooperación. Nada de lo que sabe y de lo que hablemos aquí puede salir a la luz.

—Dos años es mucho tiempo —se limitó a decir Camila.

—Lo que voy a revelarle es confidencial. Buena parte usted ya lo sabe, pero voy a brindarle los detalles para que entienda la magnitud de lo que está en juego.

Si bien Carlson era claro en su mensaje, hablaba de modo pausado y conciliador. Camila había ido preparada para enfrentarse a un agente duro y amenazador; sin embargo, Carlson le causó la impresión contraria. Lo mejor que Camila podía hacer era guardar silencio y adaptar sus pensamientos a lo que parecía ser un hombre sincero.

Carlson empezó un relato pormenorizado de los orígenes de una red de pedófilos que había surgido en Hawkmoon, pero que se había extendido a todas partes gracias al alcance de internet.

Empezó con un grupo de amigos que intercambiaban material obtenido de diversas fuentes, copias en VHS muy antiguas y fotografías impresas. Las dificultades para conseguir nuevo material eran grandísimas, y muchas veces debían desembolsar cifras de dinero inaceptables.

Pero las cosas estaban a punto de cambiar. Con la popularidad de los smartphones cualquiera podía grabar un vídeo casero. La industria de la pornografía en general estaba cambiando en este sentido, y el grupo de amigos empezó a pensar que tenía que haber una forma mucho más sencilla de generar nuevo material, e incluso que podían ser ellos los que lo comercializaran. Todo debía ser pensado cuidadosamente, pues en todos los casos se trataba de adolescentes o niños.

Frank Garrett fue uno de los ideólogos. Para ellos era imposible grabar el material sin exponerse; sin embargo, tenían una solución al alcance de la mano en sus propios hijos. Estos tendrían acceso a chicas y chicos de su edad de forma natural, y grabarse entre ellos estaba convirtiéndose en una práctica común. La cuestión era cómo sacar provecho de esa situación.

La clave estaba en la manera de construir el vínculo con ellos, criándolos a imagen y semejanza de los padres. La red contaba con un manifiesto con recomendaciones y procedimientos. La preparación llevaba meses o incluso años.

Lo más importante era generar un código padre-hijo propio en el cual la mujer fuera el objeto, siempre en privado y a espaldas de la madre o hermanas. De esta forma se construía una relación basada en la complicidad. Una vez que este comportamiento estaba normalizado, el chico debía empezar a hacer comentarios por iniciativa propia buscando la aprobación del padre. Ese era el momento de avanzar a la siguiente fase, que consistía en compartir algún vídeo con el hijo y esperar su reacción. El entusiasmo del padre por el vídeo y el entusiasmo de querer compartirlo con su hijo debían hacer que el chico, finalmente, tomase la iniciativa de querer generar algo propio.

—Unos años atrás —dijo Carlson—, la red tuvo un crecimiento exponencial. Lo que era algo local de unos padres que se comunicaban de forma tradicional mediante mensajes de texto se profesionalizó hasta un punto inconcebible. ¿Está familiarizada con lo que significa la internet oscura?

Camila no sabía demasiado. Sabía que para acceder a ella había que contar con un navegador especial y que los buscadores tradicionales no podían entrar a indexar su contenido, por lo que era muy complejo encontrar las cosas. Este hecho, más algunas cuestiones relacionadas con la seguridad, la volvían ideal para cometer delitos.

—Hay muchos mitos sobre lo que es la internet oscura —dijo Carlson—. La gente piensa que entra allí y compra droga o un órgano humano como si fuera Amazon. No es así. Y tampoco es cierto que lo que sucede allí sea irrastreable para nosotros. Es mucho más complicado... pero no estamos ciegos.

—Entonces, esa red de pedófilos empezó a valerse de la internet oscura para comercializar los vídeos.

—Sí. Y no solo eso. Crearon un sistema muy ingenioso de colaboración. Existen cinco niveles y, a medida que pasa el tiempo y los miembros aportan material, suben de nivel. Unos pocos están en el nivel máximo y actúan como administradores, disponen libremente de todo el material y de otros privilegios. Garrett, por supuesto, es uno de los administradores.

—¿Cuántas personas participan en la red?

—Creemos que más de diez mil.

Camila no pudo ocultar su asombro. No esperaba una cifra tan elevada.

—La mayoría están en el primer nivel, es decir, tienen que pagar para ver contenido. Los precios son altos y el acceso es limitado, porque lo que se busca es que los miembros generen su propio contenido. Cuanto más material nuevo sube un miembro, más acceso tiene a todo lo demás. Este es el mecanismo fundamental de crecimiento.

—¿Cuántos son los que generan esos contenidos?

—Según nuestras estimaciones, unos quinientos.

El número era alarmante, por supuesto. Detrás de cada uno de ellos había abusos cometidos contra menores.

—Señora Jones, no voy a darle detalles innecesarios. Hemos infiltrado a nuestra gente en la red, por supuesto. Tenemos cinco miembros activos dentro y conocemos su funcionamiento a la perfección. Estamos en el tramo final de la operación y en los próximos días haremos arrestos coordinados en tres estados.

—Bill Mercer es uno de los infiltrados, ¿verdad?

—Sí. Necesitábamos a alguien que pudiera acercarse a Garrett sin despertar sospechas y convertirse en su hombre de confianza. Sabíamos que no lo conseguiríamos con un desconocido, y estudiando el pasado de Garrett dimos con Bill Mercer. Fue un verdadero hallazgo. Mercer recibió entrenamiento durante seis meses para componer su personaje.

Camila incorporó esta nueva información a lo que ya sabía de sus visitas al excomisario de Hawkmoon. No le extrañaba que Mercer hubiera engañado a Garrett. ¡La había engañado a ella!

—Fue bastante convincente —reconoció Camila—. Y ahora veo que su intención fue desviar mi atención hacia Phil Holmes.

Carlson no respondió.

—¿Qué tenía que hacer Mercer exactamente?

—No la aburriré con detalles técnicos, pero básicamente lo que hicimos durante este tiempo fue crear una copia de la red en un servidor propio, y para eso necesitábamos las contraseñas de acceso de Garrett. En poco más de un año, Mercer las consiguió y se convirtió en el administrador. —Carlson sonrió como si evocara un recuerdo placentero—. Mercer llegó a la vida de Garrett en el momento justo, porque el abogado necesitaba un respiro. Aunque manejaba muy pocos casos de su bufete y la mayoría los delegaba, debía mantener las apariencias y eso, a la larga, desgasta. Una vez que tuvimos libre acceso, pusimos en marcha nuestra copia y redireccionamos el tráfico hacia ella, y a partir de ese momento empezamos a recopilar información de los miembros. Llevamos meses, pero el proceso es lento porque tenemos que investigar y localizar a cada uno de ellos.

—¿Cuántos tienen hasta ahora?

—Casi trescientos.

Camila guardó silencio. Sabía lo complejo que resultaba un operativo de tal magnitud. Estaba sorprendida. Una parte de ella pensó en Vince Naroditsky, relamiéndose con el impacto de semejante historia.

—¿Qué es lo que necesita de mí, agente?

Carlson se levantó. Parecía nervioso.

—Déjeme que se lo diga a mi modo, porque para eso la he llamado. Yo siento que la conozco, señora Jones, por eso me tomo el atrevimiento de hablarle con tanta franqueza. La he visto horas y horas en la televisión, y no creo que lo que usted muestra en pantalla sea muy diferente a quien es realmente. Mire esta mesa..., no hay ninguna carpeta con información de usted o de Tim Doherty, nada con que amenazarla o intentar silenciarla. Por supuesto, los hemos estado vigilando y siguiendo porque..., bueno, eso es básicamente lo que hacemos.

El agente caminaba por la sala. De vez en cuando parecía quedarse en blanco, buscaba la palabra adecuada en su cabeza y seguía adelante con su razonamiento.

—La operación la están manejando desde Quantico. Nosotros somos la célula más importante, pero no tenemos la última palabra. Lo que estoy haciendo en este momento no lo he discutido con nadie. Me estoy saliendo del manual por completo. Supongo que podría costarme el puesto. ¿Sabe por qué lo hago?

Carlson volvió a sentarse. Era una pregunta retórica y Camila guardó silencio.

—No es sencillo hacer *esto* —dijo el agente—, tener que lidiar con este tipo de delincuentes; las cosas que he visto no se olvidan jamás. Pero desde hace tres años todo se me ha hecho mucho más cuesta arriba. He sido padre de una niña, y desde entonces algo ha cambiado. Ya no puedo hacerlo. No es egoísmo, se lo aseguro.

—Lo entiendo perfectamente, agente Carlson. Yo misma he pasado por algo similar.

Carlson esbozó una sonrisa tenue.

—Esto no es un intento de convencerla a cualquier precio —dijo Carlson—. Aquí no hay estrategia salvo ser honesto con usted.

—Valoro su honestidad. Sin embargo, hay una cuestión que me preocupa. Tengo un interés especial en la desaparición de Sophia Holmes y estoy convencida de que la chica no se suicidó en el río. Ahora más que nunca tengo claro que Holt lo está tapando todo. ¿Qué le sucedió a Sophia?

Carlson asentía.

—Conozco su interés en la familia Holmes —admitió el agente.

La expresión de Camila se endureció.

—Conteste mi pregunta, por favor.

—Sophia no se suicidó —dijo Carlson—. Holt ha hecho una investigación descuidada de manera intencionada, en eso estamos de acuerdo. Entiendo que le importe la vida de Sophia, a todos nos importa, pero aquí están en juego cientos de adolescentes que están sufriendo en este momento. Eso es muy doloroso. Pero si actuamos bien, vamos a evitar que se haga mucho daño.

—Agente Carlson, no tiene que explicarme eso —dijo Camila—. No voy a poner la vida de Sophia, ni la de nadie, por encima de la de los demás. Lo que necesito saber es que Sophia importa...

—Oh, claro que importa —la interrumpió Carlson—. Yo tampoco permitiría que la vida de Sophia, o su integridad, sea menos importante que la del resto. Tiene mi palabra al respecto.

«Su integridad.»

Camila estaba azorada por las implicaciones de las palabras de Carlson. Abrió la boca para decir algo pero se quedó callada. Su mente daba vueltas sobre la misma idea una y otra vez.

—Por favor, señora Jones, dentro de diez días haremos los arrestos. Necesito que lo que hemos hablado aquí quede entre nosotros hasta entonces. Si algo se filtra, puede llegar a oídos indebidos y echar a perder el trabajo de meses.

Carlson miró a Camila con tal intensidad que ella creyó que saldría despedida por la puerta. No era una mirada hostil, desde luego, sino una de profunda conexión y entendimiento.

20

¿Por qué no había podido electrocutar a Mike?

Sophia había deseado escapar más que nada en el mundo. Y sin embargo, cuando llegó el momento, su cuerpo se paralizó. Se quedó de pie a medio camino entre la cama y Mike y la respiración se le aceleró a tal punto que creyó que se moría. El palo con los clavos electrificados cayó al suelo y rebotó una y otra vez. Mike se volvió de repente, justo a tiempo para ver cómo Sophia se desplomaba.

El golpe en la cabeza fue brutal. Tendida en el suelo, Sophia vio el techo de la habitación durante un instante, hasta que su cerebro se apagó.

21

Apenas abrió los ojos y vio el póster de Taylor Swift, por un brevísimo instante compró la ilusión de estar realmente en su habitación.

Entonces recordó el fallido ataque por la espalda a Mike y otra vez volvió a formularse la misma pregunta que antes de perder el conocimiento.

¿Por qué no había podido hacerlo?

Se llevó la mano a la sien, donde una protuberancia que al tacto parecía del tamaño de una pelota de tenis la alarmó.

—No te muevas.

La voz de Mike, suave y serena, llegó desde su derecha. Sophia, que estaba tumbada en la cama, se movió ligeramente y lo vio sentado en una silla.

—Gracias a Dios estás bien. Estaba preocupado.

Sophia se acomodó en el centro de la cama. El colchón en el que había pasado las noches en el sótano no estaba mal, pero nada comparable con una cama como aquella.

—Me duele la cabeza.

—Es lógico. Te has dado un buen golpe. ¿Recuerdas mi nombre?

Sophia lo miró de reojo.

—¿Ryan Gosling?

Mike esbozó una sonrisa nerviosa.

—Necesito que lo digas, por favor.

—No te preocupes, *Mike*, sé lo que estás haciendo. Mi mente está bien, te lo aseguro.

—¿Puedes decirme en qué año estamos y cuál es el nombre del presidente?

Sophia respondió ambas cosas correctamente.

—Quizás sea buena idea que sigamos hablando —dijo Mike—, así tu cabeza se mantiene activa. No soy médico pero tiene sentido, ¿verdad?

—¿Cuánto tiempo he estado desmayada?

—Unas tres horas. —Mike se inclinó y sacó algo del bolsillo trasero del pantalón. Lo extendió para que Sophia pudiera verlo. Se trataba de la llave hecha con la pieza de dominó—. Es realmente increíble.

Sophia se quedó mirando aquella forma blanca sujeta por los dedos de Mike. Su plan de huida había fracasado rotundamente y, sin embargo, no se sentía particularmente molesta. Quizás el golpe en la cabeza sí la había afectado, a fin de cuentas.

—La hice con una pieza de dominó. Quería ver qué había a este lado de la puerta.

—No te culpo, Sophia. Yo hubiera hecho lo mismo que tú —dijo Mike con cierta solemnidad—. Es culpa mía.

—Necesito beber un poco de agua.

—Claro. —Mike se levantó y fue al escritorio, donde había una bandeja con un vaso y algunas otras cosas—. ¿Quieres comer algo?

—No.

Sophia se bebió toda el agua y le devolvió el vaso vacío a Mike.

—Lamento haber arruinado tu sorpresa —dijo Sophia señalando la habitación con un gesto.

Él se encogió de hombros, pero no pudo ocultar su tristeza.

—Lo había planeado de otra forma —reconoció Mike—. He trabajado bastante durante las últimas semanas. Iba a enseñártela dentro de unos días.

—La fotografía de la ventana es bastante impactante. También has traído a Tony.

Sophia giró un poco la cabeza para mirar al pez payaso, que nadaba de un lado para otro en su nuevo hábitat. El cambio de posición hizo que el dolor de cabeza se intensificara.

—No te muevas mucho —dijo Mike con tono suplicante—. Podrías tener una herida interna o algo por el estilo.

—Deberías llevarme a un hospital.

Mike se quedó callado un momento.

—Quizás debería... —dijo él con la mirada perdida.

Sophia se lo quedó mirando a la espera de algo más. El silencio empezó a resultar incómodo.

—¿Por qué hiciste esta habitación? —preguntó Sophia finalmente.

Mike sonrió.

—Supongo que es una pregunta más que razonable. Yo mismo dudé de si valía la pena o era una estupidez. Ya sabes, a veces crees que tienes una buena idea y te lanzas a ella, y al día siguiente te parece la cosa más ridícula del mundo. Se me ocurrió que si construía esta habitación, tú te sentirías *como en casa*.

Sophia miró en todas direcciones.

—Resulta extraño, pero en el buen sentido. ¿Has estado en mi habitación?

—No. Tengo un amigo en la policía que me hizo llegar un montón de fotografías de alta definición. Fue muy divertido buscar los objetos en internet y comprarlos.

—Has gastado una fortuna.

Mike le restó importancia con un gesto.

—El dinero no sirve para nada si no lo gastas.

—Eso es cierto —dijo Sophia, e hizo una pausa—. ¿A partir de ahora puedo quedarme aquí?

—Claro. Esta es tu habitación.

Sophia meditó sus próximas palabras.

—Sé que habíamos acordado confiar el uno en el otro. La razón por la que hice lo que hice, o al menos lo intenté, es porque sé que me has mentido.

—Sophia, hay cosas que no te he dicho, y que espero que podamos hablar cuando llegue el momento apropiado. Pero eso no significa que te haya mentido.

—Sí que me has mentido —dijo ella con firmeza.

Sophia se llevó la mano a la frente. Cerró los ojos hasta que se le pasó el dolor.

—¿Quieres más agua?

—No. Lo que quiero es que confieses. Sin mentiras esta vez. Tú eres el único que está detrás de mi secuestro. No hay cómplices ni jefes misteriosos que revisan las cámaras, nada. Tú lo has hecho absolutamente todo.

En el sótano solía haber silencio —el ulular del viento y el canto lejano de algún pájaro eran lo único que se colaba de vez en cuando—; sin embargo, ahora el silencio pareció adquirir una cualidad casi tangible.

Sophia giró la cabeza y miró de frente a Mike. Si guardaba alguna duda de lo que acababa de asegurar, se disipó al ver cómo los ojos de él se cerraban durante un par de segundos en señal de rendición.

—¿Cómo lo has sabido?

—Empecé a sospechar cuando me dijiste que en las grabaciones de las cámaras cortabas las partes de tus visitas. Se me ocurrió hacer algunas pruebas para comprobar si realmente era así. Cada vez que te ibas, cambiaba algunas cosas de lugar: movía la mesa un metro, reordenaba las sillas, quitaba el edredón y cosas así. Lo hice muchas veces y nunca me dijiste nada. Tus supuestos jefes podrían no haber reparado en eso, pero tú sí cuando intentabas unir las dos partes.

—Me impresionas...

—Luego las visitas empezaron a hacerse más frecuentes y prolongadas, y me dijiste que tus jefes habían empezado a confiar más en ti. Me pareció demasiado conveniente y confirmaba lo que ya sospechaba. Pero hay una cosa más, quizás la más importante.

—¿Qué?

—Si las personas a las que yo estaba incomodando afuera hubieran sido las responsables del secuestro, mi realidad aquí abajo hubiera sido muy distinta.

Sophia soltó la frase y miró a Mike con una sonrisa de suficiencia. Quizás no lo hubiese electrocutado porque una parte de ella había tenido la necesidad de decirle esto a la cara.

Mike se puso de pie.

—Tienes razón en todo lo que has dicho —admitió Mike.

—Quiero saber por qué —dijo Sophia.

—Hablaremos mañana. Te lo prometo. Ahora mejor descansa.

22

Al día siguiente Sophia se sintió mucho mejor. La hinchazón del golpe en la cabeza había cedido casi por completo y estaba bastante animada.

Mike no bajó en toda la mañana, ni siquiera para dejarle el desayuno, lo cual era completamente inusual. Sophia no recordaba una situación semejante desde los primeros días de hostilidad.

Era la primera vez que se despertaba en *su* cama y la sensación fue extraña, como si una parte de ella no aceptara del todo el hecho de que estaba en una réplica.

Durante los últimos meses se había acostumbrado a sacar el máximo provecho de las cosas; el ajedrez era un claro ejemplo, pero también los libros, que había releído dos o tres veces. Acostumbrada a una vida de abundancia, incluso para los parámetros del mundo real, en el sótano había aprendido a la fuerza a conformarse con un puñado de pertenencias. Y lo cierto es que estaba orgullosa de haberlo conseguido. En su nueva habitación, volvía a tener al alcance un sinfín de posibilidades.

Dedicó un buen rato a reconocer los objetos, ahora sin la intranquilidad de sus incursiones furtivas. Fue así como descubrió que el amplificador Marshall tenía el cable cortado, y Sophia se preguntó si habría algún otro objeto que Mike considerara peligroso y que cumpliera un rol puramente decorativo. En el armario había varias prendas: vaqueros, camisetas y algunas camisas. Se acercó, cerró los ojos y realizó una inspiración prolongada, deleitándose con el aroma de la ropa nueva. Eligió un conjunto de pantalón y camisa y regresó al sótano, le echó una mirada curiosa al colchón en el que había dormido todos los días hasta la noche anterior, y luego fue al baño sintiendo una felicidad abrumadora.

Media hora después estaba de regreso en su habitación, bañada y con ropa limpia, y también hambrienta. Mike no había dado señales de vida todavía. Se preguntó, no por primera vez, qué sería de ella si algo le pasaba a Mike. Nadie estaba exento de sufrir un accidente doméstico; cosas así pasaban todo el tiempo.

Se recostó en la cama y fijó la mirada en el póster de Taylor Swift. No estaba exactamente en la misma posición que en su habitación verdadera, pero era algo que solo ella podría haber advertido. Se quedó pensando en lo que había hablado con Mike el día anterior respecto a su acción en solitario para retenerla en el sótano. «Tienes razón en todo lo que has dicho», habían sido sus palabras finales.

Curiosamente, Sophia no se sentía mal por haber desperdiciado la que podría haber sido su única oportunidad de escapar. Empezaba a pensar que quizás el sótano fuera el lugar más seguro para ella.

Mike llegó justo en ese momento. Tenía los ojos hinchados y se movía con suma lentitud. Traía una bolsa con comida que dejó en uno de los estantes y, al volverse para cerrar la puerta, las llaves se le cayeron al suelo. Se agachó, las recogió y tardó una eternidad en elegir la correcta, aunque eran solo tres. La maniobra fue tan torpe y lenta que Sophia podría haber saltado de la cama e intentado salir de la habitación.

—He traído hamburguesas.

Mike no se detuvo y fue directo a la estancia principal. Al cabo de unos segundos Sophia lo siguió. Se sentaron a la mesa y él le entregó su hamburguesa con aros de cebolla y una Coca-Cola. Ella abrió el envoltorio de papel y empezó a comer a una velocidad supersónica.

—Perdón por no haberte traído el desayuno —se disculpó Mike—. Ha sido una mañana complicada.

Sophia asintió despreocupadamente sin quitar los ojos de la hamburguesa. Una vez que terminó, tomó el primer trago de Coca-Cola y empezó a comerse los aros de cebolla con más calma.

Terminada la comida, guardaron los restos en la bolsa de papel. Tanto Sophia como Mike fueron a lavarse las manos uno después del otro. Era como si llevaran adelante un ritual preparatorio para algo importante.

Y en cierto sentido así era.

Mike se sentó en la silla y esperó a que Sophia llegara.

—Dime lo que sabes e intentaré rellenar los huecos —dijo Mike.

Sophia lo estudió. Podría haber argumentado que ya había dicho suficiente revelando su convicción de que Mike había obrado solo en el secuestro, pero decidió contar lo que sabía, que no era mucho en realidad.

—Todo empezó con el vídeo viral de mi amiga Janice —empezó Sophia—. Mis amigos y yo organizamos la marcha en la escuela para que tomaran medidas contra Dylan Garrett. Y funcionó. Sin embargo, había algo que no me cuadraba, y lo descubrí examinando el vídeo que Janice y él habían grabado en su camioneta. En determinado momento se ve en la parte de atrás la mochila de Janice. La toma se desvía, como si Dylan perdiera el control durante un instante, y cuando regresa a la posición anterior, con Janice en el centro, la mochila ya no está. Era evidente que Dylan la apartó con la mano libre, y entonces me puse a pensar en la razón por la que podría haber hecho eso. Janice tiene varios pines en su mochila, pero hay uno en particular con el escudo de la ciudad.

Mike asentía con una especie de orgullo en el rostro.

—Y te diste cuenta de que con ese detalle insignificante alguien podría determinar la procedencia del vídeo.

—Me resultó tan extraño que Dylan se ocupara de la mochila... Si el vídeo era para él, o incluso si tenía pensado compartirlo con sus amigos, ¿cuál podía ser la importancia de que apareciera el escudo de Hawkmoon en la mochila? Quiero decir, todos conocían a Janice... Y una vez que lo vi de esta forma, suponer el resto fue sencillo. Evidentemente, más personas iban a ver ese vídeo y Dylan lo sabía. Y una vez que volví a verlo con esta idea en mente, más me convencía de que Dylan, en cierto sentido, estaba actuando. Y claro, ese no ha sido el único vídeo en el autocine que se había filtrado, ha habido otros, aunque yo nunca he llegado a ver ninguno. Lo que sí sabía era que había chicas de la escuela que iban allí a verse con Dylan y con otros chicos también. Cada ciudad tiene un lugar especial para ir a hacer cosas con un chico, todo el mundo lo sabe.

Mike seguía asombrado.

—Pero tú sospechaste que los vídeos que allí se grababan podían tener un destino diferente. ¿Te diste cuenta tú sola?

—Nunca lo confirmé del todo. Empecé a hacer preguntas a otras chicas, y de alguna forma eso llegó a oídos de Dylan. Me dejó una nota en la taquilla diciendo básicamente que no me entrometiera, que no era asunto mío. Eso para mí fue una confirmación más que una advertencia. Cuando lo abordé se puso hostil conmigo. Más tarde lo llamé por teléfono a su casa y le dije lo que sospechaba. Agregué algunos detalles inventados para hacerlo reaccionar. Él no me confirmó nada por teléfono pero convinimos encontrarnos, algo que nunca sucedió porque tú me secuestraste.

—¿Qué fue lo que te inventaste?

—Le dije que creía que su padre estaba detrás.

Mike la miró con horror, como si tuviera delante a un fenómeno de la naturaleza capaz de leer la mente.

Sophia sonrió.

—Supongo que estaba en lo cierto —dijo mientras se acababa su Coca-Cola—. Mi lógica fue que, si yo estaba equivocada y no era Frank Garrett el que estaba detrás de los vídeos que grababa su hijo, a Dylan no le haría ninguna gracia que yo siguiera creyendo eso y pudiera llegar a oídos de su padre. De una u otra manera, Dylan querría aclarar las cosas conmigo.

Mike asentía una y otra vez.

—Jesús, no dejas de sorprenderme. De todas formas, fue una irresponsabilidad que fueras sola a ver a Dylan.

—Oh, eso lo entiendo perfectamente. No he dejado de recriminármelo ni un solo día. —Sophia hizo una pausa—. Ahora es tu turno.

Mike suspiró.

—No te has equivocado, Sophia. Frank Garrett y un grupo de padres de Hawkmoon empezaron a intercambiar material pornográfico hace algunos años. Material ilegal.

Sophia observaba a Mike con ojos gélidos.

—Sophia, por favor, necesito que confíes en mí. Yo no soy como ellos, y lo sabes. En determinado momento alguien tuvo la idea de involucrar a los hijos y animarlos a conseguir vídeos de sus amigas. El plan era perfecto porque, de esta forma, los padres estaban protegidos.

—¿Puedes dejar de llamarlos *padres*? Cerdos les va mejor, con perdón de los cerdos. Mejor pedófilos de mierda. ¿Y ahora Dylan está muerto? Entonces su padre está relacionado con su asesinato.

—Me temo que sí.

—Dios mío.

Sophia se levantó de la silla y caminó por el sótano. Su mente se desplazaba por los pasadizos de un complejo laberinto. Empezaba a ver algunas cosas claras.

—Lo que le pasó a Dylan podría haberme sucedido a mí —reflexionó ella.

—El día que desapareciste, un grupo de clavadistas te vio cerca del puente del río Douglas. Desde ese momento empezó a circular el rumor de que te habías suicidado. ¿Recuerdas que a los pocos días de haber llegado aquí te corté un trozo de vestido? Fui al río y lo dejé allí para que alguien lo encontrara. Eso convenció a la policía, y desde entonces se ha convertido en la hipótesis más fuerte. Prácticamente han cerrado la investigación.

—¡¿Por qué no me lo dijiste antes?! —se indignó Sophia.

Mike juntó las manos en el pecho, como si rezara.

—¿Sabes qué día es hoy, Sophia? Uno de febrero. Tú ibas a encontrarte con Dylan el veintisiete de mayo del año pasado. Haz cuentas...

Sophia tardó menos de cinco segundos.

—Llevo aquí doscientos cincuenta días.

—Necesitaba ganarme tu confianza, pero también buscar la forma de que tu tiempo aquí en el sótano no se convirtiera en una espera insoportable.

Sophia lo pensó. Había una realidad implícita en lo que Mike acababa de decirle.

—¿Cuándo voy a salir? —le preguntó con voz susurrante.

—¿Lo ves? ¿Qué hubiera pasado si desde el primer día te hubieras hecho esa pregunta? Ni siquiera creo que sea conveniente que te la hagas ahora.

—¿Por qué no?

Mike guardó silencio.

Sophia negaba con la cabeza.

—¿Otra vez me vas a salir con eso de que tengo que confiar en ti? ¡Casi me muero de hambre al principio! Me mantuviste encadenada a una pared, me dijiste que había personas que te vigilaban... ¡Me has estado mintiendo todo el tiempo! ¡Casi te electrocuto para poder escapar!

Mike seguía cabizbajo, como un niño castigado.

—Lo siento, Sophia. De verdad. Si te sirve de consuelo, no me hubieses electrocutado. Ayer, antes de entrar, desactivé el circuito eléctrico de tu habitación.

Ella entendió de inmediato lo que eso significaba. Si Mike había estado al tanto de su plan, era porque la había observado desde el principio, y el hecho iba más allá de las cámaras que ella había detectado. Se preguntó si Mike habría tenido constancia de cada uno de sus intentos de fabricar la llave con la ficha de dominó.

La respuesta era que probablemente sí.

—¿Cómo sabes tanto? —dijo Sophia—. ¿Eres parte de esa red?

—Claro que no.

—¿Quién forma parte de esa red? Además de Garrett.

—El comisario Holt —dijo Mike.

Sophia no conocía mucho a Holt, pero era consciente de la gravedad de que la policía estuviera metida en algo así.

—¿Quién más?

No había una forma sencilla de decirlo, así que Mike se preparó para lo que sabía sería la revelación más difícil de aceptar por parte de Sophia.

—Tu padre —sentenció él.

Sophia se quedó en blanco. Sin que ella atinara a decir nada, Mike sacó del bolsillo de su pantalón una hoja doblada en tres partes. La desdobló y se la tendió. Sophia miró con desconfianza a Mike, luego la hoja. Finalmente la cogió.

Lo primero que advirtió Sophia fue el membrete del FBI en la parte superior.

23

El documento que Mike le entregó marcó un punto de inflexión en los días de Sophia en el sótano. Significaba, principalmente, que el mundo que la esperaba afuera ya no era el mismo.

Una cosa era haber dejado de ver el matrimonio de sus padres como algo idílico —algo que había sucedido hacía dos o tres años a raíz de las peleas, los desencuentros o incluso la desesperada decisión de dormir en cuartos separados—, y otra muy distinta era darse cuenta de que uno de los dos era un perfecto desconocido. Quizás un monstruo.

¿Un monstruo? ¿Su propio padre? ¿Iba a dar crédito a lo que decía un documento cuya veracidad no tenía forma de comprobar?

Le había dado tantas vueltas en su cabeza que sentía que sus pensamientos dejarían surcos. ¿Con qué propósito Mike incriminaría a su padre en algo así? El documento parecía real y Mike le dijo que para conseguirlo había tenido que arriesgarse muchísimo, y que lo había hecho porque sabía que Sophia necesitaría verlo con sus propios ojos para creerlo.

El documento era una orden de vigilancia sobre tres miembros de la red. Había partes que estaban tachadas —por Mike o por alguien más—, pero el texto no dejaba lugar a dudas. Por supuesto, siempre existía la posibilidad de que el FBI estuviera cometiendo un error. No sería la primera vez. Si bien en el documento decía de forma explícita que Frank Garrett, Conrad Holt y Philip Holmes eran miembros de la red, ¿no sería la razón de monitorear sus movimientos probar precisamente eso?

Lo que hizo durante los días siguientes fue recrear en su cabeza infinidad de momentos vividos con su padre. Procurar verlo desde otra óptica. Hacerlo significó una experiencia sumamente dolorosa porque Sophia lo amaba profundamente, más allá de lo que un papel pudiera decir al respecto. Los sentimientos no cambian de la noche a la mañana. Menos cuando una parte de ella todavía se aferraba a la posibilidad de que la participación de su padre en ese asunto fuese un gran malentendido.

Mike se mantuvo sabiamente al margen de la cuestión. Dejó que Sophia procesara la información y se limitó a acompañarla y distraerla todo lo que pudo. Retomaron las partidas de ajedrez, ideales para pasar el rato juntos sin necesidad de hablar demasiado.

No volvieron a hablar del asunto hasta una semana después, a instancias de Sophia, durante el desayuno.

—¿Tú de qué lado estás, Mike? ¿La policía? ¿El FBI?

—Estoy de tu lado, Sophia. Es todo lo que tienes que saber.

—¿Por qué?

—¿Has escuchado el dicho que dice que la información da poder?

—Sí.

—Pues a veces es exactamente al revés y es mejor saber lo menos posible.

Sophia se lo quedó mirando, no del todo segura de por qué Mike le decía eso precisamente ahora. Si algo había aprendido era que no debía subestimarlo. En más de una oportunidad había ido por delante de Sophia cuando ella pensaba que era exactamente al revés. El mejor ejemplo era el de las fichas de dominó; él había estado siempre al tanto de sus intenciones.

Si Sophia quería conseguir lo que tenía en mente tendría que ir con más cuidado esta vez. Por lo pronto, Mike no podía saber que ella tenía dudas respecto a la participación de su padre en la red de pedofilia.

—¿Te preocupa algo, Sophia?

Ella dejó de comer el pancake con mermelada. Apartó el plato.

—Sí. He estado pensando mucho estos días. Quiero que mi madre sepa quién es mi padre realmente.

Mike midió sus palabras.

—Bueno, si todo sale bien, ella lo sabrá cuando...

—No —lo interrumpió Sophia—. Quiero que lo sepa ahora mismo.

—Sophia, eso no es posible.

—Sí que es posible. Tengo un plan.

Mike suspiró.

—¿Vas a comer más?

Sophia miró el plato con incredulidad. Negó con la cabeza. Mike empezó a colocar los platos y los vasos en la bandeja. Era evidente que estaba utilizando aquellos segundos para pensar.

—Algo así podría complicar seriamente la operación —dijo Mike—. Hay muchas cosas en juego.

—Lo de mi padre ha sido un golpe para mí, pero puedo soportarlo. Lo que no puedo soportar es que mi madre no lo sepa. Mike, no voy a volver a quejarme de nada, esperaré el tiempo que haya que esperar y me conformaré con lo que puedas decirme cuando puedas decírmelo. Pero a cambio de eso solo voy a pedirte una única cosa, y es que mi madre lo sepa.

Mike resopló.

—¿Cuál es tu plan?

—Un diario —dijo Sophia.

Y a continuación le explicó el plan que había trazado cuidadosamente durante la última semana. Le habló de la nota y de la pista que llevaría a su madre hasta el diario.

Mike tendría que entrar en su casa y esconderlo, pero eso no sería problema porque ella le diría exactamente cómo entrar y salir de su casa sin ser descubierto.

—Supongamos por un momento que el plan es viable —dijo Mike—. ¿Qué escribirías en ese diario?

—Que descubrí que a mi padre le gustan las niñas de mi edad —dijo Sophia con temple—, creo que puedo convencerla. No es solo lo que tú me has enseñado..., también hay otras cosas.

Mike se irguió en su asiento.

—No es lo que estás pensando —dijo Sophia de inmediato—. Él nunca ha hecho nada conmigo. Volviendo al diario, en él voy a insinuar que tengo la intención de tirarme del puente Catenary.

Mike se quedó pensativo.

—Es como un círculo que se cierra —dijo Sophia—. Si mi madre lo lee de mi puño y letra, no tendrá dudas, y el trozo de vestido que has dejado en el río tendrá mucho más sentido.

—¿Estás segura de que quieres hacer eso? Tu madre tiene esperanzas de reencontrarse contigo.

Bingo. Mike había caído en la trampa.

—Es la única forma de desenmascarar a mi padre de una forma creíble.

—Ella lo culpará a él.

—Lo sé.

Él dudó.

—No lo sé, Sophia. No tiene mucho sentido.

—Déjame escribirlo y toma la decisión cuando lo termine.

Mike finalmente accedió.

Sophia estaba de acuerdo con Mike en una cosa: para Caroline sería devastador tener la certeza de que su hija había muerto. Pero Sophia no iba a permitir que eso sucediera, y para eso se había guardado un as en la manga.

24

Caroline llegó a la terraza temblando.

Tenía en sus manos las que podían ser las últimas palabras de Sophia. Se sentó en una de las sillas y empezó a leer.

Sábado, 14 de abril

Escribir un diario siempre me ha parecido una pérdida de tiempo. Mi madre me dijo que lo hizo durante años, cuando tenía más o menos mi edad, y que cuando fue adulta le gustó volver a leer sobre recuerdos que tenía olvidados. Una vez me dijo que para ella era como viajar en el tiempo.

Mis razones son mucho más urgentes. No puedo hablar de esto con nadie, por lo menos hasta que llegue al fondo de la cuestión. Mis padres están a punto de separarse. Ni ellos lo saben, pero sé que va a suceder tarde o temprano. Ahora están en esa etapa de intentar salvar el matrimonio, probar a dormir en cuartos separados y esas cosas. No creo que funcione, sinceramente, pero entiendo que quieran intentarlo. Son muchos años. Parece algo de común acuerdo, pero quién sabe.

Lo que no creo es que ella sepa toda la verdad. Cuando esté segura no dudaré en decírsela, pero mientras tanto voy a conformarme con volcarla en estas páginas. Llevo apenas un puñado de palabras y ya empiezo a sentirme mejor. Quizás llevar un diario no sea tan inútil después de todo.

Ayer llegué temprano a casa. El señor Spencer tuvo un inconveniente familiar y nos fuimos antes de la escuela. Nikki, que en circunstancias normales se hubiera sacado un plan de la chistera de inmediato, estaba abstraída con su móvil y se fue casi sin saludarme. Me fui sola, y al llegar a casa descubrí que mi padre estaba allí, algo absolutamente inusual. Lo sorprendí en su estudio trabajando con el portátil. Al escucharme entrar levantó la cabeza y cerró la tapa del portátil con un movimiento rápido.

Esa actitud fue la que hizo que empezara a sospechar. En sí no significaba nada, pero no pude evitar preguntarme por qué había reaccionado de semejante forma. Le dije que podíamos ir a jugar al tenis, pero me dijo que debería ser en otro momento porque tenía que volver a la oficina al cabo de poco tiempo.

Me quedé un rato leyendo en mi habitación y después fui al centro comercial. De camino le escribí un mensaje a Nikki, segura de que lo leería de inmediato y estaría encantada de encontrarse allí conmigo. Cuando llegué, sin embargo, ella ni siquiera lo había leído.

Mi cita obligada en el Eastview era Barnes & Noble, y hacia allí me dirigí para curiosear libros un rato y esperar la respuesta de Nikki.

Antes de llegar pasé junto al Baskin Robbins y miré hacia dentro, casi sin darme cuenta, supongo que porque Nikki es fanática del helado y siempre que vamos al Eastview me arrastra hacia allí. Lo que vi fue tan inesperado que me quedé alucinada. Tardé en procesarlo, sencillamente, porque carecía de sentido.

Nikki estaba sentada a una de las mesas más alejadas. Estaba de perfil, por lo que no tuve ninguna duda de que era ella. Llevaba la misma ropa con la que la había visto más temprano y también su mochila. Me llamó la atención que no hubiese regresado a su casa.

Mi amiga extendió el brazo para agarrar un helado que le ofrecía alguien que venía de la caja. Tardé una fracción de segundo en darme cuenta de que ese alguien era mi padre.

Y ahí fue cuando mi cerebro colapsó y me quedé con la mente en blanco. Si hubiera sido un dibujo animado, mi mandíbula hubiera tocado el suelo.

Cuando pude empezar a procesar la situación, las actitudes de Nikki y de mi padre de unas horas antes cobraron perfecto sentido. Tanto ella como él se habían mostrado particularmente nerviosos. Y la razón estaba delante de mis ojos.

Aunque estaba viendo a mi padre y a mi mejor amiga —posiblemente dos de las personas con las que tengo más confianza en el mundo entero—, la idea de entrar y reunirme con ellos en ese momento me generó una punzada de duda. Y eso me aterró. Fue la primera vez que sentía algo así. Porque estaba claro que no me querían allí. Ambos habían tenido la oportunidad de decirme que iban a verse, y sin embargo no lo habían hecho. La posibilidad de que hubiese sido un encuentro fortuito no se me cruzó por la cabeza.

Supe que no iba a entrar incluso antes de lo que sucedió después. Mi padre no tomaba helado, se sentó al lado de Nikki. Era una escena absolutamente normal a ojos de cualquiera: un padre disfrutando de un helado con su hija, o quizás una sobrina. Mientras ella daba lengüetazos al helado mi padre era principalmente el que llevaba la conversación. Parecían hablar de algo serio. A esas alturas yo me había colocado junto al marco de una ventana, lista para ocultarme si alguno de los dos se daba la vuelta. Eso no ocurrió. Lo que sí ocurrió fue que mi padre colocó una mano en el cuello de Nikki y lo acarició brevemente. Fue un gesto afectuoso, breve e intrascendente, pero que yo conocía perfectamente.

Me fui del centro comercial de inmediato. Lejos quedaron mis planes de ver libros. No podía dejar de pensar en esa situación. Mi padre conoce a Nikki desde que era una niña pequeña, en ese sentido no es una novedad el afecto que siente por ella. Lo mismo vale a la inversa; Nikki adora a mis padres. ¿Por qué me habían ocultado el encuentro?

Bastante más tarde, casi por la noche, Nikki finalmente vio mi mensaje y me respondió. Se disculpaba por no haberlo hecho más temprano. Se excusó diciendo que había tenido una tarde de locos ayudando en el restaurante de sus padres.

Domingo, 15 de abril

Hoy he ido a hablar con Nikki. No iba a enredarme en crípticos mensajes de WhatsApp ni a quedarme con preguntas sin responder. Si no podía confiar en Nikki y preguntarle cualquier cosa, entonces tendría que replantearme lo que significaba nuestra amistad. Fui a su casa en bicicleta. La familia entera estaba desayunando en la cocina. Me han invitado a la mesa con total naturalidad, como tantas otras veces. Les he dicho que ya había desayunado, así que solo me he servido un poco de zumo.

Cuando terminamos le dije a Nikki que necesitaba hablar con ella y fuimos al porche trasero. Ella se sentó en la hamaca y yo en una de las sillas. No hizo falta que le preguntara por el encuentro que había presenciado el viernes entre mi padre y ella, Nikki intuyó que esa era la razón de mi visita. Me preguntó si mi padre me lo había contado y le dije que no, que los había visto yo misma en el Eastview. Ella asintió. Lamentó no haberme dicho nada al respecto; me aseguró que se había sentido mal toda la noche por eso, que nunca había tenido la intención de mentirme. Me dijo además que el motivo de la reunión la avergonzaba. Habló en susurros, particularmente preocupada de que alguien pudiera escucharnos.

A continuación fuimos a su habitación y allí me explicó el resto.

Las finanzas de la familia Campbell no están bien. No es que eso en sí mismo fuera una novedad; Nikki de vez en cuando se queja de cómo sus padres le dicen que el dinero no alcanza y no pueden permitirse determinados gastos. Lo que ni ella ni yo imaginábamos era la gravedad de la situación. Al parecer, están a punto de perder el restaurante. Molly's es la única fuente de ingresos para la familia, y los padres de Nikki no han hecho otra cosa en su vida adulta que ocuparse del restaurante, así que están desesperados.

Le pregunté a Nikki cómo era posible que las deudas fueran tan grandes. Molly's era un sitio familiar y tenía sus clientes regulares. Es cierto que casi nunca estaba completo, pero por lo general siempre había algunos comensales. Nikki se enteró de la verdad escuchando una conversación privada de sus padres. En general, ellos son bastante reservados y procuran no discutir delante de sus hijos. Pero esa vez estaban en la cocina y no se dieron cuenta de que Nikki podía oírlos.

Al parecer, el señor Campbell, que se ocupa personalmente de las finanzas de la familia y, obviamente, del restaurante, le había ocultado a su esposa la catastrófica situación. Y no solo eso, sino que había estado haciéndolo durante meses, quizás años, endeudándose cada vez más con la esperanza de que las cosas mejoraran y la situación se revirtiera. Esto no ha sido así, y ahora la familia está en un pozo profundo sin ninguna posibilidad de salir a flote. Wendy lo supo hace cosa de un mes de boca de su marido, que no tuvo más remedio que confesar la verdad.

Nikki escuchó aquel día lo suficiente como para ser consciente de la gravedad de la situación. Sus padres le dijeron que todo se arreglaría, pero la realidad era bien diferente. Casi con toda seguridad perderían el restaurante. Quizás también la casa. Cuando Nikki me lo contó se le llenaron los ojos de lágrimas. Teme que su vida cambie demasiado, que tengan que irse a otra ciudad y empezar de nuevo.

Ante semejante panorama, a Nikki no se le ocurrió mejor idea que ir a hablar con mi padre. Me explicó que él es la única persona que ella conoce que ha levantado su propia empresa de la nada y que gana dinero suficiente para llevar una vida acomodada. No perdía nada con intentarlo. No le dijo nada a nadie, ni siquiera a sus padres, y mucho menos a mí.

Según me dijo, fue a mi casa un día en el que sabía que yo no iba a estar. Esto le dio la oportunidad perfecta para hablar con mi padre Y se lo contó todo.

Lunes, 16 de abril

Cuando hablé con Nikki el domingo no le dije lo que me perturbaba realmente. El problema financiero de su familia me cogió por sorpresa y no quise desviar su atención de ello. A fin de cuentas, me encontré con una situación inesperada y mi amiga me necesitaba.

El encuentro entre Nikki y mi padre en el Baskin Robbins había sido el segundo entre ellos. Mi padre fue el que la citó allí para asegurarse de que Nikki estuviera bien y decirle que había hablado con un amigo abogado, experto en quiebras, que podría ayudarlos. Nikki estaba un poco aterrada con la palabra *quiebra*, pero mi padre le aseguró que no significaba algo necesariamente malo y que lo importante en estos casos era encontrar la forma más eficiente y rápida de volver a ponerse de pie.

Lo que vi ese día, cuando mi padre apoyó una mano en el cuello de Nikki y lo acarició con los dedos, fue perturbador porque lo he visto hacerlo muchas veces antes.

Siempre con mi madre. Jamás conmigo. Ese suave masaje en el cuello era una forma habitual de demostrarle afecto a mi madre. Y digo *era* porque hace tiempo que esas demostraciones han desaparecido. Hace unos años era común que mi madre estuviera viendo una película, o sentada en su ordenador, y que mi padre se acercara y le hiciera en el cuello ese masaje característico con la mano derecha.

Ver que le hacía lo mismo a mi amiga fue devastador.

Pero eso no fue todo. ¿Por qué mi padre no se ofreció a hablar inmediatamente con los Campbell? ¿No sería eso lo razonable en estas circunstancias? ¿Qué sabía Nikki de las deudas y la gravedad de la situación? Nada, por supuesto. Y, sin embargo, él prefirió verse con ella a solas y tomar un helado. Y ahora aparecía en escena un abogado, todo eso sin que su familia lo supiera.

No estaba bien.

No le dije nada a Nikki, pues no quería darle más problemas —realmente estaba ilusionada con ese supuesto abogado tan brillante experto en quiebras—, aunque quizás la realidad es que no me atreví. Una cosa es pensarlo y otra muy distinta decirlo en voz alta. Hay pensamientos que son demasiado aterradores para ponerlos en palabras. Sé que tengo que sacármelo de encima de alguna forma. No puedo dejar de pensar en que había una doble intención en esos encuentros, y que mi padre se aprovechó de Nikki de alguna forma.

He tenido que dejar de escribir. He intercambiado con Nikki algunos mensajes de voz. Está esperanzada con ver mañana a ese abogado. Me las he arreglado para llevar la conversación a los encuentros con mi padre y le he preguntado si se había sentido cómoda con él, si había notado algún comportamiento extraño. Me ha respondido entre risas que obviamente se había sentido cómoda, que mi padre es el mejor padre del universo. No ha entendido a qué venía la pregunta.

Mañana va a ver al abogado y no me gusta nada. Cuando le he dicho que quería acompañarla me ha respondido que no le parecía una buena idea. Me ha prometido que me llamaría en cuanto pudiera.

Jueves, 19 de abril

Nikki me contó lo que sucedió en la reunión con el abogado. Estaba eufórica, porque el hombre le aseguró que podía ayudar a su familia con los problemas financieros. ¡Su firma se especializa justamente en eso! Son expertos en quiebras y tienen contactos en los bancos; saben cómo hacerlo, lo han hecho muchas veces. Nikki me lo contó esta mañana en la escuela, desbordante de felicidad. La mejor parte, me dijo, era que los honorarios los cobrarían una vez que el restaurante saliera a flote y estuvieran en condiciones de pagar las deudas. Y todo gracias a que el abogado le debía muchos favores a mi padre. Nikki me abrazó como si yo fuera la responsable.

No pude decirle nada que opacara su estado de ánimo. Me limité a hacerle algunas preguntas que ella fue respondiendo sin terminar de entender sus implicaciones. Sí, había estado a solas con el abogado. Y sí, él se había mostrado muy amable y sereno, incluso se había sentado a su lado y le había explicado las cosas con mucha paciencia. En un momento, cuando Nikki casi se larga a llorar ante la perspectiva de que su familia se quede en la calle, él la abrazó y le dijo que todo iba a ir bien, que tenía que confiar en él.

Cuando estás desesperada, es posible que no seas capaz de ver las cosas con claridad. Pero yo sí las veo.

No dejo de pensar en mi padre acariciándole el cuello a Nikki en el Baskin Robbins. Eso es lo que más me duele de todo. Porque ese abogado no conoce a Nikki ni a su familia. Mi padre sí.

En cuanto llegué a casa fui a buscar a mi padre. No iba a esperar ni un segundo más. Fui a su estudio y lo encontré trabajando. Le dije que Nikki me había hablado de los problemas financieros de su familia y de la visita al abogado. No mencioné nada de los encuentros entre ambos, pero desde luego no hacía falta.

Le dije que Nikki no podía estar en medio de esa situación, menos aún mantener reuniones con abogados sobre cosas que no entiende. Le hice prometer a mi padre que él mismo se pondría en contacto con los padres de Nikki para ofrecerles su ayuda y la del dichoso abogado. Mi padre se mostró absolutamente sorprendido y me aseguró que esa había sido la idea desde un principio. Tampoco entendió las implicaciones de mis palabras, o se hizo el desentendido.

Debería sentir alivio. Pero sé que algo no va bien.

Domingo, 20 de mayo

Ha pasado un mes.

Durante este tiempo mi padre habló con los Campbell y les ofreció su ayuda. Les dijo básicamente que si los planes del abogado no funcionaban como todos esperaban, él les prestaría el dinero para no perder el restaurante. Alguien de su oficina revisó los libros de Molly's y convinieron en que sería necesario hacer varios ajustes en la administración del negocio, pero todo iba a salir bien. Mi amiga estaba feliz y sus padres también.

Escondí este diario debajo de la pecera de Tony, quizás con la esperanza de olvidarlo. Solo que la razón por la que empecé a escribirlo no tiene nada que ver con los Campbell, y una parte de mí no iba a dejarlo estar.

No sé si mi padre lo advirtió, pero mi trato hacia él

cambió a partir de toda esta situación. Ya no puedo verlo de la misma forma. No después de cómo se comportó con Nikki y de cómo un montón de recuerdos insignificantes se unieron para echar sobre él un manto de incertidumbre.

He sido más observadora, y detalles que antes resultaban irrelevantes ahora cobran sentido. Mis padres no lo saben, pero los he escuchado hablando del romance de mi padre con una muchacha mucho menor que él. ¿Cómo es posible que mi madre le haya dado una oportunidad después de eso? No lo sé, es algo que está más allá de mi comprensión, pero al parecer así es a veces el mundo de los adultos.

¿Quién es mi padre realmente? No quiero aceptarlo, pero las pruebas están allí, y son un conjunto de hechos que por sí mismos no tienen la fuerza de ser determinantes, pero que, vistos en su conjunto, prácticamente no admiten discusión. ¿Cuántos de sus numerosos viajes han sido para verse con chicas que podrían ser su hija? ¿Y qué hay de ese trato excesivamente cordial con mis amigas y que ellas tanto destacan? Cuando busco en mi memoria encuentro infinidad de escenas en las que mi padre se ha mostrado amable con chicas jóvenes, y que ahora, con menos ingenuidad, puedo ver como lo que realmente eran: coqueteos y juegos inofensivos de seducción.

He hecho algo de lo que no me enorgullezco, pero he sentido la urgencia de revisar su móvil. Lo que he encontrado no me ha gustado nada en absoluto, he visto una faceta totalmente desconocida que nada tiene que ver con el padre que amo. He encontrado algunas fotografías subidas de tono de chicas jóvenes y comentarios con sus amigos que parecen escritos por alguien totalmente diferente. Quizás estoy exagerando y aquello forma parte habitual de un mundo que todavía no comprendo, pero sinceramente no lo creo.

La angustia me está consumiendo. Sé que no podré seguir adelante con semejante duda. O bien todo es un gran malentendido y estoy siendo muy injusta con él —y una parte de mí anhela que así sea— o la realidad es incluso más aterradora de lo que había supuesto cuando lo vi con Nikki en el Baskin Robbins.

Muchas veces he sentido la urgencia de enfrentar la situación, y todas ellas me he sentido incapaz de hacerlo. La sola idea de hablar con él o con mi madre me paraliza. Pensar en ello ha hecho que pierda el apetito y que mi cabeza se llene de pensamientos enloquecedores que no me dejan en paz. Hay una oscuridad dentro de mí que cada día se hace más grande. No sé hasta cuándo podré soportarlo.

Miércoles, 23 de mayo

He estado pensando en el libro que leyó mamá hace unos meses, el del niño que aparece muerto en el lago. Me atrajo la portada y cuando le dije que yo también quería leerlo me dijo que podría hacerlo cuando cumpliera los quince, que de esa forma lo disfrutaría más. No sé si fue por algo que me dijo ella o si yo lo he imaginado, pero siempre he creído que ese niño se había quitado la vida.

No dejo de pensar que yo podría terminar como ese niño. La idea cada vez cobra más fuerza en mi interior y ya no tengo ganas de combatirla.

Ahora sé que la maldad se esconde donde menos lo esperas, y que los sitios donde te creías más segura pueden resultar los más peligrosos.

25

La del 23 de mayo era la última entrada del diario. Sophia la había escrito cuatro días antes de su desaparición.

Caroline siguió pasando las páginas en blanco. Dos, cinco, diez. Había llorado de principio a fin. Repasaba en su cabeza cada palabra. La inteligencia de su hija no era una novedad, pero la que tenía delante era una prueba más de su capacidad.

Caroline había recibido el mensaje. El verdadero.

Cuando levantó la cabeza se dio cuenta de que no estaba sola en la terraza.

Phil la observaba con expresión confusa.

—¿Qué es eso? —preguntó.

—El diario de Sophia —dijo ella—. Tú eres el culpable de que ya no esté con nosotros.

26

Mike escondió el diario en la habitación de Sophia el martes 19 de marzo, un día antes de que Caroline lo encontrara. Entró por la puerta trasera valiéndose de la llave que tenían escondida en una maceta. Sophia le hizo un plano detallado de la casa, por lo que él estaba preparado para actuar en caso de encontrarse con algún miembro de la familia, cosa que no sucedió.

Al día siguiente, después de que Phil se fuera al trabajo, Mike dejó la nota clavada en la puerta de la calle. Necesitaba captar la atención de la madre de Sophia y, desde luego, lo consiguió.

El plan funcionó a la perfección. Sophia apenas pudo dormir sabiendo que su madre ya habría leído las entradas del diario. Había introducido en él un mensaje secreto que solo ella entendería. La clave estaba en el final del diario, cuando se mencionaba el libro que Caroline había leído unos meses antes. En ese libro todos creían que el niño protagonista había muerto en un lago cerca de su casa, cuando en realidad estaba escondido en el ático y los observaba.

Caroline entendería de inmediato que la mención del libro era deliberada y se aplicaba a la situación de la propia Sophia. No estaba muerta. Estaba escondida.

Cada día, Sophia le preguntaba a Mike si tenía noticias de su madre. Si bien no habían discutido la naturaleza de la participación de Mike en la investigación, estaba más que claro que tenía fuentes y estaba al corriente de muchas cosas. Si algo sucedía en el seno del matrimonio Holmes, él tendría que saberlo.

Sophia le insistió a Mike para que fuera a su casa nuevamente y echara un vistazo, pero él se negó alegando que era demasiado peligroso. Cada vez que ella le preguntaba, él se limitaba a decirle que no sabía nada de sus padres. Sophia, desde luego, no le creía. Había pasado mucho tiempo con Mike, estudiando su rostro cada vez que hacía un movimiento en el ajedrez o le revelaba alguna cosa. Algo en su lenguaje corporal le hizo sospechar que Mike no estaba siendo sincero con ella.

Pasó días y noches pensando en las razones por las que Mike haría algo así. ¿Por qué le mentía? Sus padres no podían seguir viviendo como si nada hubiese pasado; si eso era así, entonces significaba que su madre no había leído el diario. ¿Sería posible que Phil lo hubiese encontrado y destruido? Debía de haber algo suficientemente grave detrás para que Mike no se atreviera a decírselo.

La relación con Mike se deterioró. Dejaron de jugar al ajedrez; Sophia prefería hacer otras cosas en su habitación, y el desayuno era el único momento que compartían. Durante dos o tres días, Sophia solo quiso hablar del diario y de lo que acontecía en su casa. Mike hizo todo lo posible para convencerla de que no tenía por qué preocuparse, que quizás su madre se estuviera asesorando con abogados para divorciarse, que esas cosas requieren a veces cierta astucia y bla, bla, bla. Sophia no se dio por vencida hasta que una noche Mike no tuvo más remedio que decirle la verdad.

—¿En coma? —Sophia empezó a temblar—. ¿Cómo que en coma?

Se dejó caer en la cama y lloró desconsoladamente.

Mike estaba de pie junto al escritorio sin saber qué hacer. Era culpa suya; él debería haber aportado sensatez y oponerse con más firmeza a que Sophia escribiera ese diario.

—Te pido disculpas por no habértelo dicho antes —dijo Mike—. No he podido. Al principio no sabía demasiado.

Ella tenía la cabeza embutida en la almohada. No dejaba de llorar. Quizás incluso ni siquiera estaba escuchándolo.

—¿En coma? —volvió a preguntar Sophia.

Se dio la vuelta y miró a Mike con mirada suplicante: «Dime que es un error».

—Los médicos son optimistas —dijo Mike—. Ha respondido bien a los últimos tratamientos. Tu abuela está con ella todos los días.

Sophia se sentó en la cama. Su llanto disminuyó, pero no por completo. Se limpió las mejillas con las manos.

—¿Y la policía cree que fue un accidente? No puedo creerlo. Es obvio que ha sido mi padre.

—No lo sabemos, Sophia. Lo importante es que ya han pasado los días críticos y que poco a poco tu madre va mejorando. ¡Se pondrá bien!

—Es una pesadilla. Y todo es culpa mía.

Sophia no podía siquiera imaginar en lo que se convertiría su vida si perdía a su madre.

27

Aunque Mike procuró pasar con Sophia todo el tiempo que pudo —que no fue mucho—, advirtió cómo ella se sumía lentamente en un pozo depresivo. No dejó de comer, pero era evidente el esfuerzo que hacía para probar bocado. En ningún momento tuvo un ataque de furia o se desquitó con Mike, y esto, en cierto sentido, era lo peor de todo. Mike quería que Sophia descargara en él toda su impotencia. Lo merecía por haber accedido a llevar ese diario.

Mike sabía lo rápido que todo aquello podía devenir en un problema más grave; Sophia llevaba encerrada en el sótano demasiado tiempo. Muchísimo más del que él había previsto o imaginado. Lo que iban a ser tres o cuatro meses —cinco en el peor de los casos— se había convertido en once. Si hubiese sabido que las cosas iban a llegar a ese extremo, posiblemente hubiera pensado en otro plan. Pero ahí estaban ahora, no tenía sentido lamentarse por el pasado.

Si la operación contra la red no se producía pronto, Sophia cumpliría un año de encierro. No importaba que contara con su propia habitación o con las dos ventanas por las que entraba un poco de luz, un año era mucho tiempo.

Mike encontró a Sophia de pie frente al espejo del armario. Llevaba un conjunto nuevo de pantalón y camiseta y tenía el pelo mojado recogido en una cola de caballo.

—Tendría que cortármelo —dijo Sophia. Pasó el pelo por delante de su hombro izquierdo y examinó su longitud, unos cinco centímetros por debajo del pecho.

—Podemos hacerlo hoy mismo —dijo Mike, de pie al otro lado de la cama.

Iba a añadir algo más pero se detuvo. Debía ser cuidadoso a la hora de darle a Sophia una buena noticia. La única buena noticia que ella esperaba era que su madre se recuperara.

—¿Ibas a decirme algo?

—Sí —dijo Mike—. Dentro de diez días se llevará a cabo la operación contra la red.

Sophia se dejó de masajear el pelo y se lo quedó mirando con incredulidad. No pestañeaba, ni siquiera parecía respirar. Sus ojos se humedecieron.

—¿Qué significa eso?

—Que tu vida no correrá peligro. Garrett, Holt..., los demás. Todos ellos y muchos más serán capturados en un solo golpe. Y después habrá más.

—Y podré salir —dijo Sophia como si buscara convencerse a sí misma.

—Así es.

A continuación, Sophia hizo algo inesperado. Caminó lentamente hasta donde estaba Mike y lo abrazó.

Él colocó los brazos en torno a la diminuta espalda de Sophia y le devolvió el abrazo.

Se quedaron así un rato.

—Gracias —dijo ella sin dejar de llorar.

Él asintió. Algo inútil, porque ella no podía verlo. Mike se limpió las pocas lágrimas que no pudo contener. Iba a extrañar a Sophia más de lo que había creído posible.

Sus cuerpos se separaron a instancias de Sophia.

—Podré cuidar a mi madre junto con la abuela.

—Claro que sí.

—¿Y estás seguro de que serán solo diez días?

—Esa es la idea. Seamos optimistas.

Ella asintió.

Diez días podía parecer una nimiedad, más teniendo en cuenta todo el tiempo transcurrido, pero también podía representar una eternidad en el estado actual de Sophia.

—Acompáñame.

Mike dio media vuelta y fue hacia la puerta. No la que conducía a la otra parte del sótano, sino a la de salida. Sacó las llaves del bolsillo de su camisa y la abrió, como tantas otras veces, solo que en esta ocasión no la franqueó sino que se quedó esperando a Sophia.

Ella se lo quedó mirando. Al cabo de un segundo, se acercó.

Había un espacio muy pequeño entre la puerta y el nacimiento de la escalera. Para Sophia esto no era una novedad porque había visto a Mike entrar y salir muchas veces.

Dos bombillas se encendieron en el techo y la escalera quedó completamente a la vista. Era bastante alta y estrecha y Mike empezó a subir los peldaños de hormigón. Cuando llegó al descansillo se aseguró de que Sophia lo seguía. Ninguno de los dos dijo una sola palabra.

La puerta de la parte de arriba no tenía llave y se abrió sin hacer el más mínimo ruido.

Llegaron a un amplio salón de lo que parecía ser una cabaña. Tres de las paredes tenían ventanas y a través de todas ellas Sophia vio vegetación. El sonido de las aves era allí mucho más claro que en el sótano.

La decoración era rudimentaria. O bien nadie había vivido allí en mucho tiempo o la ornamentación no era una prioridad. Había un juego de sillones de una plaza y un sofá, también una mesa con cuatro sillas. En el centro de la mesa había un florero vacío.

Sophia recorrió la estancia con fascinación. Nunca se había puesto a pensar demasiado en cómo sería la parte de arriba del sótano, pero, por alguna razón, no había imaginado una cabaña.

—Vamos a la cocina a buscar algo para beber.

La cocina estaba justo al lado. Era inmensa y salida de otra época. En un rincón había una nevera antigua que parecía pesar una tonelada; Sophia jamás había visto algo así en su vida. Mike abrió la puerta, que se asemejaba a la escotilla de un submarino, y una luz amarillenta iluminó el escaso espacio interior.

—¿Coca-Cola?

—Sí.

Mike le ofreció una lata. Podía ser una antigüedad, pero el artefacto cumplía su función a la perfección.

Salieron por una puerta lateral a otro salón, alargado y más acogedor que el anterior. Por lo menos tenía cuadros en las paredes. En una esquina, en una mesa de plástico que estaba absolutamente fuera de lugar, había un ordenador con dos monitores, ambos apagados.

—Este sitio es... —Sophia dejó de hablar cuando pasaron junto a una de las ventanas de enfrente.

Al otro lado había un lago inmenso. Además, la ventana estaba abierta y el olor a pino la embriagó.

—Vamos al porche. —Mike se había desplazado unos metros y sujetaba la puerta abierta.

Sophia caminó como si tuviera puesto un traje de astronauta pesadísimo, dando pasos exagerados y mirando en todas direcciones a cámara lenta. Al llegar a la puerta se sintió empequeñecida. Todos sus sentidos estaban despertando de un largo letargo. La brisa húmeda acariciaba su rostro y sus brazos, su pelo —larguísimo— ondeó por primera vez en mucho tiempo. Escuchaba los pájaros, los árboles agitándose, la succión del agua en la orilla del lago, un mosquito a mil kilómetros de distancia. Inspiró profundamente y se llenó de aquel bosque.

—Es hermoso —dijo mientras daba los primeros pasos en el porche.

Sophia tenía que hacer un esfuerzo para que los ojos no se le cerraran. En ese momento, un rayo de sol se coló entre las copas de los árboles y tuvo que cerrarlos por completo.

El porche era tan largo como el salón. A la derecha había una mesa de jardín con dos sillones. A la izquierda, una mecedora de madera.

Se sentaron en los sillones. Mike abrió los dos refrescos y los dejó sobre la mesa.

—Si hubiera visto esto antes, no hubiera querido irme nunca —bromeó Sophia.

Mike sonrió.

—Durante todo este tiempo mi preocupación más grande no ha sido que te escaparas, sino que pudieran encontrarte.

—Eso no lo entiendo —dijo Sophia—. Yo no sabía mucho. Solo supuse que Dylan estaba grabando esos vídeos para alguien más. Descubrí un detalle insignificante y el resto eran suposiciones.

—Dylan estaba dispuesto a revelarlo todo —dijo Mike—, llegó a reunirse con un periodista. Iba a desenmascarar a su padre. Y tú apareciste justo en ese momento, cuando Frank Garrett sospechaba que su hijo iba a traicionarlo. Ellos asumieron lo peor, que tú ya lo sabías. La manifestación en la escuela era una prueba de lo que eras capaz.

Sophia bebió un sorbo de Coca-Cola.

—El aire es diferente —dijo Sophia—, es como si estuviera redescubriendo la naturaleza.

Mike asintió con pesar.

—En el sótano hay filtros de aire pero nada es como estar al aire libre.

Sophia volvió a la conversación anterior. Su cabeza era un torbellino.

—Me cuesta mucho ver a Dylan como el bueno de la película —reconoció Sophia—, lo que le hizo a Janice y a las demás... Lo he visto hacer cosas malas.

—No voy a defender a Dylan Garrett —dijo Mike—. Posiblemente sea indefendible. Solo diré que la influencia de su padre fue decisiva en su formación como persona. No podemos saber cómo hubiese sido Dylan en un hogar con buenos valores y buenos ejemplos. Lo que sí sabemos es que intentó rebelarse y hacer justicia, y que eso le costó la vida.

—Es increíble. ¿Frank Garrett lo mató? ¿Cómo puedes matar a tu propio hijo?

Mike se encogió de hombros.

—No puedo responderte ninguna de las dos preguntas. No creo que Frank sea el tipo de persona que hace el trabajo sucio. Dylan se convirtió en una amenaza.

Observaron el lago durante varios minutos. Sophia podría haberse quedado un día entero allí sentada, simplemente admirando el paisaje y dejándose invadir por su calma.

—¿Ves ese camino que está allí?

Mike señaló dos surcos en la tierra que se internaban en el bosque. Sophia le dijo que sí.

—A un kilómetro de distancia —continuó él— está la carretera. Justo en el cruce vive una familia. Son buena gente.

—¿Por qué me dices eso?

—Porque quizás necesites marcharte de aquí sola —dijo Mike—. Hay un coche en el garaje; las llaves están en el parasol.

Sophia lo miró con tristeza.

—La posibilidad de que algo me sucediera siempre ha existido. Por eso una persona de mi confianza sabe que estás aquí y, si algo me pasa, vendrá a buscarte.

—Entonces, ¿por qué tendría que irme sola?

—Las cosas van a ponerse feas, Sophia...

Sophia miró a Mike con horror.

—Si te encuentran aquí, toda la operación quedará en evidencia y Garrett o Holt, o ambos, podrían escapar. Si sospechan lo que se avecina, podrían ponerse más paranoicos de lo que están.

—¿Pero cómo se les ocurriría buscarme aquí?

—Podrían seguirme. Hoy en día es más sencillo de lo que crees, basta con tener un dron de última generación.

—Son solo diez días —dijo Sophia.

—Quiero darte algo.

Mike se metió la mano en el bolsillo del pantalón y sacó una llave colgada de un cordel.

—Es la llave de tu habitación. Podrás entrar y salir cuando quieras.

Sophia se la quedó mirando. Luego la cogió y se la colgó en el cuello.

—Gracias por confiar en mí.

—Lo mejor va a ser que permanezcas en el sótano la mayor cantidad de tiempo posible. Es el sitio más seguro. Si sales, mantente alejada de las ventanas. Y bajo ningún concepto salgas de la casa, salvo que tengas que marcharte.

—¿Cómo sabré que ha llegado ese momento?

—Si durante cuarenta y ocho horas no tienes noticias mías, esa será la señal.

28

Cada noche, Sophia se metía en la cama y lloraba. La única forma de sobrellevar los días sin quebrarse al pensar en su madre era saber que por las noches podría ahogar esa pena profunda que le partía el corazón. Mike le había dicho que los médicos eran optimistas. ¿Pero qué otra cosa podía decirle él? Sophia se aferró a la almohada mojada sintiéndose más sola y vulnerable que nunca. «Si durante cuarenta y ocho horas no tienes noticias mías, esa será la señal.»

No había visto a Mike desde la mañana, cuando habían desayunado juntos en un desacostumbrado silencio. Apenas habían pasado tres de los diez días que faltaban para el comienzo de la operación y el nerviosismo de Mike era palpable. ¿Y si no regresaba nunca?

Guio su mano hasta la llave que tenía colgada del cuello y se aferró a ella. Lo hizo con fuerza, hasta que las aletas se le clavaron en la palma. La llave era la garantía de poder salir del sótano si algo malo le pasaba a Mike, pero también la que le brindaba seguridad. Era gracioso, porque desde que estaba encerrada no había hecho otra cosa que obsesionarse con escapar, y ahora el sótano era el único sitio donde se sentía a salvo.

Pensar en esa cabaña inmensa rodeada de bosque la hacía sentirse minúscula. ¿Estaría sola? Saber si Mike se encontraba en una de las habitaciones de arriba le daría tranquilidad, estaba segura.

Una hora después —o eso estimó Sophia—, la idea de conciliar el sueño empezó a convertirse en una utopía. Se sentó en la cama, agitada. Necesitaba a Mike, hablar con él un rato, escuchar que todo iba a salir bien. Sin embargo, la sola idea de salir de la cama le provocaba vértigo.

Entonces recordó el día del Saxxon con la banda. Bishop estaba desesperado porque ella iba a dejarlos y los dos idiotas de Austin y Corey estaban al acecho. Sophia lo había apartado y le había dicho que tenía que hacerse respetar, que nadie lo haría por él.

«Encuentra esa fuerza dentro de ti.»

Pensar en Bishop, Nikki, Janice y Tom siempre era una fuente de dolor, pero también de fortaleza. De un salto salió de la cama. Se puso las pantuflas y se acercó a la puerta de la habitación. Introdujo la llave y abrió la puerta.

El silencio era total y la escalera estaba completamente a oscuras. No iba a encender ninguna luz; sería la forma más estúpida de alertar a cualquiera que merodeara por la casa.

Subió los peldaños repitiendo los nombres de sus amigos. Uno por cada escalón.

La segunda puerta no tenía llave. Al abrirla se asustó. La luna llena iluminaba el salón de tal forma que al principio pensó que alguna de las luces estaba encendida.

Soplaba una brisa fría, lo cual significaba que alguna de las ventanas —o varias— estaba abierta. Antes de ir a la cocina se detuvo junto al mueble antiguo que había al lado de la puerta. En uno de los cajones del centro había una pistola cargada. Mike le había revelado la existencia de la pistola porque consideraba que debía tener todas las opciones a mano, incluso las más extremas. Sophia no había disparado un arma en su vida ni pensaba hacerlo nunca. Abrió el cajón y allí estaba el arma. Por un instante pensó en cogerla mientras vagaba por la casa pero se contuvo. Se imaginó caminando en penumbra, con su pijama y sus pantuflas de peluche, empuñando un arma que, si se disparaba, la mataría del susto, y descartó el plan por completo. Cerró el cajón.

Llegó a la cocina y todo iba bien hasta que, a mitad de camino, el motor de la nevera empezó a funcionar y casi deja escapar un grito. Se llevó instintivamente las dos manos al pecho, el corazón latiendo como una locomotora. Si hubiese tenido el arma, casi con seguridad la hubiese soltado o, peor, disparado accidentalmente.

Conforme a la recomendación de Mike, se mantuvo alejada de las ventanas. Llegó al final del salón alargado. Con Mike había salido al porche, algo que ella sola desde luego no tenía intención de hacer. Esta vez fue hacia la derecha, donde estaba la escalera que conducía a la segunda planta. No del todo convencida, escuchó antes de subir. No percibió ni siquiera un ronquido tenue.

—Mike —susurró. Inclinó el cuerpo en dirección a la escalera, pero fue incapaz de poner un pie en ella.

Repitió el nombre dos veces más con el mismo resultado.

«Ya es suficiente —se dijo—. ¡Regresa al sótano!» Además, suponiendo que Mike estuviese durmiendo en una de las habitaciones, ¿qué iba a hacer? ¿Despertarlo para decirle que no podía dormir?

Apoyó un pie en el primer escalón y se aferró a la baranda de madera. Dudó por última vez y finalmente primó la idea de subir. Ya estaba ahí, no perdía nada por ver si Mike dormía. Ya decidiría si lo despertaba o no. Quizás con saber que estaba con ella sería suficiente para conciliar el sueño.

La madera de la escalera crujió anunciando su ascenso. Procuró desplazarse a la derecha, luego a la izquierda, pero no hubo manera. Si Mike escuchaba que había alguien en la casa podía ser un problema.

—Mike, soy yo, Sophia —dijo en voz baja.

Nada.

Llegó a la planta de arriba, donde se enfrentó a un largo pasillo. La única ventana estaba al final, por lo que casi no se veía nada. Sophia adivinó varias puertas pero todas ellas parecían estar cerradas, salvo la primera. Se dirigió hacia aquella habitación y de inmediato advirtió que era la de Mike, pero él no estaba allí.

La habitación era amplia y apenas se colaba un poco de luz. La cama doble estaba deshecha, y sobre una silla había ropa que Sophia reconoció de inmediato.

En la mesa de noche había un portarretratos con la fotografía de la madre de Mike.

Comprobar que estaba sola en la cabaña no la ayudó. Posiblemente hubiera sucedido muchísimas veces; sin embargo, una cosa era intuirlo y otra muy distinta saberlo con certeza. Ni se le pasó por la cabeza inspeccionar el resto de las habitaciones. Lo único en lo que pensaba era en regresar al sótano, cerrar la puerta con llave y meterse en la cama.

Estaba a punto de salir cuando sobre la cómoda vio una carpeta que estaba totalmente fuera de lugar. Se acercó y la abrió. Era un álbum de recortes.

29

Camila y Tim se reunieron en el porche de la casa de cristal. Camila tomaba mate y Tim té helado.

Camila le habló de la red de pedófilos, de su *modus operandi* y de todos los detalles que Carlson le había revelado. Era gratificante saber que sus especulaciones habían sido correctas. Garrett y Holt eran dos piezas fundamentales. Camila asumía que el primero era el cerebro de la organización, mientras que el segundo era más un brazo ejecutor. Carlson no le había dicho nada acerca de Phil Holmes, pero ellos sabían que era muy posible que Holmes también estuviera metido. La estrecha relación de los tres, la venta apresurada de su empresa, el supuesto accidente de Caroline... eran indicios sólidos que apuntaban en esa dirección.

Cuando Camila le insinuó a Tim que Sophia podía estar viva, el joven periodista se recostó sobre la silla y se la quedó mirando sin poder creerlo.

—Estoy en shock. ¿Te lo confirmó?

—No de forma explícita —dijo Camila—, pero lo dejó entrever.

Tim no salía de su asombro.

—Es imposible de concebir —dijo Tim—. El FBI jamás formaría parte de algo así, ni siquiera como una operación secreta. Es una locura. La desaparición de Sophia ha tenido mucho impacto, su familia, sus amigos, todos han sufrido, la opinión pública lo ha visto. Si sale a la luz que el Gobierno ha estado detrás de eso...

—Estoy segura de que el FBI no está oficialmente involucrado —dijo Camila.

—¿Entonces es algo de Carlson?

Camila asintió.

—Es lo que creo.

—No lo sé, Camila. ¿No podría ser una forma de ganar tiempo?

—Mi instinto me dice que no.

Tim se quedó callado, masajeándose la barbilla.

—Esto es una locura. Si esa red es tan grande como dices, y si Sophia aparece con vida, la noticia será estratosférica.

—¿Por qué crees que Vince Naroditsky está revoloteando como un buitre?

—¿Qué vamos a hacer?

30

Cuando Mike llegó al sótano, traía consigo el álbum de recortes. Sophia fingió que era la primera vez que lo veía. Iban a jugar la última partida de ajedrez. Quince minutos por lado. Sophia con las piezas blancas.

Mike dejó el álbum a un lado.

—Es una recopilación de todo lo que ha sucedido ahí fuera.

—No puedo creer que vaya a volver —dijo ella sin quitar los ojos del álbum.

Inmediatamente empezó a llorar.

Mike esperó.

—Si todo va bien, mañana volverás a casa. Tu abuela y tus amigos estarán allí para acompañarte.

—¿Y tú?

Él negó con la cabeza. La voz le tembló.

—Ya sabes la respuesta. Las cosas tienen que ser así.

—Lo sé.

—Esta tarde será el operativo para desmantelar la red —dijo Mike con seriedad—, y tengo que participar. Cuando todo termine vendré a buscarte. Serán solo un par de horas.

Sophia lo miró con horror. La pregunta era obvia, pero la formuló de todos modos.

—¿Y si te pasa algo?

—Todo va a salir bien, confía en mí —la tranquilizó él—. Pero si eso ocurre, ya sabes qué hacer.

Sophia se llevó la mano a la llave que colgaba de su cuello. Si algo fallaba, ella tendría que ir a buscar auxilio.

—Eso me ayudará a mantenerme ocupada —dijo señalando el álbum.

—En ningún sitio estarás más segura que aquí. Mantén la puerta cerrada y estarás a salvo.

Repasaron una vez más lo que diría Sophia cuando regresara a casa. Los medios se obsesionarían con ella y era importante que su relato no tuviera fisuras. Mike se lo había dicho el día anterior y ella lo repitió todo sin olvidarse de nada.

A continuación empezaron a jugar la partida.

31

El operativo montado por el FBI para apresar a Conrad Holt no podía fallar. Dos agentes, entre ellos Carlson, participaban asistidos por un equipo especializado en detenciones difíciles. A fin de cuentas, se enfrentaban a un policía.

El lugar elegido para la detención fue el estacionamiento del departamento de policía. Iba a ser una intervención rápida. Holt salía normalmente entre las cinco y las seis de la tarde por la puerta de atrás y caminaba hasta el espacio asignado a su coche, a unos treinta metros de distancia. Al llegar sería interceptado por los agentes. Un equipo apostado en un edificio abandonado, con visión completa de lo que sucedía en el estacionamiento y el edificio principal, brindaría soporte permanente. Una unidad adicional con el equipo táctico intervendría solo en caso de ser necesario.

A las cinco y media, Holt todavía no había salido. Eso entraba dentro de sus cálculos, por supuesto, pero a Carlson lo inquietó. La captura de Holt era parte de un operativo mucho mayor y no tenían demasiado margen.

Carlson ocupaba el asiento del acompañante. Rosen, el agente al volante, miraba a su superior cada treinta segundos visiblemente intranquilo. Carlson no solo estaba permanentemente conectado con la unidad de vigilancia, sino con el segundo en la cadena de mando de la operación, el agente especial Rozman, que en ese momento estaba en el otro extremo de la ciudad al frente del operativo para detener a Frank Garrett.

Carlson activó el intercomunicador.

—Rozman, ¿alguna novedad de Garrett?

—Todavía no ha aparecido. Todo en su lugar.

Carlson suspiró. Estaba más preocupado por lo que sucedía en el otro operativo que allí, donde al menos tenían a Holt absolutamente controlado. Por lo pronto, disponían de treinta minutos más de margen. Sabían que el comisario se quedaba excepcionalmente trabajando más allá de su horario laboral y estaban preparados para esa contingencia.

Veinte minutos después la situación no había cambiado y Carlson dio la orden de proceder con el plan B. El equipo de apoyo se dividió en dos. Cuatro oficiales entraron al estacionamiento y se apostaron en la puerta trasera. Los tres restantes hicieron lo propio en la principal. Ambos equipos tenían la instrucción de impedir la salida de Holt.

Carlson y Rosen llegaron hasta la puerta trasera caminando cerca de la pared para evitar ser vistos desde alguna de las ventanas. Antes de entrar, Carlson intercambió miradas con uno de los hombres del grupo. Los dos asintieron.

Carlson entró primero. Jamás había puesto un pie en la comisaría pero sabía perfectamente hacia dónde dirigirse. Rosen lo seguía dos pasos por atrás. Ninguno de los dos había desenfundado su arma.

Cruzaron una zona de descanso donde había un pasillo que conducía a los vestuarios. Dos policías masculinos que estaban de pie junto a una máquina de café se los quedaron mirando. Uno de ellos abrió la boca y empezó a decir algo, pero Carlson y Rosen ya estaban llegando a la sala principal.

La sala estaba casi vacía. Dos policías asomaron sus

cabezas desde sus puestos de trabajo; uno que salía de la cocina con una taza de café se detuvo en seco y los siguió moviendo únicamente los ojos.

Carlson iba directo a la oficina de Holt. Una mujer salió de una salita contigua y dio un paso hacia ellos. Empezó a decir algo acerca del comisario...

—Señorita Groff —dijo Carlson mostrando su credencial—, somos del FBI y tenemos que hablar con Holt ahora mismo.

La mujer se quedó callada y su rostro se transformó cuando el equipo de los cuatro agentes armados aparecieron por la parte de atrás y siguieron a Carlson y a Rosen.

Carlson llamó a la puerta.

—Adelante —dijo Holt desde dentro.

Carlson entró primero. Rosen lo hizo después y dejó la puerta abierta para que dos de los oficiales armados entraran en la oficina.

Holt estaba sentado en su escritorio. No se levantó. Se limitó a mirarlos. Tenía las manos debajo del escritorio.

—Soy el agente Carlson del FBI, su secretaria acaba de ver mi identificación. Voy a necesitar que me acompañe.

Holt lo estudió.

—No lo entiendo. ¿A qué se debe todo esto?

—Ponga las manos sobre la mesa —dijo Carlson.

Holt no lo hizo.

—Primero dígame qué significa todo esto.

—Se lo diremos en nuestras oficinas.

Holt negó con la cabeza.

—Entonces tenemos un problema, porque no voy a moverme si no me dice por qué ha venido.

Sus hombros se movieron ligeramente. Estaba haciendo algo debajo de la mesa.

Los oficiales apuntaron todos al mismo tiempo. Rosen casi deja escapar un grito.

—Tranquilos —dijo Carlson—. Holt, no perdamos

el tiempo. Esa puerta es la única forma de salir de esta oficina, y no vamos a movernos de aquí. Haga lo que le decimos y las cosas serán más fáciles para todos.

—Se equivoca, agente Carlson, esa puerta no es la única forma de salir de aquí.

Nadie comprendió al principio. Conocían el plano del edificio perfectamente y no había una salida trasera en esa oficina.

Holt se levantó. En la mano derecha llevaba una granada.

—Atrás —dijo Carlson de inmediato.

El equipo táctico retrocedió hasta salir de la oficina. Rosen se quedó en el umbral.

Carlson no se movió.

—Me disparan y nos vamos todos —dijo Holt.

—Rosen, que desalojen el edificio.

El agente no protestó y salió de la oficina a toda velocidad. Los oficiales armados obedecieron a regañadientes. La secretaria gritó en el pasillo e hizo que los pocos policías que quedaban en la comisaría salieran de inmediato.

Carlson sacó su arma y apuntó a Holt, que seguía de pie detrás del escritorio. La mano del comisario apretaba la palanca de la granada. Si la soltaba, no había posibilidad de salvación, por lo menos para los que estuvieran en la habitación.

—No voy a dejarte salir de aquí con una granada, Holt —dijo Carlson—. Sabes que eso es imposible. Las dos posibilidades son las siguientes: le colocas el seguro a esa granada y te arriesgas a llegar a un acuerdo con nosotros o tú y yo volamos por el aire y seguimos dirimiendo nuestras diferencias en el más allá.

Holt lo estudiaba.

Hubo un segundo en que Carlson dudó si su estrategia de confrontación con Holt era la acertada. Pero fue solo un segundo, porque al siguiente la onda expansiva de la granada lo lanzaba contra una pared.

32

Camila estaba a punto de hablar con su hijo Alex cuando recibió la llamada de Tim.

—Disculpa la hora —dijo Tim sin preámbulos—. El agente del FBI con el que te reuniste el otro día se llamaba Carlson, ¿verdad?

—Sí.

—Está muerto.

Tim siguió hablando, pero Camila dejó de escuchar.

—¿Me has escuchado?

Camila se dejó caer en el sillón. Miraba la pantalla del ordenador que tenía delante, pasando de un icono al siguiente.

—¿Cómo que muerto?

—Me llamó una fuente desde el hospital. Me dijo que, como se trataba de un federal, quizás me interesara la noticia. Le explotó una granada. Murió en la ambulancia.

—¿No hay dudas de que se trata de Carlson?

—Ninguna.

—Mierda.

Camila cortó la comunicación y se quedó sentada con la vista perdida en la pantalla. El agente Carlson le había parecido un buen hombre; recordó que le había hablado de su familia, particularmente de su hija, y de su idea de dejar el trabajo porque ya no podía soportarlo. Camila sintió un nudo en el estómago.

Carlson era el nexo con Sophia. Y ahora estaba muerto.

33

Sophia había terminado de leer el álbum de recortes hacía rato. Estaba sorprendida del impacto que su desaparición había tenido, especialmente durante los primeros meses.

Pensó en volver a leer algunos artículos que había ojeado por encima, pero sabía que sería una excusa para no pensar en lo único que le preocupaba en ese momento: Mike estaba tardando demasiado. Le había dicho que regresaría dentro de un par de horas y Sophia sabía que había transcurrido al menos el doble de tiempo porque ya había oscurecido hacía rato.

Estaba tendida en su cama. Miró a Taylor Swift y después a Stephen Hawking.

—Todo va a salir bien, chicos.

Pasaron dos horas más y Sophia empezó a preocuparse de verdad.

34

Las oficinas del bufete de Garrett estaban en un moderno edificio del centro. El FBI había instalado cámaras y micrófonos en el despacho del abogado y en la sala de reuniones contigua.

Bill Mercer llegó a las siete de la tarde, tal como había acordado con Frank Garrett, cuando todos los empleados de la firma se habían retirado a sus casas. Mercer llevaba meses infiltrado en la red. Había recompuesto su vínculo con Garrett y se había ganado su confianza mostrándose interesado en conseguir material pornográfico con menores de edad; en su caso, niños de entre doce y catorce años. Mercer había cobrado una importante suma de dinero a raíz del accidente que lo había dejado en silla de ruedas, pero nada en comparación con lo que generaría después a raíz de algunas afortunadas inversiones en la bolsa. En poco más de una década multiplicó su patrimonio por cincuenta. Eso le había permitido una vida más que acomodada, y era además la razón por la que Garrett aceptó que se acercase a él. No solo era un cliente de lujo, sino que además Mercer quería ser inversor, y la red estaba en plena expansión y necesitaba dinero para infraestructura; los servicios de las personas que hacían que la red fuera prácticamente irrastreable en la internet oscura no eran precisamente baratos.

Bill condujo su silla por el pasillo central, rodeado de cubículos y oficinas en penumbra. La única luz que se veía era la de la sala de reuniones y hacia allí se dirigió. Al abrir la puerta encontró a Garrett sentado en un extremo de la mesa. Era el único en la sala.

—Buenas noches, Frank. —Bill se colocó en uno de los laterales, cerca de la puerta. Miró en todas direcciones—. ¿Va todo bien?

—Sí.

—¿Dónde está tu socio? Creí que habíamos acordado encontrarnos a las siete en punto.

Garrett se lo quedó mirando. Había algo peculiar en su mirada. Bill se preocupó. Llevaban meses trabajando con el FBI para ganarse la confianza de Garrett y conseguir averiguar la identidad del responsable máximo de la red. Dentro del FBI algunos creían que el socio misterioso estaba en realidad en el extranjero, y otros que era simplemente una invención de Garrett.

—Llegará dentro de un momento —dijo Garrett.

Bill Mercer lo desafió con la mirada.

—¿De verdad? Porque estoy empezando a pensar que quizás ese socio tuyo en realidad no existe.

—¿Me estás llamando mentiroso?

—Mira, Frank, voy a invertir dinero en esto, y no solo voy a hacerlo porque tiene una rentabilidad asombrosa. Lo hago porque confío en ti. Cuando me defendiste en el juicio, me dijiste que todo iba a salir bien... y así fue. Confío en ti. ¿Lo entiendes?

—Sí. Y yo confío plenamente en ti, Bill. Pero mi socio... Él es un poco más precavido.

Mercer asintió.

—Justamente por esa confianza que tenemos, sabes que puedes decirme la verdad. No es necesario que finjas que hay alguien más.

A la vuelta de la esquina, en el interior de la unidad de vigilancia, el agente Jeremy Rozman y la agente Amanda Fry observaban la imagen obtenida por la única cámara instalada en la sala de reuniones. Sabían que era altamente probable que el socio de Garrett no se presentara, si es que existía. Ninguno de los dos estaba demasiado sorprendido ante aquella situación. En cuestión de minutos, Rozman daría la orden y el equipo de asalto detendría a Garrett. Si todo marchaba como tenían previsto, aquella rama de la operación terminaría de forma exitosa al cabo de muy poco tiempo.

Rozman alternaba su atención entre la pantalla de la consola y el móvil. Esperaba noticias de un momento a otro. Estaba al tanto de lo sucedido en el departamento de policía con la detonación de la granada por parte de Holt, pero no le habían confirmado si Carlson había conseguido sobrevivir.

—No va a salvarse —dijo Fry al advertir la preocupación de su jefe.

—Jesús, Amanda, por favor.

La mujer estaba desolada. La noticia de Carlson la había golpeado con fuerza. Carlson era un agente querido y respetado dentro del cuerpo.

—Es una granada, Jeremy. Y él estaba en la misma habitación. Nadie podría sobrevivir a eso.

—Estaba vivo cuando lo trasladaron. Todavía no nos han dicho nada. Seamos optimistas.

Fry lo observó con una mezcla de tristeza y ternura. Ambos sabían que si no habían recibido la noticia de la muerte de Carlson era para no poner en riesgo la operación. El show debía continuar.

El móvil vibró sobre la mesa. Rozman lo cogió de inmediato.

—Carlson ha muerto —dijo una voz al otro lado.

El agente se sentó en la silla mientras las palabras del director del FBI seguían repitiéndose en su cabeza.

435

—¿Me ha oído?

—Sí, señor.

—Usted está al mando de la operación a partir de este momento. ¿Cómo van las cosas con Garrett?

—Bajo control, señor. —Rozman hablaba en piloto automático—. Su socio no ha aparecido y...

—Eso entraba dentro de nuestros cálculos, ¿no es así? —lo interrumpió el director.

—Sí, señor. Vamos a detener a Garrett.

—Muy bien. Manténgame informado.

—Claro, señor.

Rozman dejó el móvil sobre la consola. Fry tenía la mirada puesta en la pantalla y seguía con atención lo que sucedía entre Garrett y Mercer. Algo no iba bien.

—Tratemos de no pensar en lo que acaba de confirmarme el director —dijo él.

Fry asintió vigorosamente. Tenía los ojos humedecidos.

Los dos se obligaron a observar la pantalla. En ese preciso momento Garrett miraba el móvil que tenía sobre la mesa. Parecía estar leyendo algo.

—Mierda —dijo Fry—, quizás alguien le está avisando de lo de Holt.

Garrett se quedó mirando el móvil sin levantarlo de la mesa.

Bill se preocupó de inmediato. Estaba al tanto del resto de las detenciones que estaban teniendo lugar en ese momento y era consciente de que Garrett bien podría haber sido alertado por alguien. ¿Por qué el FBI no había intervenido todavía? Sintió la tentación de levantar la cabeza y mirar subrepticiamente a la cámara, pero sabía que eso era demasiado peligroso.

—Es un mensaje de mi socio —dijo Garrett—. No vendrá.

—Entonces sí existe.

—Por supuesto. Y ha habido cambio de planes.

—¿Y ya no quiere reunirse conmigo? Frank, todo esto me está resultando muy extraño. Hay otras inversiones interesantes. Soy yo el que voy a poner mi capital en riesgo.

—Tranquilo, Bill. Ya te lo he dicho, mi socio es muy desconfiado. A veces hasta desconfía de mí.

Garrett hablaba con suma tranquilidad. Si, efectivamente, había sido alertado de la operación del FBI, estaba controlando sus emociones de forma envidiable.

—¿Qué es lo que quiere?

—Reunirse contigo en otra parte. Tiene un lugar en mente pero no me lo ha dicho.

—¡Esto es inaceptable! —estalló Bill. Esperaba que Rozman y Fry captaran que el mensaje iba dirigido a ellos.

—Nos dará instrucciones en cuanto salgamos de aquí.

Bill negó con la cabeza. A esas alturas estaba convencido de que todo lo que Garrett le estaba diciendo era una forma de ganar tiempo. ¿Por qué Rozman no había intervenido todavía?

En el preciso momento en que Rozman dio la orden al equipo táctico para entrar a las oficinas y detener a Garrett, una segunda llamada entró en su móvil. El número era privado y asumió que podía tratarse nuevamente del director.

Le indicó a Fry que supervisara la maniobra mientras él se alejaba hacia la parte trasera de la furgoneta.

—Agente Rozman, mi nombre es Camila Jones.

—¿Quién?

—Camila Jones. Soy periodista.

El rostro del hombre se transformó.

—¿Cómo ha conseguido este número?

—Agente. ¿Vamos a entrar en ese juego ahora? Imagino que el tiempo no le sobra después del lamentable episodio del agente Carlson.

—No se imagina lo inoportuno de su llamada, señora Jones.

—Puedo hacerme una idea. Agente Rozman. Es muy importante que me escuche.

En casi todos los escenarios imaginables, Rozman hubiese interrumpido la comunicación en ese preciso instante. Estaba en medio de un operativo que podía cambiar el futuro de su carrera y la vida de muchas personas; sin embargo, conocía perfectamente la reputación de Camila Jones, y algo en su voz le dijo que tenía que seguir escuchando. Miró de soslayo a Fry, que parecía tener la situación bajo control.

—La escucho.

—Hace unos días hablé con el agente Carlson. Él me puso al corriente de las detenciones y de algunas cuestiones de la red que están a punto de desarticular.

—Carlson no me dijo nada de usted —dijo Rozman con cautela—. ¿Por qué Carlson le revelaría información sensible a usted?

—Agente Rozman, durante mi encuentro con Carlson, él me dio a entender que Sophia Holmes seguía con vida. Lo que interpreté de sus palabras es que el FBI la tenía en alguna parte.

Hubo un silencio eterno.

—Eso es un disparate.

—¿Lo es? Carlson fue claro conmigo en cuanto a que Sophia no se había suicidado y que su integridad era importante para el FBI.

—No sé de qué me habla. Yo no he discutido con Carlson, ni con otro miembro del FBI, nada relacionado con Sophia Holmes. Discúlpeme, realmente tengo que cortar.

Lo último que escuchó Rozman fue un suspiro de abatimiento.

El agente regresó apesadumbrado a donde estaba Fry. La pantalla mostraba ahora cómo tres oficiales apuntaban a Garrett con rifles de asalto. El abogado no parecía consciente de que aquel equipo SWAT lo tenía rodeado y se limitaba a mirar a Bill Mercer con un odio extremo.

Mercer, por su parte, seguía sentado en su silla sin mover un solo músculo.

Un agente entró a la sala y le pidió a Garrett que levantara las manos para que pudiera verlas. Una de ellas estaba debajo de la mesa.

—Garrett, todo ha terminado. Muéstreme las manos —repitió el agente.

Garrett era un predador que solo tenía ojos para su presa. El resto de la sala había dejado de existir para él.

—Hijo de puta —masculló en dirección a Mercer.

Fue entonces cuando el disparo los aturdió. La bala fue disparada por debajo de la mesa y dio en la silla de Mercer, que retrocedió un poco e, instintivamente, inclinó su cuerpo hacia un lado, derribando la silla y dejándose caer sobre la alfombra.

Garrett llegó a disparar una segunda vez mientras una ráfaga de balas le sacudía el pecho. Se desplomó junto con la silla que ocupaba.

El episodio duró menos de tres segundos. Rozman se llevó la mano a la frente, cerró los ojos y suspiró. Fry le puso una mano en el hombro.

—El hijo de puta tenía un arma debajo de la mesa —dijo él todavía sin abrir los ojos.

—Era un paranoico —dijo Fry—. No había ningún socio.

Rozman la miró y asintió. A continuación, se comunicó por el intercomunicador de la consola con el agente al mando del equipo.

—¿Cómo está Mercer?

El agente le respondió con un pulgar en alto a la cámara. Entre dos de los oficiales asistieron a Bill para que se sentara nuevamente en su silla. Ninguno de los dos disparos lo había tocado; esta vez la suerte había estado de su lado.

35

Sophia abrió la puerta del sótano y la sensación de peligro la embriagó. La contradicción no dejaba de tener su gracia.

Cuando llegó a la planta baja fue directamente a la cocina. No se detuvo ni un momento en el salón, donde estaba guardada el arma. No quería vagar por la casa con una pistola, porque hacerlo significaría que creía que efectivamente podía haber alguien al acecho. Y si creía eso, y aun así elegía salir del sótano, entonces era una estúpida. Mike le había dicho que si necesitaba ayuda recorriera el camino de tierra hasta llegar a la primera casa. Y eso es precisamente lo que haría, no fantasear con enemigos inexistentes y salir armada creyéndose Clint Eastwood.

No se preocupó en ir en busca de Mike. Era obvio que él no estaba en la cabaña.

En la cocina buscó lo único que verdaderamente necesitaba: una linterna. No iba a recorrer el bosque sin ella. No la encendería en todo momento, por supuesto, pero eventualmente la necesitaría. Revisó todos los muebles y finalmente encontró una de esas metálicas de un tamaño razonable. Comprobó que funcionaba y salió de la casa.

Una vez en el porche se quedó mirando la mesa donde días atrás había charlado con Mike bebiendo Coca-Cola. Volvió a preguntarse si le habría pasado algo grave y se le hizo un nudo en el estómago.

Apenas bajó del porche se dio cuenta de que la temperatura era mucho más baja de lo que había esperado. Quizás menos de diez grados. Llevaba puesta una camiseta y el frío en los brazos fue instantáneo. La razón le indicaba que lo más sensato era regresar al sótano a por una sudadera, pero sabía que si hacía eso no volvería a salir. Pensó brevemente en ir a buscar alguna prenda de Mike a la segunda planta y también descartó la idea. En el fondo, estaba buscando excusas. Una cosa era planificarlo todo desde la protección del sótano y otra muy distinta era estar allí, en el umbral del bosque. Empezaba a arrepentirse de haber salido, pero se obligó a seguir adelante.

Cuando llegó al camino de tierra agradeció haber traído la linterna consigo. No solo era reconfortante sentir la contundencia de aquel objeto metálico en la mano —no era una pistola, pero ante la presencia de alguien era mejor que nada—, sino que además podría encenderla en algún momento si se sentía demasiado abrumada por la oscuridad. Nunca había sido una niña temerosa de la noche, ni siquiera de muy pequeña, pero empezaba a sentir una ansiedad desconocida para ella que atribuyó a su prolongado encierro.

—Poco a poco te sentirás mejor —dijo en voz alta.

El sonido de su propia voz, lejos de tranquilizarla, la inquietó aún más. «Cállate», pensó.

Empezó a caminar por el lado izquierdo del camino. La vegetación allí era tan densa que apenas podía ver unos metros más adelante. En casi todo momento tenía la mirada puesta en el suelo, cuidando de dónde pisar.

Era difícil calcular la distancia, porque tenía que avanzar muy despacio haciendo rodeos para esquivar plantas y charcos de agua. Descartó utilizar el camino de tierra por considerarlo demasiado arriesgado; aunque no había encendido la linterna, se exponía a que alguien la viera. Además, prefería mantenerse ocupada mirando dónde pisar. El frío se había vuelto insoportable.

Había recorrido unos doscientos o trescientos metros —difícil saberlo— cuando escuchó un ruido proveniente del lago, detrás de la línea de vegetación a su izquierda. Fue como el ruido que produce la madera al chocar con el agua, y Sophia pensó en una embarcación pequeña, quizás un bote o algo así. Sabía que el lago estaba muy cerca y decidió ir a echar un vistazo. Lo hizo porque otra vez su mente proyectó a Mike regresando en un bote a saber de dónde. Si Mike aparecía en ese momento todo sería mucho más sencillo. Irían juntos a buscar un coche, encenderían la calefacción y volverían a Hawkmoon, donde ella podría finalmente ver a su madre. Estaba tan cerca de conseguirlo. ¿Por qué tenía que pasar por aquello?

Sophia encendió un momento la linterna para evaluar por dónde llegar hasta el lago. Eran menos de diez metros, pero aun así era suficiente para encontrarse con una serpiente u otro animal, y Sophia sabía que si algo así sucedía empezaría a gritar y a correr desesperadamente en dirección a la casa. Encontró una cinta de hojas apelmazadas donde había algunos arbustos bajos y fue en esa dirección. Apagó la linterna y cruzó apurando el paso y apartando las ramas que se interponían en su camino.

Llegó al lago y lo primero que hizo fue mirar en dirección a la casa, que de lejos y a oscuras resultaba mucho menos reconfortante. Si una de las ventanas de la casa se encendía de golpe en ese momento...

«¡Basta!»

En el agua no había ninguna embarcación, por supuesto. Unos metros más adelante de donde ella estaba, sin embargo, había un muelle de madera. No era demasiado largo —tendría unos cinco o seis metros—, y apenas sobresalía del agua. El ruido que Sophia había escuchado era el del agua moviéndose alrededor de las columnas de madera que lo sostenían. El ruido volvió a repetirse algunas veces y Sophia se disponía a regresar cuando creyó ver algo sobre el muelle. Parecía la silueta de un hombre tendido.

Esta vez no especuló con lo que estaba viendo. Caminó algunos pasos por la orilla y, cuando estuvo lo suficientemente cerca del muelle, apuntó la linterna en esa dirección y la encendió.

A continuación sucedieron varias cosas, una seguida de la otra. La primera fue que la silueta se movió al recibir la luz y se reveló como un cocodrilo descomunal. La cola del animal se levantó, giró, y el cuerpo empezó a desplazarse a una velocidad ridículamente alta, golpeando la madera con las patas como un redoble de tambor. Sophia gritó, temblando de miedo y retrocediendo algunos pasos por puro instinto. El cocodrilo se dejó caer del muelle y se sumergió en el agua casi sin hacer ruido, o quizás sí hizo ruido, pero el chillido horrorizado de Sophia lo tapó todo.

Lo anterior hubiese sido suficiente para acabar con su corazón, que afortunadamente resistió el susto, pero lo peor vino después. Sophia no atinó a apagar la linterna. El haz de luz barrió la orilla del lago a medida que ella retrocedía, tambaleante. Las rocas se movieron con movimientos espasmódicos, disparando sombras puntiagudas. Varios ojos amarillos se abrieron y la miraron. Decenas de ellos. Por lo menos cinco o seis cocodrilos tan grandes o más que el que acababa de ver en el muelle pululaban a su alrededor, uno incluso a menos de dos metros. Sophia volvió a gritar, por supuesto, esta vez dando saltos como si de pronto el suelo ardiera como el mismísimo infierno. Dos de los cocodrilos se metieron en el agua. Los otros se acomodaron un poco y regresaron a su letargo nocturno. Ninguno de los animales la atacó o intentó hacerlo, pero Sophia no tuvo consciencia de nada de esto. En su cabeza no podía dejar de pensar en los movimientos espasmódicos de aquellas bestias prehistóricas y en sus ojos de dragón.

Regresó al camino corriendo a toda velocidad, con el corazón galopando en su pecho como nunca antes en su vida.

Esta vez no pudo hacer otra cosa que quedarse en el centro del camino de tierra, lejos de las plantas, de los animales..., lejos de todo. No pudo apagar la linterna. No se le ocurrió ninguna razón que fuera más fuerte que ver si alguno de los cocodrilos decidía seguirla. A la velocidad con la que Sophia había visto al primer cocodrilo lanzarse al agua, cualquiera de ellos llegaría a donde ella estaba en menos de treinta segundos. Y bastó que empezara a pensar en uno de esos cocodrilos —o todos— saliendo de entre los árboles para perseguirla por el camino, para que no aguantara más y echara a correr.

A la mierda si alguien la escuchaba o veía el haz de la linterna. No iba a apartarse del camino por nada del mundo.

Y así fue como llegó al otro extremo del camino, donde en efecto se encontró con una amplia zona sin demasiada vegetación y, más allá, una casa con algunas ventanas con luz, tal como Mike le había dicho que sucedería. Fue la primera vez en las últimas cuatro o cinco horas que esbozaba una sonrisa.

Apagó la linterna y se quedó un rato quieta, con las manos en las rodillas, hasta recuperar el aliento.

Solo entonces fue caminando hasta la casa, que parecía incluso más grande que la de su familia. Lo cierto es que no pensó demasiado en cómo se presentaría ni qué diría exactamente. No sabía a ciencia cierta qué relación tenían los habitantes de esa casa con Mike o cuánto les había dicho él. Lo único que sabía era que necesitaba dejarse caer en un sillón mullido y descansar en una habitación a prueba de cocodrilos.

Cuando llegó, fue directamente a una de las ventanas iluminadas. Quería echar un vistazo antes de tocar el timbre. Cuando se asomó, se encontró con un hombre que la miraba con fijeza desde el otro lado.

No podía dar crédito: era Lenderman, el director de la escuela. En su mano sostenía un arma.

36

Quince segundos antes Sophia se había prometido que bajo ningún concepto regresaría por el camino de los cocodrilos.

Ahora hacía precisamente eso, corriendo como alma que lleva el diablo.

El momento en que había hecho contacto visual con Lenderman se repetía en su cabeza una y otra vez. No existía la más mínima posibilidad de que él no la hubiese visto. No solo sus ojos se habían fijado en ella, sino que tras una fracción de segundo había salido corriendo hacia la puerta para ir a buscarla. Lo que vio en su mirada no tenía nada que ver con el director de escuela que conocía desde hacía años. Nada.

Una sola vez, Sophia se volvió para ver si Lenderman la seguía. No vio a nadie y la puerta de la calle seguía cerrada. Sabía que si permanecía en el camino de tierra sería descubierta con mayor facilidad, de modo que se internó en la vegetación por el lado más alejado del lago, como si por alguna razón los cocodrilos no fueran capaces de cruzar hacia allí.

Apenas se internó lo suficiente en esa zona, se detuvo sin aliento. Se inclinó y colocó las manos sobre las rodillas mientras el aire salía y entraba a toda velocidad por su boca. Desde donde estaba podía ver la casa, y agradeció que Lenderman no hubiera salido todavía, porque si tal cosa hubiera sucedido en ese momento no habría tenido fuerzas para volver a correr de forma frenética como acababa de hacer. El shock había sido tan grande que no pensó en la distancia que tenía por delante.

¿Qué hacía Lenderman en esa casa? Sophia estaba conmocionada y no podía poner ninguna pieza en su sitio. Mike le había dicho que, si necesitaba ayuda, debía dirigirse hacia allí. Resultaba que había hecho exactamente eso, pero solo para encontrarse cara a cara con el director de su escuela empuñando un arma. Nada tenía sentido.

¿Lenderman formaba parte de la red? ¿Por qué Mike no se lo había dicho? Pensándolo un momento, la idea no era del todo descabellada. Los vídeos habían sido grabados por alumnos de la escuela. Y Lenderman nunca había hecho nada al respecto más que ignorar la situación o proteger a los autores, como había sucedido con Dylan Garrett. Sophia y muchos otros habían asumido que se trataba de incompetencia... pero quizás había actuado intencionadamente.

Sophia se escondió detrás de un árbol desde donde podía ver la puerta de la casa. Se había parado sobre una roca que le daba cierta tranquilidad en cuanto a insectos y demás animales pequeños. Si bien su principal preocupación seguía centrada en los cocodrilos, encontrarse con un roedor o una araña no le hacía la más mínima gracia. Su mirada alternaba entre la casa, sus pies y la dirección en la cual estaban los cocodrilos. Tres peligros diferentes.

La puerta se abrió unos minutos después. Lenderman salió con paso decidido. Caminaba un poco encorvado, con la pistola en su brazo izquierdo.

Sophia se escondió todo lo que pudo. Podía sentir la corteza del árbol haciendo presión contra una de sus mejillas.

Lo bueno fue que Lenderman no se dirigió hacia donde ella estaba, sino hacia un lateral de la casa. Quizás el director se había asustado al verla y se marchaba, pensó Sophia, aunque rápidamente se avergonzó de su propia ingenuidad. Es curioso cómo nos aferramos a las ideas más ridículas en situaciones extremas, pero así funciona la mente a veces.

Unos minutos después escuchó el ruido de un motor. Una camioneta oscura y monstruosa salió del lateral de la casa y avanzó hacia el camino con suma lentitud.

Sophia se quedó paralizada y se ocultó detrás del árbol, cegada por los faros de la camioneta, que se detuvo a unos veinte o treinta metros del nacimiento del camino.

Pasaron varios minutos. La camioneta seguía en marcha, pero no había forma de saber si Lenderman seguía al volante.

Quizás fuera una estrategia para agotarla y conseguir que se moviera. Si era así, entonces estaba funcionando, porque Sophia sabía que no podría resistir la incertidumbre durante mucho más tiempo. Tenía frío y se sentía exhausta. Fue el primer momento en el que lamentó no haber traído el arma de Mike.

Pasaron varios minutos más y se escuchó a un cocodrilo al otro lado del camino. Su andar era inconfundible, moviendo las ramas bajas de las plantas a medida que avanzaba con su andar errante. A partir de allí empezó a escuchar ruidos por todas partes. Ya no estaba tan segura de que la mayoría de ellos fueran causados por las ramas agitándose a causa del viento. Era cada vez más de noche y algunos animales salían de sus madrigueras.

Sacudió la cabeza y se obligó a enfocar sus pensamientos. Lenderman estaba en su camioneta esperándola y ella se estaba preocupando por zarigüeyas y ratones.

Tenía que tomar una decisión. Y esa decisión no podía ser quedarse donde estaba, muerta de frío y de cansancio. Se reprochó no haber descansado debidamente. La emoción de salir del sótano y regresar a su vida —a su madre— apenas le había permitido dormir unas horas. Debería haber supuesto que algo podía salir mal y que tendría que estar lúcida. Ahora se veía en la obligación de tomar una decisión y temía que no fuera la correcta. ¿Pero qué iba a hacer? ¿Quedarse allí hasta que Lenderman decidiera marcharse o venir a buscarla? No, tenía que ponerse en movimiento. Y había un solo lugar donde estaría segura, porque ella misma no había podido escapar cuando había querido. Tenía que regresar al sótano.

En el sótano estaría a salvo hasta que regresara Mike. La idea de que Mike pudiera no volver porque le hubiese sucedido algo era demasiado dolorosa para procesarla en aquel momento.

Regresar por el bosque sería mucho más lento que hacerlo por el camino, pero no quedaba otro remedio. Procuraría caminar por donde hubiera menos vegetación, aunque la realidad era que en casi todas partes había plantas rastreras y sus pies quedarían ocultos todo el tiempo.

Avanzó durante unos diez minutos. Según sus estimaciones, en ese momento estaría a la altura de donde había visto a los cocodrilos. Los imaginó al otro lado del camino, echados plácidamente junto al lago, con sus ojos amarillos y sus dientes torcidos. Sophia se acercó al camino. La camioneta había quedado demasiado lejos, pero el sonido del motor todavía se escuchaba. Quizás fue eso lo que engañó a su mente, que la camioneta hubiera quedado atrás no significaba que Lenderman hubiera quedado atrás.

Estaba a punto de regresar a la protección de los árboles cuando divisó a Lenderman al otro lado del camino, acercándose con el arma delante. El hijo de puta había dejado encendida la camioneta para que ella pensara que seguía allí esperándola. Sophia se quedó helada, lo tenía a menos de cinco metros. Afortunadamente no la había visto. Fue retrocediendo lentamente, sin quitar los ojos de él.

Quizás acababa de tener el golpe de suerte que necesitaba. Podría esperar a que Lenderman avanzara un poco más y, en vez de regresar al sótano, ir hacia la camioneta. Ahora contaba con una ventaja sobre Lenderman y era que él no sabía dónde estaba ella exactamente.

Pensaba en lo anterior cuando tropezó con algo. Trastabilló y se golpeó la cabeza contra el tronco de un árbol. Sin poder evitarlo, profirió un grito ahogado. Adiós a su golpe de suerte.

Se quedó tendida en el suelo. El golpe no había sido demasiado fuerte, pero la conmoción sí. Todavía envuelta en una bruma de confusión, escuchó primero el andar apresurado de Lenderman, y después el ruido de las ramas a medida que las apartaba. Unos instantes después lo tenía de pie a su lado: una silueta negra y altísima. El cañón de la pistola parecía tan grande como un túnel.

—De todas las personas que esperaba encontrarme —dijo el director—, ninguna de ellas eras tú.

Sophia intentó levantarse, pero él le puso un pie en el pecho y la empujó contra el suelo. Se dio cuenta de que ya no tenía la linterna en la mano. Tanteó a los lados pero no la encontró.

—Mike va a volver pronto —dijo Sophia.

—Mike... —dijo él en tono burlón—. No sé quién rayos es Mike.

Sophia intentó levantarse, pero él aplicó más fuerza con el pie y se lo impidió.

—¿A dónde ibas?

—No voy a decirle nada.

—¿Ah, no? Yo creo que sí vas a decirme lo que quiero. No querrás que tu madre se despierte del coma y se encuentre con una hija llena de agujeros, ¿verdad?

Sophia no contestó.

—Veo que sabes lo de tu madre —dijo Lenderman—. Lo voy a preguntar una vez más... ¿A dónde ibas?

Sophia suspiró. Estaba muerta de miedo.

—Al sótano.

En medio de la confusión, había pensado que con eso no revelaría nada que Lenderman no supiera.

—Pues vamos a visitar ese sótano.

Lenderman la obligó a ponerse de pie, pero la agarró del brazo con la mano libre. Ahora que lo tenía más cerca, Sophia pudo ver mucho mejor las facciones de aquella versión desalineada y desquiciada del director.

37

Lenderman no le soltó el brazo a Sophia en ningún momento. Caminaron en relativo silencio, utilizando ambos esos minutos para adaptarse a la nueva realidad.

Lenderman había atravesado diferentes estados durante la última hora y media. Cuando supo del operativo para capturar a Holt pensó que era el fin, no solo de la red, sino el suyo propio. La doble vida que había llevado como director de la escuela y líder de la red saldría a la luz inevitablemente. Todo el cuidado que él había tenido durante años para mantenerse a la sombra no habría servido para nada. La única persona que conocía su identidad, y en la que había confiado, finalmente lo traicionaría. Porque Garrett, a fin de cuentas, era abogado, y los abogados solo piensan en salvar su propio pellejo en situaciones límite.

Pero entonces Lenderman se enteró del fatídico desenlace de Garrett a manos de los federales y pensó que no todo estaba perdido. Si las cosas eran como sus fuentes le habían asegurado, entonces la muerte de Garrett había tenido lugar apenas lo habían encontrado en la sala de reuniones de su bufete, sin que hubiera, por tanto, dicho una sola palabra.

Con Garrett muerto su secreto estaba a salvo.

Sophia, por su parte, había tratado de poner en orden sus pensamientos. Superado el shock inicial, poco a poco había ido recuperando la compostura y procesando lo que estaba sucediendo. Era evidente que algo había salido mal en la operación, y que por eso Mike no había regresado y Lenderman había conseguido escapar. Ella no tenía forma de saber que el FBI nunca había ido detrás de Lenderman y que la pregunta más relevante, en realidad, era cómo este la había encontrado.

—¿Para qué vamos a la cabaña? —preguntó Sophia.

—Para dejar un regalo —dijo Lenderman, y se rio de su propia gracia.

Sophia no se atrevió a preguntar nada más.

La cabaña apareció entre el follaje. Lenderman arrastró a Sophia en esa dirección.

—¿Estás segura de que no hay nadie dentro? —Lenderman apretó el brazo de Sophia con fuerza—. Porque si me mientes, esa persona va a morir, y tú también. Lo entiendes, ¿verdad, niña genio?

—No hay nadie.

—Perfecto.

A petición de Lenderman, Sophia le indicó el camino que llevaba al sótano. Durante todo ese tiempo, ella procuró pensar en dónde tendría más posibilidades de escapar, y había llegado a la conclusión de que no tenía sentido intentar soltarse de las garras de Lenderman, porque, incluso si lo conseguía, el director estaría lo suficientemente cerca para dispararle. No, señor, sus probabilidades de huir serían mayores cuando él la soltara, y eso tenía que suceder cuando llegaran al sótano.

Bajaron las escaleras uno al lado del otro.

Aquel hombre desquiciado miraba en todas direcciones, como si de aquel sótano donde no había casi nada pudiera sacar alguna conclusión.

—Ponte esa cadena —dijo Lenderman con voz robótica.

¡La cadena! Hacía tanto tiempo que Sophia no la utilizaba que la había borrado de su cabeza.

—¿Qué? No...

Lenderman consultó su reloj y suspiró.

—No tengo mucho tiempo, así que no me hagas repetir las cosas. —Lenderman le apuntó con la pistola a la cabeza—. Haces lo que te digo o te meto la pistola en el culo.

Sophia empezó a temblar y a llorar desconsoladamente. Él la empujó en dirección a la cadena.

—¡Rápido!

Ella se colocó el grillete en el tobillo. El clic al cerrarse constituía su sentencia de muerte. Jamás podría escapar estando atada a la cadena.

—Ahora quítate la ropa.

—¿Qué?

—¡Ahora! —ordenó Lenderman con voz de trueno.

Sophia empezó a desvestirse. Se quitó las zapatillas, la camiseta y el pantalón. Una vez que se quedó en ropa interior, se sentó en el colchón y se aferró las piernas. La sensación fue horrible. Tenía los poros de la piel dilatados a causa del frío y la vergüenza.

Lenderman la estudió durante varios segundos. Ella no pudo sostenerle la mirada.

—¿Qué hay detrás de esa puerta?

—El baño.

—¿Y de aquella?

—Otra habitación.

Lenderman dejó la pistola sobre uno de los escalones y sacó el móvil del bolsillo. Le dijo que se quitara el resto de la ropa y ella empezó a hacerlo en silencio. Lo hizo sin objeciones porque si él volvía a gritarle entonces volvería a llorar desconsoladamente.

—Quédate de pie —dijo Lenderman, ahora con el rostro transformado—. Los brazos a los lados... ¡A los lados! Date la vuelta. Ahora mírame.

Sophia miró a Lenderman solo un momento. Sabía que jamás olvidaría esa mirada vacía, desprovista de humanidad. «Su mirada *real*», pensó Sophia. Lenderman iba por la vida con un disfraz de director que se preocupaba por la reputación de la escuela. Un papel que había sabido cumplir a la perfección.

—¿Por qué hace esto? —musitó Sophia.

—Ya te lo he dicho. Voy a dejarles un regalo a los traidores.

—Usted es un monstruo.

Lenderman no pareció escucharla. No le quitaba los ojos de encima. En su mirada había ira, pero también un deseo enfermizo.

—Mi padre solía decir que lo importante era el aquí y ahora —dijo Lenderman con expresión soñadora—. Por supuesto, era una de las tantas idioteces que decía, dignas del inútil que era. Pero quizás en eso no se equivocaba. Aquí y ahora. ¿Sabes a qué me refiero?

Sophia negó con la cabeza.

—¿Cuántos años tienes? ¿Catorce?

—Quince.

Los ojos de Lenderman se encendieron. Levantó el móvil a la altura de su cabeza y empezó a grabarla, moviéndose de un lado para el otro. Sophia hubiera cerrado los ojos de buena gana pero sabía que si lo hacía él le llamaría la atención, así que los mantuvo abiertos y mirando al techo del sótano.

Esa escena duró quizás tres o cuatro minutos, aunque para Sophia fue una eternidad.

Lenderman esbozó una sonrisa boba mientras revisaba en el móvil lo que acababa de hacer. Se acercó a la escalera y puso el móvil en el mismo escalón que la pistola, apoyado de manera que apuntara hacia donde estaba Sophia.

—No, por favor —dijo ella.

—Aquí y ahora —dijo él.

Lenderman se quitó primero la camisa. Luego el pantalón. Una pierna...

«¡Ahora!»

Sophia salió corriendo. Era cierto, estaba encadenada, pero la cadena era larga y le permitía moverse por casi todo el sótano. Quizás Lenderman, en su trance demencial, había pasado este hecho por alto, o quizás pensó que el miedo y la desprotección paralizarían a su víctima. Ella se lanzó a toda velocidad hacia la escalera, esquivó a Lenderman, que intentó agarrarla estirando el brazo pero falló, y cayó al suelo mientras su pierna se trababa con el pantalón a medio sacar.

Sophia arrastró la cadena y, cuando estaba a punto de llegar a la escalera, estiró el brazo para coger la pistola. No sabía mucho de armas —en realidad no sabía casi nada—, pero sí creía ser capaz de quitar el seguro y disparar. Nada de advertencias, nada de esperas. No tendría tiempo. Lenderman se levantaría en una fracción de segundo y se abalanzaría sobre ella.

«Coge la pistola. Quita el seguro. Apunta. Dispara.»

Llevó adelante la primera parte sin problemas. Aferró el arma y, con el rabillo del ojo, vio que Lenderman todavía no se había levantado del suelo. ¡Iba a lograrlo! Estaba a punto de quitar el seguro cuando una fuerza inexplicable la arrastró hacia atrás y la hizo caer al suelo. Al principio Sophia no entendió lo que sucedía, hasta que vio cómo la cadena se tensaba y su pierna se ponía rígida. Lenderman había tirado de la cadena con todas sus fuerzas cuando todavía estaba tendido en el suelo.

—Buen intento —dijo el director mientras se terminaba de sacar el pantalón y se ponía en pie.

Sophia seguía tirada en el suelo, desnuda e indefensa, frustrada y con un dolor atroz en la pierna a causa del tirón. Desde donde estaba, Lenderman era un gigante desproporcionado que empezó a sacarse el calzoncillo y se quedó completamente desnudo.

Lenderman cogió la pistola del suelo y subió la escalera con parsimonia. La imagen era digna de un sueño:

el director de la escuela subiendo una escalera desnudo con un arma en la mano. Cuando llegó a la parte de arriba, dejó el arma, ahora sí, lejos del alcance de Sophia.

—Aquí y ahora —dijo mirando a la cámara. Regresó junto a Sophia y se detuvo a su lado como un tótem—. De pie.

Sophia vio acercarse la mano de Lenderman. Si aquel monstruo se salía con la suya —y faltaban segundos para que eso sucediera—, su vida cambiaría para siempre de un modo irreparable.

Entonces algo sucedió.

La puerta del sótano se abrió lentamente y la fortuna quiso que Lenderman estuviera de espaldas a ella. Sophia vio entrar a una mujer a la que no reconoció.

La mujer se llevó un dedo a la boca.

Sophia dejó de sentir la presencia de Lenderman. Su atención estaba puesta en la mujer, que pareció leer rápidamente la situación y se inclinó para coger el arma. Sophia empezó a hablar, a implorarle a Lenderman que no le hiciera daño, que haría todo lo que él quisiera, que se quedaría con él para siempre. La mujer asentía, comprendiendo lo que Sophia estaba haciendo. No solo ganando tiempo, sino también hablando para que ella bajara la escalera sin ser escuchada.

Cuando Lenderman finalmente la escuchó, la mujer ya estaba a menos de dos metros de distancia.

El director empezó a cubrirse con el cuerpo de Sophia, y eso fue todo lo que Camila Jones necesitó para dispararle a la cabeza.

38

—No lo mires.

Sophia no podía sacar los ojos de aquel cuerpo tendido boca abajo. De no ser por la mancha de sangre —que cada vez se hacía más grande—, Lenderman podría haber estado durmiendo o reponiéndose de una borrachera.

Camila la agarró de los hombros y la apartó del cadáver con suavidad. Ella parpadeó como si despertara de un sueño.

—Los oídos me zumban.

—Lo sé. No lo mires. —Camila buscó algo con que cubrir a Lenderman pero no vio nada cerca—. Mi nombre es Camila, soy periodista y amiga de tu abuela.

Sophia asintió. En su mirada empezó a aparecer algo de entendimiento.

—¿Puedes vestirte?

Sophia asintió y se quedó mirando el pantalón y las bragas atravesados por la cadena. Los deslizó hasta volver a colocárselos y luego hizo lo propio con el resto de la ropa.

—Tenemos que salir de aquí ahora mismo —dijo Camila. Aunque la ventana era un rectángulo negro, procuró mantener la mirada fija en ella, su única fuente de paz en ese momento.

—No tengo la llave de esto —dijo Sophia señalando el grillete de su tobillo derecho—, hace mucho que no lo uso. Creo que la vi en la mesa de noche de Mike, en la segunda planta.

Camila cerró los ojos y procuró que su respiración se regularizara. No lo logró. Le dijo a Sophia que la esperara mientras ella iba en busca de la llave. Subió las escaleras a toda velocidad, abriendo apenas los ojos. Cuando llegó a la cocina se había quedado prácticamente sin aire.

Para Camila, bajar al sótano había sido un desafío. Ahora se sumaba el hecho de que acababa de asesinar a un hombre.

En la planta alta encontró la llave, tal como le había indicado Sophia. Regresó con decisión, pero antes de bajar al sótano se detuvo frente a la puerta. Un fortísimo dolor en el pecho hizo que se desplomara antes de llegar a abrirla. Fue deslizándose poco a poco hasta quedar tendida boca arriba en el suelo. La sensación era la de un león mordiéndole el pecho. Era la mismísima muerte.

Camila se repetía una y otra vez que ya se le pasaría. Mientras tanto, no podía hacer otra cosa que seguir paralizada presa de uno de los dolores más grandes que había experimentado en su vida.

—Abre la puerta —dijo Sophia desde el otro lado.

Camila consiguió ponerse de rodillas arrugando la cara del dolor. Abrió la puerta y vio a Sophia a unos pocos metros. La cadena era extensa y la chica había subido la escalera hasta donde aquella se lo permitía. Camila asintió agradecida, sacó la llave del bolsillo y la lanzó en dirección a Sophia. El lanzamiento fue preciso.

Sophia se liberó y fue hasta donde estaba Camila. La rodeó con el brazo y no le hizo ninguna pregunta, sino que la ayudó a ponerse de pie y juntas fueron a la cocina. Solo entonces, con la mirada en el lago al otro lado de la ventana, Camila consiguió erguirse por completo y articular las primeras palabras.

Ambas se dirigieron al porche y se sentaron en la mesa.

—Tenemos mucho de que hablar —dijo Camila—. Pero lo más importante de todo es que repasemos lo que vas a decir cuando regreses a casa.

—¿Cómo me has encontrado?

—También de eso voy a hablarte.

39

El desmantelamiento de una red de pedófilos que utilizaba a sus propios hijos como abusadores era una noticia lo suficientemente impactante como para conseguir alcance nacional. La peculiar muerte del agente Carlson, uno de los máximos responsables de la investigación por parte del FBI, era sin duda un condimento más que atractivo. Sin embargo, la noticia explotó cuando se supo que Sophia Holmes, una chica que había descubierto el funcionamiento de la red, convirtiéndose en una amenaza para esta, había permanecido casi un año escondida.

Vince Naroditsky fue la primera cara de la noticia, transmitiendo desde un estudio montado en Hawkmoon y con dos corresponsales que iban y venían por la ciudad. El resto de los medios importantes del país se movilizó con rapidez y menos de cuarenta y ocho horas después los hoteles estaban llenos de periodistas y las furgonetas pululaban por las calles con sus antenas parabólicas transmitiendo en directo.

Nunca se había vivido algo así en Hawkmoon.

Sin embargo, la verdadera revolución la causó un joven periodista local completamente desconocido para el público. Tim Doherty dio la primicia de que Sophia Holmes había aparecido con vida después de trescientos cuarenta días en paradero desconocido. Lo hizo mediante un vídeo que fue publicado en el canal de YouTube del *Hawkmoon*

Overfly, y que menos de veinticuatro horas después había alcanzado seis millones de reproducciones.

Camila fue determinante a la hora de convencer a Tim para que hablara frente a una cámara y no se limitase a escribir un artículo en el periódico. Al principio Tim no estaba convencido, pero ella le aseguró que la gente necesitaría ponerle un rostro a la fuente oficial de todo lo relacionado con Sophia.

Y así fue como Tim, gracias a un amigo fotógrafo, preparó en tiempo récord una cámara y un sistema de iluminación en las instalaciones del *Overfly*. Se presentó ante la audiencia como director del periódico local y dio la noticia que impactaría a todo el mundo: Sophia estaba viva.

Muchas cosas cambiaron tras semejante revelación, apenas algunas horas después de conocerse las detenciones. Pero la historia tenía además otras cosas que la hacían periodísticamente asombrosa.

La espeluznante escena donde Conrad Holt murió tras detonar una granada, y donde además fue herido fatalmente el agente Carlson, fue objeto de debate y controversia. Algunos policías cuestionaron fuertemente la versión oficial, asegurando que todo era un montaje y que su exjefe no había sido el responsable. Si bien ninguna de las cámaras de seguridad de la comisaría mostraba directamente el despacho del comisario cuando se produjo la detonación, varias de ellas habían captado la explosión desde diversos ángulos. Las escenas eran repetidas una y otra vez, así como los testimonios de la esposa de Holt y su hija mayor, que llevaron adelante una vigorosa defensa del comisario.

Frank Garrett, identificado como el responsable máximo de la red, también había muerto al resistirse a su arresto. Los detalles de la detención no habían trascendido, pero al parecer el abogado había intentado resistirse con un arma de fuego y eso le había costado la vida. La familia de Garrett, golpeada primero por la muerte de Dylan y ahora por la devastadora noticia de las monstruosas atrocidades cometidas por Frank, tomó la decisión de irse de la casa familiar a un destino desconocido.

El nombre de Phil Holmes adquirió relevancia cuando se hizo pública la aparición con vida de su hija Sophia, aunque su participación en la red no estaba del todo clara. Era uno de los pocos que había conseguido burlar al FBI y seguía prófugo. De alguna forma, Holmes había sabido lo que venía y organizó todo para largarse. No había conseguido vender su empresa, pero sí planear una huida sin dejar rastro.

De la misteriosa desaparición de Lenderman se tejieron algunas teorías, pero lo cierto es que no recibió demasiada atención. Esto se debió en parte a que había mucha tela para cortar con el resto de los miembros de la red, y a que Tim, que conforme pasaban los días se ganaba un lugar como la voz autorizada del caso, había dejado deliberadamente el tema de lado. La hipótesis con más fuerza, y la que los familiares de Lenderman sostenían públicamente de forma enfática, era que el director había colaborado con el FBI para desmantelar la red y que eso le había costado la vida.

Naroditsky no tuvo más remedio que centrarse en Holt, Holmes y Garrett, a falta de información referente a la aparición con vida de Sophia. En su afán de no quedarse atrás en la carrera por ser el portavoz del caso, reveló en exclusiva algunos de los vídeos que la red había grabado por mediación de sus hijos. Por supuesto, el material estaba pixelado y las voces distorsionadas para preservar la identidad de los menores implicados, pero aun así supuso un antes y un después en la cobertura del caso. El hecho fue fuertemente cuestionado y causó que otros vídeos empezaran a circular por las redes sociales, estos sin la debida protección de las víctimas. El periodista defendió su postura y redobló la apuesta, transmitiendo incluso desde el autocine abandonado, donde muchos de aquellos vídeos habían sido grabados.

Durante algunos días, Naroditsky consiguió mantener el fuego ardiendo a base de nuevos detalles, muchos de ellos de mal gusto o que cruzaban la línea de lo moral. En contraposición, durante ese periodo, Tim Doherty fue construyendo su imagen a base de información precisa y, sobre todo, de respeto hacia los tiempos de Sophia, que hasta ese momento había tomado la decisión de no exponerse de ninguna forma.

Cuando Tim anunció que haría un segundo vídeo con más información referente a Sophia, la expectación fue brutal. No solo reveló algunos detalles desconocidos hasta el momento, sino que además contaba con el testimonio más buscado, el de la propia Sophia. Se trataba de un audio de unos pocos minutos, pero eran sus primeras palabras para el mundo.

«Mi nombre es Sophia Holmes. Estoy bien y sé que muchas personas quieren saber qué sucedió y dónde he estado todos estos meses. Lo único que puedo decirles ahora es que hablaré cuando esté en condiciones de hacerlo, por lo que les pido un poco de paciencia. Lo haré pronto porque hay personas que necesitan oír mi historia. Estoy con mi abuela y otras personas que me quieren, y es mi deseo poder ver a mi madre en el hospital cuando sea posible. Les pido, por favor, que respeten mi privacidad y la de mis seres queridos. Muchas gracias.»

Si bien hubo algunos que dudaron de la autenticidad del mensaje, la gran mayoría lo dio por cierto. Tim dijo que no iba a ir en contra del deseo de Sophia de contar su verdad a su debido tiempo, pero que él podía dar fe de que las versiones que circulaban acerca de que Sophia había sido víctima de la red de pedofilia no eran ciertas. Tim Doherty aseguró que la historia que Sophia contaría al mundo sería reveladora en muchos sentidos.

Tim Doherty empezaba a convertirse en la estrella del caso, y el hecho iba más allá de ser el que disponía de la mejor información. La gente empezaba a conocerlo y a enamorarse de él.

40

Necesitaban un lugar donde Sophia estuviera a salvo de la prensa. Camila pensó por un momento en llevarla a su propia casa, pero era un sitio demasiado evidente. Cuando la noticia de la aparición con vida de Sophia se diera a conocer, se desataría una carrera alocada para obtener la primera foto o la primera exclusiva. Necesitaban ganar tiempo y hacer las cosas de la manera correcta.

Sophia tuvo la idea de ir a casa de Dorothy Morgan, la directora administrativa de la escuela. Camila estuvo inmediatamente de acuerdo; recordaba perfectamente el encuentro con ella en el parque Morleigh y cómo se había referido a Sophia como la hija que nunca tuvo.

Fueron a casa de la señora Morgan con la capota del Mercedes puesta, un logro que Camila celebró en silencio. Unos minutos antes de llegar, Camila la llamó por teléfono. Era más de la una de la madrugada y quería prevenirla. Le explicó lo mínimo indispensable y, cuando llegaron, la mujer las esperaba con el portón del garaje abierto. Ella estaba de pie junto a la puerta interna. A medida que el coche avanzaba lentamente y confirmaba que quien ocupaba el asiento del acompañante era Sophia, los ojos se le llenaron de lágrimas.

Mientras el portón se cerraba automáticamente, Sophia se bajó del coche. Llevaba puesto un abrigo que Camila tenía en el coche para emergencias. Se acercó a la señora

Morgan en silencio y ambas se abrazaron durante una eternidad. Camila se quedó a un lado. A prudente distancia las observaba Harold Morgan, un hombre unos años mayor que Dorothy y que vestía un pantalón y una camisa que parecían de otra época.

Prácticamente no hablaron. Sophia estaba exhausta y acordaron que lo mejor sería que se fuera a dormir de inmediato. Camila regresaría a su casa y a primera hora de la mañana hablaría con Madeleine para decirle que su nieta estaba viva y la estaba esperando. Camila entendía que no darle aviso de inmediato era una decisión difícil, pero sabía que tendría que tomar muchas decisiones difíciles durante las próximas horas.

Camila les recordó a los Morgan que no hablasen con nadie respecto a Sophia. Enfatizó la palabra *nadie* y aclaró que eso incluía a personas de extrema confianza. Solo los que estaban en esa habitación podían saber que Sophia estaba allí. En cuanto los Morgan le aseguraron que no hablarían con nadie, Camila se marchó.

Sophia iba a dormir en la habitación de invitados de la segunda planta. Harold Morgan se había ocupado de acondicionarla lo mejor que pudo en el poco tiempo del que dispuso.

—¿Quieres comer algo, querida? —preguntó la señora Morgan.

Sophia estaba sentada en la cama. Nunca se había sentido tan cansada en toda su vida.

—No, estoy bien.

La señora Morgan se la quedó mirando. Camila había sido clara en mantener las conversaciones al mínimo, especialmente en lo referido al último año.

—Lamento mucho lo de tu madre —dijo la señora Morgan—. Rezo por ella cada día. Se pondrá bien.

—Gracias. Tengo muchas ganas de verla. —Sophia meditó un momento—. ¿Sabe algo de mi padre?

La mujer negó con la cabeza. Lo cierto es que había

estado siguiendo el caso con detenimiento durante todo el día, pero nada se había dicho de él.

Sophia creyó que se dormiría apenas apoyara la cabeza en la almohada, pero eso no sucedió. Durante casi una hora se quedó mirando las formas grises de aquella habitación desconocida, con olores y sonidos nuevos. Lo que le acababa de decir a la señora Morgan respecto a extrañar a su madre era cierto, por supuesto, pero esa noche lo único que quería era cenar con Mike y jugar unas partidas de ajedrez con él.

41

Los siguientes días en casa de Dorothy Morgan se vivieron con mucha intensidad. Para Sophia fue un nuevo
encierro, sin poder hablar con sus amigos o ver a su madre. No obstante, no protestó. Con Camila conectó inmediatamente; también con Tim Doherty, que fue a visitarla dos veces a la casa y fue el que hizo el primer anuncio
sobre su aparición.

El encuentro con la abuela Madeleine fue lo mejor
que le había pasado en mucho tiempo. Los Morgan y
Camila les permitieron quedarse a solas en el patio trasero y estuvieron reunidas durante más de dos horas. Sophia habló casi todo el tiempo; de Mike, de la habitación
gemela en el sótano, de todo. Madeleine la escuchó con
atención. La abuela era buena escuchando y dando consejos, como no podía ser de otra manera dada su profesión; aunque ellas dos no se veían con demasiada frecuencia a raíz de la distancia, tenían la costumbre de hablar
tres o cuatro veces al mes por FaceTime. Sophia la admiraba y creía que se parecían bastante. Nunca había visto
a su abuela tan emocionada.

Madeleine no se instaló en casa de los Morgan, pero la
visitaba casi todos los días. Todos sabían que era un riesgo,
porque algún periodista podía seguirla para intentar averiguar dónde estaba Sophia. Madeleine llevaba adelante
un intrincado recorrido que incluía dos autobuses y varias

paradas de precaución. Si tenía la más mínima sospecha de que alguien la seguía, regresaba al hotel y volvía a intentarlo más tarde. La prioridad era proteger a Sophia.

Dos días después de que se escucharan las primeras palabras de Sophia en la emisión realizada por Tim Doherty, él y Camila improvisaron un estudio en el garaje de los Morgan. Para lo que sería la primera entrevista de Sophia, los tres habían trabajado en las preguntas y ensayado las respuestas para transmitir exactamente lo que querían. No buscaban un diálogo guionizado, pero sí ser precisos en algunas cuestiones particulares. Sophia lo entendió rápidamente.

—Deberías ser tú quien haga las preguntas —dijo Tim dirigiéndose a Camila.

Ella lo miró con una sonrisa.

—Estoy retirada... Créeme, es mejor hacerlo así.

Tim se la quedó mirando como si intentara descifrar un jeroglífico.

—¿Qué pasa? —preguntó Camila.

—Tengo la sensación de que este era tu plan desde el principio. Nunca consideraste realmente ponerte al frente de la investigación.

—Puede ser —dijo Camila. Su rostro fue mucho más convincente que sus palabras.

Lo cierto es que a Tim le parecía un poco injusto que él se llevara todo el rédito. Entendía que había una razón de peso por la cual Camila debía mantenerse al margen. Su vínculo con la historia era demasiado grande a partir de lo que había sucedido en ese sótano. Ni siquiera Tim conocía todos los detalles de lo que Camila y Sophia habían vivido aquella noche.

En el garaje, además de las dos sillas que ocuparían Tim y Sophia, había un juego de luces que él le había pedido prestado a su amigo el fotógrafo. Detrás habían colocado una tela blanca para evitar cualquier tipo de identificación del entorno.

Empezaron a grabar a las diez de la mañana. Solo ellos tres estaban presentes.

—Sophia, muchas gracias por hablar conmigo —dijo Tim—. Has estado desaparecida durante trescientos cuarenta días. Durante ese tiempo, la policía, y también mucha gente, ha creído que estabas muerta; se han hecho en total diez marchas para buscarte... y aquí estás. Cuéntanos lo que sucedió ese 27 de mayo, el día en que fuiste al cine con tus amigos y no volvimos a verte.

Sophia empezó a continuación un repaso de los acontecimientos de aquel día. Fue sencillo porque no tenía que decir nada que no fuera cierto. Habló de cómo se marchó del cine para encontrarse con Dylan Garrett y de cómo el encuentro nunca se llevó a cabo porque fue interceptada por el camino.

—¿Cuál era el propósito de tu encuentro con Dylan?

—Él había grabado a una amiga mía sin su consentimiento. El vídeo se viralizó, y cuando lo vi me di cuenta de que Dylan intentaba esconder la mochila de mi amiga, que tenía un pin con el escudo de la ciudad. Eso me hizo pensar que el vídeo podía estar destinado a alguien más. No tenía idea de que podía tratarse de una red de pornografía ni nada por el estilo, pero quería averiguar más. Por eso fui a verlo.

—¿Llegaste a decírselo a Dylan?

—Se lo di a entender. Él me dejó una nota en la taquilla diciéndome que dejara de hacer preguntas. Cuando lo abordé en el gimnasio de la escuela estaba a la defensiva y supe que ocultaba algo.

Camila estaba maravillada con la forma en que Sophia se desenvolvía. Les preocupaba que pudiera ser vista como una chica arrogante que todo lo sabe, pero su modo de hablar no dejaba entrever nada de eso. Tampoco la querían en el rol de víctima, aunque definitivamente lo fuera.

—Entonces —recapituló Tim—, si bien hasta ese

momento solo tenías indicios de que había alguien más detrás de ese vídeo, Dylan había accedido a verte esa tarde, con lo cual es razonable suponer que iba a decirte la verdad.

—Nunca sabré lo que iba a decirme Dylan. Es posible que fuera a decirme la verdad.

—Si Dylan te confesaba ese día que su padre era el que le pedía sistemáticamente esos vídeos y que los distribuía a otras personas —dijo Tim—, ¿qué hubieras hecho?

—Me hubiera encargado de que todo el mundo lo supiera, supongo. Hubiera hablado con mis padres, para empezar.

Tim asintió e hizo una pausa.

—Si eso hubiese sucedido —reflexionó—, sin proponértelo hubieras puesto en riesgo una operación del FBI para desarticular una red de pedofilia que estaba gestándose y que duraría meses.

Sophia asintió.

—Yo no sabía nada de eso.

—No, claro que no. El hombre que te secuestró esa tarde...

—No me secuestró —lo interrumpió Sophia—. Me protegió.

El intercambio había sido planeado, por supuesto. Camila asintió satisfecha. Su rol como única espectadora era velar por la naturalidad de la entrevista. Por el momento, todo estaba saliendo como esperaban.

—Te protegió porque sabía que si intentabas hacerlo público, tu vida podía correr peligro. ¿Él te lo dijo?

—Sí.

—Sophia, ¿puedes decirnos quién es ese hombre?

—El agente Carlson.

Tim hizo una pausa deliberada.

—Sabes que el agente Carlson perdió la vida en una de las detenciones, ¿verdad?

—Sí, lo sé. Ha sido una noticia muy triste para mí.

—El agente Carlson —dijo Tim— ¿te dijo alguna vez si lo que hizo era a instancias del FBI?

—No, nunca me lo dijo. Era muy reservado en ese sentido. Cuando me habló por primera vez de la red ya habían pasado varios meses. Yo creo que lo hizo por iniciativa propia, pero realmente no lo sé.

—Sophia, la pregunta que todos nos hacemos, ahora que conocemos quién ha sido el responsable de... protegerte, es dónde estuviste y cómo te han tratado.

—Estuve en el sótano de una casa, no podría precisar dónde.

—¿Por qué?

—Entré y salí escondida en un coche. El agente Carlson nunca quiso revelarme su ubicación.

—¿Cuándo lo viste por última vez?

—El día de la operación. Me dejó en las afueras de la ciudad.

Lo que Sophia acababa de describir era el punto donde el relato se apartaba de la realidad. No iban a revelar nada de lo sucedido esa noche en la cabaña.

—¿Cómo fueron esos días de encierro en el sótano?

—Muy buenos —dijo Sophia con seguridad—. El agente Carlson me trató muy bien y me dio todo lo necesario para que mi estancia fuera lo más llevadera posible. Sé que lo hizo para cuidarme y le voy a estar eternamente agradecida por ello.

Tim esperó. Sophia estaba genuinamente conmovida.

—Tu ausencia ha causado mucho dolor —dijo Tim—, especialmente en tus seres queridos. ¿No crees que, con su actuación, el agente Carlson priorizó su investigación por encima del resto de las cosas, incluido tu bienestar?

—No, no lo creo. Mis seres queridos se hubiesen lamentado mucho más si algo malo me sucedía —dijo Sophia—. Además de eso, creo que había cosas mucho más importantes en juego que mi bienestar; la vida de muchos otros niños y niñas. Creo que tomó la decisión correcta.

—¿Algo que quieras decirles a quienes te están escuchando?

—Sí, que por favor respeten mi privacidad y la de mi familia. Lo que he dicho es lo que ocurrió. El agente Carlson fue una persona honorable, y además se convirtió en mi amigo. Lamento profundamente lo que le sucedió y creo que todos le debemos mucho.

—Muchas gracias, Sophia.

Camila dejó de grabar y levantó los dos pulgares.

—Por favor, apaga esas luces, que voy a derretirme.

Tim se acercó a Sophia y le colocó una mano en el hombro.

—¿Estás bien?

Sophia asintió.

—¿Cuándo vas a subirlo?

—Hoy mismo.

42

El vídeo de la entrevista fue visto por millones de personas en apenas unas horas. El caso estaba en todas partes y cada persona parecía tener una opinión al respecto.

Por supuesto, hubo quienes descreyeron de Sophia y de su historia del encierro feliz. Estaban los que sostenían que había bloqueado los hechos aberrantes que habían sucedido en ese sótano, e incluso los que iban más allá y especulaban con que había aprovechado la muerte de Carlson para inventar esa historia y así evitar hablar de lo acontecido realmente.

Era inevitable que en un caso de semejante calibre se tejieran historias inverosímiles. Sin embargo, la gran mayoría de las personas y los periodistas más reconocidos aceptaron las palabras de Sophia como ciertas. A fin de cuentas, salvo algunos ajustes menores, era la verdad.

El agente Carlson, muerto por la onda expansiva de una granada detonada por Conrad Holt, se convirtió en un héroe póstumo. El FBI aún no se había pronunciado oficialmente, lo cual hacía suponer que Carlson había actuado a espaldas de la institución y eso, a los ojos de muchos, lo enaltecía todavía más. El agente no solo había sido uno de los máximos responsables del desmantelamiento de una de las redes de pedofilia más grandes y organizadas del país, sino que además se había preocupado por que una chica de catorce años, que podía poner en riesgo la investigación —pero también su propia vida—, estuviera a salvo durante todo ese tiempo. La viuda de Carlson, una mujer de rasgos amables incluso ante la tragedia que atravesaba su vida, habló en los medios y no tuvo más que palabras elogiosas para su difunto marido. Si bien aseguró que no había estado al tanto de nada relacionado con Sophia Holmes, dijo que no le llamaba la atención para nada porque su marido era así de generoso con otras personas y se preocupaba por el prójimo. De hecho, confesó que Carlson le había dicho que aquel sería su último caso, porque simplemente ya no podía lidiar con tanta maldad.

Nada se sabía del sitio donde Sophia había estado todo ese tiempo. Si la chica no podía aportar ningún indicio para encontrar ese lugar, entonces el secreto se lo había llevado Carlson a la tumba. Seguramente, tarde o temprano alguien daría con esa casa, o algún otro implicado aportaría información. Pero, por el momento, nadie sabía nada al respecto.

La cobertura del suceso también puso a Tim en el mapa. ¿Quién era ese periodista desconocido con un aire a Hugh Jackman? En las redes sociales había incontables mensajes frívolos centrados en su aspecto, pero también muchos otros destacando su labor. El propio Tim estaba sorprendido y hasta había recibido algunas propuestas que no sabía hasta qué punto tomar en serio. Por el momento, no quería pensar en otra cosa más que en seguir adelante con el caso de la mejor manera posible.

Camila se mantuvo completamente al margen del ojo público. Algunos colegas la buscaron, pero no hizo ningún tipo de declaraciones. Hubo una sola persona a la que Camila no pudo eludir, y tenía todo el sentido del mundo.

Un coche la pasó a buscar por la casa de cristal a la hora pactada. El director del FBI la recibió en el asiento trasero del coche. Era la primera vez que Camila lo veía personalmente. Durante toda su carrera había investiga-

477

do casos en los cuales el FBI había participado y nunca había podido acceder a aquel hombre, que siempre conseguía interponer a alguno de sus subordinados para manejar los asuntos de la prensa.

—Señora Jones, mi intención es que este paseo sea breve —dijo el director con voz afable—. No quiero hacerle perder el tiempo.

—Lo escucho.

—Es cierto todo lo que se dice del agente Carlson —dijo él—. Era un hombre comprometido con el trabajo y con una sensibilidad que a veces puede incluso resultar problemática. No estoy diciendo que descrea de la versión de Sophia Holmes, lo que resulta extraño es que lo haya hecho él solo.

—¿Por qué me lo dice a mí?

El director miró hacia delante. Había una separación entre la cabina y los asientos traseros para darles privacidad.

—No se tome a mal lo que voy a decirle. Aunque suene a amenaza, no lo es en absoluto. Quizás lo sepa, o quizás no, pero no es mi estilo. Verá, me criaron de una forma muy particular: para mí la palabra es sagrada. Es un pacto sagrado entre partes.

El director hizo un gesto de ida y vuelta entre ambos.

—Sabemos de su relación con Madeleine Parker, la abuela de Sophia, y también de su interés en el caso. Tim Doherty es la cara visible, pero usted está detrás de todo esto.

—Tim Doherty me trajo el caso cuando la mayoría de la investigación estaba hecha —replicó Camila.

El director hizo un gesto conciliador.

—Como prefiera, no es asunto mío cómo deciden ustedes presentar la noticia. Solo quiero que hablemos sobre la versión de Sophia. Como le he dicho, es muy llamativo que el agente Carlson lo haya hecho solo. Puede imaginarse lo ocupado que estuvo estos últimos tiempos. O bien esa chica estuvo muchísimo tiempo sola o bien hubo alguien más involucrado.

Camila no terminaba de entender.

—¿Usted cree que yo soy esa persona?

—Oh, no, claro que no. Lo que quiero saber es si la historia de Sophia tiene grietas, porque, si las tiene, entonces usted y yo deberíamos arreglarlas.

El director se volvió para mirarla a los ojos. Su mirada decía lo que no podía —o no quería— expresar en voz alta.

—No tiene grietas —dijo Camila.

El director asentía con suavidad.

—Lo que hizo el agente Carlson lo ha convertido en un héroe —dijo el director—, lo cual nos convierte a nosotros en héroes. La operación ha sido un éxito rotundo para el FBI. Phil Holmes sigue prófugo, pero vamos a atraparlo tarde o temprano, se lo aseguro.

—No tengo dudas de que así será.

—Me alegra que hayamos podido conversar. ¿Ve?, le dije que iba a ser un paseo breve.

Camila miró hacia fuera y vio que estaban llegando de nuevo a su casa.

Antes de que el vehículo se detuviera, el director se inclinó ligeramente y habló con el mismo tono suave y conciliador.

—Vamos a dejar las cosas como están, señora Jones, porque creo que es lo mejor para todos. Como le dije, lo único que necesito saber es que esa historia es sólida. —El director estiró el brazo y dio dos suaves golpecitos sobre la mampara—. Uno de mis hombres se pondrá en contacto con usted. Si llega a aparecer una grieta...

—Eso no sucederá —dijo ella con convicción.

—Perfecto. Ha sido un placer, señora Jones.

El coche se detuvo por completo pero Camila no se bajó todavía.

—Dentro de dos días es el funeral del agente Carlson

—dijo Camila—. Sophia debería estar allí, y siendo su primera aparición pública puede ser un poco problemático.

—Delo por hecho.

Camila abrió la puerta y se volvió antes de salir.

—Gracias —dijo.

—No tiene nada que agradecerme. Y la felicito por esto. —El director abarcó el coche con el brazo—. Estos habitáculos a prueba de balas pueden ser un poco opresivos, y veo que lo ha manejado perfectamente. Adiós.

Camila cerró la puerta y empezó a subir la pendiente hacia la casa de cristal.

43

Sophia estaba siempre acompañada. Los Morgan se comportaban de maravilla con ella, respetando sus espacios y sus tiempos. No estaba resultando sencilla la transición de la vida en el sótano con Mike a interactuar con varias personas cada día. Madeleine la visitaba siempre que podía, y lo mismo sucedía con Camila y Tim. Con ella en particular había desarrollado un vínculo especial en muy poco tiempo, y las razones de esto no solo tenían que ver con el secreto que ambas compartían de lo ocurrido aquella noche en la cabaña, sino con una afinidad genuina. Sophia se sintió lo suficientemente a gusto con Camila para confiarle muchas de las cosas que habían sucedido en el sótano, y ella a su vez también le había hablado de su pasado y de los problemas contra los que aún tenía que luchar.

A instancias de Madeleine, Sophia se mantenía alejada de la televisión y de las redes sociales. Por el momento era conveniente que se protegiera de ciertas cosas que pudieran hacerle daño, por lo menos hasta que la exposición del caso cediera. El único contacto de Sophia con el mundo exterior era por medio de su correo electrónico. Se dedicó a escribir a sus amigos, y entabló con cada uno de ellos una breve correspondencia, contándoles cómo se sentía y lo mucho que ansiaba verlos. Sophia no dijo casi nada en aquellos correos y sus amigos la respetaron y se limitaron a hablarle de sus cosas. La banda ya no tenía tanto contacto como antes y cada uno había seguido con su vida de la mejor forma que había podido.

Uno de aquellos días, revisando su correo electrónico, encontró el correo de un tal Amaduque Queriudú. Se quedó helada porque reconoció el nombre de inmediato. Cuando era una niña pequeña, su padre le contaba cuentos fantásticos, y uno de ellos era el de un soldado cuyo nombre era Amaduque Queriudú.

En el correo había un número de teléfono con una única frase.

LLÁMAME, POR FAVOR.

Sophia memorizó el número de teléfono y borró el correo. Se quedó un largo rato meditando en la habitación en penumbras.

Lo cierto es que casi no pensaba en su padre en esos días. Y la razón no era porque fuera algo resuelto para ella, sino precisamente por lo contrario. Todo lo relacionado con su padre resultaba terriblemente doloroso y, hasta cierto punto, imposible de procesar. Sophia sospechaba que la verdadera razón por la que Madeleine le había pedido que se mantuviera lejos de las noticias y de los comentarios en las redes sociales era por lo que pudiera leer acerca de él. Sobre su vida o sobre su supuesta pertenencia a la red.

«Supuesta.»

Ese era el problema. Una parte de Sophia se negaba a aceptar que su padre era como Holt o Garrett.

O Lenderman.

«Aquí y ahora.»

Se levantó de un salto y encendió la luz. Sophia no tenía móvil, pero recordaba haber visto en la planta baja una línea fija que nadie utilizaba. Bajó mientras Dorothy Morgan preparaba el almuerzo y se llevó el teléfono inalámbrico a su habitación. Miró el teclado numérico con fascinación y fue presionando los números uno a uno.

El tono de espera duró una eternidad, hasta que finalmente la voz de Philip llegó desde el otro lado.

—Hola.

Sophia se quedó muda. Era su padre.

—Hola... ¿Sophia? ¿Eres tú?

Ella empezó a llorar.

—Sí —dijo con la voz todo lo firme que pudo.

—Oh, Sophia, eres tú de verdad —dijo Philip—. Te echo tanto de menos.

Sophia respiró hondo. Sus emociones eran un torbellino incontrolable, pero tenía que hacer el intento de mantener la distancia.

—¿Qué le pasó a mamá? —preguntó Sophia—. ¿Tuviste algo que ver?

—Hija, por supuesto que no. Tú me conoces. Todo tiene una explicación lógica, te lo aseguro. Nada de lo que están diciendo es cierto, y te aseguro que cuando me escuches, lo entenderás.

—Dímelo.

—Ahora no puedo. Las cosas están un poco complicadas por aquí.

—¿Dónde estás?

—Escucha, Sophia —dijo Philip con algo de premura—. Tengo que pedirte un favor muy grande. Necesito que nos veamos.

—¿Un favor?

—Sí. En casa hay unos documentos que son muy importantes para mí. Yo no puedo ir en este momento, como bien sabes, y no voy a poder hacerlo hasta que no se aclare todo este malentendido. Esos documentos valen mucho dinero y me ayudarán a contar con los recursos necesarios para probar mi inocencia. Necesito que vayas a casa y te los lleves. Luego podremos encontrarnos, solo tú y yo, y te lo explicaré todo.

—No puedo salir de donde estoy.

—Encontrarás la forma. Confío en ti.

—¿Por qué tendría que hacerlo? ¿No podemos hablar primero?

—Hija, soy tu padre. Me conoces mejor que nadie. No dejes que lo que dicen los demás cambie lo que hemos sido siempre. Consigue esos documentos, y cuando nos veamos te darás cuenta de que tú misma serás la primera en querer que los tenga.

—¿Vas a entregarte?

—Claro que sí —dijo Philip como si el hecho le resultara algo emocionante—. Pero no en estas condiciones. Necesito garantizar que se me juzgará de manera justa.

—¿Y si esos documentos ya no están en casa? Quiero decir, la policía debe de haber registrado la casa en profundidad.

—Están bien escondidos, así que no te preocupes. En mi estudio, junto a la biblioteca, hay una parte del zócalo de madera que se puede quitar. Allí dentro encontrarás los documentos.

—Voy a pensarlo.

—Por favor, Sophia. Necesito que hagas esto por mí. Y tienes mi palabra de que te lo explicaré todo cuando nos veamos.

—No entiendo por qué no puedes hacerlo ahora.

—Ya te lo he dicho. No es un buen momento. Será mucho mejor personalmente. Me muero de ganas de abrazarte.

—Veré qué puedo hacer.

—Gracias, Sophia. Te enviaré otro correo con un punto para encontrarnos que sea seguro para ambos. Te quiero, hija.

Sophia no respondió.

44

A los ojos de Sophia, Phil había envejecido mucho más que un año. Ella lo esperaba en uno de los caminos peatonales del bosque. Estaba anocheciendo y la farola más cercana iluminó el rostro de Phil, que se quitó la capucha de la sudadera cuando estaba a unos cinco metros de distancia. Se había cortado el pelo casi al rape y llevaba una incipiente barba. Pero más allá de estos cambios estéticos, los surcos en la frente y en la periferia de los ojos eran los que delataban el acelerado paso del tiempo. Sophia se había preparado para la mezcla de emociones que la asaltó. Por un lado sintió la necesidad irracional de correr y abrazar a su padre, pero por el otro estaba lo que ahora sabía de él. *La verdad.*

—Quédate ahí, papá, por favor.

—Pero, Sophia... —A Phil se le llenaron los ojos de lágrimas—. No sabes lo que he soñado con este momento.

Phil se quedó donde estaba. Llevaba una mochila, que dejó en un murete de contención. Desde el otro lado se escuchaba el río Douglas.

—Es mejor así. Tenemos media hora.

—¿Media hora? —dijo Phil de pronto visiblemente preocupado. Miró en todas direcciones—. ¿A qué te refieres? ¿Esos son los documentos?

Sophia miró el sobre que colgaba de su mano izquierda, como si no recordara haberlo traído consigo.

—Estaban exactamente donde dijiste.

Sophia recorrió la mitad del trayecto que los separaba y extendió el brazo con el sobre. Phil, que había esperado que su hija se acercara hasta donde él estaba, fue a su encuentro y cogió el sobre. A continuación, cada uno regresó a su posición inicial. Phil abrió el sobre y empezó a examinar la documentación.

—Es todo lo que había —dijo Sophia.

Phil asintió mientras sus dedos pasaban uno a uno los papeles.

—Lo has hecho muy bien, hija. Con esto podré demostrar mi inocencia y las cosas volverán a ser como antes, te lo prometo.

—Mamá tiene que mejorar para que eso ocurra.

Phil guardó los documentos en la mochila.

—Así será, ya lo verás. ¿Has ido a visitarla?

—No.

Sophia no se molestó en decirle que no solo no había visitado a Caroline, sino a ninguno de sus amigos. Se había escapado de la casa de los Morgan para buscar los documentos que acababa de entregarle a su padre. Pero ya no tenía importancia. Lo único que a Sophia le importaba ahora era escuchar de boca de su padre lo que tenía que decirle.

—Gracias otra vez, hija. Hay tantas cosas que quiero preguntarte. ¿Es verdad que ese agente te ha tratado bien?

—Es verdad.

—No sabes cuánto me alegra. Sophia, todo lo que está sucediendo conmigo es un error. Puedo explicarlo.

—Entonces deberías entregarte.

—No es tan sencillo —dijo Phil. Se sentó en el murete, junto a su mochila. Clavó la mirada en el bosque—. El sistema no funciona así... Deberían ser ellos los que demuestren mi culpabilidad, pero aquí está todo tan podrido que tiene que ser uno el que pruebe su inocencia.

Ya me han condenado. Todos creen que formo parte de esa red.

—¿Y no es cierto?

—Por supuesto que no —se indignó Phil—. Sí, conocía a Frank y a Conrad. Los conocía muy bien, de hecho. Hemos ido a la escuela juntos, hemos salido juntos varias veces. ¿Sabía lo que hacían? Sí, lo sabía. No que formaban parte de una red organizada, pero sí que les gustaban las jovencitas. Alguna vez me han enviado algún correo electrónico o algún vídeo, pero yo no formaba parte de esa red, ni grababa esos vídeos. Lo juro por Caroline y por ti.

Sophia cerró los ojos y suspiró.

—Sophia, tienes que creerme —dijo Phil—. Sucede a menudo entre hombres, te envían un vídeo, tú no sabes demasiado, no le das importancia. Yo no soy como ellos. Yo nunca le pedí a nadie que grabara un vídeo para mí ni nada por el estilo. Me pone enfermo que todo el mundo piense que soy como ellos. Tienes que creerme.

—Tenías un romance con una chica mucho más joven que tú.

—Sí. Tu madre y yo teníamos problemas y cometí ese error. Pero eso no me convierte en un pedófilo.

—Te convierte en un mentiroso.

Phil se pasó la mano por su inexistente cabello.

—Si pudiera hacer que el tiempo fuera hacia atrás, cambiaría muchas cosas. He mentido, sí. He cometido muchos errores. Algunos graves. Pero ningún delito, y definitivamente nada de lo que se me acusa. Y voy a demostrarlo. Gracias a ti, voy a demostrarlo.

Sophia no sabía cómo había logrado contener las lágrimas. Seguramente ayudaba el hecho de que había previsto cada una de las palabras de su padre.

—Me crees, ¿verdad?

Sophia ignoró la pregunta.

—¿Qué pasó con mamá el día que cayó de la terraza?

—¿El día del accidente? —Phil pareció contrariado por el abrupto cambio de tema—. No lo sé, yo no estaba en casa. Supongo que tu madre se distrajo.

—Pero sí estabas en casa cuando llegó la policía. Quiero saber qué pasó.

—Sí, claro. Llegué a casa y fui directo a la planta alta. Por costumbre fui a la habitación de tu madre; la realidad es que nunca terminé de acostumbrarme a que durmiéramos en habitaciones separadas. Cuando me asomé, vi a tu madre en el suelo y a Marlene llamando a la policía.

—¿No había nada en la terraza?

Phil negó con la cabeza, visiblemente contrariado.

—¿Tim Doherty te ha dicho que había algo? Él y esa periodista me han estado hostigando con lo mismo. No creas todo lo que se inventan, Sophia.

—¿No había nada?

—Nada fuera de lo normal. Más tarde encontré una nota dentro de un libro. Decía...

—Ya sé lo que decía. La dejé yo.

Phil se la quedó mirando sorprendido.

—Había un diario escondido debajo de la pecera de Tony —dijo Sophia—, y mamá lo encontró ese día.

—Eso es imposible, Sophia. La policía registró tu habitación, y nosotros también. Si dejaste un diario escondido, alguien lo encontró y se lo llevó.

—Yo creo que mamá encontró el diario —dijo Sophia—, y que cuando llegaste del trabajo se enfrentó a ti.

—Eso no es lo que pasó.

—Esperaba que pudieras admitirlo... Por lo menos me merezco eso.

Sophia sacó algo del bolsillo de su pantalón y se acercó para dárselo.

—¿Qué es esto?

Sophia volvió a alejarse.

—Ábrelo.

Él lo hizo. Desdobló la hoja, donde había una impresión de una vista aérea del jardín trasero de los Holmes. Era una captura del vídeo que había grabado el hijo de los Johnson con el dron.

—Lo grabó el vecino —dijo Sophia—. Tú estás abajo, con Marlene, y lo que hay en la mesa de la terraza es el diario que dejé debajo de la pecera de Tony. Mamá leyó ese diario, y tú también.

Phil se quedó de piedra. Miraba la hoja impresa sin saber qué decir.

—Es verdad —dijo él en un tono apenas audible—. Leí el diario.

Sophia se lo quedó mirando. Era la segunda mentira que le decía desde que habían llegado.

—¿Qué querías que hiciera, Sophia? —se defendió él—, ¿que le entregara el diario a la policía?

—Eran amigos tuyos, a fin de cuentas.

—Sabes a lo que me refiero. En ese diario me acusas de cosas horribles. Cosas que no son ciertas.

Sophia llevaba puesto un reloj de plástico que le había dado Dorothy Morgan. Lo miró y comprobó que el tiempo se había acabado.

Tres agentes del FBI se materializaron en las sombras de los árboles que tenían delante y pocos segundos después rodeaban a Phil Holmes apuntándole al pecho con sus miras láser. Lo único a lo que atinó él fue a volverse en dirección al río, donde había otros dos agentes apostados en posición de tiro.

—¡No te muevas! ¡Las manos en la cabeza!

Phil hizo lo que le ordenaban. Mantenía la mirada al frente, enfocada en el infinito. De repente, giró la cabeza ligeramente. Miró a Sophia con ojos horrorizados.

—¿Qué has hecho, hija?

—No voy a permitir que el responsable de que mamá esté en coma siga libre. Lamento que seas tú.

45

El reencuentro de la banda tuvo lugar en la sala de ensayos de los Hobson, como tantas otras veces. Bishop y Tom llegaron primero. Janice ya estaba allí, por supuesto. Nikki llegó diez minutos más tarde con cara de pánico, preguntando si Sophia ya había llegado y mirando en todas direcciones al mismo tiempo.

Sophia llegaría media hora después, así que eso les dio tiempo a los cuatro para tocar un rato y fingir que no estaban nerviosos.

El momento en que ella abrió la puerta quedaría grabado a fuego en la memoria de todos. Permanecieron en silencio durante varios segundos, o quizás el tiempo se estiró, como dicta la relatividad de los momentos importantes. Habían soñado con ese instante una y otra vez, y al mismo tiempo la voz de la razón se había encargado de hacerlo cada vez más improbable. Ahora que lo tenían delante, dos universos colisionaban, metafórica y literalmente; habían crecido —un año entre los catorce y los quince es mucho tiempo— y también madurado aceleradamente. El sentimiento de pérdida te hace crecer, y si estás en la adolescencia quizás te cambie para siempre.

Eran otros, pero a la vez los mismos de siempre.

Nikki, que había repetido ese momento en su cabeza mil veces desde que Bishop le había dado la noticia, y que en todas esas veces se abalanzaba sobre su amiga y la abrazaba con fuerza, ahora se quedó paralizada con lágrimas en los ojos. El resto la miró, porque tácitamente habían entendido que sería ella la primera en acercarse. Tom, que no había parado de crecer ni un solo segundo durante el último año y era el que estaba en ese momento más cerca de Nikki, apoyó sobre el hombro de ella una mano tranquilizadora y la guio hacia Sophia. Nikki no dejaba de mirarla como si no pudiera dar crédito.

—Tienes la piel hecha una mierda —dijo sin dejar de llorar.

Sophia empezó a reír y a llorar al mismo tiempo y la abrazó. Nikki parecía uno de esos corredores que llegan a la meta con el último aliento y necesitan ser asistidos. Empezó a gemir y a dar las gracias.

Tom seguía a su lado, supervisando el abrazo desde las alturas. Cuando Nikki finalmente se apartó, todavía un poco conmocionada y echando vistazos por encima del hombro para comprobar que lo que acababa de vivir era real, Tom se acercó a Sophia y también la abrazó. Esta vez fue ella la que se quedó embobada mirándolo; era el que más había cambiado físicamente.

Janice seguía siendo la misma chica dura de siempre; algunas cosas no cambian, ni siquiera en universos paralelos. Esta versión de Janice, sin embargo, se permitió bajar su coraza protectora un segundo y esbozó una sonrisa cálida. Se fundieron en un abrazo y se dijeron cosas al oído que el resto no escuchó.

Cuando llegó el turno de Bishop, el resto se colocó inconscientemente formando una media luna, como si previeran que lo que iba a suceder tenía alguna trascendencia especial. En cierto sentido así era, porque Bishop había sido el artífice principal de que ese puente de ilusión entre el mundo real y el mundo de lo posible se mantuviera vivo para ellos. A veces con los pies sobre la tierra, a veces loco como una cabra, Bishop se había aferrado como ninguno a la posibilidad de que Sophia regresaría algún día.

Alguien dijo alguna vez que no somos dueños del destino, pero sí de nuestros deseos. Bishop y Sophia se abrazaron largamente hasta que él encontró la broma apropiada para terminar de una vez por todas con tanta sensiblería. Eso sirvió para reírse y distenderse un poco.

Se sentaron en los sillones.

—Hay limonada y galletas —dijo Janice señalando una bandeja que había sobre uno de los amplificadores.

Tom se acercó a la bandeja y cogió una torre de vasos de plástico. Se encargó de servirlos uno a uno y de pasárselos al resto. Todos aceptaron salvo Janice.

Al principio hubo algo de incomodidad. No es que hubieran perdido la familiaridad —sus aspectos eran diferentes pero seguían siendo los mismos de siempre—, sino que había tanto que decir que costaba decidir por dónde empezar. Nadie quería hacer sentir incómoda a Sophia, pero al mismo tiempo había muchas cosas que querían saber.

Finalmente fue Bishop quien formuló la pregunta que ninguno se atrevía a hacer.

—¿Es cierto lo que has dicho de ese tipo, Carlson? ¿Es *realmente* cierto?

—A nosotros puedes decirnos la verdad —apuntó Nikki.

—Es cierto —dijo Sophia—. No me ha hecho nada malo, me ha tratado muy bien. Al principio fue muy duro, pero luego me acostumbré. Tenía mi rutina, mis cosas.

—¿Tus cosas? —preguntó Janice.

Sophia suspiró. Había acordado con Camila que no revelaría nada de lo sucedido en el sótano, que las cosas tenían que ser así para que la historia encajara y nadie se hiciera demasiadas preguntas. Pero no haría ningún daño si les decía *algo*.

—Oídme, no puedo decir mucho, pero Mike...

—¿Mike? —preguntó Bishop—. ¿Así llamabas al agente Carlson?

Sophia asintió.

—Él me cuidó. Y durante meses preparó una habitación especial para mí, una réplica exacta de mi propia habitación. Todas mis cosas estaban allí... Todas.

Nadie dijo nada.

—Sé que suena increíble —dijo Sophia.

—O sea, que durante todo ese tiempo dormiste en... tu habitación —dijo Tom.

Sophia sonrió.

—Al final, sí.

—Y ese tipo..., Mike —insistió Bishop—, ¿dices que no te ha hecho nada? Hay un síndrome...

—Chicos, no me ha hecho nada. Sé que suena ridículo, pero, al parecer, no todos los hombres son cerdos. Quién iba a decirlo, ¿no?

Hubo algunas risas nerviosas. La idea de que Sophia pudiera haber padecido algún tipo de abuso sistemático los había atormentado desde antes incluso de su aparición.

—Sophia, no queremos incomodarte —dijo Bishop—, pero no podemos dejar de preguntarte por tus padres.

—Phil está detenido. Ha muerto para mí. Es muy doloroso, porque en mi cabeza todavía lo veo de la misma manera que antes. Pero lo que hay en mi cabeza es una construcción hecha a base de engaños.

—¿Has hablado con él? —dijo Tom.

—Sí. Pensé que serviría para algo, pero no ha sido así. En cuanto a mi madre...

—Tu madre se pondrá bien —dijo Nikki.

El resto estuvo inmediatamente de acuerdo y le brindaron palabras de aliento.

—Muchas gracias, chicos. ¡¿Podemos escuchar esa sorpresa de una puñetera vez?!

—¡Por supuesto! —dijo Bishop—. Holmes, te lo digo, ni en un millón de años hubieras esperado ver esto.

Bishop cogió la guitarra de Keith Hobson.

—Tuve que vender la mía —dijo mientras se colocaba la correa en el cuello—. Una larga historia.

Curiosamente, Janice se colocó tras el micrófono de la voz principal con su bajo. Nikki fue hacia un lado de la habitación a buscar algo, se agachó y cogió el estuche de un violín. Lo abrió y sacó el instrumento. ¡Nikki no sabía tocar el violín!

Sophia los miraba como esos jurados sorprendidos de los concursos de talentos de la televisión. ¿Qué estaba pasando?

Tom se terminó de acomodar detrás de la batería. Todo estaba listo.

—Tuvimos que diversificarnos un poco —dijo Bishop—, pero cuando te fuiste nos prometimos cantarte esta canción a tu regreso. La hemos ensayado desde entonces... y aquí estás.

Bishop no pudo seguir hablando. Los ojos se le llenaron de lágrimas.

Sophia empezaba a entenderlo. El violín era la pista más importante.

—Chicos, dejemos las emociones para después —dijo Janice—, que soy yo la que tiene que cantar.

Todos rieron.

Janice siguió:

—Mira lo que has conseguido que haga, Sophia Holmes. Si esto no demuestra cuánto te quiero..., ¿entonces qué?

Bishop empezó a rasgar la guitarra con la inconfundible melodía de *Breathe*, de Taylor Swift, la canción preferida de Sophia.

Segundos después, Janice se unió con una voz dulce y melódica que Sophia no había escuchado jamás. Nikki armonizaba con ella en los momentos claves, y el resultado era perfecto.

Casi un minuto después fue el momento de la batería, apenas un contrapunto para darle a la canción esa fuerza desgarradora.

En el estribillo la canción alcanzaba su momento más emotivo gracias a las notas arrastradas del violín. Sophia había visto muchas cosas en los últimos tiempos, algunas bien podrían haber sido el fruto de un sueño delirante, y, sin embargo, ver a Janice (¡Janice!) cantando como Taylor Swift y a Nikki tocando el violín lo superaba todo.

Cuando terminaron —probablemente la mejor interpretación que la banda había hecho jamás—, Sophia sintió la urgente necesidad de gritarles que volvieran a interpretar la melodía.

Los cuatro se la quedaron mirando.

—Ha sido precioso —dijo Sophia secándose las lágrimas—. No sé qué decir... Gracias. Por supuesto, quiero escucharla otra vez antes de irme.

Tom y Nikki se sentaron en el sillón.

—¡No puedo creer que toques el violín! —dijo Sophia.

—¡Yo tampoco! Al principio solo quería aprenderme esta canción, pero luego me di cuenta de que realmente me gustaba.

Bishop lanzó una carcajada. Janice se sumó.

—¿Qué? —preguntó Sophia.

—¡Nikki tiene un novio violinista! —graznó Bishop.

Volvieron a ocupar los sillones, y durante un rato hablaron animadamente de Nikki y su novio, de Tom y su fenomenal actuación en la liga de básquet, también de la banda que Janice había formado en Jacksonville. Cuando llegó el turno de Bishop, él dijo que se había cansado de la guitarra y que no había hecho muchas cosas durante el último año.

—Eso no es cierto —dijo Nikki de manera cariñosa—. Si hay alguien que se ha ocupado todo este tiempo de que tu desaparición no se olvidara, ha sido él.

Bishop no dijo nada.

—Tú no lo vas a decir —dijo Nikki—, pero lo haremos nosotros. Te has pasado estos meses reuniendo pruebas, más convencido que nadie de que Sophia seguía viva.

Sophia no podía decirlo porque formaba parte del pacto que había hecho con Camila y con Tim, pero la información que Bishop había recopilado durante el último año había sido determinante para su futuro. En definitiva, ese conocimiento había hecho que Camila pudiera encontrarla a tiempo y detuviese a Lenderman justo antes de que cometiera una atrocidad.

Así que sí, Bishop le había salvado la vida. Por el momento no podía decirle nada, y quizás fuera lo mejor. Lo que sí podía hacer era abrazarlo, y eso hizo.

—Gracias —le susurró al oído.

46

La despedida del agente Carlson tuvo lugar en el estadio Kenan, de Chapel Hill, donde vivió casi toda su vida. Fue un evento multitudinario, con la asistencia de numeroso público local y también de otros estados. Una de las gradas del estadio albergó a las más de cinco mil personas que habían acudido a presenciar el acto en directo, y muchísimas verían las imágenes por televisión. Carlson era un héroe. No solo por su labor al desmantelar la red de pornografía, sino también por su vínculo con Sophia Holmes, a quien había protegido tanto como a su preciada investigación.

En el campo de juego se habían dispuesto sillas para los invitados especiales, en dos grupos de unos cincuenta asientos cada uno. Además había un escenario con una pantalla gigante. En el grupo de invitados de la derecha estaba sentada Sophia con Madeleine y el resto de los agentes que habían participado en la operación. También, en el único lugar donde faltaba una silla, estaba Bill Mercer.

En el otro grupo estaban los familiares y amigos de Carlson. En la primera fila estaba su esposa, una mujer menuda y bella cuya tristeza se percibía incluso desde muy lejos por su postura abatida. A su lado había una niña de tres años que probablemente estaba allí porque no era enteramente consciente de lo que sucedía, y porque su madre, evidentemente, la necesitaba a su lado. La mujer no le soltaba la mano y, de vez en cuando, se volvía y le acariciaba el rostro.

El servicio comenzó con el traslado del féretro cubierto con la bandera de Estados Unidos hasta el espacio que había delante del escenario. Fue recibido con el saludo de las veintiuna salvas y el himno que surgía por el sistema de megafonía del estadio.

El primero en hablar fue el gobernador, y a continuación lo hizo el director del FBI. Sus palabras repasaron la carrera de Carlson, resaltando su ética y su espíritu de superación. De él dijo que podía llegar a ser muy insistente cuando creía que las cosas no se hacían de la mejor forma; sus superiores habían aprendido a escucharlo porque tenía un instinto fuera de serie a la hora de juzgar una situación. Su pérdida dejaba un vacío imposible de llenar. Su legado era inmenso. Pocos podían jactarse de haber puesto fin al sufrimiento de miles de personas como el agente Carlson. Lo que había hecho con Sophia Holmes, dijo el director, era un ejemplo perfecto de lo que el agente era capaz de hacer en pos de lo que consideraba correcto.

El momento más emotivo de la ceremonia fue cuando el hermano de Carlson subió al escenario y pronunció unas palabras. Era cinco años menor y siempre había visto a Carlson como una especie de dios. Si bien al principio se hubiera podido pensar que ese sentimiento había sido provocado en gran parte por la relación de ambos, con el tiempo y los años llegó a la conclusión de que no era así: su hermano había sido un ser extraordinario, en el sentido literal de la palabra, de esos que sobresalen por su capacidad y su formación, pero también por su sensibilidad. Dijo que unos meses antes había mantenido con él una charla sincera en cuanto a su futuro laboral. En ella, Carlson le había dicho que se sentía particularmente perturbado por las cosas que tenía que ver a diario en su trabajo, y que creía que iba a tener que dejarlo porque a veces se le hacía muy cuesta arriba. Él lo escuchó, pero supo que su hermano jamás dejaría de ayudar al prójimo de una u otra forma, porque eso era lo que había hecho siempre, desde que eran niños, incluso aunque tuviera que saltarse algunas reglas por el camino.

Sophia prestaba cierta atención, pero a veces su mente divagaba. Sabía que las cámaras la estaban enfocando y que su rostro sería un fantástico plano mientras los oradores daban sus discursos. Lo cierto es que no se sentía cómoda con la exposición que había tenido durante los últimos días. La abuela tenía razón al decir que irse de Hawkmoon por un tiempo sería lo mejor. Ya estaba todo arreglado para que dentro de dos días viajara con ella a instalarse en Nueva York. La única condición que había puesto Sophia para acceder había sido que también trasladaran a su madre, algo en lo que Madeleine, por supuesto, había estado de acuerdo. Caroline sería internada en uno de los mejores centros de la ciudad y Sophia y Madeleine podrían visitarla cuantas veces quisieran.

Solo una vez Sophia miró hacia atrás. Sabía que no iba a ver jamás la grabación de lo que estaba sucediendo, así que esa imagen que captó al volverse sería la única postal de ese día que conservaría. Vio la marea de gente en la tribuna, prácticamente inmóvil, como si se tratara de un telón. Sus ojos se cruzaron un instante con los de Bill Mercer, y el hombre le dedicó un leve asentimiento de cabeza. Luego volvió a mirar hacia delante e intentó concentrarse en lo que estaba pasando.

Lamentaba que Camila Jones no estuviera con ella, pero entendía que las cosas tenían que ser así. Ella era la única que podía comprenderla realmente. Mientras dos aviones surcaban el cielo haciendo acrobacias como parte de la ceremonia de cierre, Sophia pensó por un breve instante en Phil Holmes y en los secretos que había escondido en un hogar que parecía perfecto.

Sophia se preguntó si tendría que convivir con el fantasma de que sus propios secretos salieran a la luz alguna vez. Quizás había en el universo una fuerza invisible que empujaba para que así fuera. Eligió pensar que esa justicia universal, si acaso existía, era la fuerza del bien, y que lo que ella y Camila habían hecho era un acto en esa dirección. Aunque se hubiesen saltado algunas reglas, el bien común había prevalecido. En eso, ellas y el agente Carlson habrían estado completamente de acuerdo.

47

Camila tomaba mate en el porche cuando Tim llegó a la casa de cristal. Habían pasado tres semanas del funeral del agente Carlson y el caso empezaba a apagarse un poco. Tim subió los tres escalones del porche cuidando de no golpearse la cabeza con una de las macetas colgantes. Se sentó en uno de los sillones.

—¿Quieres? —Camila le ofrecía un mate.

El ofrecimiento se había convertido en un ritual entre ellos, en el que él se negaba sistemáticamente a probar la bebida.

—Supongo que ya va siendo hora de que lo pruebe de una vez —dijo Tim estirando el brazo para coger el jarrito de metal.

Se llevó la bombilla a la boca y sorbió como tantas veces había visto hacerlo a Camila. El agua caliente y amarga corrió por su garganta e hizo una mueca. Tim nunca había bebido algo semejante y tenía que reconocer que no había sido tan malo como esperaba. Volvió a sorber, esta vez hasta que en el mate ya no quedó líquido.

—Supongo que podría acostumbrarme —reconoció.

Camila sonrió y se puso de pie.

—Voy a prepararte café.

Tim se levantó a su vez y la detuvo con un gesto.

—No hace falta, de verdad.

Los dos se sentaron.

—¿Qué ocurre, Tim?

—Hay dos cosas de las que quiero hablarte. Una tiene que ver con el caso. La otra es personal y me gustaría conocer tu opinión.

Bobby llegaba en ese momento por un lateral de la casa. Al ver a Tim subió al porche y se tendió a sus pies.

—Bobby sabe que hay buenas noticias —bromeó Camila—. Dime en qué puedo ayudarte.

Tim se acarició la barbilla.

—Me han hecho formalmente la propuesta para unirme a la NBC —dijo Tim—. En principio sería como columnista en el informativo, y más adelante tendría la posibilidad de presentar un programa propio. Por otro lado, una productora tiene interés en que sea la cara visible de un proyecto para una serie sobre casos policiales emblemáticos, algunos resueltos y otros todavía abiertos. Se emitiría en una plataforma de *streaming* y, aunque solo hay planificada una temporada, la idea es que sean más. En ambos casos tendría que mudarme a Nueva York.

Camila se lo quedó mirando.

—¿Cuál es la duda?

Tim rio.

—¡¡Qué hago?! En primer lugar, ambas propuestas son aterradoras. Camila, soy un bicho de periódico, solo he hecho un puñado de vídeos sobre este caso. No entiendo qué ven en mí.

—Bueno, alto ahí. Deja de decir eso. Si tú no estás convencido de lo que vales y de lo que eres capaz de hacer, terminarás siendo tu propio enemigo. Lo que ellos han visto en ti es lo mismo que he visto yo, y es lo mismo que han visto millones de personas. No te preocupes por ellos, en este mundo nadie regala nada.

—Es algo en lo que tengo que trabajar. Mi baja autoestima ha sido un problema para mí desde siempre.

—¿Sabes qué es lo más importante que han visto los directivos de esas cadenas?

Tim negó con la cabeza.

—Sinceridad —dijo Camila—. ¿Sabes lo difícil que es conseguir a alguien que transmita eso? Es un don. Y te diré algo... No es eterno. Puedes perderlo si no mantienes los pies sobre la tierra.

—Es un buen consejo. Gracias.

Camila se inclinó sobre la mesa y vertió agua del termo en el mate. Sorbió dos veces con ese sonido tan característico.

Tim observó aquel ritual que nunca dejaba de maravillarlo. Se preguntó si existiría otra bebida en el mundo que pudiera tomarse haciendo ruido sin que eso fuera considerado de mala educación. El mate parecía salirse de la media en tantas cuestiones que era casi ridículo.

—Respecto a la cuestión de qué hacer —dijo Camila—, si la NBC o la serie, la respuesta es muy simple.

Tim se sorprendió, llevaba dos días casi sin dormir pensando en eso.

—Haz las dos cosas —dijo Camila—. Al principio no descartes nada. Haz todo lo que puedas.

—Pero...

—Ya sé lo que vas a decirme. La cadena quiere exclusividad..., bla, bla, bla. —Camila señaló a Tim con el dedo—. Habla con Ralph. Ralph es tu representante, dile claramente lo que tiene que hacer. Qué él lo resuelva con ellos.

Tim se la quedó mirando. Ralph era Ralph O'Malley, un representante recomendado por la propia Camila.

—Ahora tienes un representante —insistió ella—. Su trabajo es velar por tus intereses. Deja que él hable con ellos y coordine las agendas. A veces parecerá que es imposible compatibilizarlo todo, pero siempre hay alguna forma. Tú enfócate en el trabajo. Es el mejor consejo que puedo darte si quieres dedicarte a esto y jugar en las grandes ligas.

—Entendido.

—Y una cosa más. Todo el mundo te dice que no dejes de ser tú mismo. Y sé que es la frase más trillada del mundo, pero no dejes de ser tú mismo. ¿Sabes qué significa eso? No hagas nada en lo que no creas. Nada. Si los productores toman el control de tu carrera, estás liquidado.

Tim tomaba nota mental. Sentía que estaba frente a una oportunidad única de absorber la experiencia de alguien que había atravesado el camino que él estaba a punto de emprender.

—Hay una cosa más —dijo Tim—. Hace un tiempo empecé a salir con Lena, la madre de Bishop. Nada formal todavía, hemos cenado juntos algunas veces, casi siempre en mi casa, pero siento que es algo con futuro.

—Me alegra mucho. De todas maneras, en materia de amor has acudido a la persona equivocada. Por cada éxito en la televisión tengo un fracaso amoroso, o dos. Supongo que podéis intentarlo a distancia hasta que os conozcáis más. No puedo decirte mucho.

—¿Y tú qué piensas hacer?

Ella suspiró.

—Esa es una excelente pregunta. ¿Sabes por qué vine a vivir a esta casa? —Camila señaló hacia atrás.

—Me has dicho que necesitabas parar y tratar de solucionar tus problemas.

—Es una manera elegante de decirlo —dijo Camila—. La realidad es que vine aquí a *esconderme* de mis problemas. He hecho progresos, especialmente en los últimos días, y eso es algo que me ha dejado pensando. ¿Por qué ahora? Quizás ha llegado el momento de enfrentarse a esos problemas. Mientras tú te vas a Nueva York a pelear por tu futuro, mi pelea está en el pasado.

Tim conocía a Camila lo suficiente para saber que no tenía sentido preguntarle cuáles eran esos problemas.

—Has dicho que había otra cosa que querías decirme. Algo respecto al caso.

Tim reconfiguró su cabeza.

—No sé si sabes lo de la esposa de Lenderman —dijo Tim.

Camila lo miró con extrañeza.

—No.

—En el *Overfly* no hemos publicado nada. La mujer intentó suicidarse hace dos días. Tomó pastillas. Su hija la encontró inconsciente en la cama y llamó a la ambulancia. Ahora está internada.

Camila cerró los ojos y se masajeó la frente con los dedos. Inspiró y exhaló profundamente varias veces.

—Pobre familia —musitó.

—Sí. He hablado con la hermana de la mujer y parecen buena gente. Apenas salga del hospital se van a llevar a la familia a Georgia. A empezar de nuevo.

—Es una excelente idea.

—Yo creo lo mismo. Esa mujer no puede superar la desaparición de su esposo, está destrozada. He hablado con una fuente del FBI; evidentemente, esto de tener cierta notoriedad abre puertas. Me han dicho que creen que Lenderman está muerto. No voy a publicarlo a menos que pueda confirmarlo.

Camila suspiró. No había día en que no pensara al menos una vez en el homicidio del director.

—Lenderman está muerto —dijo Camila—. Yo lo maté.

Por un segundo Tim pensó que era una broma. Sus labios empezaron a curvarse hasta que comprendió que Camila hablaba en serio.

—¿Qué...? ¿Cómo?

—Fue una decisión de un segundo —dijo Camila—. Estaba utilizando a Sophia de escudo humano. Ese hombre no tenía nada que perder.

Tim estaba perplejo.

—Entonces Sophia también lo sabe.

—Sí. Ella, y ahora tú.

—¿Y el FBI?

—Hace unos días mantuve una charla con el director del FBI. Digamos que no saben exactamente qué es lo que sucedió, pero tienen una idea bastante aproximada. No harán nada con eso. Las cosas están bien así, incluso para ellos.

—Pero... no lo entiendo, si ha sido en defensa propia...

—No fue exactamente en defensa propia. Lenderman no me apuntaba en ese momento. Además, confesar dónde tuvo lugar el hecho llevaría a otras preguntas que mejor no responder.

Tim comprendió inmediatamente lo que Camila intentaba decirle.

—Nunca te lo he preguntado, pero ¿cómo supiste dónde tenía a Sophia el agente Carlson?

—Fue un golpe de suerte. Cuando supimos que Carlson había muerto y que quizás fuera el único que sabía dónde estaba Sophia, me puse a revisar mis notas y documentos y me di cuenta de una cosa en la que no había reparado antes. Era una fotografía de la biblioteca de Sophia. Allí estaba la clave. Lamenté no haberme dado cuenta antes.

Él enarcó las cejas.

—¿A qué te refieres?

—Tim, iba a decírtelo en algún momento, y ese momento ha llegado. La persona que cuidaba a Sophia en ese sótano no era el agente Carlson.

—¿Entonces Carlson no tuvo nada que ver?

—Sí tuvo que ver. Carlson sabía que Sophia estaba en peligro y su participación fue vital para mantenerla escondida. Pero él no podía ocuparse de ella y de la operación al mismo tiempo.

—¿Pero entonces el hombre que decía llamarse Mike está vivo? ¿De quién se trata?

Camila miró el reloj del móvil.

—¿No te lo imaginas?

Tim no supo qué responder. La revelación lo había cogido por sorpresa.

—Se está haciendo tarde —dijo Camila levantándose del sillón—. ¿Por qué no vamos adentro? Dentro de un rato tengo que hablar con Alex, y mientras tanto tú puedes hacer tu magia en la cocina. ¿Te parece?

—¿Vas a dejarme así?

Los dos caminaban en dirección al portal seguidos por Bobby.

—Entremos —dijo Camila—. Es hora de que sepas exactamente qué pasó esa noche.

Epílogo

Cuatro meses después

Camila fue a buscar a Sophia al aeropuerto. Si bien hablaban regularmente, el viaje en coche fue de lo más animado. Cuando llegaron a Fayetteville, se habían puesto más o menos al día.

La premisa de aquel viaje era que nadie debía enterarse, por lo que no irían a Hawkmoon ni se dejarían ver en público. El caso de la desaparición de Sophia Holmes había sido espectacular en muchos sentidos, pero había tenido un final perfecto, y eso ayudó mucho a que la gente lo olvidara y pasase a otra cosa. Sophia hacía una vida relativamente normal en Nueva York; casi nadie la reconocía, y las personas que se atrevían a hablarle del tema siempre le hacían las mismas preguntas, las cuales ella ya sabía cómo responder.

Visitar a Bill Mercer podía ser una imprudencia; sin embargo, era un riesgo menor que estaban dispuestas a asumir. A fin de cuentas, Mercer había sido clave para desmantelar la organización y no era extraño que Sophia quisiera encontrarse con él y darle las gracias.

Tocaron el timbre y esperaron más de cinco minutos. Cuando la puerta finalmente se abrió, detrás de ella no apareció ninguno de sus empleados, sino el propio Bill.

El hombre se las quedó mirando, con una mano sosteniendo la puerta y la otra apoyada en su silla de ruedas.

Bill miró hacia la calle con cierta preocupación y las invitó a pasar. Era la tercera vez que Camila iba a casa del excomisario y esta vez no iba a quedarse. Sophia se despidió de Camila y entró en la casa sola. Bill cerró la puerta y maniobró su silla con presteza hasta hacerla girar ciento ochenta grados.

Fue entonces cuando se levantó de la silla y dio unos pasos en dirección a Sophia. Ella fue a su encuentro y lo estrechó en un abrazo que él le devolvió de inmediato.

—Hola, Sophia.

—Hola, Mike. Puedo seguir llamándote Mike, ¿verdad?

—Por supuesto. Es mi segundo nombre, a fin de cuentas. Mi madre era la única que me llamaba así.

Cuando dejaron de abrazarse, Sophia lloraba.

—Gracias —dijo Sophia.

—Ya me has dado las...

—Lo sé. Pero ahora sé realmente lo que has hecho por mí.

Caminaron por la casa en relativo silencio. Mientras Mike le explicaba que le había pedido al personal que no fuera ese día para evitar que los viesen juntos, ella se retrotraía a la noche en la cual había tenido que vérselas con Lenderman. El final feliz no había borrado las sensaciones amargas, y al llegar a la parte de atrás de la casa Sophia se quedó mirando las ventanas por las que había visto a Lenderman por primera vez.

Salieron al jardín y fueron al taller, donde pasaron un rato viendo la maqueta de Hawkmoon y las herramientas que Mike utilizaba para confeccionar los modelos a escala. Muchas de aquellas herramientas habían sido utilizadas también para construir los detalles de la habitación de Sophia.

—Cuando Camila vino a verme la segunda vez

—dijo Mike—, en este torno de aquí estaba haciendo uno de los soportes de tu biblioteca. Fue un descuido por mi parte.

—Un descuido afortunado —replicó Sophia.

—Ya lo creo. Gracias a ese detalle, Camila volvió aquí esa noche. Lo que nunca le pregunté fue cómo llegó a la casa de atrás.

—Lenderman dejó su camioneta estacionada en el camino —explicó Sophia—, con los faros en dirección a la otra casa.

Mike asintió.

—Ven, vamos a...

—Espera. Hay algo que quiero decirte. Mi madre ha despertado del coma —dijo con una sonrisa—. Se está recuperando.

Mike dejó escapar un alarido de felicidad. Golpeó el aire con el puño una, dos... tres veces. El rostro se le puso rojo.

—¡Sí! ¡Sí! ¡Sí! —dijo subrayando cada palabra con un nuevo golpe.

Al terminar soltó el aire con la sensación de que lo había estado reteniendo durante meses. Volvió a gritar de felicidad.

Sophia estaba emocionada; sabía que Mike se sentía responsable por la situación de su madre.

—¡No sabes lo que eso significa! —dijo él mientras la estrechaba entre sus brazos con tanta fuerza que ella estuvo a punto de pedirle que dejara de hacerlo.

—Lo sé —logró decir ella con el poco aire que rescató de sus pulmones.

—Yo accedí a que escribieras ese diario —dijo Mike—. Fue un error por mi parte. ¿Cómo está tu madre?

—Su cabeza está perfecta. Ahora tiene que recobrarse físicamente, pero los médicos creen que su recuperación será casi total. Perdón por no habértelo dicho antes, le dije a Camila que quería darte la noticia en persona.

—Es la mejor noticia que has podido darme. —Mike se sentó en una silla, recuperándose de la emoción—. ¡Esto hay que celebrarlo!

A un lado del taller había una pequeña nevera. Mike se acercó a ella y regresó con dos latas de Coca-Cola. Se sentaron a la mesa, donde había algunas casas en miniatura a medio hacer.

—¿Tu madre recuerda lo que pasó ese día? —preguntó Mike.

—Sí, pero no quiere hablar mucho de eso. Y los médicos me han pedido que no la presione, que los resultados serán mejores si la recuperación se hace al ritmo correcto.

—Imagino su reacción al verte —dijo Mike.

—Bueno, no fue como en las películas, que despertó y yo estaba allí tomándola de la mano. Pasaron dos días hasta que ella fue recordando poco a poco.

Mike sonrió.

—Así que a lo mejor el diario sí que sirvió de algo, después de todo.

—Le dio fuerzas para despertar —estuvo de acuerdo Sophia.

—Ya está todo listo en el sótano. ¿Te apetece caminar?

—Claro que sí.

El trayecto a la luz del día era mucho menos amenazante, pensó Sophia.

—¿No te preocupa que alguien te vea caminando?

—Estas tierras son de mi propiedad. Dos mil acres en total. Es muy poco probable que alguien se aventure por aquí.

Sophia se quedó pensativa mirando las filas de árboles a cada lado del camino.

—¿Compraste todo esto con el dinero del juicio?

Mike se rio.

—Desde luego que no. Con el juicio obtuve bastante dinero, pero lo utilicé para invertir y tuve mucha suerte. En realidad, fue una mezcla de suerte e inconsciencia.

—¿Inconsciencia?

—Cuando nada te importa, lo arriesgas todo sin titubear. Cuando ocurrió lo del tiroteo yo estaba en un momento muy oscuro de mi vida. Por eso acepté el ofrecimiento de Garrett. Una lesión que me inhabilitara de por vida para seguir trabajando significaba muchísimo más dinero, y él se encargó de fraguarlo todo.

—Pero eso significaba andar en silla de ruedas el resto de tu vida.

—El plan original era que un par de años después fingiéramos una operación y que se produjera el milagro. Pero nunca me interesó esa parte. La silla de ruedas fue una especie de castigo. Además, estoy casi todo el tiempo solo.

Se estaban acercando al lugar donde estaba el muelle. Y los cocodrilos.

Sophia no sentía miedo. Incluso estuvo a punto de sugerirle a Mike ir a verlos, y por alguna ridícula razón estaba segura de que los animales la reconocerían. Los cocodrilos eran criaturas muy inteligentes y recordarían que ella era la que los había alimentado aquella noche junto con Camila.

Llegaron a la cabaña unos minutos después.

Las habitaciones estaban tal y como ella las recordaba. En el sótano las cosas fueron completamente diferentes. Sophia bajó la escalera y se sintió decepcionada al ver que aquel lugar estaba casi completamente vacío. Mike incluso había pintado las paredes de color blanco.

En el centro del sótano estaba la mesa con el tablero de ajedrez. Era lo único que no había cambiado.

Si bien Sophia sabía que el acuerdo era deshacerse de cualquier prueba de su presencia allí, ver el sótano desprovisto de identidad le resultó doloroso por razones que no terminaba de entender del todo.

Sophia fue directa a la puerta de su habitación. Estaba abierta y se asomó para echar un vistazo. Como esperaba, la encontró absolutamente vacía. Se preguntó qué habría hecho Mike con todas las cosas que había comprado para ella y volvió a cerrar la puerta.

No quedaban rastros de su paso por el sótano. La única forma de recorrer ese espacio tal cual lo recordaba era en su mente, algo que hacía de vez en cuando antes de dormir, evocando esos rincones que tan bien había llegado a conocer.

—Me pone un poco triste verlo así —dijo Sophia mientras se dirigía a la mesa—. No sé bien por qué.

Mike ya se había sentado. Con los dedos pulgar e índice movía sutilmente las piezas del ajedrez, que ya estaban en sus respectivas casillas.

—¿Puedo preguntarte algo, Mike, antes de empezar?

—Claro.

—¿Recuerdas el día que me hablaste de tus padres?

—Sí.

—Me dijiste que tu padre fue un miserable contigo y con tu madre, y que la relación entre tú y él se cortó cuando te descubrió besándote con ese chico. Pero tu madre siguió a su lado hasta que él murió, ¿verdad?

Mike asintió con pesar.

—Mi madre se llevó la peor parte.

—No entiendo cómo puedes estar con alguien que sabes que ha hecho tanto daño.

Mike asentía.

—¿Recuerdas, Sophia, que una vez te dije que, de no haber sido por mi madre, quizás tú no hubieses estado en este sótano conmigo? Pues es absolutamente cierto —continuó Mike—. Ya sabes que la familia de mi madre tenía una buena posición económica y mi abuelo vivía en una casa inmensa donde solíamos ir de vez en cuando.

—Lo recuerdo. Dijiste que tu madre tenía muchos hermanos y tus recuerdos de esa casa eran como en la película *Sonrisas y lágrimas*.

—Exacto, es así como yo recuerdo esas visitas a casa de mis abuelos. Aunque lo cierto es que no íbamos mucho. Una o dos veces al año, a lo sumo. Siempre le recriminé a mi madre que no nos fuéramos a vivir allí, como varias de mis tías y mis primos, que pasaban largas temporadas en la casa. Cuando yo me fui a la universidad, discutía frecuentemente con mi madre porque no podía entender que siguiera con mi padre, que la trataba como una mierda todo el tiempo. Le rogué infinidad de veces que se fuera con el abuelo, que allí no tendría que preocuparse por nada. Nunca lo hizo.

—Quizás quería a tu padre de una manera enfermiza.

—Seguramente, aunque resulte la cosa más incomprensible del universo. Yo nunca pude entenderlo. Cada vez que intentaba hablar con ella del tema, se ponía en la misma posición de siempre, me decía que yo exageraba, que las cosas con mi padre iban un poco mejor... Siempre la misma historia.

»Pasaron los años, ambos murieron, y yo había encontrado mi vocación en la policía y había salido más o menos bien parado de toda la mierda familiar. Ser policía le dio sentido a mi vida. Fui un buen policía. Vivía de forma muy austera y era feliz poniéndome el uniforme y ayudando a otras personas. Nunca me lo propuse, pero las cosas se dieron para llegar a ser comisario.

Mike se detuvo en el relato, como si despertara de una ensoñación.

—¿Estás segura de que quieres saber todo esto? Es agua pasada...

—Quiero saber cómo se conecta conmigo.

—Está bien —estuvo de acuerdo Mike—. Unos meses antes del famoso tiroteo, vino a verme la única hermana de mi madre que quedaba con vida. Mi abuelo había muerto unos años antes, no muchos, porque el viejo llegó a los noventa y ocho años. Mi tía fue a verme a la comisaría y me dijo que necesitaba hablar conmigo. La acompañé a una salita y no paró de hablar. Una hora después la mierda nos llegaba al cuello y yo estaba asqueado. En ese momento no sabía si conocer todo aquello era una bendición o una maldición.

—Oh, no, tu abuelo había abusado de tu madre, por eso no quería volver a esa casa.

—No solo de mi madre, de sus tres hermanas también. Mi madre era la única que le plantó cierta resistencia, pero las demás estaban sometidas y las obligaba a quedarse en la casa. Lo peor es que ni siquiera lo vivían como una situación de abuso, aunque lo detestaran. El hijo de puta de mi abuelo lo hacía pasar casi como un acto de amor, como si esa fuera la forma que ellas tenían de retribuirle esa vida acomodada que él les proporcionaba. Hasta donde sé, mis tres tíos y mi abuela estaban al tanto de la situación pero también la normalizaban.

—Qué horror.

—Exacto. Mi madre prefería estar con el cerdo arrogante de mi padre, el ser más imperfecto y soberbio que había pisado la Tierra, pero que al menos jamás ejerció sobre ella ningún tipo de violencia física. Imagínate lo que debió de padecer con mi abuelo para que mi padre fuera la opción más razonable de las dos.

Mike negaba con la cabeza.

—Tu madre debió de ser una mujer fuerte para ir en contra de todo eso.

—Ya lo creo. —Mike estaba al borde de las lágrimas—. Lo supe después, cuando ella ya no estaba. Tuve que repasar nuestra vida en esa casa, nuestras conversaciones, sus negativas, para entender su fortaleza. En algún momento, yo también la traté como el resto de los hombres, diciéndole lo que tenía que hacer y sin entenderla.

—Eso no es cierto —dijo Sophia de inmediato—. Para empezar, ni siquiera eras un adulto cuando todo eso pasaba. Y, además, tú no te comportaste con ella como tu abuelo o tu padre.

—Lo sé, no quiero decir que haya sido como ellos. Pero yo debería haber sido el hombre que, por una puta vez en su vida, la apoyase en sus decisiones, que la entendiese. Mi madre vivió una vida de humillaciones y sometimientos, se merecía alguien que la tratara como corresponde, porque era una mujer extraordinaria. Y yo no estuve a la altura, Sophia. Y no estoy hablando de cuando era niño, sino de cuando iba a la universidad y podía darme cuenta de las cosas.

—Lo siento, Mike. Creo que en cierto sentido también tú fuiste una víctima.

—Seguramente. Lo cierto es que lo que mi tía me contó ese día me sumió en una depresión bastante profunda. Empecé a beber y a descuidar mi trabajo, mis amistades, mi vida en general. En ese contexto ocurrió lo del tiroteo, y para mí fue una vía de escape porque ya no tenía fuerzas para seguir como hasta ese momento. Supongo que inconscientemente creía que tenía que pagar de alguna forma. Por eso te dije antes que la silla de ruedas fue una especie de castigo.

Mike tenía la mirada puesta en el centro del tablero de ajedrez. No pestañeaba. Estaba sumido en un trance.

—A partir de ese momento mi vida siguió ciertos patrones. Invertí el dinero sin miedo a arriesgarlo todo, casi provocando una debacle que nunca llegó. Me embarqué en proyectos interminables y solitarios, como la maqueta de la ciudad y otros antes de ese. Hasta que un día el FBI vino a buscarme. Literalmente, el agente Carlson llamó a mi puerta y me propuso infiltrarme en la red. Conocía a Garrett, era millonario, solitario... El resto fue cuestión de construir el perfil adecuado para que fuera creíble. Todo iba bien, Garrett había mordido el anzuelo, y entonces apareciste tú en escena. Te vi en la televisión organizando esa marcha contra Dylan. Hablé con Carlson y él me dijo que tenían a Dylan vigilado y que tú estabas intentando contactar con él.

Sophia suspiró. Era increíble pensar que, mientras ella estaba haciendo sus averiguaciones en la escuela y hablando con Dylan en el gimnasio, nada menos que el FBI estaba siguiendo los pasos de ambos.

—Ellos no iban a intervenir, ¿verdad?

—Carlson quería esperar, pero ambos sabíamos que las detenciones tardarían mucho tiempo en producirse. Y entonces, una noche en la que no podía conciliar el sueño, supe lo que tenía que hacer. No iba a cometer el mismo error dos veces.

—Entonces tú convenciste a Carlson.

—Sí. Pero no pienses que él no quería hacerlo. Solo estaba preocupado por las consecuencias. Íbamos a arrebatarte de tu familia, Sophia. Sus argumentos eran absolutamente válidos. Le dije que tenía el lugar perfecto, que él no tendría que preocuparse de nada, que yo me ocuparía. Casi se lo imploré. Lo convencí de que no podíamos cargar con el peso de que algo te sucediera. Eras una amenaza.

—Nunca pensé que mi vida corriera peligro en aquel momento.

—Pues era exactamente así. Dylan llegó a decirle a su padre que tú lo sabías todo y que ibas a desenmascararlos. Garrett no se hubiese quedado de brazos cruzados.

Sophia se quedó boquiabierta.

—Entonces, Mike, realmente me salvaste la vida aquel día.

—No, Sophia. Ahora que conoces mi historia entenderás que ha sido exactamente al revés. Tú me has salvado a mí.

Mike cogió el peón que había delante de la reina y lo avanzó dos casillas. Luego presionó el reloj. Era hora de jugar.

Nota del autor

Te pido que no sigas si aún no has leído la novela. Voy a hablarte del libro que no fue, pero también del que tienes en tus manos en este momento.

Empecé a escribir esta novela siendo un hombre soltero, y la termino casado y con dos hijos. Ah..., y en medio hubo una pandemia que tuvo al planeta en vilo.

Difícilmente vuelva a repetirse en mi carrera profesional un entorno tan desafiante. Lo curioso, querido lector, es que el libro atravesó por un proceso de mutaciones y dudas, influenciado de manera determinante por ese contexto tan particular.

Que una historia mute no es nuevo para mí; diría incluso que el caos y la búsqueda constante del camino más interesante son mi metodología habitual de trabajo. La incertidumbre me motiva y el miedo a toparme con un callejón sin salida me mantiene alerta. Alguna vez he intentado escribir con un mapa de ruta y ha sido un fracaso rotundo; necesito que las palabras me lleven, como sucede en este momento, cuando sin quererlo me encuentro hablándote de mi proceso creativo.

Dicho lo anterior, *La hija ejemplar* ha sido un caso extremo, por momentos pesadillesco. La historia de Sophia empezó a cambiar de forma virulenta incluso antes de escribirse la primera frase. Ha sido un constante ejercicio de introspección escuchar a esa misteriosa voz interior —que es la que verdaderamente escribe—, cuyos tiempos nunca coinciden con los del papel. La cruda realidad es que la vocecita se caga en el autor, los tiempos editoriales y todo lo que no tenga que ver con su propio interés.

La semilla de esta historia se remonta a algunos años atrás. Durante un viaje compré la autobiografía de Jaycee Dugard, *Una vida robada*, en la que relata cómo fue secuestrada a los once años y liberada dieciocho años después, con dos hijas nacidas durante los años de abusos por parte de su secuestrador. La lectura de ese libro me llevó a otros casos similares ocurridos en distintas partes del mundo, muchos de ellos reconocidos pero con detalles nuevos para mí. Mientras más leía al respecto más me daba cuenta de que mi interés por explorar el tema desde la ficción empezaba a disminuir. La vocecita farfullaba sus primeros reproches.

Hubo dos razones decisivas. La primera: los casos reales son tan espeluznantes que ponen a prueba la imaginación de cualquier escritor. Nunca la frase «la realidad supera a la ficción» fue más pertinente. El monstruo de Amstetten, por ejemplo, secuestró a su hija Elisabeth y la tuvo cautiva en un búnker debajo de su hogar —donde vivía con su esposa y el resto de sus hijos— durante veinticuatro años. Como consecuencia de los abusos recurrentes nacieron siete niños. Uno murió al nacer, tres vivieron toda su vida en cautiverio hasta que fueron liberados —la mayor tenía veinte años—, los tres restantes aparecieron misteriosamente en la puerta de la casa familiar con una nota escrita de puño y letra de Elisabeth, quien aseguraba estar en una secta y necesitar que sus padres se hicieran cargo de los niños. Si un autor se anima a algo semejante será tildado de inverosímil.

Y entonces sucedió algo más: iba a nacer mi primera

hija. Todo lo que pueda decir respecto al sentimiento de ser padre ya ha sido dicho, y he estado mucho tiempo del lado de los que tienen que escuchar una y otra vez a los padres primerizos, así que seré extremadamente breve: nada ha transformado tanto mi vida como la paternidad, y nada me ha hecho más feliz. Adentrarme en una historia oscura que involucrara a una niña no era una opción en ese momento.

La idea dejó de seducirme y la abandoné. La película *La habitación* se estrenó por ese tiempo y comprendí que era una amalgama de todos los casos que había leído. Entendí que, en mayor o menor medida, los lectores y espectadores estaban familiarizados con estos casos, por lo que el margen para la sorpresa era estrecho.

Durante varios meses me dediqué a explorar otras ideas, hasta que un día, repasando los títulos de mi biblioteca, me topé con el ejemplar de *Una vida robada*. Es probable que haya experimentado cierta nostalgia por el proyecto fallido, porque descartar una idea resulta tan doloroso como necesario para un escritor. No lo recuerdo. Lo que sí recuerdo es que el libro no estaba colocado como el resto, es decir, con el texto del lomo escrito de abajo hacia arriba. Estaba al revés. Lo saqué para darle la vuelta, y de repente me quedé quieto, con el libro en la mano a medio camino. ¡Estaba al revés! Sentí la adrenalina de una idea que se gestaba, no de una forma lineal, sino como un todo. ¿Qué pasaría si las cosas fueran al revés? Así surgió la frase que escribe Sophia en su diario: «la maldad se esconde donde menos la esperas». La relación de Sophia y Mike responde a esa premisa de oposición. Y lo que Sophia descubre en la habitación de al lado en el sótano, también.

Cuando comprendí lo anterior, la historia revivió para mí. Tenía a mi personaje principal y lo siguiente fue rodearla de un grupo de amigos. En mi novela *El pantano de las mariposas* concebí la relación de tres amigos, con sus dinámicas grupales y de a pares; aquí el desafío era hacer lo mismo pero con cinco. Así nacieron Nikki, Janice, Bishop y Tom.

El principio de oposición y el deseo de conocer en profundidad a estos personajes fueron mi motivación inicial. Por ello empecé a descubrir la novela que hoy tienes entre manos, la cual escribí con mucho esfuerzo y cariño, casi siempre por las noches, que han dejado de ser apacibles.

Si te ha gustado, te pido lo mismo de siempre: ayúdame con la difusión; una recomendación o un post en una red social ayudan muchísimo a dar a conocer mi trabajo. Y ahora es más importante que nunca, recuerda que tengo dos bocas que alimentar.

Septiembre de 2022

522

Agradecimientos

A Sole, mi amor, mi compañera, mi equipo. Gracias por dos hijos increíbles y por el esfuerzo diario para cumplir nuestros sueños. Verte, a días de haber nacido nuestro hijo, leyendo el primer borrador de este libro, prácticamente sin tomarte un respiro, fue lo que me convenció de que había hecho un buen trabajo.

A Maria Cardona, mi agente, mi socia literaria. Nuestras vidas se han sincronizado de un modo asombroso. *More to come...*

A Anna Soler-Pont y al equipo de Pontas. Siempre van a estar en mi corazón. Lo que hicieron por mi carrera no lo olvidaré nunca.

A Anna Soldevila y todo el equipo de Destino. ¡No puedo creer que hayamos publicado cuatro libros juntos! No se van a librar tan fácilmente de mí.

A Ariel Bosi, mi querido amigo. Por más encuentros inverosímiles, por más viajes, por más amistad. Gracias por insistir hasta la saciedad para que termine cada uno de mis libros y te lo dé para leer. De no ser por vos, todavía estaría escribiendo *La última salida*.

A Paul Pen, colega admirado. Nuestras carreras se han hermanado. Recibir tus comentarios de la primera versión de este libro ha sido un lujo.

A mi padre, Raúl Axat, que ya no está, pero que me dejó su ejemplo. Cierro los ojos y escucho tu voz.

A mi madre, Luz Di Pirro, que sí está y que cada día es más sabia. O a lo mejor siempre fuiste igual de sabia y yo me fui dando cuenta con el paso del tiempo.

A mis hermanos, Ana Laura Axat y Gerónimo Axat. Los mejores hermanos del mundo. Sigamos así, poniendo siempre por delante las cosas importantes.